20.12.2019

BLT

Mit der Welt
auf Buchfühlung

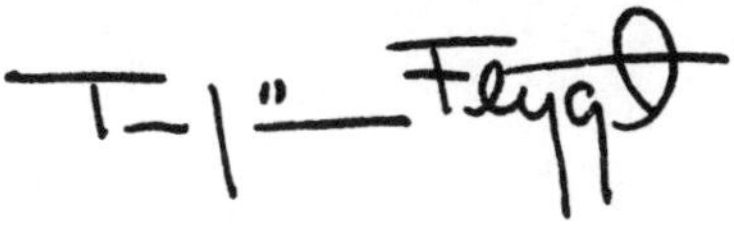

Torbjörn Flygt wurde 1964 geboren und lebt heute in Malmö. 1995 erschien sein Romandebüt *Längsta ögenblicket*, 1997 sein zweiter Roman *Män vid kusten/Schärensommer*, der durch seine raffinierten Szenenfolgen besticht und in Stimmung und Ambiente an die Filme Ingmar Bergmans erinnert.

Torbjörn Flygt

Schärensommer

Aus dem Schwedischen von
Katja Knorr

BLT

B L T
Band 92 042

Deutsche Erstveröffentlichung

Originaltitel: Män vid kusten
Originalverlag: Norstedts Förlag AB, Stockholm

BLT ist ein Imprint der Verlagsgruppe Lübbe
Bastei-Verlag Gustav H. Lübbe GmbH & Co., Bergisch Gladbach
Lektorat: Till R. Lohmeyer/Karin Schmidt
Einbandgestaltung: Gisela Kullowatz
Titelbild: Eduard Munch
Autorenfoto: © by
Satz: hanseatenSatz-bremen, Bremen
Druck und Verarbeitung: Elsnerdruck, Berlin
Printed in Germany, 2000
ISBN 3-404-92042-2

Sie finden uns im Internet unter
http://www.luebbe.de

Der Preis dieses Bandes versteht sich einschließlich
der gesetzlichen Mehrwertsteuer.

VON JENEM TAG an, da Maja aus dem Bus stieg, waren die Männer der Gegend wie verwandelt, und nach ihrer Vertreibung sollte nichts mehr so wie früher sein.

Lust und Leid durchdrangen in jenem Sommer das Leben von vielen. Begierde und Furcht, Wollust und Angst. Die Männer an dieser Küste würden sich später an das Gute und das Böse erinnern – und an etwas, das dazwischen lag und von dem sie wußten, daß es sie in irgendeiner Weise berührte, auch wenn ihnen nicht klar war, inwieweit.

Einen Mann kostete es das Leben, einen anderen das Augenlicht.

Es blies ein Ostwind an jenem ersten richtig warmen Tag dieser heißen, regenlosen Jahreszeit, und draußen vor Landsort lag ein Dunst, der aber nicht übers Land hereinziehen würde. In den Nächten rippten feine Wolkenbahnen den Himmel.

Tor aus Tyvudden blickte auf, während er den Schleifstein sachte kreisen ließ, auf dessen nasser Oberfläche er Messer und Scheren schärfte, die ihm die Feriengäste brachten, ehe sie im Herbst heimwärts fuhren. Eigentlich hätten sie bereits fertig daliegen sollen, scharf, glänzend und in Leintücher eingewickelt. Vor der Ladentür hatte ich schon das Spielbrett aufgebaut und in der Erwartung, daß Tor nicht mehr lange brauchen würde, die Schachfiguren aufgestellt, um dann für mich selbst die ersten drei Züge der vierunddreißigsten, alles entscheidenden Partie zwischen dem Russen Aljechin und dem Kubaner Casablanca um den Weltmeistertitel in Buenos Aires im Jahre 1927 durchzuspielen. Das Schachbrett mit Feldern aus jungem Birken- und gebeiztem Eichenholz hatte Elias aus Norrsund für mich angefertigt. Die Oberfläche war samtweich poliert und frisch gewachst, so daß sie glänzte wie neues, blankes Eis.

Auf dem Fleckchen Gras unter dem Birnbaum nahm Vilmer einen Schluck aus der Flasche und fuhr sich anschließend mit dem Handrücken über die Lippen. Dann gähnte er und schob sich langsam, gegen den Baum gestemmt, nach oben. Dies war für ihn die beste Zeit im Jahr für Vergnügungen und Bekanntschaften. Anlaß zur Eile gab es für ihn in diesen Tagen nicht. Er hatte sich dem Nichtstun verschrieben – und außerdem einen Berg Schulden, der so groß war, daß er sich nie mehr abtragen ließ, selbst wenn sich Vilmer noch so sehr bemüht hätte.

Um Mitternacht hatte Karin Rask über dem großen Misthaufen die Engel gesehen. Sie schwebten und tanzten in den sternklaren Raum; wie ein Lichtstrahl hatten sie Karins Gebet hinauf zum Allmächtigen getragen, daß er ihr den ach so vermißten Sohn wiederbringen möge.

Jetzt rieb sie sich mit dem Unterarm über die Stirn, beugte sich vor und zog die Bleche mit Broten und Hefegebäck aus dem Ofen. Sie waren mit Honig von Pullman und dem Mann, den sie den »König von Båtsvik« nannten, gebacken, und ihr Duft war süß und rund. Von Karins Summen begleitet, wirbelte er zum offenen Fenster hinaus über die Kiesfläche und hinein in alle Winkel des Hofes, durch den Holzschuppen, den Stall, den Verschlag, die Werkstatt und die Scheune hindurch bis hin zum Werkzeugschuppen, wo Karins Mann Harald gerade eine Heugabel mit einem neuen Stiel versah. Er schob die Mütze in den Nacken und rieb sich die Handflächen an den Arbeitshosen ab. Sein rechter Daumen war an der Spitze gespalten und sah aus wie ein gezeichnetes Herz. Eine verfluchte Hitze ist das! Hätten wir einen Traktor, dann hätte ich heute mit Stella und Bruno im Schatten bleiben können. Hört ihr das, Männer? Wenn die Ernte dieses Jahr besser ausfällt, werde ich beim Bankvorsteher vorbeischauen und mit ihm über einen Kredit reden.

In den quirligen Duft von frischem Brot mischte sich der Geruch von Leinöl und Holzspänen, von Kuhmist und altem Schwein. An der Wand hingen nebeneinander Mistgabeln und Schaufeln, Hacken, Baumsäge und Fuchsschwanz für das Eis, Garn, Pflüge und ein Schmiedehammer mit einem Griff aus Wacholderholz. Das Licht drang durch die Scheiben des Giebelfensters und breitete sich über dem Holzschlitten und dem Leiterwagen aus.

Sieh mal zu, daß die Sensen geschliffen werden! rief er Vilmer zu. Schließlich sind wir beide zuständig.

Aber der Bruder schloß die Augen und trank noch einen Schluck. Er träumte davon, bei seinen Spielkumpanen in Stockholm zu sein, auf der Hand eine Dame, zwei Asse und zwei Achten. Er hätte schwören können, daß beim nächsten Spiel, ganz gleich welche Karten er auch aufdecken würde, zu guter Letzt der Jackpot in seiner Tasche landen würde. Man mußte nur Geduld haben.

Der Himmel erstrahlte in tiefem Kornblumenblau. Der Stahl zischte sanft gegen den Stein. Ich schlug mit einem Springer einen Bauern aus dem Spiel. Ich hatte das Radio mit hinausgenommen und in den Schatten des Vorbaus gestellt. Das Glockenspiel im Rathausturm klang über den Hof.

Die See hatte ihr Herz für die ersten Badenden geöffnet. Sie planschten und schwammen in den Buchten entlang der Küste, bis die Schulferien vorüber waren.

Über dem Busberg kreisten Möwen und Seeschwalben. Wenn Salem ihnen die Innereien von Fischen, die er ausnahm, zuwarf, tauchten sie ab und stiegen mit den Abfällen im Schnabel wieder auf, um ihre Kreise über Tvären und Sävö fortzusetzen. Heringe gab es zwischen den flachen Steinen an der Küste noch ziemlich viele, und auch Flunder und Kabeljau konnte man erwischen, ohne daß man mit dem Boot weit hinaus fahren mußte. Nachdem Salem die Netze über die Trockengestelle gehängt hatte, lud er die Holzkisten mit dem morgendlichen Fang auf sein Fahrrad und fuhr los, um das Hotel Kronan und mich zu beliefern. Kellermeister Lund hatte vier verschiedene Sorten Fisch bestellt; insgesamt sollten es mindestens fünfzig Kilogramm sein.

Auf den Wiesen wuchsen dicht an dicht Schlüsselblume, Steinbrech, Löwenzahn, Sumpfdotterblume und Scharbockskraut, Hahnenfuß und die verführerisch duftende Kuckucksblume. Das Strandmilchkraut mit seinen blaßroten Blüten. Die Eichen hatten bereits ausgeschlagen, und Wacholdersträucher standen wie Säulen bis hinunter ans Wasser.

Es war so hell, daß man bis halb drei Uhr in der Früh hätte lesen können. Beim nächsten Zug würde sich in der Abwehr des Kubaners eine Schwachstelle ergeben.

Im hintersten Winkel des Schuppens waren die Konturen von Assar aus Ökenäs zu erkennen. Sein Körper wiegte hin und her und war wie der Minutenzeiger auf der Turmuhr des Ortes. Pünktlich und zuverlässig wie ein Arzt auf der Visite war er, wie an jedem Morgen, zur vereinbarten Zeit zum Frühstück gekommen, und nun reichte er Harald Rask widerwillig Werkzeug und Material und hörte sich dessen Klagen über die Faulheit des Bruders an. Assar seufzte und streckte sich. Wenn doch bloß etwas passieren würde, so daß man sich endlich ein wenig ausruhen könnte.

Hasse würde später berichten, was er bei ihrer Begegnung an der Abzweigung nach Gisekvarn gesehen hatte: Ihr Gesicht spiegelte sich in der Fensterscheibe, und sie trug ihren Lippenstift auf! Sie sah mich und winkte. Ich wäre fast von der Straße abgekommen.

Fräulein Lind hatte die Post verlassen und kam die Anhöhe herunter, während Karlsson den Bus an der Anlegebrücke wendete. Als er am Milchstand hielt, stand sie bereit. Sie nahm Briefe entgegen und gab dafür im Gegenzug kurz und bündig alles preis, was sie über die Segler und Ferienhausbesitzer wußte, die am Wochenende angereist waren und in den kommenden drei Monaten dafür sorgen würden, daß es in der Gegend brodelte wie in einem Wasserkessel auf dem Herd.

Es war ein Tag von vielen – und doch war es ein ganz besonderer. Das laute Zischen der Omnibusbremsen dröhnte die Straße entlang. Wir alle sahen auf und hielten bei unserer Arbeit inne, und als sich dann die Bustür öffnete, schien mit einem Mal alles still zu stehen und zu einer Momentaufnahme zu gefrieren, die sich als unauslöschliches Bild in unser aller Bewußtsein einbrannte.

Dies alles geschah zu einer Zeit, als es noch kein Fernsehen gab.

MEIN NAME IST Johannes Händel, und dies ist meine Geschichte. Sie ist ganz und gar frei von Helden, denn sie handelt von denen, die aus ihren Taten nichts gewannen, und von einer Frau, die ein Geheimnis und eine Sehnsucht im Herzen trug und die man ihrer Ehre beraubte, weil man nicht zulassen konnte, daß sie stolz und selbständig war. Meine Geschichte handelt auch von uns Männern und unserer Unfähigkeit zu lieben, zu fühlen und zu verstehen, wie das Leben funktioniert und auf welche Dinge es im Leben ankommt und auf welche nicht.

Wenn die Menschen in diesem lieblosen Land in der Lage gewesen wären, miteinander zu sprechen, eine gemeinsame Sprache zu finden und ihre Gedanken und Gefühle mitzuteilen, wäre vieles anders gekommen und ich hätte eine völlig andere Geschichte schreiben müssen. Aber statt dessen kamen sie mit ihren Enttäuschungen, Hoffnungen, Problemen und Seelenqualen zu mir. Die Männer waren Faulenzer, nicht gewillt, einen Punkt zu finden, an dem sie selbst Verantwortung übernahmen. Ich war wie sie.

In jenem Sommer regnete es kein einziges Mal. Wie sehr sehnten wir die großen schweren Tropfen herbei, die erst spät im August vom Himmel fallen sollten. Die Erde trocknete aus, platzte auf und riß breite Furchen in den schorfigen Boden. Das Gras verblaßte zu mattem Gelb und wiegte sich nicht mehr im Wind. Auch der Roggen gedieh nicht. Die einen flehten in ihren Gebeten

BLT

Mit der Welt
auf Buchfühlung

Das neue

Programm

ISBN 3-404-92030-9
DM 14,90/öS 109,–/sFr. 14,–

»Wer erst einmal ein Buch von Paasilinna gelesen hat, der wartet nunmehr ungeduldig, bis das nächste erscheint.«

ORF

Sein Leben ödet den Journalisten Vatanen an, er schleppt sich von einem Tag zum nächsten. Bis ihm auf der Heimfahrt von einem seiner üblichen langweiligen Pressetermine ein junger Hase vors Auto hoppelt ... und Vatanens ehemals so hübsch geordnetes Leben zum Abenteuer wird, das ihn quer durch Finnland führt. Ein wunderbar erzählter Roman in bester Paasilinna-Manier, todernst und urkomisch zugleich.

ISBN 3-404-92031-7
DM 16,90/öS 123,–/sFr. 16,–

»Spannung und italienische Lebensart treffen sich bei Renato Olivieri, der zu Recht als 'italienischer Simenon' bezeichnet wird, und garantieren Lesegenuß bis zur letzten Seite.«

BONNER ILLUSTRIERTE

Ein Mailänder Bankier wird tot im Garten seines Palazzos aufgefunden, er stürzte aus einem Fenster des dritten Stockwerks – merkwürdigerweise war das Fenster jedoch von innen verriegelt ...

Commissario Ambrosio übernimmt die Ermittlungen in der Welt der Mailänder Hochfinanz, in der vornehme Zurückhaltung als oberste Tugend gilt. Wie gut, daß sich die Frauen den strengen Regeln der diskreten Finanzwelt bisweilen weniger verbunden fühlen und sich von Ambrosio zu vertraulichen Informationen hinreißen lassen ...

um Niederschläge; die anderen wußten, daß dies zu nichts führte, da man gegen den Lauf der Dinge ohnehin machtlos war, und daß es nie Gerechtigkeit gegeben hatte oder irgendwelche Mächte, die man hätte beschwören können, und auch sonst nichts, wonach man in Augenblicken hätte greifen können, in denen das Leben schwer zu ertragen war. Dann war alles, was übrigblieb, der Mensch und sein Innerstes.

DER WINTER IST rauh und dunkel. Das Quecksilber ist in dieser Nacht bis auf den tiefsten Punkt des Thermometers gesunken. Der Schnee liegt dicht auf dicht und zieht sich wie eine Decke hoch gegen die äußere Hauswand, und das einfallende, ohnehin nur wenige Stunden andauernde Tageslicht wird durch die zugefrorenen Fensterscheiben noch spärlicher. Ich mache mir nicht die Mühe, sie freizuschaben. Ich habe die Aufgabe, eine Geschichte fortzuführen, und ich werde so lange darüber sitzen, bis jeder Baustein dieses Mosaiks aus Ereignissen untersucht worden ist.

Abends füttere ich um diese Zeit für gewöhnlich den offenen Kamin mit frischen Holzscheiten, um die Kälte aus diesem Raum fernzuhalten, in dem sich nichts weiter befindet als ein Bett, ein Schreibtisch und in der hinteren Ecke ein Schemel. Morgens hole ich aus dem Schuppen einen neuen Korb mit Feuerholz, und nachts wache ich jede zweite Stunde auf, um nachzulegen. Da hat sich auf der Tapete und den freien Oberflächen bereits eine dünne Reifschicht gebildet, und die Wolldecken sind von der Kälte steif wie Pappe.

Bläst der Wind so kräftig wie heute, dann knacken die Dielen und quietschen die Fugen in diesem alten Haus mit seinen niedrigen Zimmerdecken, der rotgestrichenen Täfelung aus altem, löchrigem Holz, den weißgestrichenen Ecken, von denen die Farbe abblättert, und hin und wieder zischt und knistert es im Feuer, wenn Harz aus den Kiefernholzscheiten quillt. Die Türen zur

Küche und zum Verkaufsraum sind zugezogen und abgedichtet. Im Haus befindet sich auch noch ein kleines Lager, mit einem Raum wie diesem. An den Fenstern hängen ausgefranste Gardinen, die schon lange ihre Farbe verloren haben, und eine fertig gepackte Tasche steht unberührt da und wartet auf die Abreise. Ich bin seit mehr als vierzig Jahren nicht mehr in diesem Raum gewesen und hatte auch kein Verlangen danach, die Last der gepackten Tasche zu spüren oder etwas über ihren Inhalt zu erfahren. In meinen Gedanken aber ist sie jederzeit präsent.

Mein Bett hat Tor aus Tyvudden aus sechs Zoll breiten Eichenbrettern gezimmert. Vom Fußende des Bettes kann ich das Schachspiel auf dem Tisch erreichen. Gleich daneben liegt aufgeschlagen ein Buch über berühmte Remispartien. Wenn ich den Docht höher schraube, reicht der Schein der Lampe gerade zum Lesen. Spät in der Nacht wacht unter mir in der Erde der Dachs auf und dreht sich.

Irgendwie ist es ihm gelungen, sich unter dem Steinboden einzugraben, und nun gibt er sich mit einer Höhle zufrieden, in der er sich ein wenig von der Wärme zunutze machen kann, die sich durch die Dielen nach unten zwängt. Man muß ihn sich warmhalten, denn er bietet Schutz gegen die Einsamkeit. Nicht, daß ich etwas gegen die Einsamkeit hätte oder daß ich ihr nach all diesen Jahren entfliehen wollte, aber sie kann mitunter schmerzhaft sein und sehr lange anhalten. Wie eine verschleppte Erkältung. Da ist es gut zu wissen, daß es ganz in meiner Nähe jemanden gibt, auch wenn es sich dabei nur um ein graupelziges, schlafendes Tier handelt.

Auf dem Regal stapeln sich eine Reihe Bücher mit Naturbeschreibungen, die Helen mir geliehen hat. Es sind dicke Bücher, aufwendig mit vielen Farbfotos und Illustrationen von Tieren und Pflanzen und exakten Querschnitten versehen. Ich befasse mich damit, weil Helen bald schon mehr darüber weiß als ich. In den ersten Jahren war sie es, die mich nach Namen oder Eigenschaften von Pflanzen und Tieren fragte, die sie gesehen hatte, inzwischen aber sprechen wir gemeinsam darüber, und manchmal bin ich es, der sich bei einer unserer wenigen Begegnungen nach diesem oder jenem erkundigen muß.

Unter den Werken steht ein Fläschchen, das einst ein exklusives französisches Parfüm enthielt. Die Flüssigkeit ist längst verdunstet. Ich habe nie den Korken geöffnet, um herauszufinden, wonach es duftet.

Wenn die Kälte in der nächsten Zeit ein wenig nachläßt, werde ich die Tür zur Küche öffnen, im Herd Feuer machen und mir eine richtige Mahlzeit zubereiten. Sie wird aus einem Stück Fleisch, aus Kartoffeln, Zwiebeln und Eiern bestehen. Es ist Zeit für eine Abwechslung, nachdem die Brühe nun vier Tage lang dastand, gefror, aufgewärmt wurde und erneut zu Eis erstarrte. Auch der Kaffee hat inzwischen einen bitteren Geschmack bekommen, wie von Unvergorenem, Schimmeligem.

Früher war mein Laden der am besten sortierte und meistbesuchte an diesem Küstenabschnitt. Unten am Hafen legten jeden Tag Boote an, die außerhalb der Schären einzig und allein wegen des Angebots in meinem Laden den Kurs änderten. Hier habe ich Karins Brot verkauft, Eier und Milch, Sahne und selbstgemachten Käse vom Hof, Fleisch, das Assar nach den Schlachtungen hierherbrachte, Salems Fisch und Honig aus den Bienenstöcken von Pullman und dem König. Ich habe Tors Dienste vermittelt; aus Norrsund kamen Britta mit

Leinen, Stoffen und Tischdecken und Elias mit Holzwaren und Handarbeiten. In meinem Laden gab es alles. Und deshalb habe ich auch so vieles von den Leuten erfahren, die über den blank gewienerten Boden zur Ladentheke geschlichen, getrampelt, marschiert oder getänzelt kamen. Vielleicht habe ich zu viel gesehen und zu wenig gesagt – doch immerhin habe ich das, was man mir anvertraute, nie weitergetragen. Meine Verschwiegenheit garantierte den freien Fluß der Worte.

Viele Geschichten sind über die abgenutzte Theke aus Buchenholz und die alte Ladenkasse, die nicht länger klingelt, wenn die Münzschublade herausspringt, erzählt worden. So viele, daß ein eifriger Schreiber mit ihnen – unabhängig davon, ob sie es wert waren, wiedergegeben zu werden oder nicht, und ohne Prüfung ihres Wahrheitsgehalts – mühelos die Schloßbibliothek in Nynäs hätte füllen können. Ich hatte für jeden ein offenes Ohr, für Grafen, die ihr Taschentuch nicht in der Tasche, sondern um den Hals trugen, für Landstreicher, denen der Kautabak aus den Mundwinkeln troff, für prahlende Freizeitsegler und Wanderprediger, die unermüdlich den jüngsten Tag verkündeten und verbrüdert waren mit Göttern und Dämonen – und schließlich für Ehefrauen, die anschreiben ließen und ihre Männer verfluchten, weil sie soffen und sich seit Wochen nicht hatten blicken lassen.

Der Mensch ist zum Sammler geworden, weil er glaubt, daß sich das Glück in Gegenständen verbirgt. Ich kenne Menschen, die Sessel und Kaffeetassen, gestohlene Salzstreuer und Armbanduhren horten. Niemand kann dieses Phänomen erklären, niemand weiß, welche Bedürfnisse damit befriedigt werden oder welche Begierden gestillt. Ich kann daran nichts finden. Ich besitze nicht mehr, als ich zum Leben brauche, und nicht einmal das. Ich habe stets nach Einfachheit gestrebt, mich allerdings über die Jahre hinweg mit Ereignissen eingedeckt, Wörter und Sätze gesammelt. Die nehmen keinen Platz, erfüllen aber mich und diesen Raum mit Gefühlen und Erinnerungen, Wärme, Düften und Geschmack.

Einige sind süß wie das frischgestampfte Apfelmus im August, andere herb und bitter wie die Roggenmehlgrütze, die man dazu ißt. Andere werfe ich weg wie verdorbenes Fleisch.

Meine Augen und Ohren haben sich nie aus Neugierde geöffnet, nein, ich nenne es lieber Entgegenkommen. Die meisten Menschen haben ein großes Bedürfnis danach, sich mitzuteilen und unsere uneingeschränkte Aufmerksamkeit auf sich zu ziehen, und sie sind dankbar, wenn sie jemandem von Angesicht zu Angesicht gegenüberstehen, der willig ist, ihnen ein paar Minuten oder auch eine Stunde seiner Zeit zu opfern. Und unter all den Geschichten, die ich bisher gehört habe und an die ich bisweilen zurückdenke, schimmert eine immer wieder wie ein glänzender Kristall hervor und läßt sich nicht aus der Erinnerung vertreiben. Neben diesem Ereignis verblassen alle anderen und verlieren ihren Wert. An dieser Geschichte presse und drücke ich herum wie an einer verletzten Gliedmaße oder wie ein Kind an seinem ersten Zahn, und ich kehre ständig zu ihr zurück wie die Fliege zum Fenster. Ich habe die Absicht, sie hier offenzulegen.

Natürlich bin ich verbittert und frage mich noch immer, was mit den Leuten geschah, von denen meine Geschichte handelt. Ich selbst bin keineswegs frei von Verantwortung. Vielmehr dreht sich die ganze Geschichte um meine Person. Die meisten von uns waren ängstlich, scheuten die eigenen Gefühle, Absichten und Gedanken, und obendrein waren wir dumm. Der Stärkste unter uns machte sich unseren Kleinmut und Majas Situation zunutze. Ich sah von Anfang an, wohin das alles führen würde, und griff nicht ein. Das geschah zu einer Zeit, als ich noch ein guter Mensch war.

Trotz meines Alters werde ich noch viele Jahre hier verweilen. Der Grund dafür, daß ich das Ausmaß meiner Schuld ergründen will, liegt also nicht in der Hoffnung auf einen baldigen Tod, sondern in dem Wunsch nach so etwas wie innerem Frieden oder Versöhnung. Ein jeder hat das Recht, mich zu verurteilen, aber nicht bevor er oder sie die Summe der eigenen Handlungen und deren Folgen überdacht und sich darüber Rechenschaft abgelegt hat, was geschehen wäre, wenn man sich an den entscheidenden Weggabelungen des Lebens anders verhalten hätte.

Im Bestreben, meine Überlegungen in den Griff zu bekommen und bestimmte, hier und da verstreut liegende Erinnerungen in eine solide Ordnung zu bringen, begab ich mich heute vormittag nach draußen. Die Tatsache, daß ich mich in die blaue Kälte hinauswagen mußte, war an diesem Morgen nicht das Schlimmste. Viel mehr Überwindung kostete es, am ehemaligen Laden vorüberzugehen, in dem sich seit dem Tag, an dem ich meine letzte Rechnung bezahlt und für immer die Tür hinter mir geschlossen habe, nichts verändert hat. Waschmittelkartons in immer fahler werdenden Farbnuancen stehen da herum, Farbeimer mit aufgeblähtem Deckel, in sich zusammengesunkene Plastikbälle, Tabak, Bolzen und Mineralwasser, verrostete und von Staub und Spinnweben überzogene Werkzeuge, von denen man heute nicht mehr weiß, wofür sie einmal gut waren.

Ich habe mir nicht die Mühe gemacht, etwas wegzuwerfen, denn welchen Sinn hätte es, wenn am Ende ein Fremder aus der Stadt das Haus übernimmt, es ausmistet, mit Toilette, elektrischem Strom und Steckdosen versieht und damit vollkommen seine Seele verändert, um es dann drei kümmerliche Wochen im Jahr zu nutzen. Diese Leute hätten die Menschenschlangen sehen müssen, die bis auf den Hof hinaus reichten, eine Scheibe von der Wurst probieren oder zusammen mit den Kerlen im Stall ein Bier trinken müssen, um das verstehen zu können.

Der Laden, der Hof und das gelbe Haus mit den zwei Etagen, das Harald und Karin gebaut haben, bilden ein offenes Viereck. Unten am Hang wohnte Vilmer in einem kleinen Häuschen, als habe man ihn aufs Altenteil verbannt.

Das Land hier in der Gegend gehörte den Rasks. Längst wurde ein Großteil davon an Ferienhausbesitzer verkauft, doch früher gab es hier Wälder und Gemüsefelder, und hinter dem Milchstand an der Straße lagen die Weiden für das Vieh, eine lange gerade Strecke, an deren hinterem Ende sich nun Saison für Saison die Sommerhäuser vermehren. Ein schmalerer Kiesweg, der im rechten Winkel die Straße kreuzt, verläuft über eine Anhöhe auf der Rückseite der Scheune am Änglabacken vorbei und schlängelt sich dann nach Ökenäs, Ängsvik und Tyvudden; in der Gegenrichtung führt er nach Norrsund.

Als ich vorsichtig, um Karin und Harald nicht zu beunruhigen, über den Hof und hinunter zum Hafen ging, trug ich eine Mütze aus Otterfell – Großvater hatte das

Tier vor langer Zeit in den Schären außerhalb von Mulö geschossen –, eingefettete Stiefel und einen dicken Mantel. Die aus Beton gegossene Anlegebrücke und die Pontons für die Ruderboote und Jollen der Städter lagen da wie verstümmelte Extremitäten in einer Welt aus Eis, rauher Kälte und beinhartem Frost.

Es war einsam und öde. Die Schneemassen säumten die Straße in breiten Wällen wie die Ränder eines in die Länge gezogenen Kraters. Am Bootshaus hingen Schilder von Maklern, die Wochenendhäuser zu kaufen suchten. Außerdem hing dort die neue Ankunftszeit des Busses mit den Waren aus: Mittwoch, sechzehn Uhr. Als ich noch Händler war, kamen die Leute zum Einkaufen mit dem Bus hierher.

Direkt am Kai war die feste Eisdecke glatt wie Seide. Doch je weiter man hinausging, desto unebener wurde sie. Ihre gräulich-grüne Oberfläche zeigte überall dort, wo Schneeverwehungen ihre Spuren hinterlassen hatten, weiße Streifen. Ich zog mir die mit Stahldornen versehenen Schuhe über, schnallte sorgfältig die Lederriemen fest und marschierte auf den Sund hinaus.

Hätte mir nicht der Wind, der von der russischen Tundra herblies, eiskalt um die Beine geweht und sich einen Weg unter meine Kleider und meine Haut gebahnt, dann hätte ich vielleicht einen Abstecher nach Sävö, zu Lina und dem Balten, gemacht, um aus nächster Nähe etwas von der Liebe zu erfahren, die sich dort wider Erwarten manifestieren konnte. Statt dessen blieb ich draußen in der Fahrrinne stehen, genau zwischen den Inseln und dem Festland, den Leuchttürmen auf Märholmen, bei Bromdal und in der Nähe des Abborrberges und starrte hinaus in die rasierklingenklare Kälte. Das mandarinenfarbene Licht der tiefstehenden

Sonne ergoß sich über die Landschaft, so daß alle Gegenstände lange, fast aufgelöste Schatten warfen. Die Kälte machte den Atem sichtbar. Die Farbe des Himmels wechselte zwischen hellem Blau und milchglasartiger Blässe. Da stand ich in der hohen, klirrenden Winterluft, in der jeder Partikel wie ein kleines Eiskorn war und alle Sinne sich verdichteten, bis sie schließlich taub wurden; Düfte von Salz und Granit, der Geschmack von Harsch und den Ruheplätzen des Wildes oben im Nadelwald. Das Gefühl in den Fingern und im Gesicht erstarb und wurde durch einen ziehenden Schmerz in den Blutgefäßen ersetzt. Es blieb nur ein heller Schleier, in den sich vereinzelte Laute mischten, die kamen und gingen, aber nicht lokalisierbar waren. Ich blinzelte so stark, daß es schmerzte. Von weit draußen in der Bucht konnte man Stimmen von Männern hören, die Löcher ins Eis gebohrt hatten und nun auf Robbenfellen ausgestreckt lagen und angelten. Was sie sich zuriefen, konnte man als schwache Schreie wahrnehmen, die über die spiegelglatte Eisfläche unaufhaltsam in alle Himmelsrichtungen glitten. Wo sich indessen die Männer befanden oder wo der Horizont lag, blieb unklar; Entfernungen ließen sich da draußen nicht bestimmen. Fest stand nur, daß irgendwo jenseits dieser weißen Masse die Inseln und die großen und kleinen Schären begannen, und noch weiter draußen war das Fahrwasser vielleicht sogar noch offen. Wie Stahlnägel bohrte sich die Kälte in die Haut. Ich verlor die Verbindung zu all meinen Gliedmaßen, war zu keinem vernünftigen Gedanken mehr imstande. Unvermittelt begann ich, auf und ab zu hüpfen, und hoffte, daß bald alles überstanden sein würde. Dieser alte, eingerostete Körper, dessen verkrümmte Glieder wie ungeölte

Scharniere quietschten und dessen Verstand nachgelassen hatte, sprang und sprang und hielt nicht eher inne, bis er sich warm, müde und einigermaßen wohlig fühlte. Das Eis vibrierte unter meinen Füßen. Als ich endlich einen Rhythmus gefunden hatte, wurde es in Schwingungen versetzt, und ein seltsames, lautes Heulen erklang, das sich ausbreitete wie Paarungsrufe im Frühling und weithin widerhallte.

Dann blieb ich noch eine Weile stehen und lauschte auf die Stimmen der Männer, von denen ich jetzt glaubte, sie geortet zu haben. Sie mußten sich jenseits von Kvinnholm befinden. Sie fluchten über den Krach, zogen die Angelschnüre heraus und entfernten sich ostwärts. Ich hatte ihre steifgefrorenen Finger vor Augen, sah die Haut ihrer Hände, naß von den Schnüren, sah voraus, wie sie schrundig wurde und aufplatzte, sobald die Männer ins warme Haus kamen.

Es dämmerte bereits, als ich mich den Berg hinauf heimwärts schleppte. Auf der Anhöhe über dem Hafen waren die Lichter in der Häuserreihe erloschen, in der Fräulein Lind einst die Post und die heimlichen Informationen verwaltet hatte, die den Menschen an gottvergessenen Orten wie diesem zweite Nahrung waren. Nur aus Rasks gelbem Haus leuchtete es warm. Ich konnte Karin sehen, wie sie sich über einen Topf mit Elchfleisch beugte. Harald saß vermutlich mit einem Vergrößerungsglas über einem Außenborder, den ihm Feriengäste zur Reparatur dagelassen hatten, und inspizierte dessen Einzelteile.

Stiefelspuren führten zu meiner Haustür. Ich erkannte das grobe Muster wieder und konnte nachvollziehen, wie derjenige, der die Abdrücke hinterlassen hatte, rund ums Gebäude gegangen war. Es ist still und einsam, aber aus den Schritten tropft Blut, eine Stimme schreit … Ich weiß, wem die Abdrücke gehören und daß dieser Jemand noch einmal zurückkehren wird. Er kehrt immer zurück.

Rotenschiöld ist ein listiger Mann ohne Charme, ein Advokat und, wie man hört, als solcher durchaus geschätzt. Er hat eine eigene – wenn auch geerbte – Kanzlei in Stockholm, der er sich, mit Ausnahme von zwei Mandatsperioden, in denen er für die Konservative Partei im Reichstag saß, eifrig gewidmet hat.

Sein Name war mir bereits bekannt, bevor er hierher kam; er war im Zusammenhang mit der Haijby-Affäre gefallen. In Zeitungen hatte es Fotografien von ihm gegeben. Die Urteile über ihn waren selten schmeichelhaft.

Sein politisches Streben gründete weniger auf Idealen als auf dem Willen, Pensionsanspruch zu erlangen. In diesem Punkt unterschied er sich nicht von anderen Abgeordneten. Er war als Nachrücker ins Parlament gekommen: Ein anderer Abgeordneter hatte nach einer plötzlichen Erkrankung auf sein Mandat verzichtet. Das war nach der Wahl. Gerüchte kamen auf, die nie bestätigt oder dementiert werden konnten. Es ging um große Geldbeträge und unbeglichene Schulden, die Gegenstand einer Untersuchung hätten werden können, und um einen Arzt aus der Birger-Jarlsgatan, der bereit war, als Zeuge auszusagen.

Er kommt herein, ohne anzuklopfen. Verharrt er dann mit hängenden Lippen und starrem Blick in der Türöffnung, sage ich zu ihm: Rein oder raus? Es wird kalt! Woraufhin er sich entweder mit einem Schnauben umdreht und in seinen eigenen Spuren mühsam nach Ängsvik stapft, durch Schnee, der außerhalb der Wälle bis zu einem halben Meter tief ist. An der Kuppe beim Viehstall bleibt er stehen und starrt zurück. Oder aber er kommt gleich in die Stube, zieht die Tür hinter sich zu und setzt sich langsam mit ausgebreiteten Armen auf den Stuhl, einem Habicht gleich, der zur Landung auf einer Baumkrone ansetzt.

Seine Hände sind schwielig und leberfleckig und erinnern an alte Flundern. Er reibt sie aneinander, formt sie zu einer Schale und haucht hinein. Er darf sich in die Nähe des Kamins setzen.

Wir sind sehr verschieden. Vielleicht ist das der Grund, weshalb er so oft kommt und lange bleibt und daß wir es, trotz allem, was geschehen ist, und allem, was gesagt und nicht gesagt wurde, die ganzen Jahre über miteinander ausgehalten haben. Daß man den anderen bis zu einem gewissen Grade respektiert, muß nicht unbedingt bedeuten, daß man ihn mag. Wir bewegen uns in einem unbenannten Gelände, wie zwei Könige, die einander weder näherkommen können noch näherkommen wollen.

Ich kann gut zuhören. Das ist es, was ihn immer wieder hierherzieht. Ich kann stundenlang ruhig dasitzen, während er in einem fort redet. Wir haben eine stillschweigende Übereinkunft über die Regeln und Grenzen dessen, was erlaubt ist; worüber geredet werden darf und worüber man lieber schweigt. Was geschähe, wenn einer von uns eine dieser Grenzen überschreiten würde, können wir erraten, ohne daß wir je über die Folgen gesprochen hätten. Nur ein einziges Mal, kurz bevor Rotenschiöld sich erhebt und Anstalten macht zu gehen, nähert er sich dieser Grenze, indem er sagt: Wäre es nicht doch gut gewesen mit elektrischem Strom? Er glaubt, sich auch noch dieses letzte Stück von mir einverleiben zu können.

Seine Nase ist grobporig, rot und geschwollen, wie nach maßlosem Genuß von billigem, spanischem Sherry. Und doch trinkt er nie etwas anderes als schottischen Whisky, mindestens zwölf Jahre im Eichenfaß gelagert. Er öffnet die Knopfleiste seiner unförmigen, aber modernen Jacke, die ihn aussehen läßt, als habe man ihn mit einer Luftpumpe aufgeblasen, zieht den Kordelzug der Kapuze unter das Kinn und schlägt dann die Stiefel so kräftig zusammen, daß der Schneematsch abfällt und auf meinem Fußboden zu kleinen Wasserlachen zerschmilzt. Es sind teure Stiefel, aus vielfarbigen, imprägnierten Stoffen und behandeltem Wildleder genäht und mit einem Futter versehen, dessen Eigenschaften sich nicht beschreiben lassen. Man kann sie in der Stadt kaufen.

Er hängt seinen Hut über das eine Knie und fischt aus der Innentasche einen handlichen Flachmann aus Silber, von dem er mit einer hastigen Bewegung den Verschluß löst. Es knackt metallisch, dann streckt Rotenschiöld mir die kleine Flasche entgegen, und als ich verneinend den Kopf schüttele, setzt er sie an seine wulstigen Lippen und füllt mit drei Schlucken Mund und Rachen. Dann schnaubt er wie eine auftauchende Robbe, streckt die Beine aus und seufzt. Der Hocker ist für einen Mann von seiner Statur zu niedrig, aber er trägt das Gewicht. Nun beginnt Rotenschiöld zu sprechen.

Von ihm habe ich ein wenig über die Juristerei erfahren. Über deren Willkür und Wirkung; es ist sein Lieblingsthema. Er hat sie mit einem Wachhund verglichen, der sich in seine Beute verbeißt: Hat er sie erst einmal mit dem Maul zu fassen bekommen, dann hat sie keine Chance mehr, sich ohne Blessuren von ihm loszureißen.

Berühmte Rechtsfälle faszinieren ihn besonders. Wenn er von einem solchen berichtet, spricht er lange und angeregt und will nicht unterbrochen werden. Erst hinterher darf ich Fragen stellen und meine laienhaften Kommentare geben. Ich äußere mich meist seinetwegen, manchmal aber auch nur deshalb, weil ich das Gespräch in Gang halten möchte. Normales Schweigen weiß ich zu schätzen, doch das Schweigen in Gegenwart Rotenschiölds ist ein unnatürliches und klebriges, in dem einem das Atmen schwerfällt.

Anders als früher spricht er heute nicht mehr über Frauen. Er erwähnt sie nicht einmal.

Ich habe noch ein Scheit Holz ins Feuer gelegt. Nun ziehe ich die Beine hoch, krieche zum Kopfende des Bettes, hülle mich in die Decke und gebe mir Mühe, all die Dinge zu behalten, von denen Rotenschiöld berichtet. Es ist sonderbar, daß sein großer aufgedunsener Schädel – der nach den vielen durchzechten Nächten in grandiosen Herrengesellschaften und üppigen Schlemmereien im französischen Speisesaal des Grand Hôtels nur mehr ein wabbeliger Fleischkloß ist – noch so viele klare Gedanken fassen kann. Er speichert exakte Daten und Gerichtsurteile und kann sie mühelos abrufen. Rotenschiöld atmet stoßweise wie eine aufgeblähte Färse und genehmigt sich immer wieder einen Schluck aus seiner Flasche. An Stellen, wo die Haut entblößt ist, quellen bläulich geaderte Wülste hervor. Hie und da ist die Haut auch aufgeplatzt, gesprengt von der wuchernden Fettmasse darunter.

Seine Frau ist ganz anders. Unbegreiflich, wie die beiden einst ein Paar werden konnten. Sie ist so groß wie er, aber im Gegensatz zu ihm zurückhaltend und noch immer auffallend schön. Unverkennbar, daß sie einst etwas

Besonderes darstellte. In den mehr als vierzig Jahren, die seit unserer ersten Begegnung vergangen sind, hat sie stets die gleiche Frisur getragen: das blonde, glatte Haar streng zurückgekämmt und im Nacken zu einem Zopf zusammengebunden. Wie hat sie es nur ausgehalten? Ich meine, mit ihm. Vielleicht deshalb, weil sie sich trotz ihrer Anpassung an die engen Rahmenbedingungen, mit denen sie konfrontiert war, nie ganz und gar hat binden lassen, sondern eine Nische fand, in der es ihr möglich war, ein eigenständiges, erfülltes Leben zu führen, ein Leben parallel zu dem seinigen, das von Verhandlungen, Klientenaufträgen und einige Jahre lang auch von der Arbeit in Ausschüssen und politischen Debatten beherrscht wurde. Einfach oder gar selbstverständlich ist dies alles für sie allerdings nie gewesen.

Helen hat die Muße, stundenlang am Strand entlangzuschlendern oder ziellos im Wald umherzuwandern. Sie hat dann stets einen kleinen Notizblock dabei, in dem sie ihre Beobachtungen notiert und sich aufschreibt, welche Pflanzen sie gefunden, welche Tierspuren sie gesehen hat. In Ängsvik sitzt sie abends auf der noch warmen Veranda, tief versunken in dicke Bücher, in denen die lateinischen Namen aller Pflanzen und Tiere und jede ihrer Eigenschaften verzeichnet sind. Ihr gegenüber sitzt ihr Mann, schwenkt träge sein Glas in der Hand und sieht hinaus in die trostlose Dämmerung. Bis weit in den Herbst hinein kann man die beiden dort sitzen sehen. Erst spät ziehen sie sich ins Haus und vor den Kamin zurück.

Ich habe Helen vorgeworfen, daß sie sich in ihre Rolle als angepaßte Ehefrau gefügt hat. Sie hätte eine ausgezeichnete Biologin, Landwirtschaftsexpertin oder Tierärztin werden können, ja, warum nicht auch eine Bäuerin: Sie hätte nur den Mut haben müssen, ihre Sinne zu öffnen und aufs Ganze zu gehen. Helen lacht mich aus und sagt, daß sie inzwischen nichts mehr bereue, da ohnehin alles vorbei sei, die Zeit verbraucht. Und außerdem hätten wir schon früher einmal darüber gesprochen. Damals. Ob ich mich erinnere? Ja, gewiß. Es ist vorbei, sagt sie. Aber was meint sie damit? denke ich. Und was weiß sie eigentlich? Wie wir alle ist auch sie Teil der ganzen Geschichte.

Wie vorhergesehen, kam der Advokat später in der Dunkelheit noch einmal angestapft. Er riß die Tür auf, so daß feiner Pulverschnee hereinwehte, und brummte etwas von den Wacholderzweigen, die ich zum Schutz vor Mäusen auf dem Boden verstreut hatte. In seinen Augen ist das Hokuspokus, sonst nichts. Ich bedeutete ihm, Platz zu nehmen. Von Tyvudden her hörte man Tor Holz hacken. Die Schläge hallten durch den Wald. Als das Geräusch mich und den Advokat zu einer Reaktion veranlaßte, erinnerte ich mich daran, daß es für Tor keine Rolle spielte, ob es Tag war oder Nacht, denn für ihn herrschte zu jeder Stunde des Tages Finsternis.

Rotenschiöld vollführte die übliche Prozedur. Als er damit fertig war und ein paar kurze, einleitende Förmlichkeiten von sich gegeben hatte, wollte er wissen, ob ich schon von dem Mord an dem Schuljungen in einem kleinen Ort im Süden des Landes gehört hätte. Zwei gleichaltrige Kameraden waren die Täter.

Ja, antwortete ich.

Gut, sagte er. Ich habe neulich einen Beitrag darüber in den Nachrichten gesehen und mußte dabei an das Gerichtsverfahren gegen Loeb und Leopold denken. Sagt dir das was?

Ach so, danach ist ihm also heute zumute, dachte ich

und antwortete: Ja, das ist diese amerikanische Geschichte. Die zwei ermordeten einen Vierzehnjährigen.

Ganz genau. Er kramte den silbernen Flachmann hervor und hielt ihn mit beiden Händen fest: Sie nannten den Mord ein Experiment. Auf dem Rücksitz eines geliehenen Autos erschlugen sie Loebs Cousin mit einem Meißel. Den nackten Körper versteckten die Jungen in einem Abwasserkanal in der Nähe der Eisenbahn. Dann versuchten sie, von den Eltern ein Lösegeld zu erpressen, indem sie ihnen anonym mitteilten, ihr Sohn sei gekidnappt worden. Alles war sehr genau geplant. Von Beginn ihrer Freundschaft an hatten sie sich die Zeit mit Brandstiftungen und Diebstählen vertrieben. Der eine war besessen von dem Gedanken, einen perfekten Mord zu begehen. Beide stammten aus sehr wohlhabenden Familien und hatten ein Leben geführt, das sie glauben machte, sie stünden über dem Gesetz. Was jeder Grundlage entbehrte, denn natürlich wurden sie geschnappt. Interessant sind die Ansichten ihres Verteidigers Clarence Seward Darrow. Er war einige Jahre zuvor zu Unrecht wegen Bestechung angeklagt worden, was seiner Stellung erheblich geschadet hatte. Mit diesem Fall bekam er seine Revanche. Er rettete die Täter vor dem elektrischen Stuhl. Darrow hatte ein Buch über die Motive menschlichen Handelns geschrieben, auf dessen Thesen er seine Beweisführung aufbaute: *Das Verbrechen – Ursache und Behandlung*. Das Buch hatte Aufmerksamkeit erregt. Und nun hör zu: Nach Darrows These ist kein Mensch allein für seine Taten verantwortlich. Auch das Milieu, die Gesellschaft und die Personen in seinem Umfeld spielen eine aktive Rolle dabei. Von einem freien Willen, so Darrow, kann deshalb keine Rede sein. Jedes Geschehen ist eine fortlaufende Verkettung von Ursache und Wirkung. So verhält es sich übrigens auch in der Natur, was meine Frau sicher genauer erläutern könnte. Verstehst du die Tragweite einer solchen Überlegung, rein rechtlich?

In dieser Form setzte er seinen Monolog fort. Wir beide wußten, daß er damit gleichzeitig etwas ganz anderes abhandelte. Er machte es sich sehr leicht.

Ich sage nicht, daß es ihm an Moral fehlt. Nur ist seine Moral etwas anders geartet als die meinige.

Im Jahr vor den Ereignissen, um die es hier geht, hatten die Rotenschiölds das Haus in Ängsvik übernommen. Sie waren jung und der Advokat schon damals ziemlich erfolgreich. Jurist in dritter Generation – das hinterläßt Spuren: eine Anrede und eine Attitüde, die man nicht mißverstehen kann, Eigenschaften, die von manchen mit Würde oder bewußter Autorität verwechselt werden, in Wahrheit aber nichts anderes verkörpern als den festen Glauben, von anderer, vornehmerer und edlerer Art zu sein, gleichsam die Ausgeburt einer höheren Form der menschlichen Existenz. Helen brach nach der Heirat ihre naturwissenschaftlichen Studien ab.

Die Rotenschiölds kamen im Auto gefahren, zusammen mit einem älteren Paar, das ich für seine Eltern hielt – sicher hatten sie ihnen das Haus zur Hochzeit geschenkt. Helen stieg vor meiner Tür aus, um sich nach dem Weg zu erkundigen. Ich saß draußen in der späten Maisonne und las die Zeitung. Auf der Titelseite war ein Bild der zwei Männer abgedruckt, die als erste den Gipfel des Mount Everest erklommen hatten. Ihre Blicke waren nicht auf die Kameralinse gerichtet, sondern verloren sich in der Ferne. Es war einer dieser sehr intensiven Tage, an denen jeder Augenblick wie ein Neuanfang erscheint. Das Wetter ist warm und klar, die Nächte sind noch überraschend kühl; ein Tag, an dem man seine Jakke mit dem Wunsch beiseite legt, nun möge alles besser werden.

Sie trug ein beigefarbenes Kostüm ohne Taschen. Ihre Augen waren grün.

Ich wies ihr den Weg: Weiter den alten Kiesweg entlang, am Gehöft vorbei, dann liegt linker Hand Ökenäs. Ängsvik ist dort, wo der Weg sich teilt. Geradeaus liegt Tyvudden, westwärts verläuft der Pfad nach Näsvik und Timmerudden. Man kann Ängsvik unmöglich verfehlen.

Erst nach Mittsommer kamen die beiden wieder, diesmal gefolgt von einem Lastwagen mit ihren Möbeln und anderen Habseligkeiten. Sie richteten sich ein und kamen, jeder für sich, um sich vorzustellen. Nach Ladenschluß saßen sie noch eine Weile bei mir vor dem Haus. Beide waren erstaunlich ruhig und gelassen, wenn man daran dachte, was in ihrem neuen Heim noch alles zu tun war. Ganz besonders er machte den Eindruck, als habe er alle Zeit der Welt. Helen betonte, daß ihr Vorname englisch ausgesprochen würde. Rotenschiöld verriet nie etwas von sich selbst, wollte aber alles über die Nachbarn erfahren, und fragte mich, was ich von den Grundstückspreisen hielte. Ob er ein gutes Geschäft gemacht habe? Er spekulierte darüber, ob es klug wäre, noch mehr Wald zu kaufen.

Er trug ein weißes Hemd und Schlips, dunkle Hosen aus Wolle mit breiten Hosenträgern und einen jener geflochtenen Hüte, wie ältere Fliegenfischer sie so gerne tragen. Getränke und Grundnahrungsmittel bestellte er mit Zetteln, auf denen er die genauen Mengen- und Gewichtsangaben vermerkt hatte. Helen holte die Waren dann später ab. Es erstaunte mich, daß die Eheleute nur wenig andere Dinge kauften, obwohl ihr Haus über mehrere Jahre leergestanden hatte und erst wieder richtig bewohnbar gemacht werden mußte. Daß sie das Haus in dem vorgefundenen Zustand nicht akzeptieren konnten, stand für mich außer Frage. Ich habe mit unzähligen Menschen aus ihren Kreisen zu tun gehabt, und stets war es mir leichtgefallen, sie zu durchschauen. Sie halten sich für unnahbar, doch in Wirklichkeit genügt ein kurzer Blick, um sie zu charakterisieren, denn ihr Gemüt ist ziemlich einfach strukturiert.

Dann bekamen sie also, was sie verdienten, sagte er bei irgendeiner Gelegenheit. Verräter.

Erst viel später wurde mir klar, daß er sich dabei auf das Ehepaar Rosenberg bezog, das am Tage zuvor in New York wegen Spionage hingerichtet worden war.

Rotenschiöld erledigte seine Geschäfte am Nachmittag, und Helen erschien frühmorgens, wenn ich Harald bei den Milchkannen zur Hand ging. Wir lungerten dann an dem Tisch, der am Straßenrand stand, herum und warteten auf Lenkrad-Hasse, der die Kannen abholte. Wenn Helen kam, bediente ich sie im Laden. Hatte sie spezielle Fragen, setzten wir uns gemeinsam auf eine Bank. Manchmal hatte sie eine Pflanze oder die Losung eines Tiers dabei und wollte Genaueres darüber wissen. Sie war neugierig und notierte alles, was ich ihr dazu sagen konnte.

Vielleicht irre ich mich, aber ich rede mir gerne ein, daß es diese Stunden waren, die uns etwas Gemeinsames gaben, ein gegenseitiges Vertrauen, das bis heute andauert, obwohl es bei jeder einzelnen unserer Begegnungen hätte zerstört werden können. Es war, als hätten wir dergleichen von Beginn an vorausgeahnt. Ich spreche gerne von einer »tieferen Freundschaft«.

Nach drei Wochen und zwei Tagen kehrten die Rotenschiölds in ihre Stadtwohnung am Nybroplan zurück, und ich sah sie erst zu Ostern im folgenden Jahr wieder. Kurz vor seiner Abreise suchte Rotenschiöld mich allerdings noch einmal auf und erkundigte sich nach einem Handwerker, der flink und selbständig arbeiten konnte. Ich bat ihn um genauere Auskünfte und begleitete ihn nach Ängsvik, wo er mir auf seine etwas akademische, respekteinflößende Art erklärte, was er und seine Frau vorhatten. Ja, ich wollte mich darum kümmern, daß ihre Pläne in die Tat umgesetzt würden. Er gab mir einen ordentlichen Vorschuß für meine Auslagen, worin ich einen weiteren Beweis für seine Seriosität bei allen Dingen sah, die ihm besonders am Herzen lagen.

Nachdem sich die Rotenschiölds auf den Weg gemacht hatten, holte ich Tor aus Tyvudden und erklärte ihm, was zu tun war. Er hörte mir so andächtig zu, als stünde er vor dem Jüngsten Gericht. Für den Zugereisten? fragte er. Den Advokat? Wieso sollten wir? Es geht um viel Geld, antwortete ich. Er hat die Taschen voll davon. Ja dann, sagte Tor einlenkend. Ich gab ihm einen Geldbetrag, der etwas kleiner war als der, den ich bekommen hatte, so daß er Material beschaffen konnte. Er starrte auf die Scheine in seiner Hand, als sei er bis zu diesem Augenblick sein Leben lang betrogen worden und nun plötzlich auf die andere Seite gewechselt. Es muß auch noch für Elias' Lohn reichen, denk daran, sagte ich. Allein schaffst du's nicht, es ist zuviel.

Bis zum Frühling hatten Elias aus Norrsund und Tor das Wohnhaus mit einer neuen Holzverkleidung versehen, Dach und Dachstuhl erneuert und die wurmstichigen Treppenstufen durch frisch geschliffene Bretter ersetzt. Im Dachgeschoß hatten sie zwei Zimmer eingerichtet, während das Erdgeschoß offen blieb wie ein großer Saal und durch eine moderne Küche und ein Bad mit Wasserklosett ergänzt wurde. Ein Kamin war gemauert, die Tapeten geklebt und ein maßgefertigtes Bücherregal an den dafür vorgesehenen Platz gestellt. Vom neuen Fenster in der Südwand des Hauses aus und von der Terrasse unter der vorstehenden Dachtraufe konnte man sehen, wie die Bucht Gjupafjärd jenseits des Gatts zwischen Hjälmgarnsö und Trigöta immer breiter wurde. Viele der runden, flachen Felsen waren weiß vom Kot der Möwen.

Es wurde ein rechtwinkliger Bootssteg angelegt, der groß genug für vier Boote war und der die Badebucht vor Wind schützen sollte. Mit zwei Steinkisten, die man mit Schlössern versah, wurde der Steg am Ufer festgemacht.

Ich besuchte täglich den Bauplatz, um zu sehen, wie es voranging. Ich hatte mit Pökelzunge und Pferdefleisch belegte Brote bei mir, auch ein paar Bierflaschen, auf deren Oberfläche die Feuchtigkeit kleine Tröpfchen gebildet hatte. In dem Zimmer, das einmal die Bibliothek werden sollte, setzten wir uns auf Sägeböcken und Kisten zusammen, aßen und tranken. Ganz schön anstrengend, sagte Elias. Er trug einen zweifarbigen, gestreiften Schal, den Britta für ihn gestrickt hatte. Wenn wir fleißig arbeiten, lohnt es sich für uns, sagte ich und wickelte unsere kleine Mahlzeit aus der raschelnden Papierhülle. Das Fleisch war rot marmoriert und zart im Geschmack. Denn ihr glaubt doch nicht, daß Leute wie er sich je zufriedengeben?

Als die Rotenschiölds im folgenden Jahr zurückkehrten, fuhren sie zunächst an meinem Haus vorbei. Helen stieg in Ängsvik aus; er aber machte sofort wieder kehrt, hielt, ohne unser Werk inspiziert zu haben, vor meiner Tür an und kam herein. Er fuhr einen schwarzen Mercedes 220.

Die Zeit der Wochenendsegler war gekommen. Immer mehr von ihnen machten an der Anlegebrücke Station und tummelten sich bei mir im Laden. Während sie auf den Käse oder das Kasseler warteten, lamentierten sie über die Alkoholsteuer, die um mehr als drei Kronen pro Liter gestiegen war, und schimpften auf das Bratt-System, die staatliche Alkoholregulierung, deren Abschaffung inzwischen beschlossene Sache war. Sie waren laut, krakeelten und stritten darüber, ob man das Kontrollbuch, wenn es ausgedient hatte, sofort wegwerfen oder als eine Art Zeitzeugnis aufheben solle. Als wäre dies eine Möglichkeit, mit einem Unbekannten abzurechnen, den man für die Situation verantwortlich machen konnte. Einer nach dem anderen löste sich aus der Menschentraube und wandte sich an mich. Die Segler kauften frischgemahlenen Kaffee, Limonadenpulver, Seife, eine Zeitung für die Ehefrau und erkundigten sich nach dem neuesten Wetterbericht.

Sie haben für den Abend eine Flaute gemeldet, antwortete ich. Ihr bleibt am besten über Nacht hier liegen. Morgen früh kann ich euch frische Eier und frischgemolkene Milch bringen. Das Brot ist dann immer noch ofenfrisch. Wann soll's denn sein?

Schließlich blieben Rotenschiöld und ich allein zurück. Er hielt meine Hand noch in seiner, als er sagte: Es ist schön, wieder hier zu sein. Ist im Haus alles erledigt?

Alles, antwortete ich. Jede Phase der Renovierung

habe ich persönlich überwacht und kann dafür garantieren.

Gut, sagte er. Was bin ich schuldig?

Ich mag die Art, wie er Geschäfte abwickelt: Er ist geradeheraus und versucht nicht lange, sich zu winden oder zu feilschen. Ich hatte einen Betrag errechnet, der durchaus nicht übertrieben war, und da ich wußte, daß er sich seiner Schuld vollauf bewußt war, legte ich noch ein wenig drauf. Gut, sagte er wieder, zog aus seiner Hosentasche ein Bündel großer Scheine und zupfte – wie trockenes Laub von einer Harke – ungefähr die Hälfte ab. Stimmt so, sagte er und legte das Geld auf den Ladentisch. Der Rest ist für dich, sozusagen als Dankeschön.

Das war doch nicht der Rede wert.

Trotzdem, antwortete er und nahm erneut mit festem Griff meine Hand: Es ist wohl an der Zeit, daß wir uns bekannt machen. Mein Name ist Advokat Rotenschiöld.

Johannes, sagte ich. Johannes Händel.

Angenehm. Ach, übrigens, da wäre noch eine Kleinigkeit. Könntest du mir vielleicht morgen nachmittag mit noch ein paar anderen behilflich sein? Ich habe für meine Frau ein Klavier bestellt.

Am Ende waren es Harald und ich, Tor und Assar, die sich mit dem Klavier – Hagelunds Musikgeschäft aus Stockholm hatte es geliefert – vom Lastwagen bis zur hinteren Wand in der Nähe des Kamins quälten. Breite Riemen waren um unsere Nacken gelegt, und wir trugen Handschuhe. Der Advokat wies uns an, wo wir das Klavier hinstellen sollten. Gebt auf den Lack acht! Und zieht eure Schuhe aus!

Danach mußten wir den Türrahmen wieder festnageln, den wir zuvor mit einer schmalen Messerklinge entfernt hatten, um das Klavier durch die Öffnung zu bekommen. In der Zwischenzeit hatte Rotenschiöld, verfolgt von Haralds wütendem Blick, einen Gartenstuhl hinausgetragen und ihn in sicherer Entfernung aufgestellt, um ungestört zu bleiben. Mit einem Stapel Akten und einem Wasserglas voll Whisky ließ er sich dort nieder – und saß noch immer da, als wir schon unsere Utensilien zusammengepackt und uns entfernt hatten.

Nachdem wir ein Stück weit gekommen waren, steckte ich Tor seinen Anteil am Verdienst zu. Wieder dieser böse Blick: Mehr ist nicht herausgesprungen? Verdienst etwa nur du an der ganzen Geschichte?

Ich hatte schon mit diesen Einwänden gerechnet. Auf die Summe kam es nicht an – er hätte sich auf jeden Fall beklagt. Auf den Tag folgt die Nacht. Als gehörten bei solchen Geschäften Beschuldigungen und Mißtrauen wie selbstverständlich dazu.

Ich habe die Kosten abgezogen, sagte ich. Das ist alles.

Er blieb mitten auf der Straße stehen und machte eine Geste, als wolle er das Geld zurückgeben. Er wirkte sehr ungehalten: Alles! Die Schmirgelleinwand, die Farbe! Hast du an dem Material, das wir bei dir gekauft haben, nicht schon genug verdient?

Mein lieber Tor. Ich legte einen Arm um seine Schulter und schob ihn vorwärts. Du mußt lernen, zwischen Waren und Dienstleistungen zu unterscheiden. Das sind völlig verschiedene Dinge. Wie Pferd und Ochse. Du kannst von mir nicht verlangen, daß ich mit Verlust arbeite. Hast du eine Ahnung, wieviel es mich kostet, ein Lager zu unterhalten?

Er nickte, als wolle er damit bestätigen, daß ihm nicht

ganz klar war, worin der Unterschied zwischen unseren beiden Tätigkeiten lag, aber er sagte es nicht laut, um mich nicht zu verletzen.

Und was hättest du in diesem langen, langweiligen Winter getan, wenn ich nicht gewesen wäre und dir diese Arbeit vermittelt hätte? fuhr ich fort. Jawohl, du hättest einsam in Tyvudden gehockt und dich vollaufen lassen. Närrisch wärst du geworden.

Das genügte. Tor beschleunigte wieder seinen Schritt, und die Finsternis und der Argwohn verschwanden aus seinem Gesicht. Er grübelte über meine Worte nach, rieb dabei mit einem Finger sein Kinn und legte dann mit beinahe heiterer Miene den Arm um meine Schulter. So setzten wir unseren Weg fort, bis er erneut stehen blieb.

Du hast tatsächlich recht, sagte er. Aus irgendeinem Grund trägst immer du allein den Gewinn davon, aber du bist es wert. Denn ohne dich wäre ich völlig leer ausgegangen.

Genau. Auf diese Weise funktionieren die Wirtschaft, die Gesellschaft und die ganze Welt.

Du bist umsichtig, Johannes.

Man tut, was man kann, um für jeden das Beste herauszuholen, sagte ich. Das ist nicht immer einfach. Und bevor sich unsere Wege trennten, fügte ich noch hinzu: Vergiß nun aber nicht, daß auch Elias seinen Anteil bekommen muß. Er und Britta können im Augenblick jeden Pfennig gebrauchen.

EIGENTLICH SOLL DIESE Geschichte von den Ereignissen berichten, die sich zutrugen, nachdem die Rotenschiölds ihr neues Haus bezogen hatten. Aber davor und danach geschahen Dinge, die einfach nicht unberücksichtigt bleiben können, wenn man einen Einblick in die begangenen Taten bekommen und sich ein eigenes Urteil bilden möchte. In all den Jahren, die seither vergangen sind, habe ich die Männer aus dem Ort wieder und wieder aufgesucht und sie mit meinen Fragen und Behauptungen konfrontiert. Ich wollte alle Versionen der Geschichte sammeln und jedes neue Detail, auf das ich bei meiner Suche stieß, den bereits gefundenen hinzufügen. Ich habe ihren Gedankengängen gelauscht und ihren Vorspiegelungen, habe genau untersucht, womit sich jeder einzelne von ihnen in den betreffenden Monaten beschäftigte. Anschließend suchten sie mich auf, um Gesagtes zu korrigieren, zu komplettieren oder zu dementieren. Nur einer wollte sich zur Sache nicht äußern, der Advokat, und Majas Beitrag entsprach aus Gründen, die noch ersichtlich werden, nicht ganz ihrem umfassenden Kenntnisstand. Doch selbst wenn es hier und dort Lücken geben kann, wage ich zu behaupten, daß meine Schilderung die vollständigste ist: Jedes zusätzlich auftauchende Detail bliebe ohne Wirkung auf die Sachverhalte. Es gibt ein Verbrechen und eine Schuld. Die Frage ist, auf wen sie sich verteilen.

Mein Gedächtnis ist gut wie das eines Ardennerpferdes. Es umfaßt nahezu ein Jahrzehnt. Ich lüge nicht, wenn ich sage, daß ich mich deutlich an das Gesicht und vor allem auch den Geruch jedes einzelnen Menschen erinnere, der mir auf der anderen Seite der Ladentheke gegenübergestanden und nach Grahammehl oder Holzschrauben gefragt hat. Alles, was die Leute sagten (und wie sie es sagten), ist mir präsent, klar wie ein Zuckerkristall. Maja umgab eine Aura von Süße und Rosentau. Ihr rotes Kleid hatte ein tiefes Dekolleté, und ihre Zähne glänzten weiß, als sie sich nach einem Zimmer erkundigte. Ich habe mich bemüht, nichts zu vergessen.

Karlsson war pünktlich wie die Morgenandacht. Bevor er gegenüber dem Milchstand anhielt, wendete er wie immer seinen Bus unten an der Anlegebrücke. Der silbrige Bus war in seinen Formen weich wie ein dampfender Laib Brot. Karlsson pflegte ihn in jeder freien Minute mit Putzmittel und Lappen, und Rauchen war den Fahrgästen streng untersagt. Wer die Füße auf den Sitz gegenüber legte oder das Inventar auf andere Weise malträtierte, fand keine Gnade in seinen Blicken und seiner kommandierenden Stimme. Gelegentlich kam es vor, daß er Reisende, die sein Mißfallen erregt hatten, einfach mitten auf der Strecke an die Luft setzte.

Hinter ihm hing für den Fall, daß ein Elch oder Reh auftauchte, wenn gerade keine Fahrgäste im Bus waren, ein Stutzen bereit; die Munition klapperte in einer Ablage auf dem Armaturenbrett.

Fräulein Lind lief ungeduldig auf der Standspur hin und her. Sensibel wie Lackmuspapier reagierte sie auf alle äußeren Eindrücke und registrierte wie ein Barometer jede Veränderung in ihrer Umgebung. Sie hatte die Unbekannte an einem Fensterplatz erspäht. Kaum hatte

Karlsson ihr die Pakete und Briefe ausgehändigt und er im Austausch die von ihr nach Größe und Empfangsort sortierten Sendungen entgegengenommen, da zog sie ihn auch schon beiseite: Wer ist das? Und sie richtete ihren Blick spähend ins Dunkel der hinteren Bushälfte.

Tor hielt beim Schleifen inne und hob die Hand über die Augen, damit sie ihnen Schatten spendete. Noch einundfünfzig Tage, dann sollte das Licht in seinen Augen erlöschen und Tor in undurchdringlicher Finsternis zurücklassen. Sein Blick heftete sich an die Neuangekommene.

Wie das Seil eines indischen Fakirs schlängelte sich der Rauch aus Karins Ofen durch den Schornstein hinauf, und das Aroma von frischem Gebäck erfüllte den Hof. Vom Schuppen her waren Hammerschläge und Haralds Stimme zu hören: Was für eine Wärme! Hätten wir bloß einen Traktor! Mit einer Spitze des gespaltenen Daumens, dort wo die Papillarlinien am empfindlichsten sind, streichelte er die Maserung des Holzes, ehe er die Zacke kräftig ins vorgebohrte Loch der Harke drückte und sie mit zwei Hammerschlägen festschlug. Aufmerksam geworden, hatte sich Assar in wiegendem Gang zum Eingangstor begeben. Wie versteinert überwachte er jeden Schritt und jede Bewegung Majas und fand erst wieder Sprache und Gehör, als Harald mit ebenso stierem Blick zu ihm hinaufkam. Hast du gesehen!

Der Himmel war wolkenlos und glockenblumenblau und die Luft so klar, daß es schien, als rückten alle Wahrnehmungen näher zusammen und gewönnen dadurch an Deutlichkeit. Und doch sollte am Ende des Tages jeder Beteiligte den Verlauf dieser Stunde unterschiedlich beurteilen.

Ich bin mit einem Bauern vorgerückt, der bis dahin einen Läufer blockiert hatte. Dadurch wurde eine Diagonale frei. Das gehörte zum Plan. Der Russe und der Kubaner waren die zwei großen Schachkoryphäen der Zwischenkriegszeit, und die Welt hatte lange auf eine Begegnung zwischen den beiden gewartet. Es wurde der längste Wettkampf in der Geschichte. Im nächsten Zug würde Aljechin mit dem Turm vorstoßen und sich auf diese Weise den Titel sichern, aber bis dahin war noch viel Zeit.

Unsere Blicke trafen sich, als sie den Weg heraufkam und zur Gartenpforte hereinspazierte. Sie lächelte. Sie trug eine Reisetasche aus braunem, gediegenem Leder, die mit zwei Karabinerriemen zusammengehalten wurde. Der Kies knirschte unter ihren Füßen, als sie Rasks gelbes Haus passierte und den Hof überquerte. Vilmer, im Schatten des Birnbaums, war verstummt und bemühte sich eifrig, seine Flasche zu verbergen. Maja bemerkte ihn gar nicht. Hinter einer Gardine sah man Karins Konturen.

Maja lächelte. Das kastanienbraune, lockige Haar war mit Klammern hochgesteckt und wippte bei jedem Schritt. Sie trug keine Strümpfe. Ihre Schuhe waren leicht und hatten Absätze, so etwas trug man in der Stadt und in Tanzcafés. Sie schwebte auf mich zu wie eine Prinzessin, blieb vor mir stehen, ohne ihr Gepäck abzustellen, und fragte mich: Weiß der Herr vielleicht, ob hier irgendwo Zimmer vermietet werden?

Wieso das? fragte Tor, bückte sich nach der Schere, die er in den Trog hatte fallen lassen, und richtete sich wieder auf. Für wie lange?

Karlsson winkte und stieg in den Bus, nachdem er sich zuvor die Schuhe an der Fußmatte abgeputzt hatte. Er nahm hinter dem Lenkrad Platz, legte den ersten Gang ein und ließ den Bus anrollen. Unterdessen flatterte die Lind aufgeregt hin und her. Wie gewöhnlich wartete Karlsson noch einige Sekunden, bis er die Türe schloß.

Für eine Woche vielleicht oder ein bißchen länger, sagte das Mädchen, ohne den Blick von mir abzuwenden. Tor war so verblüfft, daß er schon wieder etwas fallen ließ.

Das Fräulein kann bei mir wohnen, sagte ich. Die Kammer steht leer. Küchenbenutzung ist inbegriffen.

Aus ihren tiefblauen Augen sprach eine Art Bewunderung, die für mich ungewohnt war. Nie hätte ich es für möglich gehalten, daß eine Unbekannte es wagen würde, schon bei der ersten Begegnung mit solcher Offenheit zu zeigen, was sie dachte. Sie war, wie es schien, vollauf zufrieden mit meinem Angebot; es war mehr, als sie zu hoffen gewagt hatte.

Ich schlafe ohnehin im Büro, sagte ich. Die Küche liegt zwischen den beiden Zimmern, so daß jedem von uns eine Hälfte des Hauses zur Verfügung steht. Vom Fenster aus schaut man auf die See und den Hafen, sonst ist überall Wald. Das Klosett befindet sich gleich um die Ecke.

Sie stellte den Koffer ab, drückte einen Absatz in den Kies, sah sich um und lachte. Es war ein glückliches Lachen. Was wird es kosten? Sie trug zwei Ringe an der einen Hand und goldene Ohrringe, der Hals war schmucklos.

Bezahlen Sie so viel, wie Sie können. Wir werden uns schon einig.

Ein Geräusch oben auf dem Weg verriet, daß Salem mit seinem dreirädrigen Fahrrad mit Ladefläche heranrollte. Assar hatte sein Nest unter Haralds Fittichen verlassen, hatte die Hand, die ihn zurückhalten wollte, weggeschoben und kam nun zu uns herüber. Der linke Arm schwang parallel zum linken Bein hin und her; die rechte Körperhälfte verhielt sich entsprechend.

Auf der anderen Seite des Zauns war das Postfräulein über den Graben gestiegen und hatte sich so nah wie möglich an den Ort des Geschehens herangepirscht.

Könnte ich es vorher sehen?

Selbstverständlich. Gehen wir hinein.

Wir gaben uns die Hand. Ich nannte ihr meinen Namen und bat sie, mich zu duzen und sie, die Maja Berglund hieß, tat es mir gleich. Assar nahm ihre Tasche und ging voraus. Er sagte: Ich werde dem Fräulein helfen. Die Tasche ist schwer.

Bevor ich den beiden ins Haus folgte, rückte ich mit dem von einem Bauern des Kubaners bedrohten Springer ins Zentrum vor. Schach. Noch ein Zug und die Partie sollte beendet sein.

Wie war ich nur darauf gekommen, das Zimmer zu vermieten? Es war eine spontane Entscheidung, wie aus dem Nichts. Beiden war uns sofort klar gewesen, daß Maja nie etwas bezahlen würde. Wir wußten, daß wir Freunde werden und in gutem Einvernehmen zusammenleben würden wie zwei Menschen, die einander so, wie sie sind, zu schätzen wissen. Ein seltsames Gefühl überkam mich, unbeschreibbar und unwiederholbar, ein impulsives Gefühl, das einen dazu verleitet, Dinge zu tun und zu sagen, die sonst undenkbar wären. Es kann sowohl Männer als auch Frauen überkommen.

Ich habe mich immer schon am liebsten im Büro aufgehalten. Es ist zwar eng dort, hat aber den Vorteil, daß man alles Wesentliche vom Drehstuhl und vom Bett aus erreichen kann. Meine Habseligkeiten sind, wie gesagt, klein an der Zahl und nehmen keinen nennenswerten Platz in Anspruch. Deshalb benutzte ich auch das Zimmer auf der anderen Seite der Küche nicht.

Klein und bescheiden zu leben hat überdies den Vorteil, daß man das Putzen und Pflegen von Plunder aller Art auf ein Minimum reduzieren kann. Ich hatte mich aber möglicherweise schon zu lange damit zufriedengegeben. Maja nahm sich der Kammer an, als gälte es, einen alten Verschlag wieder bewohnbar zu machen. Sie schleppte die Möbel nach draußen, um jeden Winkel des Fußbodens zu erreichen. Auf den Knien, mit Seife und Schrubbürste, neben sich einen Eimer Wasser, wienerte sie ihn blank und wuchtete anschließend die Möbel wieder an ihren Platz. Sie riß die Fenster auf und ließ sie lange offenstehen, wischte unzählige Male Staub und bat mich, saubere Läufer zu besorgen. Ich kramte die Flickenteppiche hervor, die Britta einst in der Absicht, sie weiterzuverkaufen, hierher getragen hatte und die seither zusammengerollt in einer Ecke lagen. Sie waren sommergrün, weiß und gelb gestreift und aus Lumpen gewebt. Es war unmöglich gewesen, sie loszuwerden – nicht der Farben wegen, sondern weil sie für die kleinen Flure, in die sie passen sollten, zu breit waren und für die Küchen der Bauernhöfe zu schmal. In einem der Lumpenstreifen erkannte ich die Reste eines alten Hemdes von mir wieder. Maja rollte sie dicht nebeneinander aus und schaffte es auf diese Weise, den gesamten Boden abzudecken – und mich in tiefste Verwirrung zu stürzen: Wozu dann die ganze Schrubberei, dachte ich.

Aber was wußte ich schon über den Eifer der Frauen!

Überhaupt war mein Wissen über das weibliche Geschlecht sehr begrenzt. Nur ein einziges Mal hatte ich eine Frau auf vertraulichere Art kennengelernt, als es normalerweise zwischen Kaufmann und Kunde, Nachbarn und Freunden üblich ist – ein Ereignis, auf das ich aber erst später zurückkommen werde, wenn ich mich stark genug fühle, aufrichtig über meine erste Niederlage zu sprechen.

Drei Tage dauerte die akribische Raumpflege. Danach machte sich Maja daran, auch den Rest des Hauses herauszuputzen, womit sie bis in die folgende Woche beschäftigt war. Sie trug dabei einen Rock mit einer dünnen Bluse oder ein Kleid; alles aus leichtem, luftigem Material, das locker ihren Körper umflatterte und von dem sie behauptete, es kühle in der Sonne und wärme am Abend.

Ihren Schmuck tauschte sie durch diskreteren aus, und bald ersetzte sie auch ihre Stadtschuhe durch bequemere.

Unter vier Augen mit mir, übers Butterfaß oder den Heringsbottich hinweg, legten die weltgewandten Gentlemen und Sommerhausbewohner eine Hand an mein Ohr und beschrieben flüsternd, als wäre es das größte Geheimnis, den Duft des Parfüms, den sie in Majas Nähe wahrgenommen zu haben glaubten. In der Einbildung, daß sie dadurch ihre Erregung und Neugier nicht verrieten, verglichen sie ihn mit Magnolie und Mandelholz, Flieder, Maiglöckchen, Honig und sonnenschwerem Hafer. All das war richtig und traf zu, doch niemand bedachte, daß die Essenzen früh am Tage andere waren als in den Abendstunden.

Um in ihr Zimmer zu gelangen, mußte Maja durch das Lager. Obwohl es nicht besonders groß ist, bietet es

Platz für viele Waren und Artikel, die unter Umständen durchaus von Nutzen sein können, auch wenn nie nach ihnen verlangt wurde. Bei mir führten die Gegenstände längst ein Eigenleben. Sie vermehrten sich im Rhythmus der Jahreszeiten. Je weiter hinten sie lagen, desto fremder wurden sie mir. Da verrotteten in der Feuchtigkeit Kartons und Jutesäcke, die mit unbrauchbar gewordenem Getreide gefüllt waren; da lagerten Dachziegel mit Sprüngen und abgeschlagenen Kanten und Holzkisten unterschiedlichster Art, bei denen ich nicht wußte, was sich in ihnen verbarg; da stapelten sich Rohre und Kupplungen. Wenn ein Kunde etwas verlangte, das ich normalerweise nicht führte, antwortete ich meistens, es befinde sich im Lager, und manchmal fand ich dort den gewünschten Gegenstand tatsächlich auf einem der Regale. Viel öfter aber kehrte ich zurück und sagte mit einem Ausdruck des Bedauerns, das letzte Stück sei gerade verkauft worden; ich hätte aber bereits eine neue Lieferung bestellt: Könnten Sie vielleicht ein, zwei Wochen warten?

Irgendwo zwischen dem überquellenden Gerümpel fand Maja einen runden Spiegel mit einem Rahmen aus poliertem Birkenholz. Ich hatte ihn nie zuvor gesehen. Wahrscheinlich war er vor Jahrzehnten dort von ich weiß nicht wem zurückgelassen worden, vielleicht von Adam und Kristina Rask. Wie auch immer, Maja beschwatzte Harald, ihr den Spiegel an die Wand zu schrauben. Aber dieser blieb, wahrscheinlich mit Absicht, länger als verabredet in der Scheune, und als er dann schließlich doch auftauchte und eine fadenscheinige Ausrede vorbrachte, da hatte Maja den Spiegel bereits selbst aufgehängt.

Versteckt in einem Koffer hinter ausrangierten Spülbecken, entdeckte sie zwei Rollen weißen Baumwollstoffs, der nur geringfügigen Schaden davongetragen hatte. Er war zu dünn für die Bedürfnisse der Segler und zu fein für die Häuser. Ich überließ ihn ihr zu einem fairen Preis.

Am Abend saß sie zusammen mit Tor und mir draußen vor dem Laden, schnitt aus dem Stoff Gardinenbahnen zurecht und vernähte die Säume. Wir hatten eine Öllampe angezündet, die uns mit einem seidigen, warmgelben Schein umgab, und Maja beobachtete aufmerksam die kalkulierten Manöver der Schachfiguren auf den braunen und weißen Feldern. Sie musterte uns mit eindringlichen Blicken und wollte Genaueres über Regeln und Taktik wissen: Wer hat diese strikten Regeln eingeführt? Und warum haltet ihr euch daran?

Mit solchen Fragen weiß ich nichts anzufangen. Tor, der wortkarg dasaß wie ein Schild, das Abstandhalten gebot, gewann mühelos. Ausnahmsweise. Später, als wir das Brett zur Seite gelegt hatten und die Feuchtigkeit vom Meer her dicht über dem Boden heraufkriechen spürten, als Karin längst von der Weide und dem abendlichen Melken zurückgekehrt war, verkündete Maja: Ich werde dir auch Gardinen nähen. Meine sanften Proteste überhörte sie. Willst du es nicht ein wenig schön haben? Schau hier! Schwungvoll wedelte sie mit den Stoffbahnen.

Die Samen bekam Maja gratis. Zum Pflanzen war das Jahr schon zu weit fortgeschritten, und hätte ich sie noch länger aufgehoben, wären sie verdorben. Maja verteilte sie in eine auf Böcken stehende, längliche Kiste unter ihrem Fenster und über den Blumenbeeten rund ums Haus und drückte jeden einzelnen Samen mit dem Fingernagel in die Erde. Als sie die Saat gegossen und die

Feuchtigkeit überprüft hatte, kam sie herein und wies mich mahnend darauf hin, daß die Ostfassade des Hauses neu gestrichen werden müsse; sie sei den Winden ausgesetzt, weshalb ihre Farbe stark gelitten habe. Ich antwortete, das müsse noch warten, im Augenblick fehle dazu die Zeit.

Die Blumen sprossen hervor, doch als sie im Spätsommer erblühten, war Maja nicht mehr da. Die roten und gelben fleißigen Lieschen und Immortellen hielten sich bis weit in den Herbst hinein.

Maja war voller Optimismus. Sie war vernichtend schön. Ihre Augen waren tiefblau und warm. Schon nach wenigen Stunden an der freien Luft, sogar im Schatten, dunkelte ihre Haut, und auf dem Nasenrücken zeigten sich kleine Sommersprossen.

Nach dem Aufstehen bürstete sie ihr Haar – ein Geräusch, das mir durch Mark und Bein ging –, und war es danach eine Weile still, so lag es daran, daß sie sich die Nägel lackierte oder ihre Augenbrauen zupfte. Ich weiß noch, daß sie einmal sagte, die Prozedur verschaffe ihr mehr Befriedigung als das Resultat. Von allen Frauen, die ich in all den Jahren gesehen habe, verstand sich keine darauf, mit so leichter Hand und so einfachen Mitteln die individuelle Schönheit, die jedem Menschen eigen ist, hervorzuheben. Es schien ein selbstverständlicher Bestandteil ihrer Erscheinung zu sein.

Ihr Lachen war wie klingende Münzen in einer blankpolierten Kupferschale. Jedesmal, wenn es ertönte, war es wie ein Geschenk, und es wurde einem warm ums Herz wie im April an einem windgeschützten Ort, wenn der Frühling nicht mehr aufzuhalten ist.

Zweimal in der Woche stellte Maja die flache Zinkwanne hinaus, pumpte aus dem Brunnen drei Kannen

Wasser und erwärmte es. Dann wusch sie sich breitbeinig und vornüber gebeugt, mit Ami-Rose Shampoopulver das Haar. In der einen Hand hielt sie das Shampoopäckchen, mit der anderen massierte sie den Schaum ein. Zum Schluß spülte sie das Haar gut aus und wrang es mit beiden Händen aus. Ihr Gesicht befeuchtete sie mit einem nassen Handtuch.

Ich kochte Kaffee und schnitt Brot und Früchte auf, legte Servietten, Butter, Marmelade, Wurst und Honig auf ein Tablett. Wir setzten uns zum Frühstück hinaus auf die Bank oder unter den Apfelbaum auf der Rückseite des Hauses mit Aussicht auf den Hafen und die Bucht, die ihre Arme ausbreitete. Es war noch früh am Morgen. Bald mußte ich meinen Laden öffnen.

Viele Segler aus Trosa, Oxelösund, Nyköping und von noch weiter her legten jetzt Tag um Tag unten am Hafen an. Sie kannten sich in den Fischgründen aus und waren auch sonst recht beschlagen in nautischen Dingen. Bei mir im Geschäft gerieten sie ins Erzählen und spannen unermüdlich Seemannsgarn. Am liebsten aber sprachen sie von ihren Segelbooten.

Andere, die in der Nähe wohnten, änderten ihre Gepflogenheiten und kamen auf einmal zu zweit zum Milchholen. Entweder holten sie im Vorbau ihre kleinen Milchflaschen ab, oder sie brachten leere Flaschen mit und füllten sie an einem bereitstehenden größeren Milchbehälter. Manche kamen auch ganz ohne Grund. Sie taten so, als hätten sie plötzlich vergessen, was sie wollten. Ich durchschaute sie, lange bevor sie an der Reihe waren und sich mit dürftigen Ausreden zurückzogen.

Um eine gewisse Ordnung aufrechterhalten zu können, hatte ich ein Heftchen mit unbenutzten Losen auf den Ladentisch gelegt, die nun als Nummernzettel dienten. Bei Hochbetrieb war es nicht ungewöhnlich, daß jemand, der am Vormittag seine Nummer zog, erst nach dem Abendessen aufgerufen wurde. Einige Kunden schickten ihre Kinder vor und ließen sie aufpassen. Rückte der Zeitpunkt der Bedienung näher, flitzten die Kleinen heim und gaben Bescheid.

Das Gedränge war in den ersten Wochen am größten. Man merkte sehr genau, wie sich die Blicke auf Maja richteten, deren Name wie ein Fünkchen Glut zwischen Grundstücken, Häusern und Sommerquartieren hin und her sprang. Hier brachte es den Dung zum Schwelen, dort landete es bei den Spänen im Kamin. Da glomm es erst, dann brannte es, und schließlich loderten die Flammen empor, in Kovervik und Ytternäs, auf Stora Arnholm und weit im Norden bei Lövdal. In Folkvik wurde die Nachricht über die Telefonstation weitergetragen, und alsbald klingelte ein Apparat nach dem anderen, und jeder Hörer war ein neuer Verbreiter: Der Händler, so hieß es, hat eine Untermieterin, eine junge Frau ohne Mann, die den Sommer hier verbringen wird.

Ich bin überzeugt davon, daß Maja ahnte, was die Ursache des Aufruhrs war, und daß sie sich aus diesem Grunde – und nicht so sehr wegen der Ruhe, nach der sie sich angeblich sehnte – unter die Apfelbäume zurückzog. Sie nahm mein Radio mit hinaus und stellte es auf den Tisch im Schatten. Aus dem Zeitungsfach borgte sie sich *Vecko-Journalen* und *Min Melodi*. Als Maja sie zurückbrachte, waren sie abgegriffen und zerknickt. Ich mußte sie im Zeitschriftenstapel zuunterst legen.

In Majas Fensternische stapelten sich zahlreiche Bücher, von denen sie eines nach dem anderen mit in die Wärme hinausnahm und dort in langen Stunden las. Einige der Titel kannte ich. Wenn Maja die Bücher ausgelesen hatte, lieh ich sie mir aus und las sie in den Nächten selbst. Im Rhythmus mit meinen müder und müder werdenden Augen schraubte ich im späten Dämmerlicht die Flamme höher. Nickte ich kurz ein, fuhr ich bald wieder hoch und stützte die Ellbogen auf die Schreibplatte. Dies hatte zur Folge, daß ich den nächsten Tag vor lauter Übermüdung wie in Trance erlebte.

Karlsson hupte, als er vorbeifuhr, und während er wendete, lief Maja eilig auf die Straße hinaus, um ein paar Worte mit ihm zu wechseln; sie tat dies zeitgleich mit Fräulein Lind, die auf der anderen Seite der Straße stand. Majas Gruß wurde von ihr mit einem forschenden Blick und einigen schnellen, gut überlegten Fragen erwidert.

Ist heute was für mich dabei? fragte Maja, nachdem die Lind Hände und Ohren voll bekommen hatte.

Nee, sagte Karlsson und schielte zum Lindschen Mutterschaf hinüber, das still an seinem Platz verharrte, bis das letzte Wort gesprochen war. Vielleicht morgen? Wenn ich den Namen des Fräuleins sehe, lege ich die Sendung gleich auf die Seite, damit sie auf jeden Fall richtig geliefert wird.

Danach kehrte Maja zu ihrem Stuhl zurück und setzte sich wieder hin. Sie verschränkte die Arme, versank in Gedanken und wirkte stolz und abwesend.

Wenn der Ansturm vorübergehend abflaute, packte ich Waren aus und versah sie mit Preisschildern. Abends zählte ich die Tageseinnahmen, machte Bestellungen und kümmerte mich um die Rechnungen. Ehe wir uns in unsere Zimmer zurückzogen, blieben uns aber stets noch ein paar gemeinsame Minuten. Es war eine kurze Spanne ruhiger und vertraulicher Gespräche, die ich sehr mochte und herbeisehnte. Das gemeinsame Wohnen in diesem Haus, in dem ich mich an die Stille und mein Junggesellendasein gewöhnt hatte, erwies sich als problemlos. Nie gingen wir einander auf die Nerven, nie fühlte sich einer von uns beengt.

Maja berichtete von den Dingen, die sie den Tag über erlebt hatte, und das waren erstaunlich viele, wenn man bedachte, daß sie die meiste Zeit damit zu verbringen schien, alle viere von sich zu strecken. So hatte sie sich zum Beispiel ans Ende der Anlegebrücke gestellt und mit den Leuten gesprochen, die von den Inseln heimkehrten. Da diese Menschen recht redselig waren und Maja neugierig, konnte sie schließlich deren Häuser genau beschreiben und wußte, wo sie lagen. Sie wollte von mir mehr über die Leute erfahren, genauso wie über jene, die tagsüber bei mir an der Ladentheke gestanden hatten. Ich nannte ihr die Namen, erzählte von ihren Höfen und schilderte, wie sie sich benahmen, wenn es darum ging, Aufschnitt auszuwählen oder zu bestimmen, wieviel Kaffeebohnen sie wünschten. Auch daß der mürrische Fischer, der seinen Fang mit dem Fahrrad ausfuhr, Salem aus Busberg sei, erwähnte ich.

Er mache einen netten Eindruck, sagte Maja. Aber ich habe ihn nur aus der Ferne gesehen.

Er ist freundlich. Solange man ihn in Ruhe läßt.

Ist er ein Einsiedler? fragte sie mit einem hoffnungsvollen Unterton; es klang, als wäre sie auf eine vom Aussterben bedrohte Tierart gestoßen.

Es gibt Leute, die mehr Wert auf Gesellschaft legen. Am Sonntag werde ich dich ein wenig herumführen und mit meinen Freunden bekanntmachen. Ich glaube, du wirst sie mögen.

Gerne, aber am Sonntag habe ich schon was anderes vor. Kannst du nicht lieber am Samstag freinehmen?

Und so hängte ich am Samstag um eins das Schild an die Tür, auf dem in Blockschrift *Bin gleich zurück* stand, und schloß für das Wochenende die Pforten. Den ganzen Vormittag hatte ich damit verbracht, das Schild im Lager aufzustöbern.

Die Wärme hatte sich wie ein Verband um die Küste gelegt. Der Boden trocknete aus, und im Radio hieß es, die Brunnen könnten versiegen, wenn es nicht bald regnete. Es war noch früh im Jahr. Das Getreide würde spärlich und schwach ausfallen und das Moos selbst auf den im Schatten liegenden Steinen trocken und spröde sein. Mich wunderte das alles nicht. Ich hatte gesehen, daß die Elstern ihre Nester in großer Höhe gebaut und die Lurche in tiefem Wasser gelaicht hatten.

Ich bin jetzt fertig, sagte ich zu Maja. Sie legte ihr Buch zur Seite, stand auf und hakte sich bei mir unter.

Hinter dem Heuwagen räkelte sich Vilmer schwitzend und ausgelaugt von der eigenen Trägheit nach einer Woche emsigen Ausruhens. Er hatte seine Fähigkeit, jeglicher Art von Pflichten und anständiger Arbeit aus dem Wege zu gehen, zu einer eigenen Kunstform perfektioniert, in der er trotz harter Konkurrenz in dieser Männerdomäne Kaiser auf Lebenszeit war. Da lag er nun, das Gesicht mit der Zeitung vom Vortag bedeckt. Neben ihm stand eine Flasche mit Branntwein, die aus einem Kanister, der von einer der Inseln stammte, nachgefüllt worden war, und deren Inhalt an der Innenwand des Glases zu kleinen Tröpfchen kondensierte.

Es kostete ihn eine Menge Überredungskunst, bis er mich davon überzeugt hatte, ihm das Destillat kommissionsweise zu verkaufen. Er beharrte auf seinem Standpunkt, und ich für meinen Teil blieb lange dabei, daß ich mit dieser Art von Geschäften nichts zu tun haben wollte. Später, nachdem ich mir überlegt hatte, welche Anziehungskraft der Alkohol auf den Menschen ausübt und wie viele andere Waren ich verkaufen würde, wenn ich Alkoholika in mein Angebot aufnähme, änderte ich meine Meinung und wog die Gewinnspanne gegen die Risiken auf. Im übrigen waren sowohl Vilmers Profit als Zwischenhändler als auch der des Herstellers größer als meiner. Ich mußte ihm versprechen, kein Wort über seine Einkünfte zu verlieren, weil sie sonst vollständig zur Deckung seiner Schulden bei Harald draufgehen würden. Vilmer versoff beinahe seinen ganzen Verdienst. Der Branntwein gehörte zu meinen begehrtesten Waren; angeblich war sein Geschmack rein und stärkend. Der Temperatur wegen bewahrte ich ihn im Vorratskeller auf.

Harald verteilte einen Bottich voll Wasser an die Tiere. Er gab Stella eine Handvoll Zucker direkt aus der Tasche und strich ihr zärtlich über die Blesse. Dabei schimpfte er über die Faulheit seines Bruders: Da rackert man sich ab, damit die Familie nicht gezwungen wird, den Hof zu verlassen. Und was ist der Dank dafür? Wäre er nicht von unserem Fleisch und Blut, so würde er bettelnd durch ganz Sörmland ziehen, von einer Küche zur nächsten!

Er streichelte die Flanke des Pferdes wie ein kostbares Stück Stoff und durchkämmte den Schweif mit den Fingern, um ihn von Kletten und Schmutz zu befreien.

Als wir an ihm vorübergingen, konnte ich von Haralds Blick ablesen, was er dachte: So, so, ihr macht also schon vor dem Mittag einen Spaziergang, genau wie die Feriengäste. Tja, manche können es sich offenbar leisten.

Ich ging mit Maja untergehakt an meinem Arm die Straße hinauf, die bis auf die Anhöhe hinaufführt und oben auf der Kuppe schmaler und schlechter wird. Früher war sie kaum mehr als ein Pfad. Auf unserem Spaziergang erzählte ich Maja ein wenig von unserem Ort und seiner Geschichte.

Während des Krieges hatten einige Pioniere in der Nähe ihr Quartier aufgeschlagen. Über ein Jahr hausten die Soldaten in ihren Zelten, ohne daß irgend jemand etwas davon gehabt hätte. Unbekümmert, als wäre das, was zu jener Zeit auf dem Kontinent geschah, nur Teil eines großen Spiels, widmeten sie sich ihren täglichen Feldübungen. Während die eine Hälfte der Truppe ausgestreckt auf dem Rücken lag und auf Strohhalmen kaute, hoben ihre Kameraden ein Loch aus. Mittags wurde gewechselt: Diejenigen, die sich vorher ausgeruht hatten, schaufelten nun den Schacht wieder zu. Das ist doch reine Verschwendung, hatte Harald gemeint. Man sollte damit aufhören – oder die Arbeitskraft in nützliche Bahnen lenken.

Zusammen mit Tor aus Tyvudden radelte er zu den Soldaten. Die beiden banden eine Sau mit einem Seil am Gepäckträger fest und nahmen sie mit, weil sie sich einbildeten, ihr Vorschlag würde verlockender ausfallen, wenn sie ihr Angebot gleich in seiner ganzen leibhaftigen Pracht präsentieren konnten. Sie durften mit dem Offizier sprechen. Man einigte sich dahingehend, daß die Soldaten das Schwein bekommen würden, wenn sie im Gegenzug eine richtige Straße zwischen Rasks Hof und Tyvudden anlegten. Bevor der Handel mit Handschlag und Salut besiegelt wurde, mußten Tor und Harald ihren Einsatz noch um zwanzig Dutzend Eier erhöhen und außerdem versichern, daß Assar das Schwein schlachten würde, denn keiner der Soldaten hatte den Mut, sich mit Blut und Töten zu befassen. Am folgenden Tag kam ein vom Leutnant angeführter Trupp und begann damit, die Straße mit einer Maschine aufzugraben. Nachdem die Arbeit in Gang gekommen war, verlängerten sie die Straße gleich bis hinunter nach Norrsund.

Ich sagte zu Maja, daß diese Gegend im Herbst die schönste im ganzen Land ist. Das Laub ist dann orange und rot gesprenkelt und knistert wie Butterbrotpapier. Bald stehen die Bäume mit entblößter Krone da, und die Wiesen – trostlos und abgemäht – haben die Farbe von vergilbten, blassen Fotografien. Dem Innern des Fichtenwaldes entströmt ein breiiger Geruch nach Waldseen, Verwesung, Tod und Wiedergeburt, und wenn die Luft vor dem ersten Schneefall kalt und trocken ist, dann riecht es an manchen Stellen nach Aluminium, das lange im Freien liegt und von den Elementen angegriffen ist. An solchen Tagen ziehe ich mich warm an, spaziere in den Wald hinein und lasse mich an einer einsamen Stelle nieder, an der sich, wenn man Geduld hat, die Rehe zeigen.

In einem blauen, verschlissenen Arbeitsanzug stand Assar mitten in der Gartenlandschaft; die Gummistiefel reichten ihm bis hoch zu den Knien. Über die Beete und Beerensträucher hatte er eine Schnur mit kleinen perforierten Silberfoliestücken gespannt, die das Licht reflektierten. Ein hoch oben ins Geäst gezogener Pappdrache schützte den Kirschbaum vor Elstern und Drosseln. Er drehte sich im Wind.

Ich machte die beiden miteinander bekannt. Assar wischte sich die Hände am Gesäß ab und sagte: Sie sind also die Maja von unserem Händler? Willkommen in Ökenäs.

Sie gehört niemandem, sagte ich.

Genau, sagte sie. Man kann einen Menschen doch nicht besitzen, oder?

Nein, antwortete er. Das stimmt wohl. Er rieb sich das Kinn. Seine Nase war breit wie ein kleiner Pflanzspaten. Dahinter verbarg sich ein gutmütiges, wenn auch ein wenig unentschlossenes Wesen: So hatte ich es nicht gemeint. Ich wollte eigentlich etwas anderes sagen. Weiß aber nicht mehr was.

Er trat aus dem Lehm und rieb die Schuhsohlen an einem Grasbüschel ab. Wollt ihr sehen, wie ich wohne? fragte er, an Maja gewandt. Sie nickte, und so gingen wir hinüber zum Haus. Beflissen lief Assar voraus und redete unentwegt weiter: Schaut, wie der Löwenzahn aus dem Boden sprießt! Das ganze Grundstück ist übersät davon. Und so ist es auch recht! Ich werde nicht eine einzige Blume ausreißen. Ich mag Pflanzen, um die man sich nicht viel kümmern muß.

Er strich sich mit der Hand übers Stirnhaar und kratzte sich im Nacken. Unserer Aufmerksamkeit gewiß, wandte er sich Maja zu und begann aus lauter Begeisterung über ihr Interesse an seiner Person aus seinem Leben zu plaudern. Er sprach, als gäbe es nur sie. Ja, sie hätte dies alles zu seines Vaters und Großvaters Zeiten sehen müssen! Damals sei der Hof ein gewinnbringender landwirtschaftlicher Betrieb gewesen. Das sei er zwar auch heute noch, wenn auch nicht für ihn. Er habe nie danach getrachtet, sich mit dem Hof sein Brot zu verdienen, auch wenn er zu kommerziellen Zwecken ein wenig Gemüse anbaue. Aber er wolle nicht gebunden sein. Die Erde und die Pflanzen, das ginge ja noch an, aber Pflug und …

Assar! unterbrach ich ihn. Es ist die Arbeit, an die du nicht gebunden sein willst. Du bist faul.

Er glotzte mich an. Nee, sagte er, ich sag' euch, wie's ist: Die Feldfrüchte und ich, wir passen einfach nicht zusammen, wir stoßen einander ab. Ich habe versucht, meinen geerbten Grund und Boden zu bepflanzen und zu pflegen, aber es war, als wolle man aus Wasser und Feuer Eis machen. Glaubt mir. Es gibt Leute, die haben die richtige Veranlagung dafür. Seht euch Harald an. Oder hier Johannes, mit seiner kaufmännischen Ader. Ich bin ein Nichts.

Er erzählte, wie er Harald sein Land überlassen hatte, der es nun bestelle und ihm je nach den Ernteerträgen eine Vergütung zahle. Man könne es eine Pacht nennen, auch wenn die Summe nicht groß genug sei, um sie in einem Vertrag oder in einer bindenden Absprache festzuhalten. Immerhin sei er so schlau, auf einer prozentuellen Gewinnbeteiligung zu bestehen; das habe er von mir gelernt.

Das Grundstück erstrecke sich bis hinunter zum Wasser. Allerdings sei auf den Sumpfwiesen wegen des hohen Wasserstands im Oktober und November kein Anbau möglich. Und um die Wiesen müsse man sich mehr kümmern, damit sie nicht verbuschten. Er zeigte auf einen kleinen Hain, der ein abschreckendes Beispiel sei: Dagegen müsse man etwas tun.

Assar verharrte einen Moment und gab sich seinen Gedanken hin. Dann holte er Maja ein: Harald ist in der Lage, aus dem Nichts etwas zu schaffen. Ich bin in den meisten Dingen schlecht.

Auch das stimmt nicht, sagte ich. Sag, wie es wirklich ist.

Nee, ach ja das, natürlich. Er richtete den Blick nach unten auf seine Füße, als sei ihm das Thema peinlich. Ich helfe bei Kalbsgeburten oder wenn Ferkel auf die Welt kommen, die zu schwach sind, um zu überleben. Dann holt man mich und fragt mich um Rat.

Wie eine Hebamme? fragte Maja.

Ja, so in der Art.

Und das ist dein Beruf?

Davon verstehe ich was.

Wir waren oben an der Wiese angekommen und blieben dort stehen. Aus einer plötzlichen Eingebung heraus sagte Maja: Und davon verstehe ich etwas. Und sie machte im Gras ein paar Tanzschritte. Sie streifte sich die Schuhe ab und wirbelte herum wie eine Flamencotänzerin, während ich und Assar sie anstarrten und ich genau wußte, daß er mit seinen kullernden Augen weder hier noch in seinen kühnsten Träumen je etwas Vergleichbares gesehen hatte, genausowenig wie ich. Doch da hielt Maja auch schon abrupt inne, als hätte man sie auf frischer Tat ertappt. Sie lachte und freute sich. Über den Tanz. Über uns. Über das Gras unter ihren Füßen. Über die Wärme und den Sommer und die Leichtigkeit, mit der es sich unter solchen Bedingungen leben läßt.

Wenn Assar ein so großes Haus hat, sagte sie mitten in unsere fragenden Blicke hinein, warum wohnt er dann allein? Das ist doch Verschwendung.

Er seufzte. Die eine Etage steht leer, sagte er, noch nicht wieder ganz bei Sinnen. Als wäre dies eine Erklärung.

Aber stell dir vor, plötzlich würde eine Frau auftauchen. Wäre es nicht schön zu teilen?

Nee.

Nicht?

Die Frauen, die ich kennengelernt habe, dachten im großen und ganzen wie ich, aber sie konnten sich ein Leben hier nicht vorstellen. Und ich kann nicht fort von hier. Das ist mein Los, mein Leben. Ich bleibe an dem Ort, an den man mich hingepflanzt hat. Und welche Freude sollte eine Frau an einem wie mir schon haben? Ich kann ihr weder äußeren Glanz noch ein ausschweifendes Leben bieten. Und das wollen die Frauen doch heutzutage alle.

Nein, nicht alle. Das kannst du nicht behaupten. Maja schlüpfte wieder in ihre Sandaletten und schaute ihn an, als hecke sie etwas aus.

Vielleicht habe ich mich auch einfach nicht entscheiden können. Die einzige, die heute noch hierherkommt, ist Fräulein Lind. Und die reicht mir völlig.

Es muß auch noch andere geben als sie. Ich habe Freundinnen, die ...

Wir müssen weitergehen, sagte ich. Es war an der Zeit, sich auf den Weg zu machen.

Harald und Karin kümmern sich um ihn, sagte ich, nachdem wir Assar verlassen hatten. Er darf bei ihnen essen. Harald versorgt den Hof. Karin sieht zu, daß er sich sauber hält. Er ist ein wenig ...

Ich verstehe, was du meinst.

Er war nicht immer so. Es kam spät.

Du mußt nichts erklären. Auf seine Art ist er ein lieber Mensch, das genügt mir.

Hinter Ökenäs machte der Weg eine Biegung von neunzig Grad. Auf Felder, deren Saat im Wind zitterte, so daß die Farbnuancen unaufhörlich wechselten, folgte wieder Wald. Am Waldrand stand eine gewaltige Eiche; sie war hohl und mehrere hundert Jahre alt. Ein Blitz hatte sie gespalten, das abgeschlagene Stück lag unten am Boden. Maja sprang über den Graben und fiel in der Nähe des Baumstamms auf die Knie.

Schwarze Ameisen hatten sich tief in die lockere Holzmasse gegraben und einen Staat angelegt, der größer war als alles, was ich bisher gesehen hatte. Maja beugte sich über die Insekten, die dort mit Baumaterial und Nahrung krabbelten; es war wie ein dunkles Flimmern.

Das ist wie samstags auf der Hamngatan oder im Königlichen Garten, sagte sie, nahm eine Arbeiterin auf den Finger und untersuchte sie eingehend.

Ich hatte mich hinter sie gestellt und sah das Gewühl von Ameisen auf dem Stamm und wie Maja sich überall dort zu kratzen begann, wo sich die Insekten einen Weg unter ihre Kleider gebahnt hatten. Dann ließ sie es gut sein und drehte sich zu mir um: Bist du es manchmal leid, hier zu wohnen?

Ich komme nicht dazu, über solche Dinge nachzudenken.

Ich könnte dir die Stadt zeigen. Sie rieb sich in einer hastigen Bewegung mit dem Handrücken über die Waden. Wenn meine Bleibe etwas größer wäre, könntest du bei mir wohnen.

Ich glaube, das ist keine gute Idee.

Es war nur so ein Gedanke, sagte sie und stützte sich beim Aufstehen an mir ab. Denk dir nur, ich habe die Stadt kein einziges Mal vermißt, seit ich von dort weggefahren bin. Ist das nicht seltsam? Ich glaubte, ich würde mich sofort zurücksehnen, aber die Wahrheit ist, daß ich seither keinen Gedanken an meine Freunde in der Stadt oder die gemeinsamen Kinobesuche verschwendet habe.

Sie pflückte sich Schmutzpartikel aus ihren Kleidern,

warf einen Blick auf die Ameisen und sah dann wieder mich an.

Können wir weitergehen? fragte ich.

Sie nickte. Es passiert viel hier. Ist das immer so?

Selten. Ich half ihr über den Graben. Eine Weile gingen wir wortlos weiter, jeder von uns hing seinen Gedanken nach. Dann konnte ich mich nicht länger zurückhalten und fragte Maja: Wieso bist du ausgerechnet hierher gekommen?

Ich weiß nicht. Der Bus fuhr in diese Richtung, das war alles. Sie wirkte sehr naiv bei diesen Worten, als wäre die Entscheidung selbstverständlich gewesen und hätte keiner weiteren Überlegung bedurft. Ich finde mich auf dem Land ohnehin nicht zurecht.

Aber vorher ... Es stand mir in dieser Situation sicher nicht an, Fragen zu stellen oder Maja gar irgendwelche Vorwürfe zu machen, aber ich konnte einfach nicht an mich halten. Hast du dir vorher denn überhaupt keine Gedanken darüber gemacht, wohin du reisen wolltest?

Wohin, wie und warum ... immerzu soll man solche Fragen beantworten. Ihre Stimme klang jetzt gedämpfter, nachdenklicher. Muß das denn sein?

Nicht, wenn du nicht willst.

Manche Dinge passieren einfach.

Mir ist es auch schon einmal so ähnlich ergangen – daß ich mich ohne jedes Ziel auf den Weg gemacht habe.

Wirklich? Inwiefern?

Das ist jetzt nicht der richtige Zeitpunkt, darüber zu sprechen.

Nein, schon gut. Aber dann verstehen wir uns, nicht wahr? Sie ging ein Stück voraus. Ihre Bewegungen waren fahrig.

Ja, vielleicht, sagte ich.

Die Tür stand offen, aber Tor war in der Umgebung seines hohen, schmalen Hauses mit dem Satteldach auf der kleinen Halbinsel nirgends zu sehen. Trotzdem führte ich Maja ein wenig herum, bevor wir auf einem kleinen Waldweg nahe am Wasser heimwärts gingen. Ich zeigte ihr Ängsvik, die dazugehörigen Ländereien und die überwachsenen Wellenbrecher. Wir standen auf einem Hügel zwischen Erlen, Eichen und Blaubeersträuchern und blickten über den rotenschiöldschen Besitz und die angrenzende Bucht. Ich hätte schwören können, daß die Gestalt, die hinter einem großen Stein hervorsah und uns nachspähte, Rotenschiöld gewesen war. Es gab nicht viele andere Männer hier in der Gegend, die an einem solchen Tag weißes Hemd, Krawatte und breite Hosenträger trugen. Kurz blitzte etwas vor ihm auf; es war, als spiegelte sich Sonnenlicht in einem Glas. In einem Fernglas.

Durch die breite Öffnung des Schuppens drang die Glut der Sonne. Keile hielten die Tür offen und drückten sie gegen die Nesselstauden. Vor nicht allzu langer Zeit waren die alten rostigen Scharniere durch glänzende neue ersetzt worden, und die Holzwände dufteten, wenn man ihnen nahe kam, immer noch nach der roten Farbe, mit der Harald sie unter unseren prüfenden Blikken gestrichen hatte.

Staubpartikel bildeten im Licht der Sonne einen wirbelnden Pfad. Er führte zu Vilmer, der tief in seiner Schubkarre versunken war. Stiefel und Hosenträger lugten zusammen mit einer langen Ähre, die er mit den Backenzähnen plattkaute, über dem Karrenrand hervor. Einem satten, zufriedenen Hund gleich beobachtete er aus seiner entlegenen Warte, wie Harald und Assar am Leiterwagen eine Holzplanke befestigten, die sie am Vormittag zurechtgeschliffen hatten.

Ich ging seitlich durch die Tür, so daß mein Rücken im Schatten war. Ich hatte vier Pilsener dabei, beißend kalt, denn sie kamen direkt aus dem Vorratskeller. Kann ich was tun? fragte ich.

Sie drehten sich zu mir um. Vilmer hielt in seiner Kaubewegung inne und hob den Kopf aus der Tiefe seiner Wiege. Kaum, sagte er. Oder doch. Uns was abgeben.

Aha, da kommt der Pensionatsvorsteher, sagte Harald. Geübt strich er mit dem gespaltenen Daumen über das Holz, um die Maserung zu erfühlen. Hast du Ausgang bekommen?

Wovon sprichst du?

Das weißt du, entgegnete Assar.

Nein, was meint ihr?

Er hob einen Finger: Hüte dich vor ihr. Er legte besondere Betonung auf das letzte Wort.

Warum hast du gestern nichts davon gesagt, als wir bei dir in Ökenäs waren. Da wolltest du sie kaum gehen lassen.

Das war gestern, sagte er und spuckte aus. Er hatte offensichtlich den Brüdern von unserem Besuch erzählt und sich deren wohl sehr deutliche Meinung inzwischen zueigen gemacht: Was sollte denn dieser Tanz darstellen? Was meinst du Harald?

Du hast ja keine Ahnung, was sie vorhat.

Habt ihr das denn? fragte ich.

Nee, und deshalb warnen wir dich.

Ich habe nichts Unrechtes getan. Sie brauchte eine Unterkunft.

Nenn es, wie du willst, sagte Assar. Sich mit Dingen

zu beschäftigen, die über sein engstes Lebensumfeld hinausgingen, interessierte ihn ebensowenig wie Vilmer. Indes fiel es ihm schwerer, sich Haralds Befehlen zu widersetzen, zum einen, weil er von Natur aus unterwürfiger war, und zum anderen, weil es nicht zu der Übereinkunft paßte, mit der die beiden Brüder ihr Arbeitsverhältnis regelten. Ein Wink genügte, und Assar ging gehorsam zur Hobelbank und nahm die dort bereitliegenden Werkzeuge zur Hand. Dann sagte er: Bald erwischt es unseren Händler.

Tatsächlich?

Ganz sicher. Das glauben wir doch, oder nicht?

Ich sehe das nicht so.

Dann ist es schon passiert. Harald legte eine Birkenholzscheibe zurecht, und Assar hob den Holzhammer und schlug sie fest. Willst du am Ende das ganze Haus mit Städtern füllen? fragte er.

Ich sah weg. Es gab nichts zu entgegnen. Wenn Dummheiten eine gewisse Grenze überschreiten, läßt sich darauf einfach nichts mehr antworten. Durch die Ritzen im Dachstuhl drang Licht herein und sorgte für eine Hintergrundbeleuchtung. Der Raum roch muffig und trocken nach Staub, Holz, Terpentin und Tieren.

Vilmer richtete sich in der Schubkarre auf. Seine Miene verriet eine Selbstzufriedenheit, wie man sie eigentlich nur von einem Menschen erwartet, der etwas Beachtliches geleistet hat. Die gußeisernen Räder quietschten unter seinem Gewicht. Jetzt seid ihr genau rechtzeitig zur Heuernte fertig geworden, stellte er fest und fuhr, an seinen Bruder gewandt, fort: Laß unseren Händler machen, was er will. Du bist nur neidisch, daß sie nicht bei dir abgestiegen ist.

Ach, leck mich! Wir brauchen Maschinen, keine Menschen. Aber du hättest sie sicher bekommen können, wenn du dich mehr rangehalten hättest.

Solche Leute kommen mir nicht ins Haus! Vilmer spuckte den Strohhalm aus dem Mund. Pfui Teufel! Ich habe mit mir selbst genug zu tun.

Ich sehe in ihr keine Untermieterin, sagte ich und beendete damit ihren Streit, sondern eine gute Freundin. Aber redet ruhig, soviel ihr wollt. Ich teilte die Flaschen unter ihnen auf.

'n Bier mögt ihr doch alle, oder?

Sie öffneten die Verschlußkappen mit den Daumennägeln. Es zischte.

Das tut gut, kann ich dir sagen, sagte Vilmer und setzte die Flasche an die Lippen. Und während er langsam in seine ursprüngliche Lage zurücksank, ließ er das Bier in sich hineinlaufen. Wir konnten es in seinem Innern glukkern hören. Erst als die Flasche leer war, setzte er sie wieder ab.

Ich setzte mich rittlings auf einen fünfzig Liter fassenden Blechbehälter, den Lenkrad-Hasse als Reserve zurückgelassen hatte, für den Fall, daß während seiner Milchwagentour etwas dazwischenkam. Abends trieb Karin die Tiere zum Melken zusammen, und wenn die Behälter gefüllt waren, trugen Harald und ich sie zum Vorratsspeicher. In der Nacht setzte sich dann der Rahm an der Oberfläche ab. Nach dem morgendlichen Melken schleppten wir die großen Behälter zum Milchstand an der Straße, wo Lenkrad-Hasse sie kurz darauf abholte. Die kleineren standen im Vorbau meines Hauses für die Einheimischen bereit. Wenn Karin den letzten Rest eingefüllt hatte, beschlug das Blech ein wenig an der Außenseite, und im Winter bildete sich auf der Milch immer rasch eine spröde Eisschicht.

Stand sie zu lange draußen, gefror sie dann bald zu einem festen Block.

All diese Gedanken schossen mir durch den Kopf, während wir wortlos unser Bier tranken. Als seine Flasche leer war, meinte Assar, so, als hätte er bereits vergessen, was er kurz zuvor behauptet hatte, daß Maja einen netten Eindruck mache.

Möchtest du vielleicht um ihre Hand anhalten? fauchte Harald.

Ich meine, sie ist auf ihre Weise nett. Und jetzt rede ich mit dem Händler. Weißt du, was du tust?

Und wie lange bleibt sie? fragte Vilmer aus der Tiefe seiner Karre. Er streckte die leere Flasche in die Höhe und ließ sie vielsagend hin und her baumeln.

Es handelt sich um einige Wochen, einen Monat oder etwas länger, sagte ich. Wir haben nicht über die genaue Zeit gesprochen. Ich nahm mehrere große Schlucke nacheinander und fühlte, wie die Flüssigkeit die Kehle hinunterlief und den Magen wie schnell schmelzender Schnee erfaßte. Die Kälte breitete sich aus, durchdrang den Körper und wirkte unmittelbar lindernd, bevor sich die Kohlensäure durch die Atemwege zurück nach oben zwängte. Was wollt ihr eigentlich? fragte ich, nachdem der kühle Geschmack versickert war. Spielt das eine Rolle?

Harald sog die Flüssigkeit in sich hinein wie ein Säugling die Muttermilch. Der Schirm seiner Mütze war hochgeklappt wie eine aufgezogene Zugbrücke, die Augen blickten unvermittelt hart und mißtrauisch und glänzten wie an Land gespülte Glasscherben. Erinnerst du dich an diesen eingebildeten Schreihals, der sich beim König aus Ökenäs eingemietet hat? fragte er.

Wir mußten lachen. Als der König in Finnland

kämpfte, versprach der Alte Matts, sich um das Haus zu kümmern, was er indes schon bald wieder vergaß. Bevor er den Schlüssel verlor und damit jede Chance, sein Versprechen einzuhalten, hatte er das Haus in Ökenäs für einige Sommerwochen einem Reisenden zur Verfügung gestellt, der ein abgelegenes Nest für intime Spiele mit seiner Konkubine suchte. Die beiden Sünder hatten ihren Wagen mit Cognac und Champagner vollgeladen. Nächtelang hörte man sie wie irrsinnig umhertoben, laut schreiend und wild wie brünstige Tiere. Ihre Laute hingen wie eine Gewitterwolke über der Gegend und hallten mit solcher Kraft über das Wasser bis nach Tofsö, daß Tjalle aus Tvären schließlich genug hatte, zu dem Pärchen hinübermarschierte und ihm mit der Schrotflinte drohte. Aber der Mann wußte mit mißgelaunten Zwergen umzugehen. Nachdem sie eine Weile diskutiert hatten, konnte er Tjalles hitziges Gemüt dämpfen und lud ihn ein, sich zu ihnen in die Gartenlaube zu gesellen. Man trank und trank. Um Mitternacht, als die Frau und der Nachbar aneinandergelehnt eingeschlafen waren, vermeinte der Kaufmann, daß seinem mit Alkohol vollgepumpten und benommenen Leibe eine kleine Abkühlung guttun könne. Es waren zehn Meter bis hinunter zum Strand. Er ging jedoch in die entgegengesetzte Richtung, und als er einen angenehmen Laufrhythmus gefunden hatte, in dem er sich schwankend vorwärtsschleppen konnte, legte er über fünf Kilometer zurück, bis er schließlich die Anlegebrücke erreichte. Dort war dann Schluß. Von jener Stelle aus war das Wasser tief unter ihm, und obendrein nahm es sich plötzlich schwarz, naß und abstoßend aus. Und dann machte sich auch noch die Blase des Mannes bemerkbar. Es gibt Leute, die behaupten, sie hätten gesehen, wie er kehrtgemacht habe und dann mit ausgebreiteten Armen wie ein Seiltänzer auf der Außenkante des Kais entlangbalanciert sei. Dabei habe er immer wieder laut zu sich selbst gesagt: Baden! Arlesäter will baden! Andere sagen, daß er danach an der Telefonstation in Folkvik gesehen worden sei; er habe dort gegen die Tür des Vorstehers gepoltert. Das mag stimmen. Viele Einheimische wurden von dem Radau und der Zerstörungswut des Betrunkenen aufgeweckt. Möglicherweise hat er auch noch anderswo randaliert. Außer Zweifel steht, daß er, als ich ihn im Morgengrauen fand, rücklings in einem Pferdetrog auf der Wiese unterhalb des Abborrberges lag – festgeklemmt, nackt, der Bauch vorgewölbt wie eine Insel. Ich wollte doch bloß schwimmen, wimmerte er. Sein Problem bestand nicht darin, daß er nicht mehr herauskam – dazu wäre er wohl noch in der Lage gewesen –, sondern darin, die richtige Position für sein Gesicht zu finden: Schließlich brauchte er Luft zum Atmen und Schutz vor Bruno, der mit hängendem Kopf über ihm stand und seine Stirn ableckte.

Ja, sagte ich. Ich erinnere mich. Aber zufällig ist Maja anders. Und mit dem Balten hat auch noch nie jemand Probleme gehabt.

Mit dem Balten, nö, gab Harald zu.

Anders! Das sagen sie immer, stellte Assar im Brustton der Überzeugung fest. Harald schnaubte verächtlich. Assar wandte sich ihm zu und sagte: Stimmt's etwa nicht?

Der Balte ist auch immer schön auf seiner Insel geblieben, sagte Harald.

Damit war jede Argumentation im Keim erstickt. Der einzige, den das alles nicht nachdenklich gestimmt hatte, war Vilmer, der mit seinen Gedanken ganz woanders weilte: Hast du noch mehr zu trinken?

Ich hole Nachschub, sagte ich und richtete mich auf, erleichtert, daß ich für eine Weile verschwinden konnte.

Von Rasks Küche her erklang eine Stimme, die schneidig war wie die eines Sportlehrers bei der Wintergymnastik. Das war überraschend, denn die Stimme gehörte einem Priester. Am offenen Fenster saßen Karin und Britta, die Ohren ganz dicht am Gottesdienst, der aus dem Radioapparat dröhnte. Nach der Predigt hob der Chor an; der Gesang klang düster und traurig und bildete einen starken Kontrast zu dem klaren Licht, das einen außerhalb der Scheune erwartete.

Der Hof reflektierte die Hitze. Der Kies glitzerte wie ein Teppich aus kleinen Spiegeln und bewirkte, daß die Bäume, bis sich die Augen angepaßt hatten, wie schwarze Schatten in einem überbelichteten Bild hervortraten. Der Sund war still und blank und das Wasser von hellem Türkis; einem Farbton, den es höchstens ein- oder zweimal während der Saison annahm. Die Luft stockte zwischen den Häuserkörpern. Nicht einmal in den eigenen vier Wänden fand man Linderung. Die Wärme durchdrang alles, was oberhalb der Erde lag. Im Steinkeller hinter dem Laden war die Temperatur angenehmer. Ich zog die Luke hinter mir zu. In einer Mauernische lagen Streichhölzer. Ich zündete eine Kerze an und leuchtete mir den Weg die Treppe hinunter. Unten war die Luft trocken, stickig und etwas muffig, und von den Seitenwänden bröckelte Sand wie Krümel von altem Brot.

Legte ich Hände und Wange gegen einen kühlen Stein, dann konnte ich die Fragen, die mich quälten, für eine Weile beiseiteschieben. Später kehrte die innere Unruhe allerdings zurück. Worte, die gefallen waren, oder auch nur Andeutungen wollten mir nicht aus dem Kopf gehen. Ich fragte mich, wovor diese Menschen Angst hatten, und mußte erkennen, daß diese Feindseligkeit sich wohl nie vertreiben lassen würde. Gegen Angst, die sich hinter Worten verbirgt, läßt sich am wenigsten ausrichten. Sie entsteht aus der Furcht vor möglichen Veränderungen im eigenen Leben. Die Unsicherheit vor den Folgen verbreitet sich dann wie ein Lauffeuer, und alsbald schießen die Gerüchte wie Pilze aus dem Boden. Ich war darauf nicht vorbereitet. Und ich konnte nicht ahnen, was passieren würde, wenn das Gerede Trosa erreichte und jenem Mann zu Ohren kam, der mir dort Böses wollte.

Eine ganze Weile verharrte ich im Keller.

Nachdenklich hielt ich vier Flaschen in den Händen und füllte mit tiefen Atemzügen meine Lungen mit der muffig-salzigen Erdluft, die so typisch für den Keller war. Dann kehrte ich in den Schuppen zurück.

Während meiner Abwesenheit war das Gespräch verstummt. Es arbeitete auch keiner mehr. Vielleicht hatten sie über mich gesprochen, bis ihnen nichts mehr eingefallen war. Vilmer hatte sich zurückgelehnt und die Augen geschlossen. Er schaukelte in genau abgestimmten Bewegungen, so daß der Schubkarren nicht umkippte. Er nahm das Bier in Empfang und sagte, so, als hätte er lange auf diese Gelegenheit gewartet: Glück ist, wenn man es hat wie du: Das Lager voll mit Pilsener und gute Freunde, mit denen man es teilen kann.

So kann man es auch sehen, erwiderte ich. Anders, aber vielleicht ist was Wahres dran. Es kommt auf die Freunde an. Sie öffneten die Flaschen, tranken und setzten wieder ab. Ich sagte: Ihr könnt morgen bezahlen, wenn ihr heute nicht flüssig seid.

Sie starrten zuerst mich und dann einander an. Haralds Geste wirkte so, als wollte er die Flasche wieder wegstellen, doch dann änderte er seine Meinung, prüfte kurz den Inhalt und schüttete dann alles mit einem einzigen, gurgelnden Saugen in sich hinein. Dann stellte er die leere Flasche so heftig auf den Amboß, daß es klirrte. Und wo hast du die Frau heute gelassen? fragte er und rülpste sehr laut.

Ich weiß es nicht.

Wieder diese vorwurfsvollen Blicke. Assar wartete ab, um zu sehen, wie er sich verhalten sollte. Er trank in kleinen, verhaltenen Schlucken, so daß die Flüssigkeit langsam in seinen Mund sickerte. Er schüttelte den Kopf wie ein Pferd, dem man eine Trense anlegen will. Danach entschied er sich: Aber ich weiß es.

Was? Vilmer fuhr sich mit dem Handrücken über den Mund.

Sie ist heute zeitig aus dem Haus gegangen, sagte ich.

Und genau da habe ich sie getroffen. Es war deutlich, daß Assar sich nicht nur aufspielen wollte, sondern die Wahrheit sagte. Sichtlich zufrieden darüber, daß er nun im Mittelpunkt stand, weil er etwas wußte, das uns entgangen war, befeuchtete er den Gaumen mit einigen Tropfen Bier. Auf halbem Weg von Ökenäs kam sie mir entgegen, sagte er. Sie hatte einen Korb und eine Decke bei sich.

Wohin war sie unterwegs? fragte Harald.

Sie wollte zur Bucht gegenüber von Lövholmen und ein wenig sonnenbaden.

Vilmer setzte sich auf. Und davon wußtest du nichts?

Es gibt keinen Anlaß für mich, Maja zu überwachen. Das übernehmt ihr ja bereits.

Mit einem Grunzen klappte Harald den Schirm seiner

Mütze herunter. Er sah verstohlen zu mir hinüber; sein Blick war eher furchtsam als verächtlich. Weißt du, was das bedeutet?

Ja, sagte ich. Das liegt auf dem Gebiet von Ängsvik.

Es war ein unbehagliches Gefühl, sagte sie später. Nicht einen Menschen habe ich den ganzen langen Tag gesehen, und doch hatte ich das Gefühl, beobachtet zu werden.

Majas Haut glühte ein wenig wie bei leichtem Fieber. Als sie vor mir stand, war es, als würde sie vor Hitze und Energie, die sich an diesem Tag in ihrem Körper angesammelt hatten, nur so dampfen. Ihr Gesicht zeigte jene leichte poröse Schwellung, die verrät, daß man zu lange in der Sonne geblieben ist. Zu ihrem Rock trug sie nichts weiter als einen Badeanzug.

Der Abend duftete nach Hopfen und dem Flieder, der jetzt in seiner letzten Woche blühte. Obwohl schon in einer knappen Stunde die Dämmerung hereinbrechen würde, kamen mir das Hemd und die dünne Hose anstrengend schwer vor. Ich hatte mich nach draußen gesetzt, um die Schachpartie nachzuspielen, die das unglückliche Genie Paul Morphy 1858, mit dem Rücken zur Bühne, auf der der Barbier von Sevilla aufgeführt wurde, gegen den Herzog von Brunswick und den Grafen Isouard in der Pariser Oper bestritten hatte. Das würdige Finale hätte sicher Rossinis Beifall gefunden.

Das Bier, das Hochdruckwetter und das Zusammentreffen im Schuppen hatten mich matt gesetzt, träge gemacht, ja auch ein wenig bedrückt. Alles schien langsamer zu gehen, als es in Wirklichkeit der Fall war. So fühlt man sich, wenn man nach langem Wachsein unbeschreiblich müde ist und sich trotzdem gegen das Einschlafen wehrt. Ich hatte mich darauf eingestellt, an diesem Tag nur noch das Allernötigste zu tun, um am nächsten Morgen offen für Neues zu sein, für einen neuen Anfang in meinem Leben.

Trotz der lethargischen Ruhe, die mich befallen hatte, war ich am Nachmittag zweimal unten am Hafen gewesen. Eine kleine Segelgesellschaft aus drei Herren hatte für die Nacht am Bootssteg festgemacht. Sie brauchten Proviant, bevor sie ihren Törn gen Norden fortsetzen konnten, wollten die Öffnungszeiten des Ladens wissen, und ob ich Material führte, mit dem sich ein Riß im Spinnaker reparieren ließe. Da ich alles auf Lager hatte, konnte ich die Herren beruhigen. Bei meinem zweiten Besuch brachte ich das Gewünschte mit und gab ihnen Tips für die Reparatur.

Ein herrlicher Tag! sagte Maja. Ich bin unten am Strand eingeschlafen. Und anschließend war ich ein paarmal im Wasser. Sie strahlte vor Zufriedenheit. So glücklich sieht man nur aus, wenn man sich lange Zeit bloß mit Dingen beschäftigt hat, die einem Spaß machen, und man am Ende feststellt, daß alles genauso schön gewesen ist, wie man es sich vorher ausgemalt hatte.

Ich räusperte mich. Du kommst spät. Ich schob das Schachbrett zur Seite. Ich habe mir Sorgen gemacht.

Weshalb? Sie kam näher. Ihre Augen ließen mich den Blick senken. Überwachst du mich?

Keineswegs. Das war dumm von mir.

Ich kann auf mich selbst aufpassen. Wenn's dir nicht paßt, kann ich ja ausziehen.

Ich nahm ihre Hand und hielt sie sanft umschlossen. Ich wollte nicht wie ein Aufpasser klingen, sagte ich.

Du klingst aber so.

Ich hatte Angst, dir könne etwas passieren.

Wie würde ich ihr – die sie so ahnungslos war – je erklären können, daß es bei uns Regeln gab, die zwar nirgendwo schriftlich festgehalten waren, aber trotzdem eine Art Verhaltenskodex darstellten, dessen Verletzung geahndet wurde. Und daß es böse Zungen gab, die für alles empfänglich waren und die Häuser nach Neuigkeiten ausleckten. Sie wußte nichts vom natürlichen Lauf der Dinge außerhalb der Stadt und ahnte nicht, daß alle Dinge Ohren hatten.

Ihre Miene verriet noch immer Mißtrauen. Das Meer kann mitunter unberechenbar sein, sagte ich, blickte wieder auf und ließ ihre Hand los.

Ja, ja, antwortete sie und setzte sich neben mich. Ein Hauch von Salbei und Moschus umgab sie. Vergessen wir's. Die Bucht, die du mir empfohlen hast, war auf jeden Fall wunderbar.

Sie hat dir gefallen?

Ja, wenn ich nur nicht eingeschlafen wäre und mich verbrannt hätte. Sie zog die Schuhe aus und legte sie mit den Sohlen nach oben in den Korb. Der Sand war fein wie Mehl, sagte sie. Wenn das Leben nur immer so wäre.

Ich murmelte Zustimmendes. Aber ich dachte bei mir, wenn jene Stunden, die sie meint, zur Ewigkeit ausgedehnt würden, die Leben und Tod umspannt, dann wären sie wertlos.

Die Dunkelheit legte sich über das Land. Die Sicht löste sich mehr und mehr auf, und die Konturen verschwammen. Libellen schwirrten mit kurzen, ruckartigen Bewegungen über die Blumenbeete. Vom Wald her erklang das jämmerliche, jäh abbrechende Quieken eines jungen Hasen, den der Fuchs erwischt hat.

Bist du hungrig? fragte ich.

Ein wenig. Hast du schon gegessen?

Ich fingerte an den Schachfiguren herum. Sie standen noch immer unberührt in der Ausgangsposition. Es steht noch Essen auf dem Herd, falls du es dir warm machen möchtest, sagte ich. Sonntags esse ich in der Regel Hering, aber heute habe ich extra für dich gebackenen Hecht mit Meerrettichsahne zubereitet.

Das hört sich gut an. Ich liebe Fisch.

Er ist ganz frisch. Salem hat ihn mir heute morgen gebracht.

Ich werde ihn nachher probieren, sagte sie. Jetzt muß ich erst ein wenig abkühlen.

Wir saßen noch eine Weile zusammen. Als sich die Zweige der Obstbäume kaum noch vor dem Himmel abzeichneten, stand Maja auf, nahm ihren Korb und sagte: Es war ein langer Tag. Gute Nacht, Johannes.

Ich war wieder allein. Ich nahm vorsichtig das Schachspiel auf, legte es auf meine Knie – und legte es wieder beiseite. Wenn ich bloß jünger wäre, dachte ich. Wir könnten ein Paar sein, Mann und Frau, die einander lieben. Wir könnten alles miteinander teilen, was sich zwei Menschen, die das Wunder zusammenführt, offenbart: das Lachen, das Weinen und alles, was dazwischen liegt. Ich hätte Vater einer Tochter werden können, deren Schönheit man weit und breit bewundert. Oder auch eines Sohnes, der zum Ebenbild seines Vaters herangewachsen wäre.

Es gab Augenblicke in meinem Leben, in denen ich wünschte, es wäre so. Lange Stunden, in denen ich mich nach einem Menschen sehnte, der mit mir die Tage und Nächte und die Zeiten der Einsamkeit teilt, die langen Wochen, in denen mich nach Gemeinschaft dürstet, welcher Art auch immer. Momente, in denen ich jemanden fest an mich drücken und sagen möchte: Meine Liebste, ich bin bei dir. Vertraue mir. Wir haben einander. Und dann vielleicht zusammen mit ihr im Morgengrauen auf den Klippen sitze und das Licht langsam über der Bucht aufsteigen sehe.

Und doch hatte ich eine andere Wahl getroffen, ähnlich wie die meisten Männer an diesem Ort, und ich fragte mich, was uns die Einsamkeit so wertvoll machte.

Wie kann ein Mensch unbemerkt verklingen wie ein zarter Ton? Wie kann er, trotz aller Anstrengungen, ihn wiederzufinden, für immer verstummen? Nein, eine Frage, auf die es keine Antwort gibt, ist keine Frage. Trotzdem stelle ich sie mir unentwegt: Wohin ist sie verschwunden?

Ich habe alles versucht, um sie ausfindig zu machen. Über einen langen Zeitraum hinweg habe ich alle nur erdenklichen Nachforschungen betrieben, denn ich mußte sie wiedersehen, ihr Lachen hören und ihr meine Gedanken mitteilen. Vielleicht auch gewisse Dinge erklären, obwohl sie sich nicht erklären ließen.

Ich habe etliche Ämter angeschrieben. Habe mich auf Pfarrämtern, bei Provinzregierungen und bei Leuten mit gleichem Nachnamen umgehört und dergleichen mehr. Lange Emigrantenlisten bin ich wieder und wieder durchgegangen. Aber nie habe ich etwas anderes erhalten als förmliche Briefe in braunen Kuverts oder ein stummes Kopfschütteln von Bürogehilfen, immer wieder verbunden mit dem Bedauern, daß nichts in Erfahrung gebracht werden konnte. Im entscheidenden Augenblick war ich schwach und das ließ sich nicht ungeschehen machen. Anstatt selbst zu handeln, hoffte ich darauf, daß aus dem Nichts eine Lösung auftauchen und alles wieder ins Lot kommen würde. Im Grunde muß der Mensch doch nur vor sich selbst und seiner einsamen Seele Rechenschaft ablegen. Ich verließ mich jedoch auf etwas anderes, ein höheres Wesen, und das war mein Fehler, meiner ganz allein. Wenn es irgendeine Linderung für meinen Schmerz gibt, dann werde ich dafür empfänglich sein, solange ich lebe.

OSVALD RASK ZIMMERTE für sich und seine Frau auf Tureholm ein Häuschen: ein Raum mit einer Kammer und einem gemauerten Kamin. Nachträglich wurde angebaut. Er war dreizehn Jahre lang in der Armee mitmarschiert, und alles, was ihm nach seiner Entlassung blieb, war die Gewöhnung an harte Arbeit und wenig Schlaf. Die rechte Schulter schmerzte von den Rückstößen seines Gewehrs.

Abends saßen sie im Schein des Feuers und sprachen von großen Reisen. Anna träumte davon, Geld auf die hohe Kante zu legen, damit sie sich irgendwann Fahrkarten für das Schiff nach Amerika leisten konnten. Sie hatte Pläne und Gedanken, von denen sie Osvald mit großer Begeisterung erzählte. Der aber starrte nur hinaus in die Dunkelheit, wo er von früh bis spät Wald rodete und Steine ausgrub, um auf den neugewonnenen Flächen pflügen und säen zu können. Damit wollte er ihre gemeinsame Zukunft sichern. Annas Geschwister schrieben aus Minnesota und baten sie zu kommen. Ein ums andere Mal las sie die Zeilen vor, während Osvald ein Saatkorn zwischen seinen Fingern hin und her bewegte, als wäre es ein Stück seiner Seele, das es auszusäen gelte. Er wollte Tureholm nicht verlassen.

Sie kamen mit dem Gutsherrn eigentlich gut aus, aber die Ernten waren sehr kümmerlich, und als jener seinen Anteil bekommen hatte, blieb für sie gar nichts übrig. Nachdem Anna ihr einziges Kind geboren hatte, versikkerten alle Gespräche und Träume wie Regen in aufgelockertem Boden. Ihr Sohn wurde auf den Namen Adam getauft.

Von Zeit zu Zeit begleitete Osvald den einen oder anderen Fischer hinaus aufs Meer. Mitunter blieben sie mehrere Tage in Folge weg, während sich ihre Boote füllten, und übernachteten auf den umliegenden Inseln. Wenn die Arbeit mit den Netzen erledigt war, die Vorbereitungen für den nächsten Tag getroffen waren und die anderen Männer sich schlafen gelegt hatten, hielten Osvald die Gedanken an Frau und Kind wach.

Adam wurde ein Abbild seines Vaters und hatte den gleichen harten Kern. Aus der Schule wurde nichts. Er arbeitete lieber im Wald oder schwang die Sense, weil es ihm ein Gefühl von Freiheit gab, durch die Wiesen zu laufen und nach getaner Arbeit übermüdet am Tisch zu sitzen und die Risse zu spüren, die das mit dem Wind vom Meer herangewehte Salz in seine Wangen gegraben hatte.

Mit seinem Vater baute er einen Viehstall, der groß genug war, um die gesammelten Träume zu fassen. Adam war klug, und es zeigte sich, daß er ein Gespür für Plus und Minus hatte und wußte, wie man den Überschuß anlegen mußte. Nachdem er andere Höfe besucht und gelernt hatte, wie man gute Tiere von schlechten unterschied, indem man ihnen zum Beispiel das Euter fühlte und ins Maul schaute, begann er mit dem Kauf und Verkauf von Färsen auf Viehauktionen. Er machte sich damit bei Leuten, für die solche Dinge wichtig waren, einen Namen und nutzte seine Stellung für weitere Geschäfte.

Eine Kindheit hatte er nie gehabt. Im Jahr, als er siebzehn wurde, starb die Mutter an Tuberkulose, und kurze Zeit später schwand auch sein Vater wie ein austrocknendes Bächlein dahin. Beide Eltern wurden in Västerljung begraben.

Adam Rask kratzte zusammen, was er finden konnte. Mit einer geerbten Taschenuhr und einem Schmuckstück von der Großmutter in der Hand ging er zum Herrenhaus. Unter dem Fenster stehend, durfte er mit dem Gutsherrn sprechen, während dieser sich ankleidete und sein Morgenschnäpschen trank: Wir haben ein unbebaubares Stück Land, auf dem früher Nadelwald stockte, bestellbar gemacht. Meine Eltern haben sich dafür zu Tode gearbeitet, und diesem Umstand verdanken Sie es, daß Sie viele Jahre gut gelebt haben. Es ist nicht mehr als recht, wenn ich den Hof nun kaufen darf.

Der Gutsbesitzer füllte sich noch einmal sein Glas, winkelte den Arm an, warf wie ein sich aufbäumender Hengst den Kopf zurück und wollte dann wissen, für welchen Preis der Jüngling ihm sein bestes Stück Land abzukaufen gedenke.

Als Adam ging, trug er ein Papier in der Tasche, auf dem festgehalten war, daß ihm das ganze Land zwischen Norrsund und Tyvudden und bis hinauf nach Hönsudden gehörte. Dort lagen auch noch, in ein Taschentuch eingewickelt, die Uhr und der Ring.

Kristina stammte aus einer Långöer Lotsenfamilie, die seit Jahrhunderten die Station auf der Insel führte. Die Verantwortung für den Schiffsverkehr sollte später auf ihren jüngeren Bruder übergehen. Kristina begegnete Adam zur Erntezeit auf der Insel. Sie war älter als er und heiratete ihn unter dem Vorbehalt, jedes Jahr eine Woche mit ihrer Familie verbringen zu dürfen.

Man sagte, daß sein Fleiß die beiden reich gemacht habe, aber das stimmte nicht. Wahr ist, daß er ihr Land in kleine Parzellen aufteilte und es an Leute mit ganz unterschiedlichen Fertigkeiten und Voraussetzungen verkaufte. Er selbst baute sich und seiner Frau ein neues Heim direkt neben dem alten und zimmerte ein breites Bett, das die Leute gleich für ein Zeichen des Übermuts ansahen. In diesem Bett gebar Kristina ihre beiden Söhne. Der eine ein echter Rask, der andere ein Faulenzer.

Haralds Geschichte glich der seines Vaters und Großvaters. Vilmers Geschichte hatte keine Vorbilder: Vergleichbares hatte man bis dahin weder gehört noch gesehen. Und deshalb gab es keinen Kamin in der Provinz, an dem sie nicht weitererzählt wurde.

Karin stammte aus einer von Ringsös fünf Lotsenfamilien und war entfernt mit Kristinas Familie verwandt. Im Jahr, als sie und Harald fünfundzwanzig wurden, ruderte man einen Pastor zur Insel hinaus, daß er sie traue.

Vilmer stand abseits und sah zu. Was er für die Welt hielt, hatte er schon längst erkundet und daraus den Schluß gezogen, daß Gerechtigkeit und gleiche Verteilung so etwas waren wie treibende Eisschollen im offenen Meer. Ihm gehörte die Hälfte des Hofes. Arbeit würde diesen Anteil weder vergrößern noch verkleinern. Die Kühe würden trotzdem Milch im Euter haben, der Roggen trotzdem gedeihen.

Er war Zeuge geworden, wie sein Bruder geschwitzt hatte, Schwielen an den Händen bekam, schmerzende Blasen, die blieben und nie heilten, und wie sich kurz nach dem Tod der Eltern durch die Heirat sein Stück vom Kuchen halbierte. Also, dachte Vilmer bei sich, als er da im Schatten stand und zusah, wie die Hochzeitsgäste um den Pastor herumscharwenzelten, wird nun der Fleißige verlieren, wonach der Besonnene nie gestrebt hat.

Die beiden wuchsen heran und waren wie Wasser und Feuer. Wenn Harald ins Haus kam, ging Vilmer hinaus. Wenn der eine schlief, hielt der andere sich wach. Sie zankten sich und waren in allem geteilter Meinung, aber da in ihren Adern das gleiche Blut floß, war Harald gezwungen, die Zähne zusammenzubeißen. Er kümmerte sich allein um das Vieh und die Saat, hielt die Gebäude instand und arbeitete im Wald, während Vilmer sich auf die faule Haut legte. Jeder von ihnen bewohnte eine Seite des Hauses, bis Harald und Karin sich ein eigenes Heim bauten. Vilmer aß mit ihnen, aber nur deshalb, weil Karin ihn gebeten hatte, Teil der Familie zu sein. Nach dem Essen verdrückte er sich zu den Höfen draußen bei Örboholm, wo er und seine Kameraden Karten spielten und die Literflasche Schnaps kreisen ließen.

Wenn ihnen der Alkohol zu Kopfe stieg und ihnen heiß wurde, sangen sie, knöpften ihre Hemden auf und erzählten einander Geschichten von Frauen, die sie nie bekommen würden. Einer in der Runde hatte neue Nachrichten aus dem Krieg. Der König hatte aus Tolvajärvi geschrieben. Wie es hieß, stand Hitler kurz davor, auch Rußland zu erobern.

Der Abend, an dem Hasse auftauchte, war verhangen, und da außerdem die Wiese hinter dem Stall mit Brennnesseln übersät war, zogen die Männer die Scheune vor; da konnte man sich in weiche Heuballen zurücksinken lassen. Zwischendurch standen sie auf und gingen hinaus, um den Kautabak auszuspucken oder ihr Wasser abzuschlagen.

Da erwachte plötzlich, ohne daß jemand zuvor ihre Anwesenheit bemerkt hätte, eine Gestalt, die im Heuhaufen geschlafen hatte. Abgerissen wie eine Vogelscheuche war der Mann, und seine Schuhe hatten Löcher in den Sohlen. Um ihn herum hing ein Geruch von gammeligen Speiseresten, Schweiß, festsitzender Scheiße und Schimmel. Er hustete: Störe ich?

Einige der Älteren erkannten ihn wieder: Hasse, der Vagabund! Sie hoben die Nase, schnüffelten und lachten über ihren Mut, bevor sie ihn baten, sich zu ihnen zu setzen und eine Partie mitzuspielen.

Sie reichten ihm die Schnapsflasche. Ehe jedoch Hasse in der Runde seinen Platz einnahm, befeuchtete er seinen fast zahnlosen Kamm in der Regentonne, strich seine Haare vor dem Spiegelbild auf der Wasseroberfläche gescheitelt nach hinten und richtete seinen Hemdkragen. Während er sich mit dem Rücken zu ihnen zurechtmachte, flüsterten die Kameraden: So wie der stinkt, möchte den keiner in seiner Nähe haben. Auf der Walz hat man ihn vertrieben. Ab und zu kommt er hier vorbei. Mindestens fünfzig Mal hat man ihn verhaftet.

Die Karten wurden neu gemischt. Kleine Münzen mit schmierigen Fingerabdrücken und Tabakskrümeln wurden auf einen Haufen Kupfer und Grünspan geworfen. Sie pfiffen leise vor sich hin, blickten hilfesuchend gen Himmel oder taten so, als könnten sie mit dem Blatt auf der Hand ein für allemal reinen Tisch machen.

Sie wunderten sich über Hasses Redefluß. Er schloß den Mund nicht einmal zum Schlucken. Zwischen den Runden erzählte er ihnen von diesem Stockholm, in das er schon bald zurückkehren werde. Den Herbst und den Winter verbringe man schon komfortabler in der Stadt. Er beschrieb ihnen die Restaurants und die Menüs so anschaulich, daß sie sich in Gedanken ausmalen konnten, wie der Oberkellner ihre Bestellung entgegennahm. Außerdem schilderte Hasse die Theater, Boutiquen und den Tanzpalast und schwärmte davon, wie hell erleuchtet dort die Straßen waren, wenn nicht gerade Verdunkelung herrschte.

Die Einsätze waren niedrig, fast gleich Null, und doch häuften sich vor Vilmers gekreuzten Beinen allmählich die Münzen. Stundenlang hatte er verschiedene Kombinationen ausprobiert und sich eine Technik angeeignet, mit der er sich merken konnte, welche Karten schon gefallen und welche noch übrig waren. In diesem Spielerkreis verlor er nie. Er hob die Karten mit drei Fingern ab.

Du bist mir vielleicht ein Teufel, sagte Hasse, der Vagabund, als er sah, welche Karten Vilmer auf der Hand hatte. Oder hast du einfach Schwein?

Ich bin einfach so gut, sagte Vilmer. Und die anderen pflichteten ihm bei: Das sind seine eigenen Künste.

In der Stadt könnten sie sich bezahlt machen, sagte Hasse. Ich kenne da so einige Stellen. Da kann man Geld verdienen, hübsche Frauen treffen und richtig Spaß haben.

Ich vermisse nichts – und sollte es doch etwas geben, dann habe ich Geld genug, es mir zu kaufen, erwiderte Vilmer und spreizte die Karten mit einem Fingerschnippen zu einem Fächer. Und Frauenzimmer gibt es hier in den Ferienhäusern genug. Aber sich richtig zu vergnügen, das ist schon schwierig.

In Stockholm nicht.

Vilmer zwinkerte mit den Augen. Es war, als wöge er die Vorteile gegen die Nachteile ab, die Chancen gegen die Risiken, das, was er hatte, gegen das, was er bekommen konnte. Am Ende dieser einfachen Gleichung kam er offenbar zu dem Schluß, daß der Saldo – trotz möglicher Fehlschläge unbekannter Größenordnung – positiv sein würde. Ja dann, sagte er.

Du willst mitkommen?

Ja.

Es kann schwierig werden.

Macht dir das Sorgen?

Nee ... aber es kann viel passieren ...

Als Ausgleich garantiere ich dir die Hälfte meiner Gewinne. Und ich komme für den Lebensunterhalt auf.

Abgemacht. Hasse streckte ihm die Hand entgegen.

Aber unter einer Bedingung, fuhr Vilmer fort. Wir werden nicht als Tippelbrüder in die Stadt marschieren.

Am Morgen machten sie sich auf den Weg. Vilmer löste in Karlssons Bus Fahrkarten nach Vagnhärad. Dort nahmen sie den Zug.

Die beiden Kameraden quartierten sich bei einer älteren Dame im Funckens Gränd in zwei kleinen Zimmern ein, die durch einen Gang miteinander verbunden waren. Vom Fenster hatten sie Aussicht auf den Fischmarkt auf dem Kornhamnstorg. Die Miete bezahlten sie im voraus.

Über Hasses Straßenbekanntschaften lernten sie eine Menge Leute kennen, die etwas zählten in der Gesellschaft, in der sie aufgenommen werden wollten: Schwarzhändler, Männer, die mit Lebensmittelmarken handelten, Schwarzbrenner und allerhand andere gerissene Burschen. Leute, die Sachen aus den Händen gaben, ohne Fingerabdrücke zu hinterlassen. Männer, die immer erst nachts auftauchten.

Sie besuchten ein Kellerlokal im Klarakvarter. Dorthin zog es auch Reporter, die auf der Suche nach Spannung und Inspirationen waren, und junge Paare, die von Bürgermeister Gunnar Fant getraut worden waren, kamen manchmal aus Neugierde oder Hochmut, nachdem die Hochzeitsfeierlichkeiten im Restaurant beendet waren. Nach Mitternacht tauchten weitere lichtscheue Gestalten auf: Politiker und Geschäftsmänner, die Vilmer aus den Zeitungen kannte und die in Johannes Wickmanns Leitartikel in *Dagens Nyheter* Erwähnung fanden. Sie schlichen an den Häuserwänden entlang oder saßen an der Bar und tranken so viel, wie sie verkraften konnten. Mit einem Gefühl fürs Unantastbare, das ihnen in Fleisch und Blut übergegangen war, mieden sie die Blicke der anderen.

Im hinteren Bereich des Lokals warteten Frauen, die den Männern auf ein Nicken hin in angrenzende Zimmer folgten und die Tür hinter sich abschlossen.

Das Glücksspiel fand in einem anderen Teil des Lokals statt: Dort konnte man von Spieltisch zu Spieltisch schlendern. Die Luft war schwer von Zigarrenrauch. Ein Kellner, dem das rechte Ohr fehlte, servierte an den Tischen. Tiefhängende Messinglampen verbreiteten ein gedämpftes Licht. Vilmer wurde ein Platz in der Pokerrunde angeboten: vier Herren im Smoking, die schallend lachten und einander beredte Blicke zuwarfen, die soviel besagten wie: Wenn du dich zu uns an den Tisch setzt, dann bleibst du hier so lange sitzen, bis wir dir jeden Pfennig deines Vermögens, wie groß es auch sein mag, aus der Tasche gezogen haben. Während Vilmer mit einer Hand sorgfältig mischte, holte er mit der anderen seinen Einsatz hervor. Er verwaltete Karten und Einsatz mit dem Kalkül und dem Eifer eines Rechnungsprüfers, spielte mutig, aber mit Methode und machte in den ersten Stunden – zum Erstaunen der Mitspieler und des versammelten Publikums – beträchtliche Gewinne. Andere Gäste im Lokal blieben flüsternd hinter ihm stehen, andere Tätigkeiten wurden unterbrochen, die leichte Garde der Lust wurde sitzengelassen und wippte nun einsam auf ihren Stühlen hin und her. Auch wenn sich die Gewinnsumme im weiteren Verlauf des Abends meist verringerte, so hatten Vilmer und Hasse, der Vagabund, beim Gehen stets größere Scheine im Portemonnaie als bei ihrem Eintreffen.

Die Gewinne sickerten hervor wie Schmelzwasser im Frühling. Sie flossen in einer Furche zusammen, die schließlich so breit war, daß Vilmer und Hasse sie nicht mehr einzudämmen vermochten. Das Gewinnen wurde ihnen zur Gewohnheit. Hasse, der von sich behauptete, er habe Sinn für Stil und Qualität, sorgte für neue Kleider – teure Anzüge der Nordiska Kompaniet, aus dunklen feinen Stoffen gefertigt und mit breiten Aufschlägen. In einer Boutique auf der Götgatan probierten sie Hüte an.

Sie verbrachten viel Zeit in den Badeanstalten der Stadt. Vilmer ermahnte seinen Freund zur täglichen Rasur und Körperreinigung und besorgte ihm mehrere Garnituren Unterwäsche.

Tagsüber führte Hasse ihn durch die Stadt. Sie gingen lange Strecken zu Fuß oder fuhren mit der Droschke, aßen im Grand Hôtel oder im Bellmansro ausgiebig zu Mittag, umgeben von Handelsreisenden und Spekulanten. Beim Dessert – Eis aus echter Vanille mit frischen Früchten – bekräftigte Vilmer, wie sehr er dieses Leben genoß und wie froh er war, daß der Zufall ihn mit diesem Mäzen der Lebensfreude zusammengebracht hatte.

Samstags gingen sie nicht ins Kellerlokal, sondern nahmen sich frei. Sie verbrachten die Abende im Grand Hôtel und tanzten um Mitternacht im Frack zu *Good Night Sweet heart*.

Dann verließ sie das Glück. Langsam. Vilmer hatte immer größere Schwierigkeiten, die Runden für sich zu entscheiden. Den Pott verteilten die Gegenspieler unter sich. Aus der Nacht wurde immer öfter ein Morgen mit Schulden, an dem die beiden ohne ihre neuen Schlipse und Jacken heimwärts trotteten.

Es kommen auch wieder bessere Zeiten, versuchte Hasse ihn zu trösten. In dieser Jahreszeit ist es sowieso viel angenehmer, bloß ein Hemd zu tragen. Es ist besser, du schonst dich bis zum Herbst.

Doch selbst da gelang es Vilmer nicht, die Serie der Mißerfolge zu beenden. Die Träume lösten sich in Luft auf, und an ihre Stelle traten Gedanken an heile Kleider und die Sorge um die nächste Mahlzeit. Er begann auf Pump weiterzuspielen. In großen Schreibblöcken, die im hintersten Winkel des Kellerlokals aufbewahrt wurden, notierte man die Verluste. Sie addierten sich alsbald zu einer unfaßbaren Summe, und die rauchenden Männer, die ihnen eben noch den Stuhl hingehalten hatten, sprachen auf einmal von hohen Zinsen, gebrochenen Fingern und einem letzten Zahlungstermin. Im Oktober saßen Vilmer und Hasse verfroren in einem ihrer beiden Zimmer. Sie hatten inzwischen den letzten ihrer teuren Anzüge verloren. Die Wirtin verlangte die Miete für zwei Monate, und das letzte Scheit Holz war verbrannt. Vilmer Rask versicherte zum tausendsten Male, daß er jeden besiegen könne, wenn er bloß endlich einmal eine glückliche Hand hätte. Aber da war einer im Quartett, der seinen Mitspielern immer überlegen sei.

Ich brauche einen höheren Einsatz, sagte er. Aber wie?

Ich würde dir so viel leihen wie du bräuchtest, sagte Hasse. Wenn ich bloß etwas hätte! Schenken würde ich's dir! Er kaute an seinen Fingernägeln und versuchte, einen Gedanken hervorzulocken, den er bis zum richtigen Augenblick in die tiefsten Abgründe seines Gedächtnisses verbannt hatte und der jetzt auf einmal wieder hervorsprudelte wie Blasen im Champagner.

Du hast doch einmal behauptet, du besäßest einen Hof, sagte er.

Glaubst du mir nicht? Soll ich dir die Papiere zeigen?

Hast du sie bei dir? Der muß ja einiges wert sein. Hasse grübelte eine Weile vor sich hin, ehe er fortfuhr: Kann ich die Papiere mal eine Zeitlang ausleihen. Ich werde versuchen, eine Eintragung zu bekommen.

Was soll das heißen? fragte Vilmer.

Das bedeutet, daß du morgen ein volles Portemonnaie haben wirst, ohne daß es dich einen Pfennig kostet.

Auf dich ist immer Verlaß, sagte Vilmer fast andächtig und umarmte ihn.

Hasse verschwand mit den Dokumenten. Als er zurückkam, hatte er im Austausch mehrere Schreiben sowie Bargeld in Form von glatten, unbenutzten Scheinen bei sich. Diese Summe deckte die Schulden und erlaubte darüber hinaus neue Einsätze. Später mußte er das gleiche noch einmal wiederholen und danach noch ein drittes Mal – und das war dann der Zeitpunkt, zu dem Harald von der Sache erfuhr.

Zwei Herren kamen auf den Hof gefahren. Sie wollten sich vergewissern, daß es ihn tatsächlich gebe und wieviel er wert sei, erklärten sie Harald und Karin, die sie einluden, zum Mittagessen zu bleiben. Die Herren lehnten jedoch ab und sagten: Dein Bruder hat uns seinen Anteil überschrieben. Inzwischen sind seine Schulden schon höher. Wir müssen verkaufen.

Nach langen Verhandlungen und mehrfachen Versprechungen, die er mit seinem Ehrenwort bekräftigte, gelang es Harald, eine Woche Aufschub zu erwirken. Er tat kein Auge zu in dieser Zeit. Karin und Harald liefen von Pontius zu Pilatus, um Hilfe zu erbitten. Sie bekamen mögliche, aber ungenaue Namen und Adressen, die sie weiterverfolgten.

Harald fuhr in die Hauptstadt. Er war erfüllt von einer Leere, der Frage nach dem Warum, und, als er am Hauptbahnhof ausstieg und sich in Gamla Stan, der Altstadt, auf die Suche machte, war ihm alles andere als wohl in seiner Haut.

Die beiden Kameraden saßen ein jeder unter seiner Decke, als Harald – mit der Wirtin im Nacken, die wütend über die ausgebliebene Miete schimpfte, an die Tür klopfte. Er kam herein und schloß die Tür so schnell, daß der Knall ihr Gespräch im Satz unterbrach. Er bat Hasse, ihn und Vilmer für ein Weilchen allein zu lassen.

Und er sagte: Was machst du nur für Sachen? Er setzte sich dicht neben seinen Bruder, sah ihn prüfend an. Du hast Läuse, Vilmer, und im Hauseingang laufen Ratten umher. Soll das hier etwa besser sein als das Leben zu Hause, das Säen und das Füttern von Bruno und Stella?

Er sah sich im Zimmer um. Die Tapeten waren fleckig und wellten sich vor Feuchtigkeit. Das Wasser in der Kanne und im Spülbecken war trüb und grau, weil die Männer kein frisches mehr zum Waschen bekamen. Die Bettwäsche roch schimmelig.

Du hast die Hälfte unseres Hab und Guts verspielt und noch einiges mehr. Aber ich und Karin haben entschieden, daß wir deine Schulden mit unserem Gesparten begleichen. Und ich werde mit den Gläubigern über den Rückkauf unseres Besitzes verhandeln.

Vilmer sah auf seine Hände.

Zieh dich an, sagte Harald. Wir fahren nach Hause.

Ich bleibe hier, sagte Vilmer gefaßt. Die Landwirtschaft war das Werk unseres Vaters, und jetzt ist es deins. Wenn das, was jetzt noch übrig bleibt, dir gehört, dann möchte ich dort nicht als Knecht leben.

Harald legte seinen Arm um ihn: Das wirst du nicht. Ich möchte dich in meiner Nähe haben, verstehst du das nicht? Du kannst frei leben, ich verspreche es dir.

Es geht trotzdem nicht. Ich kann Hasse nicht allein lassen. Ohne seinen Rat wäre ich nicht über die Runden gekommen.

Über die Runden gekommen? Du hast mehr Schulden, als du in deinem Leben je begleichen kannst.

Da siehst du! Wie schlimm wäre es erst ohne ihn geworden?

Harald stand auf und seufzte: Ich komme wieder. Sei so lieb und verlaß das Haus nicht.

Als er zurückkehrte, hatte Vilmer seine wenigen Habseligkeiten auf dem Bett zusammengelegt. Gemeinsam packten sie seine und Hasses Sachen in eine Tasche, die Harald mitgebracht hatte. Was sie besaßen, füllte nicht einmal den Boden.

Harald war beim Bankdirektor in Vagnhärad gewesen und hatte einen Kredit, der für einen Traktorkauf bestimmt war, in Bargeld umgewandelt. In einem Wirtshaus hatte er dann das Geld gegen eine Besitzurkunde für das eigene Haus getauscht.

Außerdem hatte er einige Unternehmen und Geschäfte aufgesucht, mit dem Chef der Möbelschreinerei von Nordiska Kompaniet und dem der Glühlampenfabrik gesprochen und sich bei den Bauern in der Gegend umgehört. Aber niemand konnte Hasse eine Arbeit anbieten. Harald hatte jedoch nicht aufgegeben, und schließlich wurde eine Stelle in der Molkerei frei. Hasse sollte die Milchrunde fahren. Das war eine verantwortungsvolle Tätigkeit, die von jemandem ausgeführt werden mußte, der Ordnung halten und mit Dokumenten und Zahlen umgehen konnte.

Wie für dich geschaffen, Hasse, fand Vilmer. Schließlich hast du auch bei mir für Ordnung gesorgt.

Ach, so nennt man das? sagte Harald. Und an Hasse gewandt fügte er hinzu: Aber mit dem Vagabundendasein muß jetzt Schluß sein.

Auf der Stelle, sagte Hasse. Ich nehme die Arbeit an.

Jahre später, als die Leute ihn nur noch als Lenkrad-Hasse kannten und ihn wieder der Geruch nach Abfall und Fäulnis umgab, fragte ihn jemand, ob er sich denn für den Lastwagen jemals eine Fahrerlaubnis beschafft habe.

Nee, niemals, für kein Fahrzeug, sagte er. Aber jetzt kann ich es so gut, daß es im Grunde schon zu spät ist, um aufzuhören.

In den Jahren, die ich hier lebe, konnte ich miterleben, wie sich nicht nur die Menschen, jeder auf seine Weise, veränderten, sondern auch die ganze Küste, worunter ich jenes Geflecht aus Kontakten, zwischenmenschlichem Austausch, persönlichen Beziehungen und Gefühlen verstehe, das sich der Mensch durch sein tägliches Wirken schafft. Das Land selbst sieht heute nicht wesentlich anders aus als damals. Bäume, Blumen, Wasser, Inseln, Himmel, Vögel haben sich nicht nennenswert verändert. Also muß etwas anderes seine Spuren in der Landschaft hinterlassen haben.

Ich kann nicht verhehlen, daß ich selbst in bedeutendem Maße Anteil an dieser Entwicklung hatte, zumindest am Anfang. Ich eröffnete ein Geschäft ohne entsprechende Kenntnisse und ohne daß ich etwas über das Land und die Menschen wußte, die in jener Gegend lebten. Es wäre für sie ein leichtes gewesen, mich zu vertreiben. Aber es gab einen Bedarf an den Waren, die ich verkaufte, und da alle von meiner Existenz profitierten, akzeptierte man mich als der Mensch, der ich war und einmal werden sollte.

Ich machte mich im Ort und auf den Höfen bekannt und erläuterte allen meine Pläne mit dem Laden. Erst dann kam ich auf mein eigentliches Anliegen zu sprechen: auf welche Weise ich Vorteil aus diesem Projekt ziehen könne, von dem alle hier profitierten? Man nahm mich freundlich auf. Niemand hatte Schwierigkeiten zu verstehen, worin die Wirtschaftlichkeit bestand. Karin Rask begriff es als erste. Wir vereinbarten, daß sie jeden Morgen Eier, Milch, Sahne, Käse und frischgebackenes Brot liefern solle. Die Zutaten zum Backen konnte sie bei mir kaufen. Ihre Bezahlung richtete sich nach verkauften Stückzahlen an Brot und Hefegebäck. Auf gleiche Weise wurde ich mit anderen Lieferanten in der Umgebung einig.

Die Gesellschaft, die ich in jenem Landstrich antraf, war über die Jahre zu einer festen Form erstarrt, und ich glitt in sie hinein wie eine wohltuende Salbe, ein Öl, mit dem man eine Maschine in Gang hielt. Unter der gleichen Prämisse nahm man später Advokat Rotenschiöld auf. Es gab Gerede über seinen Namen, seine Vergangenheit und seine Stellung, aber all das löste sich in Luft auf, weil er Geld hatte, von dem man glaubte, es würde für alle von Nutzen sein. Für den Balten war es noch einfacher. Von ihm erwartete man, daß er draußen auf seiner Insel blieb, wo er keinen Schaden anrichten konnte.

Und jetzt, da alles vorbei ist, ist nichts mehr übrig von jenem Bild, das wir uns von der Welt gemacht hatten. Ein jeder sinkt hinunter in die Erde und verschmilzt unmittelbar mit der Geschichte dieses Ortes. Eine Geschichte, von der man nicht länger im Singular sprechen kann.

Weil die Kommunikation unterbrochen ist.

Die Familien sitzen hier jetzt in ihren kleinen, vorgefertigten Hütten, ohne andere Eindrücke und zwischenmenschliche Begegnungen als jene, die das Fernsehen bereithält. Schauen sie dann doch einmal hinüber zum Nachbarn auf der anderen Seite der Hecke, lassen sie sich vielleicht zu einem Witz darüber hinreißen, daß sie für den Abend den falschen Kanal eingestellt haben. Du kannst mit einem Sack voll Gold kommen, du kannst einen Supermarkt auf Sävö eröffnen, du kannst den Hafen in Stücke sprengen, doch wenn die Fernsehnachrichten nicht in Farbe von deinen Taten berichtet haben, dann bist du kein Thema in den Sommerhäuschen an der Biegung, wo die Landstraße sich gen Norden windet.

Versteht mich richtig. Ich will niemanden verurteilen. Ich kann nicht sagen, was besser oder schlechter ist, sondern nur feststellen, daß eine Verschiebung eingetreten ist, und aufzeigen, welche Dinge sich verändert haben. Im Gegensatz zu Rotenschiöld, der sich tagelang darüber ärgern konnte, in welcher Weise Fälle wie die Entführung von Charles Lindberghs Kind und das Gerichtsverfahren gegen den französischen Kollaborateur Pierre Laval gehandhabt wurden, hatte ich nicht jederzeit fertige Wahrheiten parat, die ich großzügig unters Volk bringen konnte. Er dagegen würde auch noch beweisen können, daß es ohne weiteres möglich ist, zum Mond zu spazieren – Hauptsache, das Problem erregte sein Interesse.

Daß er so genau weiß, wie das Universum aussieht, ist natürlich ein Teil von ihm, war schon Ingredienz des Brots, das er als kleiner Junge aß. Zu Beginn hielt er sich noch zurück, aber ungefähr drei oder vier Jahre, nachdem er die Reichstagskorridore hinter sich gelassen hatte und wieder hierher zurückgekehrt war, da machte es sich bemerkbar und war mehr als nur eine Tendenz. Mit der Zeit entwickelte sich daraus eine hervorstechende Eigenschaft.

Die Männer waren immer noch scheu und ihre Seelen verletzt. Wie gequälte Tiere schwärmten sie aus, sobald Rotenschiöld sich ihnen näherte. Man sah sie nur noch selten gemeinsam. Geschah es doch einmal, daß er unerwartet auftauchte, wenn sie in einer Gruppe auf dem Hof oder im Laden zusammenstanden, dann stoben sie auseinander wie Pollen im Wind. Ich hatte niemandem erzählt, was sich damals wirklich ereignet hatte – und doch war es, als wären die Ereignisse ständig präsent, als hingen sie in der Luft, die uns umgab, als lägen sie auf dem Boden, auf dem wir gingen, und schwebten im Wasser, auf dem unsere Boote fuhren. Die Kerle verstanden, was damals geschehen war, ohne daß sie frugen.

Sie ließen mich mit ihm allein. Er hatte aufgehört, Fragen zu stellen, die er beantwortet wissen wollte; vielmehr formulierte er sie so um, daß indirekte Befehle aus ihnen wurden. Ganz allmählich übernahm er wieder das Kommando. Ich vermute, es kostete viel Kraft, sich soweit vorzuwagen.

Worauf ich hinaus will, ist, daß man Maja verstieß, weil sie anders war. Sie war für niemanden nützlich, so wie ich oder der Advokat es waren, und das machte sie zu einer Belastung oder gar zu einer Gefahr für jene, die als Maßstab nichts anderes hatten als den eigenen Tellerrand. Maja lebte nach selbstgeschaffenen Regeln, deren tiefere Bedeutung hier kein Mensch begriff, weil an diesem Ort noch niemals solche Regeln geherrscht hatten.

Wäre sie heute gekommen, würden die Feriengäste in den Fernsehprogrammen ihren Namen suchen.

Laubgeschmückte Bögen wölbten sich über die Boote, als sie in Scharen über Gjupafjärd und Tvären gefahren kamen. Die Birkensträußchen glitzerten im Wind, und die Inselbewohner riefen Willkommensgrüße aus, die wie Brandungswellen an Land schlugen.

Die Boote legten unten am Hafen oder in der Bucht von Norrsund an, wo Elias sie empfing. Die Leute trugen Sträuße aus Gänsedistel, Körnersteinbrech und falscher Kamille im Arm, die sie morgens in den Schären gepflückt hatten, auch Fleischrotes Knabenkraut, Sumpfdotterblumen und Stiefmütterchen.

Im Flachsfeld war Britta zu sehen. Dort auf dem Hügel hinter dem Schuppen, in dem der Riffelkamm und der Webstuhl standen, konnte sie sich tagelang vollkommen ihren Pflanzen hingeben. Da gab es dann nur sie und die Erde, sonst nichts. Auch jetzt hatte sie wieder die Zeit vergessen. Elias hatte es inzwischen aufgegeben, ihr Bescheid zu sagen, wenn es Zeit war. Sie kniff ein paar schöne Blüten ab und nahm sie mit hinunter zur Wiese.

Die Leute wanderten in Gruppen über die Wacholderwiesen. Sie trugen Picknickkörbe mit Verpflegung und Kaffee bei sich. Die Mädchen und die jungen Frauen hatten Blumenkränze im Haar. Die Männer genehmigten sich heimlich einen ersten Schnaps.

Nicht weit vom Haus hatte Elias ein Loch in die Erde gegraben und daneben auf zwei Böcke das Holzkreuz gelegt, das dort aufgestellt werden sollte. Auch die geschmückten Ringe, zwei ausgediente Faßreifen, legte er dazu. Am Tage hatte er in seiner Werkstatt kleine Behälter für den Verkauf im Laden fertiggestellt. Als er sich nun das Haar nach hinten strich, spürte er den Duft von Wacholder, poliertem Kiefernholz und Beize an seinen Händen.

Vom Wald her kam Salem aus Busberg geschlendert. Der Oberkörper schaukelte hin und her, als befände sich die Gestalt auf tobender See. Doch Salem war klar bei Sinnen. In einem Kasten, der mit rotem Samt gefüttert war, trug er die Geige. Man reichte ihm eine Kaffeetasse mit Schnaps: Dann wirst du also für uns wieder so schön spielen wie im letzten Jahr!

Die Kinder wirbelten umher, während der Johannisbaum geschmückt und aufgestellt wurde. Ein Sprung – und die Mädchen hatten alle Ermahnungen vergessen und sausten in ihren weißen Kleidchen hinter den Jungen her hinunter zum Strand, hinauf durch die Preiselbeersträucher, zwischen den Kiefern hindurch, zum Abborrberg. Die älteren Geschwister rümpften über solche Spiele nur die Nase. Sie schwärmten in entgegengesetzte Richtung aus und suchten sieben verschiedene Blumenarten, die in der Nacht unter den Kopfkissen liegen sollten: Scharbockskraut, Lerchensporn, Scharfer Hahnenfuß und Habichtskraut. Veilchen! Kornblume und Wiesenglockenblume wie Augen in einem Meer aus Gold.

Karin und Harald gingen Arm in Arm über die Weide. Hinter den beiden, zwischen Tor und dem befangenen

Assar, ging Maja. Karin hatte sie gebeten, ihnen Gesellschaft zu leisten, worauf die Männer geschmollt und sich gewunden hatten wie ein gezwirntes Tau. Jetzt aber waren sie guter Dinge, schüttelten eine Picknickdecke von der Größe eines Focksegels aus und ließen sie auf das Gras hinabsinken. Maja blieb an Karins Seite. Sie tuschelten miteinander – worüber, das konnten die Männer nicht verstehen.

Tor knöpfte die Zieharmonika aus ihrer Hülle und ging zu Salem, um mit ihm das Repertoire und das musikalische Arrangement zu besprechen: Wir machen es wie in den letzten Jahren, das ist am besten. Das Instrument war vierreihig, hatte ungefähr hundertzwanzig schwarze Bässe mit Perlmutteinlagen und einen roten Blasebalg. Das eindrucksvolle Instrument barg Töne in sich, die Sehnsucht und Trauer, Zuversicht, Enttäuschung, Freude und Leichtsinnigkeit auszudrücken vermochten, und Tor verstand sich darauf, ihm auch wogende Wärme und Nähe zu entlocken.

Er schlang die Arme unter die doppelten Schulterriemen und ließ die Finger zur Probe über die weißen Tasten gleiten. Die Haut des Balgs atmete in tiefen Seufzern, und als Salem den Bogen an die Saiten gesetzt hatte, legten sie los.

Mit der gleichen Sorgfalt, mit der Salem seine Netze pflegte, hatte er die Geige gestimmt und das Roßhaar geharzt. Schloß er die Augen, dann war er draußen in seinem Boot und warf die Netze nach Hering aus. Als er sich zurücklehnte und in der Nase den stechenden Geruch von Tang und Schlick, unruhiger See und frischgeteertem Schiffskörper heraufbeschwor, sprudelte die Musik hervor.

Frauen und Kinder eröffneten den Tanz. Auf die Spiele folgten Lieder, bei denen die Männer zum Tanz aufforderten. Sie spuckten in die Hände und legten sich mit angefeuchtetem Finger das Stirnhaar zurecht. Harald hatte beim Tanz mit seiner Karin einen Arm um ihre Hüfte gelegt; an ihnen vorbei schwebte der Balte mit Bauer Kilians Lina.

Einige Feriengäste wagten sich vorsichtig näher an das Geschehen heran. Feierlich nach Städtermanier gekleidet, hielten sie am Waldesrand inne, um herauszufinden, was da vor sich ging, oder um aus den Ereignissen eine Geschichte zu machen, die man im Herbst bei Einladungen und Empfängen zum besten geben konnte.

Setzt euch doch! rief Elias ihnen zu und breitete die Arme aus. Oder tanzt, ja, natürlich!

Sie verbeugten sich kollektiv, tasteten sich in ihren blankgeputzten Schuhen wie eine Menschentraube an einer Haltestelle vorwärts und reihten sich in den Kreis der Tanzenden ein. Männer und Kinder in den inneren, Frauenzimmer in den äußeren Kreis.

Als letzte kamen der König und Pullman, Seite an Seite. Das Hemd vom König leuchtete grell wie ein Signal, und seine roten Hosen schienen aus dem Unterholz emporzuwachsen, als watete er in Flammen. Er brannte darauf, zu tanzen.

Maja hatte man allein auf der Decke zurückgelassen, zusammen mit Assar, den die Frage quälte, ob er sie nun auffordern solle oder nicht und wenn ja, wie nur. Ihr Kleid ist so dünn und durchsichtig wie Hechthaut ... dachte er und zwang sich, in eine andere Richtung zu blicken.

Wo ist nur Vilmer hin? fragte sie. Ich sehe ihn nicht.

Ich auch nicht, sagte Assar, ohne sich ihr zuzuwenden. Doch. Nee, ich habe keine Ahnung.

Vielleicht ist er nach Stockholm gereist?

Stockholm? Wieso sollte er?

Assar rieb sich die breite Nase: Nee, warum? Aber bei ihm kann man nie wissen. Es ist besser, du fragst Harald oder Lenkrad-Hasse.

Aber Lenkrad-Hasse war auch nicht in Sicht, und Harald würde nichts sagen. Als er mitbekam, worüber sie sprachen, verharrte er weiter in der Nähe der Musik und schlich dann mit Elias hinter die Wacholdersträuche, aus denen sie kurz darauf mit glühenden Wangen und glänzender Stirn wieder auftauchten: Einmal im Jahr darf man sich einen genehmigen. Besonders, da heute in diesem Punkte ausnahmsweise einmal nicht mein Bruder die Familie repräsentiert. Sie krempelten die Ärmel hoch, zogen die Westen aus, und Elias trocknete sich mit einem karierten Taschentuch den Schweiß ab. Verfluchte Hitze!

Vom Meer her wehte eine schlaffe Brise und fuhr mit sanftem Rascheln durch die Bäume. Schwanenpaare und Tauchenten flohen mit ihren Jungen aufs Wasser hinaus. Die Musik folgte ihnen zu den flachen Felsen rund um die Inseln bis weit hinein in die Mättingebucht.

Plötzlich wurde es dem König beim Anblick der vielen weißen Kleider schwindlig. Sie erinnerten ihn an das Skikjöring hinter Raupenfahrzeugen und die eiskalten Zeltnächte in Taipale, Kollaa, Lemetti. Feuerkaskaden flammten in seinem Gedächtnis auf, und in der Ferne brüllte ein Offizier den Befehl zum Rückzug. Er begann, nach dem Gewehr zu tasten, als Maja auf ihn zugerannt kam, ihn unter dem Arm packte und zu Assar führte, damit er sich ein wenig ausruhen konnte.

Sie holte ihm etwas Kaltes zu trinken und fühlte an seiner Schläfe, ob er vielleicht Fieber hätte. Aber seine

Temperatur war nicht höher, als man es bei diesem Wetter erwarten konnte, und sein Puls war normal.

Später am Abend – während sich die ganze Festgesellschaft, mit Salem und Tor an der Spitze, über die Wiese zu Rasks Hof schlängelte – nahm der König, von Maja und Pullman gestützt, die Straße. Die Tür zur Scheune stand einladend offen und war mit einem Rahmen aus frisch geschlagenem, jungem Birkenholz und Rispen geschmückt.

Laßt mich ... ein Weilchen allein hier sitzen, sagte der König ... später werden wir tanzen.

Dann bist du ja so lange frei, sagte Maja zu Pullman und legte seine Hände um ihre Hüfte: Du darfst mich zum Tanz auffordern.

Sie stürzten sich ins Getümmel – zwischen Arme, Beine und Leiber, die sich die Plackerei, die Pflichten und die Finsternis der vergangenen Monate von der Seele strampelten. Britta hängte sich fest an den Hals ihres Elias, so wie Karin es ihr beigebracht hatte. Nur so könne sie gewährleisten, daß der Ehemann auf dem Boden der Tatsachen bleibe. Lina tanzte abwechselnd mit ihrem Ehemann und dem Knecht.

Fräulein Lind hatte sich in einer eigenen kleinen Ecke auf einem mitgebrachten Kissen in Position gerückt. Sie glotzte und zog die Mundwinkel zusammen. Gegenüber trank Lenkrad-Hasse einsam aus einer Kanne frischgemolkene Milch; er hatte nämlich versprochen, die Leute auf der Ladefläche seines Lasters nach Hause zu bringen. Über seiner Oberlippe leuchtete ein weißer Neumond.

Am anderen Ende der Scheune hatte ich Holzkisten und ein paar Bretter zu einer provisorischen Theke zusammengebaut. Darunter standen die Bierkästen. Ich hatte ein Mädchen namens Eva – sie gehörte zu den Feriengästen – gebeten, mir am Getränkestand auszuhelfen.

Vor uns hatte sich eine lange Schlange gebildet. Plötzlich drängte sich einer der Städter vor, als hätte er als einziger in diesem Lokal Durst. Ein Bier, sagte er. Und zwei Gläser.

Ich öffnete ihm eine Flasche. Es zischte. Die Gläser sind für da drüben bestimmt, sagte ich und nickte in die Richtung des Kanisters mit dem Zapfhahn, den Vilmer nebenan aufgebaut hatte. Es war sein Alkohol. Wer einen Schnaps haben wollte, lieh sich bei mir ein Glas und gab es nachher Eva, die es ausspülte und wieder zurück auf die Holzbretter stellte. Ich erklärte dem Mann den Ablauf.

Dann müssen wir also aus der Flasche trinken? sagte er und betrachtete das Bier sichtlich angewidert.

Oder die Gläser ausleihen, sagte ich und nannte den Preis.

Das ist ja Wucher.

Ein Verdauungsschnaps pro Glas ist inbegriffen. Und der ist gut gebrannt.

Er sah sich um. Die Wartenden hinter ihm hatten ihm zugute gehalten, daß er die Reihenfolge nicht begriffen hatte, doch als sich sein Abgang immer mehr verzögerte, wurden sie ungeduldiger und lauter.

Ich glaube, du machst hier nebenbei ein kleines Privatgeschäft, sagte er.

Du kannst glauben, was du willst, sagte ich. Willst du nun dein Pilsener haben, bevor es abgestanden ist, oder nicht?

Er bezahlte und verschwand, ohne das Wechselgeld abzuwarten. Ich gab es Eva und sagte ihr, sie solle sich für eine Weile allein um den Ausschank kümmern. Ich brauchte frische Luft.

Die Jungs liefen mit sommerreifen Mädchen über das Feld hinunter ans Wasser. Heute nacht konnte alles passieren. Oben auf den Heuböden schrien die Kinder wie Indianer und hüpften in den Ballen auf und ab, daß die Halme nur so umherwirbelten und sich Staub in die Luft mischte, der sie husten und niesen ließ.

Die Musikanten drehten sich über umgefallenen Kisten im Kreise. Salem segelte mit seinem Geigenbogen, und Tor stampfte den Takt, daß der Baumstamm unter ihm knackte. Eins spielen wir noch, und dann ruhen wir uns fünf Minuten auf dem Hügel aus!

Als sie ihre Instrumente beiseitegelegt hatten und hinausgingen, kehrte ich gerade wieder zurück. Eva sammelte die leeren Flaschen ein. Gemeinsam schafften wir neue Bierkästen heran. Pullman, ganz der allzeit bereite Krankenpfleger, holte für den König ein Pulver gegen Kopfschmerzen. Aus den Augenwinkeln sah ich, wie Maja in den umherstehenden Grüppchen die Runde machte und fragte: Habt ihr vielleicht Vilmer Rask gesehen?

War er nicht eben noch hier?

Nee, der ist uns noch nicht über den Weg gelaufen. Du suchst ihn wohl am besten in seiner Schubkarre oder im Schuppen.

Wenn er hier sein sollte, dann ist er betrunken, antwortete jemand, und wenn er betrunken ist, dann hat er hier nichts verloren.

Wenn ich beim Tanzen nur den Takt besser halten könnte, dann hätte ich dich schon mehrmals aufgefordert, versuchte Assar sich zu rechtfertigen, als Maja an ihm vorbeikam.

Kein Grund zur Aufregung, sagte sie. Aber jetzt mußt du mir erst einmal helfen, Vilmer zu finden.

In dem Moment, als die Rotenschiölds, gefolgt von einem weiteren Paar, die Scheune betraten, setzte die Musik wieder ein. Sie hatten den Abend im Garten gefeiert und beendeten ihn mit einem Ausflug zum Ursprung der Klänge. Am Eingang blieben sie stehen. Der Advokat inspizierte jeden Winkel mit forschendem Blick, in dem geschrieben stand: Hier kommt ein Mann, der Unglück mit sich bringt. Helen grüßte und lächelte, während sich ihre Gäste im Hintergrund hielten. Für einen Augenblick setzte das lustige Treiben aus, jede Bewegung und jedes Wort erstarrten in einer einzigen, kollektiven Muskelverkrampfung. Es war wie eine erwartungsvolle Stille, in der sich jeder nur auf das Paar konzentrierte. Doch ebenso schnell war alles wieder wie vorher, und die eine Sekunde jenseits von Raum und Zeit verschwand im Nichts.

Harald hustete und nahm seinen ganzen Mut zusammen, um Helen anzusprechen: Wie wäre es mit einem Tänzchen? Und als sie, sichtlich entzückt, annahm, sagte er zu ihrem Mann: Wenn der Herr nichts dagegen haben?

Wieso sollte ich? fragte er. Schlimmer als es ist, kann es nicht werden.

Und während Harald und Helen hinausglitten – ein Bild, das sich bei den Einheimischen unauslöschlich ins Gedächtnis eingeprägte –, zog Rotenschiöld sich von der fröhlichen Menge und diesen Klängen, die er verabscheute, zurück. Für ihn war das Ganze nichts als ein Wust aus Kautabak, lauwarmen Schnäpsen, stinkenden Körpern, die unkontrollierte Schreie von sich gaben, und Pisse, die in dampfenden Strahlen auf den Misthaufen prasselte – unterm Strich ein probater Beweis für die Primitivität des Menschen, ein Abgrund, in den die Minderbemittelten dieser Welt hinabsanken. Es widerte ihn an; er war entsetzt und bereute, daß er seine Frau in die dreckigen Hände eines Bauerntölpels gegeben hatte, und ihm wurde übel vor Verachtung, als der König, der sich inzwischen wieder erholt hatte, in Pullmans Schraubstockgriff an ihm vorbeiwirbelte. Das aufgeknöpfte, gelbe Hemd umflatterte die beiden, und das weiße Haar vom König wehte um seinen Kopf wie eine Wolke aus Rauhreif.

Rotenschiöld schaute verächtlich in die Menge. Auf einmal schärfte sich sein Blick. Er hatte Maja erspäht. Es kam für ihn einer Erlösung gleich, so, als überließe er seine Seele einer Religion, die allein durch ihre Güte überzeugte. Maja trug Blumen im Haar. Sie stand mit dem Rücken zu ihm in einer feinen Wolke aus Kühle und parfümierter Haut. Sofort und ohne jeden Vorbehalt erkannte er in ihr die Frau, die für ihn bestimmt war, und verfiel ihrer Schönheit. Er bahnte sich einen Weg durch die Menge.

Er legte den Arm um sie und faßte sie mit einem Griff, der nicht zu hart und doch von einer Bestimmtheit war, die keinerlei Zweifel darüber ließ, daß er zu den Menschen gehörte, die es gewohnt waren, daß man ihnen gehorchte. Wir sind uns noch nicht begegnet, sagte er. Mein Name ist Advokat Rotenschiöld. Er betonte den Titel.

Sie begegnete seinem Blick. Ich heiße Maja.

Auf Besuch?

Gewissermaßen. Ich wohne bei Johannes Händel.

Aber Sie sind aus der Stadt? Das merkt man.

Ja, vielleicht …

Nicht alle sind wie ... begann er, aber unterbrach sich: Sollen wir tanzen?

Das müssen wir auf ein anderes Mal verschieben. Maja trat einen Schritt zurück. Irgend etwas in seinem Auftreten war ihr unangenehm – vielleicht war es der fehlende Glanz in seinen Augen oder das ständige Lächeln, von dem doch inzwischen schon die Wangen schmerzen mußten. Ich suche einen Freund, sagte sie.

Ich möchte aber jetzt tanzen, sagte er.

Sie schüttelte den Kopf und sah in eine andere Richtung: Ist das dort deine Frau, zusammen mit Harald?

Er tat so, als sähe er sich im Lokal um: Mit diesem Bauern da, ja.

Warum tanzt du nicht mit ihr?

Er strich sich mit einer Hand durchs Nackenhaar und tastete mit der anderen nach seinem Krawattenknoten. Oder sollen wir einen Moment nach draußen gehen? Hier ist es sehr warm.

Nein danke! Maja zog Assar zu sich, schmiegte sich an ihn und schob ihn im Takt des Walzers vor sich her. Er stolperte wie eine Marionette um sie herum.

Wie schade, schmetterte Rotenschiöld ihnen nach. Das Fräulein muß uns einmal in Ängsvik besuchen kommen. Johannes kann den Weg zeigen.

Er starrte ihr nach wie eine Boa Constrictor ihrer Beute, solange bis Helen ihn – nachdem sie sich bei Harald lachend und atemlos für die Tänze bedankt hatte – zusammen mit ihren Bekannten woandershin führte.

Es dunkelte. Ein blaustreifiger Nebel blies über die Inseln herein und befeuchtete die Landschaft mit Tau. Noch dauerte die Nacht an, bald aber löste sie ihren rauhen Griff. Draußen vor Landsort ging die Sonne auf und wärmte jenen, die zu Fuß nach Hause gingen ebenso den

Rücken wie den anderen, die hinten auf Lenkrad-Hasses Milchwagen kletterten. Unten am Schilf trennten sich die Pärchen, und ein jeder lief geduckt in seine Richtung.

Als der Schuppen leer war, ging Karin um das Gebäude herum. Sie suchte mit gefalteten Händen die Abgeschiedenheit des Änglabacken und richtete ihren Blick hinauf ins Blau. Ihre Augen sahen den Himmel. Sie sahen wie die Engel ihren Sohn wegtrugen. Vier Klauen krallten sich in seine Brust und hoben ihn zurück auf den Platz zur Rechten des Schöpfers. Er war drei Jahre und zwei Monate alt. Karin bewegte die Lippen, als spräche sie zu jemandem.

Bei Tagesanbruch knöpfte Tor des Blasebalgs letzten Seufzer zusammen und hakte die Tragegurte aus. Maja wartete auf ihn. Sie war immer noch munter und suchte jemanden, der ihr zuhören konnte: Ist es dir recht, wenn ich dich ein Stückchen begleite?

Morgendämmerung wie eine Hymne an die Stille. Vereinzelt schwebten Mantelmöwen im Wind; sie waren so früh unterwegs, daß sie noch keine Schreie ausstießen. Auch waren noch keine Fischerboote auf dem Weg in den Hafen, denen sie hätten folgen können. Das Wasser war dunkel und erschien tiefer, als es wirklich war, ehe das Licht es durchflutete und sich Meeresboden, Tang und Steine abzeichneten. Ostwärts auf den Inseln standen die Krüppelkiefern schwarz und undurchdringlich vor dem hellen Hintergrund, der sich wie eine dünne Haut langsam über dem Horizont entrollte.

Die verwelkten Sträuße aus Birken und Blumen, die sich aus den Kränzen gelöst hatten, schaukelten im ufernahen Wasser auf und ab und schwappten gegen die Seitenwände der Boote. Teile eines laubgeschmückten Bogens waren in die Hafeneinfahrt hinausgeschwemmt worden. Aus einer Kajüte drang dumpfes Schnarchen.

Die Nacht über hatte sich die Wärme in der Luft gespeichert und dann mit einem einzigen Aushauchen den Tau vertrieben. In den nächsten Stunden würde sie stetig wachsen und schließlich alles durchdringen und keinen Raum mehr für andere Gedanken lassen. Verfluchen sollten wir jenes Wetter, für das es keine kühlende Linderung gibt.

Wenn mittags die Hitze am intensivsten war, würde Majas kurzärmeliges Kleid unbequem wie eine Rüstung sein. Doch im Augenblick fühlte sie sich noch frisch. Ihre Haut hatte die Farbe von hellem Tabak oder Kiefernrinde angenommen und glänzte ein wenig vom gestrigen Tag auf der Wacholderwiese. Kein Streifen war von dem zunehmenden Glanz ausgespart geblieben.

Als Maja sich vom Hafen aus auf den Weg machte, war ihr Haar im Nacken zu einem Schopf zusammengebunden. Sie ging über die Weide und am Festplatz vorbei hinaus zur Bucht, wo sie sich im Sand die Schuhe abstreifte und ins Wasser hinauswanderte. Der Boden war weich, und bei jedem Schritt versanken die Füße ein Stück wie Finger in Puderzucker.

Sie ging so weit, bis das Wasser an ihre Oberschenkel heranreichte und sie den Saum ihres Kleides zusammenraffen und hochhalten mußte. Sie war weit draußen, und auf dem ganzen Weg hatte sie das Gefühl, als verlöre sie den Boden unter den Füßen und stürzte. Auf der Höhe von Norrsunds Landesteg hielt sie an. Der Leuchtturm auf Märholmen zwinkerte ihr mit einem Auge zu. Sie trug keine Ringe oder anderen Schmuck.

Sie legte die Hände auf ihren Bauch und glitt mit den

Fingerspitzen unter die Knopfleiste ihres Kleides. Sie trug an einer schweren Last, und alles würde schon bald zutage treten und das ganz offen. In dieser Stunde aber wollte sie ganz für sich allein sein, weit weg von allen Konventionen und Verstellungen. In der Nacht hatte sie nicht geschlafen. Sie dachte an den gestrigen Tag. Sie dachte an die Männer und daran, wie unerträglich es war, eine Frau mit einer Vergangenheit zu sein. Langsam zeigten sich ihr die Konturen eines Regelwerks, über das sie sich nichtsahnend hinweggesetzt hatte. Aber es sollte sie nicht dazu bringen, ihr Verhalten zu ändern oder gar an ihrer Überzeugung zu zweifeln, daß es ihr ureigenes Leben war, das sie in Händen hielt, und daß aus diesem Grunde niemand anders als sie selbst am besten wußte, was damit anzufangen war.

Sie fragte sich, was Menschen davon abhielt, eigene Wege zu finden, an die sie sich halten konnten, fand aber keine Antwort. Sie nahm sich die Freiheit heraus, einen Sommer in den Schären zu verbringen, doch dann war es, als zerrte eine unsichtbare Hand an ihr.

Weiter draußen wogte das Seegras gegen den Rhythmus der Wellen. Das Licht sickerte auf den Meeresboden, und als Maja sachte die Hände gegen den Bauch preßte, brannte sie innerlich und war ruhig zugleich.

Lange Zeit stand sie so da. Später watete sie zurück an Land. Als sie trocken war, setzte sie ihren Weg fort, vorbei an Norrsund, den Flachsfeldern und dann hinauf durch den Wald.

Salem drehte den Bug Richtung Land, schlug einen Palstek in das Tau und befestigte es an einem Pflock im Gras. Um sicherzugehen, machte er noch einen zusätzlichen Schlag und spannte das Ende wie für einen Seiltänzer.

Er hakte die Ruder, die Elias für ihn gefertigt hatte, aus und legte sie längsseits. Die Hose hatte er bis zu den Knien aufgerollt. Als er die Bojen draußen vor dem Schuppen abgelegt und die Netze hochgehängt hatte, watete er zum Heck, um die Fäßchen zu holen, in denen Barsche und Brassen von einem knappen Kilo und ein paar dutzend Flundern nach Luft schnappten. Direkt aus dem Hellegatt trug er im Arm Zander, Hecht und Dorsch hinauf.

Die Netze hatten fünfzig Meter vom Busberg entfernt ausgelegen. Im Mai, Anfang Juni und im September fuhr er mit den Heringsnetzen weiter aufs offene Meer hinaus. Zu ganz bestimmten Zeiten im Jahr gab es dort auch Lachse oder Lachsforellen.

Das Boot war vier Meter lang und aus schwarz geteertem Kiefernholz. Für längere Fahrten konnte es mit einem Sprietsegel geriggt werden, und Salem hatte die Reling hoch gebaut, weil er auch bei rauher See im Trockenen sitzen wollte. Wenn die Wellen am Bug hochschlugen, mußte er so kräftig zupacken, daß ihm Rücken und Schultern schmerzten. Gleichzeitig sang er eine Arie aus Figaros Hochzeit oder aus dem Freischütz, sah Jussi Björling bei einem sommerlichen Auftritt im Folkets Park von Nyköping vor sich, dessen Gesten und Gebärden er äußerst naturgetreu imitieren konnte.

Er schüttete den Fang in Fischkästen. Die Netze hängte er an die Metallhaken der Trockengestelle unter den Birken und stülpte ein Stück Kork darüber, um das Netz am Abgleiten zu hindern. Damit sich kein Abfall und keine Zweige verfingen, mußte er die Arme sehr hoch halten. Er lehnte sich so weit zurück, daß die

Haare über den Kragen fielen. Der halbe Zeigefinger der rechten Hand war auf der anderen Seite des Filetiermessers verschwunden.

Dieser Zapfen hier ist wunderbar dafür geeignet, einen Korken draufzusetzen, sagte er für gewöhnlich und zeigte seinen steifen Fingerstumpf vor.

Als alle Werkzeuge versorgt waren, ging er zur Anhöhe hinauf. Der Kaffee dampfte in der Thermoskanne. Er hatte belegte Brote mit Fleischwurst und Senf, der auf der Zunge stach, zubereitet, mit gebratenem eingelegtem Hering und Honig aus Båtsvik. Er vesperte im Schatten des Dachgiebels.

Der Wind wehte von Nordosten her. Ein großer Spitzgatter segelte raumschots in Richtung Studsvik. Das Segel flatterte. Die drei Männer an Bord lösten die Großschot und hielten die Fockschot fest, während das Boot in Windrichtung drehte und schließlich der Bug auf dem neuen Kurs einsetzte. Man glaubte fast zu hören, wie es an der Beplankung zischte.

In den letzten Stunden des Tages konnte Salem sich auf dem flachen Stein ausruhen, den Rücken an einen anderen gelehnt, und zusehen, wie der Tag langsam hinter Hagudden hinabglitt und sich von der Bucht Tvären her ein Zugboot mit hölzernen Beibooten näherte. Zwischen dem Zugboot und der letzten Befestigung lagen mehrere hundert Meter, so daß die beladenen Beiboote im Schlepptau in einem weiten Bogen nach Steuerbord abdrifteten. Sie nahmen schließlich Kurs auf Nacka und weiter.

Er füllte aus der roten Kanne nach, nahm noch einen Bissen zu sich und genoß das Alleinsein. Nach einer musikalischen Veranstaltung in der Stadt setzte er sich meist eine Zeitlang mit einem warmen Pullover um die

Schultern hierher und kostete den Abend noch einmal in Gedanken nach. Die schönsten Passagen hallten in seinem Innern wider, bis es Zeit war, hinauszufahren. Sein größter Wunsch war der nach einer tragenden Stimme.

Die Musik war der Grund dafür gewesen, daß er, als der Vater starb, das Anwesen der Familie in Hartsö verlassen hatte und in ein abgelegenes Haus auf dem Festland gezogen war; er war damals siebzehn Jahre alt gewesen. Von seinem neuen Domizil aus war es näher zur Königlichen Oper in der Hauptstadt und zur Bibliothek in Nyköping, wo er sämtliche Literatur über die bedeutendsten Komponisten auslieh und jede Zeile verschlang. Außerdem gab es dort Noten, die man studieren konnte.

Mit seinen ersten selbstverdienten Groschen in der Tasche suchte Salem einen Musiklehrer in Vagnhärad auf. Er wollte seine Stimme schulen lassen oder zumindest ein Instrument spielen lernen, am liebsten den Flügel. Der alte Mann hatte so seine Zweifel an der Begabung des Adepten, der da vor ihm stand und nach Fisch, Meer und Robbentran roch. Gleichzeitig rührte ihn aber der fanatische Enthusiasmus Salems, und so bat er ihn einzutreten – nur um alsbald festzustellen, daß er mit seiner ersten Einschätzung richtig gelegen hatte. Nein, als begabt würde man den Jungen gewiß nie bezeichnen, aber er hatte einen eisernen Willen, und der reichte aus, um besser spielen zu können als andere mit erheblich größerem, angeborenem Talent.

Er freute sich auf die kommende Saison und war in Gedanken schon im Oktober und bei Carmen angelangt, die von Sixten Ehrling dirigiert werden sollte. Als Maja etwas außer Atem den Steilhang hinaufkam, schwelgte er in der Welt Bizets, noch immer in der Rolle des Stierkämpfers Escamillo. Dennoch schien ihr Erscheinen ihn nicht zu überraschen. Er grüßte kurz. Maja erwiderte den Gruß und sagte nach einigen einleitenden Worten, daß der gestrige Tag schön gewesen sei und daß er, Salem, wundervoll gespielt habe.

Wie kannst du das beurteilen? Du hast uns doch erst einmal spielen hören, sagte Salem, in dessen Kopf eine Arie erklang. Er hatte in der Nacht kein Auge zugetan und wollte in dieser Pause zwischen zwei Arbeitsgängen seine Ruhe haben. Dennoch schob er die Brote auf die Seite, damit auf der Kante ein Plätzchen für Maja frei wurde. Zum Platznehmen forderte er sie nicht auf. Uns lobt sonst nie jemand, sagte er.

Ihr Blick ruhte auf seinem halben Finger. Du solltest in ein Orchester gehen, sagte sie und setzte sich.

Warum? Hätte ich das Bedürfnis vor Publikum zu stehen, dann säße ich jetzt nicht hier.

Aber ... Sie nahm einen neuen Anlauf. Bei deiner Begabung ...

Sie wächst weder noch verkümmert sie dadurch, daß sie an diesem Ort bleibt, entschied er und trat mit der Ferse in den Boden. Ich glaube eher, daß sie in größerer Gesellschaft ihren Glanz verliert. Mir genügt es, wenn Tor und ich gelegentlich miteinander spielen.

Schade. Ich kenne Leute, die ...

Jetzt reicht's, sagte er, der sich die Tugend der Fischer zu eigen gemacht hatte, auf unnötige Worte zu verzichten. Das Gespräch war jäh abgewürgt. Nachdenklich saßen die beiden da, sahen hinaus auf die Bucht und überlegten, was sie eigentlich gesagt hatten und aus welchen Gründen. Dann machte Salem einen neuen Ansatz: Wie wär's mit einem Täßchen Kaffee? Er schüttete den Satz aus und goß ihr ein. Der Kaffee war noch frisch und dampfte: Zucker ist schon drin.

Maja pustete auf das Getränk und trank, während Salem den letzten Bissen seines Wurstbrotes hinunterschluckte. Sie lehnte sich zurück gegen den Stein. Dann unterhielten sie sich über das Fest und die Gäste, und Salems Laune besserte sich. Er erzählte ihr, daß er bei Lenkrad-Hasse hatte mitfahren dürfen und das letzte Stück von der Straße aus zu Fuß gegangen war.

Später fragte er: Was treibt dich hierher, so früh am Tage?

Störe ich?

Noch nicht. Aber ich muß bald fort.

Ich möchte Fisch kaufen, sagte sie. Einen Dorsch, wenn es welchen gibt. Heute abend bin ich mit Kochen an der Reihe.

Er stand auf, hatte den Blick auf den Horizont gerichtet. Das Segelboot hatte den Kurs geändert und fuhr nun direkt nach Süden, zwischen Håldämman und Bergö hindurch. Beim Händler gibt es sonntags Hering, sagte er.

Heute nicht.

So wär's aber immer. Salem hatte ihr den Rücken zugedreht und sprach hinaus aufs Wasser. Sie müssen mit viel Butter gebraten und mit Semmelbröseln paniert werden. Hat er dir das nicht gesagt? Und ins Püree gehört feingehackter Dill.

Maja stand auf und kam auf ihn zu, ganz nah an seine Seite: Aber ich habe mich für was anderes entschieden.

Was soll das? Er besann sich und lenkte ein: Tatsächlich? Ach ja? Nun, wenn das so ist … Dann komm mit …

Sie folgte ihm den Hügel hinunter. Salem war immer

noch barfuß. Nie zuvor hatte sie so weiße Füße gesehen. Am Wasser blieb er stehen, krempelte die Hosen bis zu den Knien auf, watete hinaus zu den Fischkästen und stemmte den Deckel hoch.

Reicht der hier? fragte er, packte einen der Fische an der Schwanzflosse und hob ihn aus dem Kasten. Ihre Reaktion kümmerte ihn nicht. Ohne sie anzuhören watete er zurück. Er wiegt zweieinhalb Kilo.

Ich glaube, der ist genau richtig, sagte Maja – Worte, die nur sie selbst erreichten, denn Salems Aufmerksamkeit konzentrierte sich voll und ganz auf die Handlung der Oper in seinem Kopf. Mit einem Stein, den die Wellen zu einem Hammerkopf geformt hatten, schlug er dem Fisch zweimal zwischen die Augen. Soll ich ihn ausnehmen? fragte er, während er in den Schuppen ging.

Das kann ich nun wirklich selbst! rief sie ihm nach.

Mit einigen vergilbten Zeitungen in der Hand kam er wieder heraus. Er war auf ihre Reaktion nicht gefaßt gewesen, genauso wenig wie er irgendeine andere Initiative von ihr erwartet hätte, und er verstand ihre Beweggründe nicht. Davon bin ich überzeugt, sagte er. Ich dachte an das Gewicht. Der ist schwer zu tragen. Aber gut, dann wickele ich ihn nur ein bißchen ein. Er entfaltete die Zeitung und rollte den Fisch im Papier zu einer Tüte zusammen. Die Schwanzflosse ragte heraus: Bitte sehr.

Maja nahm die Tüte entgegen und bat ihn, ihr den Preis zu nennen. Salem aber wollte kein Geld. Der Fisch habe ihn schließlich auch nichts gekostet, und fürs Leben reiche ihm der Erlös für den restlichen Fang allemal.

Er würde später den ganzen Fang in nasses Segeltuch einwickeln und in Kisten verpacken, die sich auf der Ladefläche des dreirädrigen Fahrrades unterbringen ließen. Normalerweise legte er Wert auf eine Ruhepause, doch waren für den Mittsommertag sehr viele Bestellungen eingegangen. Er mußte heute nicht am Laden vorbei, sondern konnte direkt nach Vagnhärad radeln. Dort belieferte er Lund, den Küchenmeister vom Hotel Kronan. Ein Lehrling vom kalten Buffet ging ihm beim Abladen zur Hand. Lund wog selbst die kleinste Maräne in der Hand, drückte ihren Rücken zusammen und brummte das genaue Gewicht vor sich hin, ehe er den Preis berechnete und notierte. Freitags bekam Salem das Geld ausbezahlt, und die betreffende Seite wurde aus dem Heftchen gerissen.

Maja klemmte das Paket unter den Arm. Sie drehte sich noch einmal um und ließ ihren Blick über die Küste schweifen, obwohl sie sich bereits von ihr entfernte. Wenn ich nur so schön wohnen könnte.

Was gibt's denn an dem Laden auszusetzen? fragte er.

Sie atmete tief durch, als wolle sie diesen Augenblick hinunterschlucken: Wollen wir einen kleinen Spaziergang machen?

Was? Salem hielt in seiner Bewegung inne. Das Messer, das er gerade aus der Scheide zog, glitt wieder zurück auf seinen Platz.

Nicht lange. Sie lächelte. Und nicht weit. Ich würde mich gerne ein wenig umsehen.

Wie soll das angehen? Die Netze müssen gesäubert werden, bevor sie völlig eintrocknen.

Kein Besuch erwünscht? Dann muß es hier ja einsam werden.

Nicht so schlimm. Ich komme zurecht. Er schaute zu Boden. Du mußt jetzt gehen.

Aber anstatt seiner Aufforderung Folge zu leisten, kam sie einen Schritt auf ihn zu. Salem wich zurück. Werde ich nicht ein einziges Mal eingeladen? fragte sie.

Jetzt hör mir mal gut zu, erwiderte er, so entschlossen wie er nur konnte. Ich habe nicht alle Zeit der Welt. Ich muß zweimal zwanzig Kilometer fahren, in beide Richtungen. Und heute nachmittag gibt es im Radio ein Hörspiel, da möchte ich pünktlich wieder zurücksein.

Ich bin nicht gefährlich. Ich will nur ein bißchen Spaß haben.

Ausflüge sind ja ganz nett, aber die Arbeit geht vor. Du kannst ja allein hier herumstreifen, wenn's dir Spaß macht.

Es gelang ihr, sich von seinem Widerstand nicht beeindrucken zu lassen. Ich würde gerne mehr von deinem Geigenspiel hören, sagte sie und lächelte wieder. Sag Bescheid, wann es dir paßt. Und sie drehte sich um und steuerte auf die kleine Halbinsel zu.

Das war ein starkes Stück, sagte er zu sich selbst und sah ihr nach. Als sie weit genug fort war, daß die Distanz nicht länger bedrohlich schien, rief er: Wie wär's denn noch mit etwas Hering – nur für den Fall, daß der Händler nichts anderes mag?

Wenn es ihm nicht paßt, muß er hungern, antwortete Maja, ohne noch einmal zurückzusehen. Dann verschwand sie hinter einer Felsplatte.

Salem überlegte, ob er ihr noch etwas nachrufen sollte, besann sich aber anders, prüfte die Netze und fing an, Blasentang und Muscheln aus dem Garn zu pflücken. Dabei pfiff er eine eigene Melodie.

Unter dem Spiegel befand sich ein Haken für die Lederriemen. Ich wickelte das Messer aus und fühlte mit dem Daumen über die Klinge, bevor ich sie über den Streichriemen tanzen ließ, der sich bei dieser Prozedur rasch erwärmte. Als die Klinge scharf genug war, benetzte ich mein Gesicht mehrmals mit heißem Wasser, nahm die Seifendose vom Regal, schraubte den Deckel ab, schlug mit dem nassen Dachshaarpinsel einen kräftigen Schaum und massierte ihn ein. Es pikste ein wenig unter der Haut, doch wich dieses Gefühl unter den rotierenden Bewegungen bald einer allgemeinen Abschlaffung, und die Bartstoppeln wurden weich und geschmeidig. Mit Daumen und zwei Fingern der einen Hand auf dem Hals hielt ich dagegen, während die andere Hand die Klinge vom Kiefer nach oben über Wangen, Kinn und Oberlippe führte. Ich wiederholte die Prozedur, bis die Gesichtshaut selbst bei genauem Nachfühlen noch glatt und zart war und keine Fussel hängenblieb, als ich mit einem Wattebausch von einem Ohr zum anderen strich.

Danach klatschte ich mir etwas Rasierwasser ins Gesicht, und als das Brennen, das der in die Poren eindringende Alkohol verursacht hatte, langsam abebbte, tauchte ich den Kopf so lange in eine Wanne mit eiskaltem Wasser, bis mir der Sauerstoff ausging. Wieder aufgetaucht, legte ich mir ein großes Handtuch um. Vereinzelt liefen Wassertropfen an Brust und Rücken hinunter, während ich spürte, wie die Haarbälge sich zusammenzogen und die Haut trocknete. Anfangs straffte und spannte sie sich um Augen und Mund.

Gerade als ich mir das Badetuch über die Schultern gezogen und das Haar zurückgekämmt hatte, klopfte jemand ans Fenster. Draußen stand Rotenschiöld und glotzte mit unverschämter Miene herein. Aus seiner schlaffen Haltung konnte ich schließen, daß er schon eine ganze Weile da gestanden haben mußte. Er war wie zum Gottesdienst gekleidet, aber der war sicher nicht sein Ziel. Ich öffnete das Fenster und hakte es ein.

Endlich fertig? fragte er. Der Geruch nach alter Zigarre und abgestandenem Bier strömte plötzlich ins Zimmer.

Das braucht seine Zeit, sagte ich – als müßte ich mich bei ihm für meine Morgentoilette rechtfertigen.

Das soll es auch. Das ist Kultur. Ein Messer aus feinstem Stahl, Rasierpinsel und Streichriemen, hohe Kultur! Aber leg dir ein neues Rasierwasser zu. Deins ist ja die reinste Katzenpisse.

Einen Augenblick.

Ich ging, mein Hemd zu holen, das ich frisch gebügelt auf dem Bett zurechtgelegt hatte, zog es an, knöpfte es zu und stopfte es in die Hose. Unterdessen versuchte ich zu rekonstruieren, wie lange er wohl schon draußen gestanden hatte, fand aber keine Antwort.

Eigentlich ist noch geschlossen, sagte ich, als ich wieder ans Fenster trat, aber kann ich mit irgendwas behilflich sein?

Ich muß in die Stadt. Ins Büro. Auf mich wartet ein großer Fall. Veruntreuung. Ich muß mich vorbereiten. Er seufzte. Manchmal ist es aber auch verflucht, selbständig zu sein. Tja, das weißt du ja selbst am besten. Nee … Er streckte sich und füllte den Brustkorb mit Luft. Alles, was ich von dir will, ist eine Antwort. Zum Beispiel auf diese Frage: Wer ist dieser Backfisch im roten Kleid?

Wer?

Na die, die behauptet, bei dir zur Untermiete zu wohnen!

Sie heißt Maja.

Das weiß ich! polterte er. Fakten, Johannes. Ich will Fakten haben. Konkrete, sachliche Information.

Tut mir leid, sagte ich und bemühte mich nach Kräften, den Anschein zu erwecken, als bedauerte ich es wirklich. Mehr weiß ich nicht.

Wirklich? Seine Enttäuschung war unverkennbar. Seine Antwort klang so, als wiese er einen Hund zurecht, der nicht in der Lage gewesen war, das einstudierte Kunststück auszuführen. Du lügst mich doch nicht an, oder?

Ich senkte den Blick und glättete eine Falte im Hemd. Nein, das ist es nicht …

Hast du Angst vor mir?

Ich kann nicht sagen, was …

Sie ist ungewöhnlich attraktiv, fuhr er fort. Meine Erklärungsversuche interessierten ihn überhaupt nicht. Frei heraus gesagt, verdammt hübsch. Er steckte die Hände in die Taschen. Auf zwei Dinge im Leben verstehe ich mich besser als die meisten anderen: auf die Juristerei und auf die Frauen. Grundverschieden die beiden. Hier Logik und Vernunft, da genau das Gegenteil, aber ich beherrsche beide.

Das muß eine Kunst sein, sagte ich, da mir nichts anderes einfiel.

Geld und Intuition, sagte er. Das braucht man. Aber nun zurück zum Thema: Du beherbergst also eine fremde Frau, über deren Hintergründe dir absolut nichts bekannt ist.

Ich nickte und sagte: Ja, so ungefähr.

Rotenschiöld fuhr fort: Das ist ja bemerkenswert. Wie Tiere, die für die Nacht die Höhle von Artgenossen aufsuchen und nichts voneinander wissen, außer daß sie derselben Gattung angehören. Er sah mich an: Auch wenn du nichts von ihr weißt, kannst du mir vielleicht zumindest sagen, wo sie sich im Augenblick aufhält.

Nein, nicht genau. Ich merkte selbst, wie unsicher es

klang. Maja muß sich heute morgen schon zeitig auf den Weg gemacht haben. Gestern sprach sie davon, sie wolle zur Telefonstation nach Folkvik gehen.

Weshalb?

Um zu telefonieren.

Das ist mir klar! Seine Stimme schwoll an zu einem Brüllen. Natürlich will sie das! Aber sie kann doch von Ängsvik aus anrufen. Ich habe einen Anschluß. Das ist näher und gratis. Schick sie nächstes Mal zu mir.

Mach ich.

Gut. Dann können wir ja frühstücken. Sein Ton war auf einmal versöhnlicher. Als hätten wir ein Geschäft abgeschlossen und könnten nun unsere Freundschaft vertiefen. Er sagte: Meine Frau hat ein besonderes Gespür für die Feinheiten der Küche und weiß genau, was ich haben will. Es gibt Eier und Schinken, Pfannkuchen mit Marmelade und starken Kaffee. Morgens esse ich gerne viel – so viel, wie ein echter Kerl braucht, damit er einen ganzen Tag arbeiten kann.

Ich antwortete ihm nicht. Trotzdem blieb er noch ein Weilchen stehen und schwadronierte über die Bedeutung von geröstetem Brot und gebratenen Kartoffeln, ehe er eine Hand zum Abschied hob.

Im Hafen regte sich in den Kajüten neues Leben. Schlaftrunkene Männer und Frauen kletterten an Deck, rieben sich im starken Licht die Augen und holten die Frühstückspakete, die ich ihnen auf den Kai gestellt hatte. Nachdem man nachgezählt hatte, daß alle, die da hätten sein sollen, an Bord waren, und auch sonst alle Vorbereitungen getroffen waren, machte man die Leinen los. Ich sah zu, wie sie ablegten, und sammelte meine Rasierutensilien zusammen, spülte die Dachshaare gründlich aus und schüttete sowohl das heiße als auch das kalte Wasser fort; beides war inzwischen lauwarm. Gerade war ich im Begriff, meine Haut mit einer glättenden Feuchtigkeitscreme einzuschmieren, als Rotenschiöld noch einmal auftauchte. Fast lag sein Kinn auf dem Fensterblech, so nah kam er heran.

Noch mehr Katzenpisse?

Mit Adleraugen sah er sich im Zimmer um, als vermutete er dort noch eine andere Person. Als die Prüfung zu seiner Zufriedenheit ausfiel, trat er einen Schritt zurück. Wollte mich nur vergewissern. Die Sache bleibt unter uns, nicht wahr?

Natürlich, sagte ich.

Gut. Muß sie auch. Handschlag und Ehrenwort, Johannes. Wenn du was über das Mädchen erfährst, laß es mich wissen.

Versprochen, sagte ich und fragte mich, welche Art von Informationen ihn wohl interessieren mochte. Ich tu', was ich kann.

Gut! Er schlug mit der Handfläche auf das blecherne Fensterbrett, daß es nur so vibrierte. Ich habe von dir nichts anderes erwartet. Es kann sich durchaus bezahlt machen, Augen und Ohren offen zu halten.

IN DER AUFKEIMENDEN Hoffnung nach dem Krieg machten manche Menschen auf ungewöhnliche Weise auf sich aufmerksam. Sie erkundigten sich nach Zimmern, suchten Häuser, die zu vermieten waren, oder Grundstücke, die zum Verkauf standen. Einer Bevölkerung, die sechs Jahre lang im Winterschlaf verbracht hatte und für die nun plötzlich andere Dinge im Leben wichtig waren als nur Arbeit und Enthaltsamkeit, eröffnete sich eine blendende Zukunft. Allmählich konnten es sich auch andere Menschen als Fabrikanten und Bankdirektoren leisten, den einen oder anderen Traum vom besseren Leben zu verwirklichen.

Harald Rask, Fräulein Lind und ich bekamen Briefe mit allerlei Anfragen. Einige enthielten Geldscheine, die als Vorschuß für ein potentielles Mietobjekt gedacht waren. Von Rückerstattung für den Fall, daß aus dem Geschäft nichts wurde, war nicht die Rede. Ich legte die Briefe in eine Schreibtischschublade und das Geld in eine andere. Manche Leute kamen auch angefahren, als wären sie Touristen, und erkundigten sich mit lauter Stimme durchs heruntergekurbelte Fenster auf der Beifahrerseite nach Häusern und Grundstücken. Im Glauben, sie bräuchten nur zu kommen und sich in einem leerstehenden Haus, das ihnen nicht gehörte, einzunisten, hatten andere ihren Koffer mit den Utensilien für einen dreiwöchigen Urlaub vollgestopft. Sie wollten nichts weiter, als sich auf die faule Haut legen.

Vor dem Kriege war dies nur ein einziges Mal passiert,

und der, der damals zu Frühlingsbeginn kam, blieb für immer.

Einige Jahre nach meiner Ankunft kam ein Mann – schmuddelig gekleidet, aber sauber und rasiert – die Straße hinaufspaziert. Ich hatte damals aus dem Laden bereits ungefähr das gemacht, was ich mir vorgestellt hatte, und genoß sogar einen gewissen Ruf, der sich herumsprach. Das Gepäck des Mannes bestand aus einer Staffelei, die wie ein Regenschirm zusammengeklappt war, und einem Armvoll weißer Decken, die mit einem Ledergürtel zusammengehalten wurden. Ich hatte ihn vom Fenster aus kommen sehen und ging ihm entgegen. Er kam herbeigeschlendert, als wäre er schon etliche Male hier gewesen und wüßte genau, wo die Dinge an diesem Fleckchen Erde ihren Platz hatten. Er drückte meine Hand und sagte etwas in einer mir unbekannten Sprache. Kantig und breit, wie ein überquellendes Flußbett, quoll sie zwischen seinen Lippen hervor.

Ja, ja, sagte ich und zeigte auf einen Stuhl, aber er schüttelte nur den Kopf. Stehe lieber. Und ich sagte noch etwas, das wohl für uns beide gleichermaßen unverständlich war, denn ich wußte nicht, welche Wörter man in einer solchen Situation gebrauchte.

Er stellte ab, was er bei sich trug, und brachte einige Sätze hervor. Es sollte offenbar Schwedisch sein, hatte aber keine Ähnlichkeit mit dieser Sprache. Er wiederholte sie. Es ging um einen Platz zum Wohnen. Wir beäugten einander neugierig, und ich ließ seinem Redefluß freien Lauf. Hier und da verstand ich ein paar Brocken, so daß ich dahinterkam, worauf er hinaus wollte: ein hübsches Plätzchen, umgeben von Wasser. Er beabsichtige zu malen, was ihm dort vor das Auge kam.

Eine Insel also, sagte ich.

Eine Insel, wiederholte er. Gibt's?

Komm mal mit rüber, sagte ich, führte ihn um die Ecke und deutete auf die Inselgruppe, die dort begann, wo die Anlegebrücke aufhörte: Man braucht nur zu wählen.

Er seufzte ergriffen – oder vielleicht aus Trübsinn darüber, daß er sich immer noch auf dem Festland befand. Er wies auf den Horizont.

Nachdem der Mann nun sein Anliegen vorgebracht und sein Problem mehr oder weniger beschrieben hatte, fühlte ich mich meinerseits verpflichtet, darauf etwas zu antworten. Es mußte ja irgendwie weitergehen: Ich kann jemanden organisieren, der dich dort hinüberrudern kann. Aber vorher müssen wir jemanden finden, der gewillt ist, dich aufzunehmen. Kannst du bezahlen? Ich rieb mit dem Daumen gegen den Zeigefinger. Er nickte eifrig und schlug sich auf die Brust, als wollte er versichern, daß sich das Portemonnaie ganz nahe am Herzen befand. Ich fuhr fort: Jetzt gehen wir in den Laden, und ich lade dich zu einer Tasse Kaffee ein. Mal abwarten, ob der Richtige auftaucht.

Er folgte mir und setzte sich diesmal wirklich auf einen Hocker, den ich ihm entgegenschob. Dann trank er, aß von dem Hefekranz und setzte seinen rauschenden Monolog fort, unterbrochen lediglich von einigen Pausen, die dem Kauen vorbehalten blieben. So erfuhr ich, daß der Mann aus Tallinn kam, Künstler war und sich mit dem Verkauf von Ölbildern und Illustrationen für die Titelblätter einiger großer estnischer Wochenzeitungen über Wasser hielt. Er habe schon viele Ausstellungen gehabt, meinte er. Wenn die Großen von morgen genannt würden, sei sein Name stets unter den ersten. Im Augenblick sehne er sich nach einem neuen Umfeld, in dem er schöpferisch arbeiten könne, das ihn inspiriere und aus dem er neue Kraft schöpfen könne. Ein guter Freund habe ihm Schweden empfohlen. Ein paar Brokken der Landessprache habe ihm ein Mädchen aus der schwedischen Botschaft beigebracht, dem er mal den Hof gemacht hatte.

Ab und zu ging ich weg, um zu bedienen. Die Kunden schauten mir verstohlen über die Schulter, um einen Blick in mein Büro zu erhaschen. Sie reckten und sie streckten sich, lautlos. Der Mann war für sie ein lebendes Fragezeichen. Nur Lina fragte geradeheraus: Wer ist das?

Er möchte irgendwo zur Untermiete wohnen. Auf einer Insel.

Kannst du ihn nicht nach Långö bringen? Jetzt, wo die Pferde draußen auf der Weide stehen, hat Egon sicher Platz im Stall.

Das Problem ist, daß er keine verständliche Sprache spricht.

Sie sah mich an, als machte ich aus einer Mücke einen Elefanten. Hol ihn her, sagte sie.

Das tat ich. Er stellte sich in die Türöffnung, machte eine so tiefe Verbeugung, daß er beinahe mit der Stirn auf die Ladentheke geschlagen wäre, und sagte etwas, das man als »Guten Tag« interpretieren konnte. Lina musterte ihn mit einem Blick, der alles andere als alltäglich war. Als hätte sie an ihm etwas entdeckt, was mir verborgen geblieben war. Kann er arbeiten? fragte sie. Kann er was leisten, das ein Bett und eine Mahlzeit wert ist?

Er sieht danach aus.

Dann kann er bei uns wohnen.

Ich glaube, er wollte noch weiter hinaus, irgendwohin außerhalb der Schären.

Sävö ist völlig ausreichend. Jetzt kann ich ihn noch nicht mitnehmen, sonst kommt Kilian auf dumme Gedanken und macht Schwierigkeiten. Du wirst ihn später bei uns vorbeibringen müssen.

Sprach's, nahm ihre Waren und trug sie zum Ausgang, wo sie stehenblieb, bis ich bei ihr war und ihr die Tür aufhielt. Warte eine Stunde oder zwei, ermahnte sie mich und ging.

Mit aufwärts gerecktem Daumen und einem Lächeln gab ich dem Mann zu verstehen, daß es keinen Grund mehr zur Sorge gab. Er lächelte zurück. Dann versuchte ich ihm mit einfachen Verben und langsam ausgesprochenen Substantiven zu erklären, wie er für die nächste Stunde den Laden zu führen habe, da ich noch einmal weg müsse. Er machte den Eindruck, als habe er Erfahrung im Bedienen. Ehe ich ihn verließ, zählte ich genügend Kleingeld für eine Reservekasse ab und verschloß anschließend die Registrierkasse.

Karin stand in der Küche, inmitten von Hefeduft und Ofenwärme. Sie wischte sich mit einem karierten Küchenhandtuch das Mehl von den Wangen.

Wo ist Harald? fragte ich. Es ist eilig.

Wer ist denn da gekommen? fragte sie.

Ich weiß nicht. Er ist Ausländer.

Hast du ihn allein gelassen? Oder wer kümmert sich jetzt um den Laden?

Er. Sie sah mich mit resignierender Miene an. Auf ihn ist Verlaß, erklärte ich ihr. Aber er wird nicht hierbleiben. Deshalb muß ich deinen Mann sprechen.

Sie meinte, sie würde schon darauf achten, daß während meiner Abwesenheit nichts Unvorhergesehenes passiere, und dann verriet sie mir, wo Harald sich aufhielt.

Als ich ihn fand, hob er gerade im sumpfigen Gelände auf dem hinteren Teil von Assars Grundstück einen Graben aus. Kiefern wuchsen dicht an dicht. Die Färsen würden die Stelle aufsuchen, weil es dort schattig war und Wasser gab, doch wenn man den Morast nicht trokkenlegte, würden die Mücken sie in der schlimmsten Zeit totstechen. Der dunkle, matschige Boden roch muffig und feucht.

Du mußt mir bei einem Transport nach Sävö helfen, sagte ich.

Er drückte sich mit dem Fingerknöchel das eine Nasenloch zu und schnaubte aus dem anderen einen Strang Rotz heraus, der im Morast landete. Dann stützte er sich auf den Spaten. Können die ihre Waren nicht selbst holen?

Es geht nicht um Lebensmittel.

Um was dann? Und wohin soll's gebracht werden?

Zu Kilian Dahlberg. Ein Gast von ihm ... oder wie man es nennen will.

Harald legte beide Hände um den Spatenstiel und starrte mich an. Er rotzte, daß es um uns herum nur so spritzte. Ohne eine Erklärung lief jetzt nichts mehr. Sie mußte glaubwürdig und stark sein, sonst würde er seine Tätigkeit nicht unterbrechen. Ich erzählte ihm, was ich vorhin erlebt hatte.

Balte? fragte er und rückte die Schirmmütze zurecht. Kann man die zu etwas gebrauchen? Können die graben?

Er ist Künstler. Er würde so enden wie Vilmer.

Ha! Dann kann Kilian ihn nehmen. Wo ist er jetzt?

Bei mir.

Mit saugenden und platschenden Schritten stakste er aus dem Graben, den er geschaufelt hatte. Die Stiefel hinterließen tiefe Spuren. Kleine Rinnsale aus trübem, stinkendem Wasser füllten die Löcher. Dann müssen wir ihn sofort wegbringen, sagte er. Wir können auf dem Hof nicht lauter Verirrte brauchen.

Wir machten uns auf den Weg, um den Mann zu holen, der, seit ihm das Geschäft anvertraut worden war, ein müßiges Dasein gefristet hatte, und gingen danach alle drei gemeinsam hinunter zum Hafen. Der muffige Geruch, in dem Harald gestanden hatte, verflüchtigte sich nicht. Er umgab ihn sogar noch, als er in sein Boot gestiegen war und dem Balten hineinhalf, der Harald die Hand gereicht und ihn begrüßt hatte. Harald hatte nur mürrisch etwas zurückgebrummelt.

Ich blieb auf dem Steg zurück und sah ihnen bei ihrer kurzen Überfahrt nach. In der Dahlbergschen Bucht watete Harald allein an Land und gab seinem Passagier mit allerlei Gesten zu verstehen, er möge sitzen bleiben. Dann trottete er zu Lina und Kilian hinauf. Sie bekamen eine kürzere Version der Geschichte, als er von mir erhalten hatte, und willigten ein, denn schließlich brauchten sie das Geld, hatten ein leerstehendes Haus und außerdem klang ein Sommer in ihren Ohren nicht so furchtbar lang.

Nachdem man sich geeinigt hatte und Harald bestimmte Zusagen hinsichtlich der Arbeitsfähigkeit des Mannes gemacht hatte, stiefelte er hinaus auf den Hügel und rief dem Balten zu, er solle jetzt hinaufkommen.

Als Hitlers Armee in jenem Herbst als erste von vielen Grenzen die polnische überschritt, hingen wir an den Rundfunkgeräten und ließen fortan kaum eine Nachrichtensendung aus. So erfuhren wir, wie die Soldaten eine Nation nach der anderen unter ihre Stiefel traten. Wie ein Sensenschlag fegten die Heere über Europa hinweg. Im Sommer hatte der Balte einige Male Briefe aus der Heimat bekommen. Er wußte also, was in Estland und seinen Nachbarländern geschah, und dies führte dazu, daß er es nicht mehr wagte, zurückzukehren. Er sprach mit Lina über die Situation. Gemeinsam gelang es ihnen, Kilian davon zu überzeugen, daß er bleiben mußte. Der Preis dafür war, daß der Balte von nun an als Knecht arbeiten durfte und auf jede künstlerische Tätigkeit verzichten mußte.

Nachdem der Balte sie über den Sund gerudert hatte, berichtete mir Lina, was sich am Dahlbergschen Tisch abgespielt hatte, vom Hin und Her zwischen Ja und Nein und den vorgeschlagenen Alternativen, die irgendwo dazwischen lagen. Es nahm sich wie der Plan zweier Verschwörer aus. Sie redete, während er hinter ihr stand, hie und da etwas ergänzte oder sie in seinem Schwedisch unterbrach, das sich so üppig entwickelte wie ein wucherndes Kraut. Er erweiterte, wie er sagte, seinen Wortschatz durch die Lektüre von Zeitungen und Büchern und lernte die Aussprache mit Hilfe des Transistorradios, das Kilian auf einen maßgefertigten Tisch gestellt hatte. Er diskutiere gerne über Dinge, die er im Laufe des Tages gehört habe. Gebe es im Hause niemanden, der gewillt sei, sich mit ihm zu unterhalten, dann gehe er hinaus und unterhalte sich statt dessen mit den Tieren.

Er sagte, er sei dankbar für die Insel, diesen friedlichen Fleck Erde. Es komme ihm vor wie ein Reservat für vom Aussterben bedrohte Lebewesen.

Um die Weihnachtszeit, als Harald mich bereits mehrere Male verflucht hatte, weil ihm meinetwegen der inzwischen doch so tüchtige Balte als Arbeitskraft entgangen war, kam Lina zu mir in den Laden, diesmal einzig und allein, um aus einem Kuvert fünf Bleistiftzeichnungen hervorzuziehen. Sie zeigten verschiedene Szenen auf Sävö und einige Bewohner der Insel. Trotz der dominierenden Grau- und Schwarztöne waren die Zeichnungen erstaunlich hell in ihrem Ausdruck. Sie hatten einen ganz eigenen Stil, der von einer recht geschickten Hand zeugte.

Was sagst du dazu? fragte sie.

Gar nicht übel, sagte ich und tat so, als wäre ich jemand, der von solchen Dingen etwas verstand. Hat er das gezeichnet?

Wer?

Er … der Balte.

Er hat zufällig auch einen Namen, sagte sie. Aber von ihm sind die Zeichnungen nicht.

Ich kann nicht sagen, was sie mir mehr übelnahm – daß ich ihn bisher nicht besser kennengelernt hatte oder daß ich nicht herausfand, wer die Bilder gezeichnet hatte.

Wer ist es denn nun?

Gefallen sie dir? fragte sie, und fügte, als ich nickte, hinzu: Ich bin es. Ich habe sie gemalt.

Du? Ich hätte nicht geglaubt, daß …

Er hat es mir beigebracht. Und ich habe ihm beim Zeichnen zugeschaut. Sie raffte ihre Werke zusammen, als bedeuteten sie ihr nichts. Kilian nennt es dummes Zeug. Ich muß es heimlich tun.

Wirst du sie verkaufen? fragte ich. In Gedanken errechnete ich schon den möglichen Gewinn und um wieviel er noch gesteigert werden konnte, wenn man die Bilder rahmte.

Aber zum Verkauf sollte keines der Bilder stehen.

Noch nicht. Es sei ihre Absicht, sie als Beitrag zu einem Zeichenwettbewerb einzureichen, von dessen Ausschreibung sie erfahren habe; nicht so sehr, weil sie sich Hoffnung auf den ersten Preis mache, sondern weil sie eine ehrliche Beurteilung ihres Talents von jemand anderem als einem Angestellten bekommen wolle.

Der Sieg im Wettbewerb sollte ihre ganze Zukunft verändern. Wären ihr die Folgen vorher bekannt gewesen, so hätte sie entweder einen Rückzieher gemacht oder sich – und das lag wahrscheinlich näher – doch größere Hoffnungen auf den Sieg gemacht.

Mit Recht war sie stolz auf ihre Leistung. Sie legte die Papiere ordentlich in eine Mappe, die sie in das robuste Kuvert steckte. Ich lieh ihr einen Stift mit breiter Spitze, damit sie Adresse und Absender auf den Umschlag schreiben konnte, und gab ihr den Rat, ihre Bilder nicht Fräulein Lind zu zeigen, ja, sie in deren Gegenwart nicht einmal zu erwähnen. Aber dieser Hinweis an jemanden wie Lina, die ihr ganzes Leben lang beobachtet hatte, welche Folgen die Verbreitung von Sensationen und Schadenfreude zeitigten, war ungefähr so überflüssig, wie den Beweis erbringen zu wollen, daß eine Kuh vier Beine hat.

Wird er keinen Beitrag einschicken? fragte ich.

Nein, sagte sie. Er ist nicht fertig geworden. Auf dem Hof gibt es im Augenblick viel Arbeit.

Der erste Preis im Wettbewerb war ein Fernkurs in Ölmalerei, den Lina vom ersten Augenblick an sehr ernst nahm. Der Balte, der nach dem Krieg nicht in seine Heimat zurückgekehrt war, gab ihr Ratschläge, die über die Fernkursunterlagen hinausgingen. Er und Kilian schlossen eine Art Bündnis, das auf gegenseitiger Abhängigkeit beruhte. Nicht, daß sie einander jetzt mehr mochten als vorher, aber sie konnten nun zumindest zusammenwirken wie Zucker und Salz.

Es wurden gute Jahre, und die Getreidepreise stiegen im Einklang mit dem Glauben an die Zukunft. Karin und Harald Rask sollten niemals reich werden, aber sie konnten ihren Schuldenberg ein wenig abbauen und damit sich, Vilmer und schließlich auch Assar das Leben etwas erleichtern. Und sie liebten sich am Tage und in der Nacht, und Karin gebar einen Sohn, der auf den Namen Karl getauft wurde.

Sie hätten gerne noch mehr Kinder gehabt, aber dieser Wunsch blieb unerfüllt.

Harald gehört zu den Menschen, die im selben Augenblick, in dem sie ein ersehntes Ziel erreicht haben, schon wieder neuen Herausforderungen nachjagen. Nie drehen sie sich um oder bleiben stehen, um nachzusehen, was de facto aus dem Erstrebten geworden ist, oder einfach nur, um zu genießen, zu lachen, sich behaglich zu fühlen. Trotz aller Freude über seinen Sohn, konnte er von den Feldern, Wäldern und endlosen Reperaturen nicht lassen und war außerstande, sich einmal zu Karl zu setzen, mit ihm zu spielen oder ihm einfach nur Vater zu sein. Die Jahreszeiten fegten über die Ländereien, und er mußte mit ihnen Schritt halten. Wenn der Junge erst einmal älter ist und arbeiten kann, schien Harald zu denken, dann werden wir noch Zeit genug füreinander haben.

Es ist klar, daß Karin allen Grund hatte, ihn zu schelten, wie sie es tat, und sie hätte es dabei nicht belassen sollen. Es gab niemanden, der gewillt war, ihr zuzuhören, niemanden, an dem sie ihre Wut auslassen konnte.

Vilmer lag auf der faulen Haut im Gras und fühlte sich dort, in unmittelbarer Nähe seines ständig mit irgendwelchen Reparaturarbeiten beschäftigten Bruders, ganz geborgen. Aufmerksam registrierte er, wie sich allmählich seine Prophezeiung über die Zweiteilung der Ehe erfüllte: Da war ein kleiner Riß, der mit den Jahren größer und größer wurde. Unter dem Birnbaum liegend, brachte Vilmer seinen ganz persönlichen Toast darauf aus. Als Karin eines Tages von den beiden und ihrer grundverschiedenen Art der Lebensfremdheit genug hatte, machte sie Vilmer klar, daß er, der er mit seinen Händen ohnehin nichts Besseres anzufangen wisse, als die lauwarme Schnapsflasche zu halten, sich lieber um seinen Neffen kümmern solle. Widerwillig hob er das Kind aus der Wiege.

Danach ließ er den Kleinen nicht mehr los. Karl und er ergänzten sich prächtig. Vilmer brachte Karl das Krabbeln bei und das Laufen. Karls erstes Wort war Skål. Vilmer lehrte ihn, die Tiere auf dem Hof zu unterscheiden und ihre Stimmen zu imitieren, und wenn sie sich unbeobachtet wußten, zeigte er ihm Kartentricks.

Mit der Erziehung des Neffen veränderte sich auch der Onkel. Der Junge suchte Vilmers Hand, und als er sie zu fassen bekam, zog er ihn aus der Finsternis. Freunde der Rasks behaupteten, Vilmer sei gar nicht wiederzuerkennen, nun, da er für mehr als nur die eigene Existenz Verantwortung trage. Zu sagen, daß er reifer wurde, war indessen eine Übertreibung, denn im großen und ganzen blieb er der alte. Vor allem jene, die ihn – im Zeichen des Christentums – am liebsten zu einem völlig anderen Menschen gemacht hätten, übertrieben das wahre Ausmaß seiner Verwandlung. In Wirklichkeit glich sie eher einem plötzlichen Fall des Luftdrucks. Die

Rolle des Alkohols in Vilmers Leben verringerte sich, der Umgang mit ihm wurde leichter, und es geschah sogar, daß er Karin einen Gefallen tat oder für sie Besorgungen machte. Vielleicht hätte man eine Zeitlang sogar sagen können, daß die Brüder einander ähnlicher wurden. Daß dem nicht so war, lag daran, daß Haralds Stimmungslage sich genau in die entgegensetzte Richtung entwickelte.

Als Karl älter wurde, wackelte er zwischen dem Stall und Karins Küche, dem Schatten des Birnbaumes und den Wiesen unten am Wasser hin und her, stets im Gefolge Vilmers.

Harald zimmerte einen Karren mit zwei Rädern. Darin zog Vilmer seinen Neffen, wenn sie Ausflüge machten, bei denen er ihm die Namen von Pflanzen, Tieren und Insekten beibrachte, die er kannte – das waren nicht viele, aber doch genug, daß der Junge ihn dafür bewunderte. Vilmer unterrichtete ihn in einem Klassenraum ohne Grenzen: Pißameisen gibt es überall. Und da fliegt eine Drossel. Oder ist es ein Bussard? Weiß der Teufel, was das war! Fühl mal hier das Gras, Kalle, wie weich es ist. Wie wär's, wenn wir ein Weilchen probeliegen würden?

Sie kamen zu mir. Vilmer setzte den Jungen auf die Theke, und ich gab ihm Schokolade und die Reste des Hefekuchens, die gegen Ende des Tages noch übriggeblieben waren. Die zwei waren wie Brüder, teilten alles in der Mitte, saßen eng beisammen und aßen. Karl bekam ein Glas Saft, Vilmer ein Pilsener. Ich mochte sie in diesen Stunden, besonders den Jungen. Er war fröhlich und furchtlos. Er sprach mit dem, der ihm im Laden am nächsten stand, unabhängig davon, ob dieser Jemand Fischschuppen oder Druckerschwärze an seiner Hose hatte. Manchmal wünschte ich mir, er wäre mein Sohn oder zumindest mein Neffe, und manchmal dachte ich, wie schön es wäre, wenn es meine offenen Arme gewesen wären, in die Karl gelaufen kam.

Im Sommer lagen sie unter dem Baum, kitzelten einander oder lasen ein Buch: Das war für beide gleichermaßen ungewohnt.

Vom Schuppen her hörte man, wie Harald mit dem Hammer gegen den Amboß schlug. Er trieb sich die Bitterkeit über die eigene Unzulänglichkeit aus dem Leibe und formte sie zu einem dünnen Ring, den er um sein Eigentum legte. Hin und wieder starrte er hinaus, weil er fürchtete, sein Sohn könne in einer für die ganze Familie abträglichen Weise Vilmers Gewohnheiten übernehmen. Doch wenn er abends nach Hause kam, schimpfte Karin: Schau dir Vilmer an! Der ist ein besserer Vater und ein besseres Vorbild als du! Und ihm bekommt es auch gut. Er hat den ganzen Tag keinen einzigen Tropfen angerührt.

Harald brummte etwas zu seiner Verteidigung. Sein Kopf hing herab wie der eines grasenden Kalbes. Er wolle für sie alle nur das Beste, und genau darin liege ja das Problem: Wenn sie über die Runden kommen wollten, dann müsse sich einer um den Hof kümmern. Außerdem seien Tiere und Kinder Frauensache.

Karin wollte entgegnen, daß er mehr Zeit mit Stella und Bruno im Stall und mit Assar in der Scheune verbringe als in der Kinderstube. Aber sie sah ihm an, daß er sich seiner Schuld vollauf bewußt und unglücklich darüber war, daß er nichts dagegen tun konnte. Ihm fehlten einfach die Mittel dazu. Liebe oder Haß, das lief für ihn auf das gleiche hinaus. Sie warf ihm seine Schroffheit vor, wußte aber gleichzeitig, daß sie und

Karl immer an seiner Seite sein würden, wohin er auch ginge. Sie spürte es in seinen Händen, in dem gespaltenen Daumen, wenn er sie streichelte, und sie sah es in seinen Augen, aus denen Zuneigung und Begierde sprachen, und sie dachte bei sich, daß er auf sonderbare Weise Nähe und Distanz in sich vereinigte.

Vilmer und Karl tappten von einer Ermahnung Karins zur nächsten. Wie von einem feingeeichten Radar gesteuert, bewegte sie sich zwischen den Fenstern des gelben Hauses hin und her, um die beiden nicht aus den Augen zu verlieren.

Oft kraxelten Vilmer und Karl, während Harald über seinen Werkzeugen schwitzte, auf den Heuboden. Und während Harald unten fluchte, daß er der letzte in ganz Götaland sei, der keinen Traktor habe, spähten sie durch die Ritzen im Holz auf ihn herab. Zwischen den Heuballen machten sie es sich gemütlich. Manchmal hatte Vilmer Lust zu singen, oder es stand ihm der Sinn nach Tricks mit Karten oder Münzen. An warmen Tagen öffneten sie die Luken an der langen Scheunenwand, so daß frische Luft hereintänzeln konnte, oder sie ließen die Beine draußen baumeln und sahen hinaus auf die Beete und den Misthaufen.

Vilmer wurde schläfrig, Karl vom zu langen Liegen auf der faulen Haut ungeduldig. Er sprang mit ausgebreiteten Armen auf den Heubodenbrettern im Kreis herum und brummte wie jene Propellermaschinen, die manchmal im Tiefflug die Küste entlangflogen. Er knatterte und schrie, daß er fliegen wolle.

Vilmer gähnte und drehte sich auf die Seite. Dann tu's doch, sagte er. Lauf, was das Zeug hält, und du wirst so viel Schwung bekommen, daß du es bis zum Himmel hinauf schaffst.

Karl nahm in der einen Ecke Anlauf, seine Schritte wurden länger, er polterte über die Dielen vorwärts, und in dem Moment, als er durch die Luke schweben wollte, fing Vilmer ihn auf. Schon draußen in der Luft, blieb der Junge in den Armen des Onkels hängen. Sie erstickten fast vor Lachen. Noch einmal! bettelte Karl.

Als die beiden mit dem Boot zum Heringfischen hinausgefahren waren, eilte Harald zu Karin in den Hühnerstall: Vilmer will Karl an seinem Geburtstag nach Stockholm mitnehmen. Was sollen wir sagen? Sie wollen den Tag über dort bleiben.

Vertraust du deinem Bruder? fragte sie. Bist du dir ganz sicher, daß er sich anständig benimmt?

Ich weiß es nicht.

Dann lassen wir sie fahren. Vilmer soll uns beweisen, daß er auf eigenen Beinen stehen kann. Daß man ihm Vertrauen schenken kann. Sonst bleibt er ein Kind wie Karl.

Du willst sie gehen lassen?

Ich werde vorher ein Wörtchen mit Vilmer reden.

Am Abend, als Karl zu Bett gegangen und über Vilmers Märchenstimme – die von drei Böcken erzählte, welche über eine Brücke gingen – eingeschlummert war, sagte Karin zu ihrem Mann, er möge doch bitte für einen Moment hinausgehen und nach dem Vieh sehen. Sie setzte sich zu Vilmer aufs Sofa. Er rückte auf die Seite. Sie erklärte, wie dankbar sie sei, daß er Karl mit in die Hauptstadt nehmen wolle und daß sie nicht daran zweifele, daß er der beste Reiseführer für ein solches Abenteuer sei. Aber, schloß sie, wenn du trinkst oder Karl auch nur das Geringste passiert, dann bist du fortan hier unerwünscht. Du bekommst die Verantwortung und obendrein das Geld für die Reise und ein Essen im

Restaurant. Außerdem möchte ich, daß du Verständnis für Harald hast. Eigentlich hätte er an deiner Stelle fahren müssen.

Karlsson war pünktlich. Als er sie in Vagnhärad aussteigen ließ, blieben ihnen noch ein paar Minuten, um Fahrkarten und Karamelbonbons zu kaufen. Dann setzten sie ihre Fahrt mit dem Zug fort. Karl saß auf Vilmers Schoß. Sie schauten zum Fenster hinaus. Keiner von ihnen sagte ein Wort, bis die Lok im Hauptbahnhof zum Stehen kam.

Sie spazierten durch Gamla Stan, die Altstadt, – Vilmer machte jedoch einen Bogen um Funckens Gränd, wo die Spielhölle lag. Sie gingen zu den Boutiquen auf der Kungsgatan und vorbei an Berns, wo sie stehenblieben und das Bauwerk betrachteten. Das letzte Stück hinaus nach Djurgården und zum Vergnügungspark Gröna Lund trug Vilmer den Jungen. Sie gingen gleich ins Restaurant, wo während des Essens diverse Kellner um sie herumschwirrten. Vilmer schlang das Kalbsfilet in sich hinein.

An den umliegenden Tischen wurden leise Gespräche geführt. Vilmers Gedanken kreisten nur um ein Thema: Es hätte alles anders kommen können. Es hätte so sein können, daß der Junge immer für jeweils eine ganze Woche hierher zu Besuch kam, und daß er, Vilmer, hoch oben in einem Haus im Karlavägen wohnte. Hätte er damals bloß eine glücklichere Hand gehabt, als der Pott, der die Spieler voneinander trennte, hoch wie ein Berg war. Aber die Chance war ein für allemal vertan. Und vor ihm saß jemand, der ihm noch lieber war als einen Royal straight flush. Er seufzte, kalkulierte die Chance, unter fünfundfünfzig fünf Gute zu erwischen, und bestellte für sie beide ein Glas Milch, bereute es aber sogleich und bat statt dessen um einen Whisky mit Gin für sich selbst, danach um einen zweiten.

Als Karl zum Nachtisch ein Eis wollte, bestellte sich Vilmer einen Kaffee und einen doppelten Cognac. Er zählte ihre Reisekasse. Die würde für ein paar Runden mit den Männern am verrauchten Tisch im Keller reichen, wenn er nur Mut bei den Einsätzen hatte und auf der Hut war. Es war Freitag, und da gingen auch noch zu später Stunde Züge. Er leerte sein Glas und testete die Beweglichkeit seiner Finger. Schnelligkeit und Geschicklichkeit waren noch da; in einem Spiel konnte er die Karten austeilen, wie er wollte.

Er stand auf und suchte sich ein Telefon. Der Mann am anderen Ende der Leitung sagte, daß er jederzeit willkommen sei, allerdings sei sein Kredit gestrichen. Er dürfe so lange mitspielen, wie Bargeld in angemessener Menge vor ihm liege.

Das waren die Bedingungen, die Vilmer sich vorgestellt hatte. Er holte Karl und bezahlte die Rechnung.

DIE KÜCHE FÜLLTE sich mit dampfender Wärme, Essensgerüchen aus dem Holzofen und den Aromen von Zucker und Hefe, Gewürzen und Backpulver. Als Salem aus Busberg vorbeirannte und auf den Stall zulief, wo ihr Mann Bretter für einen Verschlag hobelte, ließ Karin den Teig los und starrte hinaus. Auf Salems Miene lag ein Zug von Erregung und Dringlichkeit, der Karin stutzig machte.

Auf Tischen, Bänken und Boden lagen Bleche mit Brot, das entweder aufgehen oder abkühlen sollte: Roggenplätzchen, Hefegebäck aus Grahammehl, Rosenbrötchen, dunkle schwere Laibe mit Würze und Sirup, und im Ofen garten Hefekränze und Kräuterzwieback. Die erste Lieferung, die sie im Laden abgegeben hatte, mußte schon bald verkauft sein.

Sie hatte ein Tuch ums Haar gebunden. Erst abends öffnete sie es, ließ es auf die Schultern herunterfallen und kämmte es mit einer Roßhaarbürste vor dem Schlafzimmerspiegel. In schönen Nächten ging sie dann hinaus, stellte sich mit gefalteten Händen auf den Misthaufen, blickte zum Himmel empor und sprach Karls Gebet.

Sie wischte sich mit einem Stoffzipfel die Wangen ab und hörte auf zu kneten. Ohne daß sie die Augen von Salem lassen konnte, schlug sie das Mehl an der Schürze ab. Irgend etwas an seinem Gang war verändert. Er, der charakterlich im Grunde Vilmer ähnelte, strahlte plötzlich eine neuartige Geschäftigkeit aus. Karin ging in die gute Stube. Als Salem in den Kuhstall stürmte, blieb sie bei den Sitzmöbeln stehen, legte das Knie auf einen der Sessel und rückte gleichzeitig das Schutzdeckchen zurecht.

Die Hammerschläge hallten im Takt mit dem Zwölfuhrschlag über den Hof – und brachen jäh ab. Die Garzeit ... das Abendessen ... Karin konnte sich nur schwer darauf konzentrieren. Schon wieder drifteten ihre Gedanken ab: Ihr Schwager war seit mehreren Tagen verschwunden und ihr Ehemann seither ruhelos und wortkarg. Wie hatte sie über die beiden geflucht – den einen, der nie die Hände vom Werkzeug lassen konnte und von der Zukunft träumte, und den anderen, der in seiner umnebelten Vergangenheit lebte. Zudem hatte sie inzwischen auch noch Assar unter ihre Fittiche genommen, der jeden Tag im Morgengrauen an die Tür klopfte, nachdem er sich vergewissert hatte, daß die Milch schon abgeliefert war, und dann so lange blieb, bis man ihn abends nach Hause schickte. Damals, als sie von der Lotsenstation hierher gezogen war, frisch verheiratet und glücklich, hatte sie ein bestimmtes Männerbild im Kopf gehabt: Den Tag über arbeiteten sie; abends setzten sie sich dann mit saubergeschrubbten Unterarmen um den Tisch und erzählten angestaubte Geschichten, bei denen sie selbst die Hauptrolle spielten. Sie aber, Karin, hatte nun ihren Kummer mit zweien, die sich niemals unter anderen Menschen bewegen konnten, und einen dritten, der in seiner eigenen Welt lebte.

Saßen sie doch einmal zusammen, dann gab es sofort Krach zwischen den Brüdern, und Karin war es, die kitten mußte, was zu kitten war: Jetzt hört aber auf! Wir können nicht zurückbekommen, was wir verloren haben. Gebt euch die Hände! Und Vilmer, der zwei Wunden in ihr Leben geschnitten hatte, duckte sich unter Haralds Schelte über seine Faulheit und das Unglück, das er angerichtet habe. Hielt er es jedoch nicht mehr aus, so richtete er sich auf und sagte: Ich habe dein Versprechen!

Harald sehnte sich nach einem Traktor, den er niemals bekommen sollte. Natürlich konnte er spät in der Nacht bei ihr sitzen und sie im Arm halten, und sie konnten darüber reden, was sie sich einst erträumt hatten und was daraus geworden war. Er hörte ihr zu, wie sie sich öffnete und sich ihre Wünsche und Hoffnungen von der Seele sprach, auch wenn es da Dinge gab, die er nicht verstehen konnte. Daß sie sich auf die Inseln hinaussehne und danach, ihre Zeit auch einmal auf andere Weise zu verbringen als nur mit Backen und Melken und mit den übrigen Verpflichtungen auf dem Hof. Harald flüsterte, daß alles besser werden würde, wenn sie nur lange genug ausharrten, so wie die Menschen in früheren Generationen. Und sie konnte ihn küssen und ihm alles verzeihen, bis er am nächsten Morgen wieder früh draußen im Schuppen stand, inmitten von Werkzeug und voller Ideen.

Er erwähnte nie den Namen seines Sohnes. Wenn Karin es rein zufällig tat – gegen Haralds ausdrücklichen Willen, daß der Name tabu sein sollte –, erhob er sich vom Tisch und zog sich zurück.

Er und Vilmer standen trotz aller Belastungsproben zueinander. Manchmal glaubte ich, er haßte seinen Bruder, aber all diese Eindrücke wurden dadurch widerlegt, daß er mitunter Stunden damit verbringen konnte, Vilmer irgendwo im Graben oder in den Scheunen anderer Höfe zu suchen, um ihn dann auf den Schultern nach Hause zu schleppen. Karin legte nasse Umschläge auf

Vilmers Stirn und wechselte ihm die Kleider. Er konnte nur zitternd und sabbernd auf dem Ausziehsofa liegen. Blieben Vilmer und Karin alleine zurück, dann konnten sie in seinen klaren Momenten über Dinge sprechen, die sonst nicht erwähnt werden durften. Er beschrieb ihr die Brandung, die sein Hirn überspülte, und sagte wieder, wie sinnlos es sei, für ein Leben zu kämpfen, das ohnehin irgendwann zu Ende gehen müsse. Seine Schulden waren so riesig, daß er nie auch nur einen Bruchteil davon hätte begleichen können, selbst wenn ihm zwei Menschenleben vergönnt gewesen wären.

Karin sagte, daß sie oft denke: Wenn ich die zwei nicht zusammenhielte, wer täte es dann? Niemand. Würde sich jemand anderes um den Haushalt kümmern und diesen beiden verirrten Brüdern einen festen, verläßlichen Halt bieten? Nein. Was würde aus der Landwirtschaft, wenn ich nicht ständig da hinterher wäre und für unser tägliches Einkommen sorgte? Nichts. Wer steht auf, wenn die Trübsal sie überkommt oder sie der Flasche verfallen? Ich.

Sie merkte am Duft, daß die Hefekränze fertig waren und wollte gerade in die Küche zurückgehen, als Harald und Salem über den Hof gerannt kamen, so daß Hühner und Küken auseinanderstoben, und ihr Mann brüllte: Johannes!

Ich sagte: Was also soll ich eurer Meinung nach tun?

Mit den Fingern die Theke umklammernd, neigte er sich vornüber, den Rücken vorgewölbt wie ein Buckel voller Wut, die sich über mich zu ergießen drohte. Erst später wurde mir klar, daß er sich nur so festhielt, um mich nicht zu schlagen oder am Kragen zu packen. Und da er mit bloßen Händen Hufeisen zurechtbiegen konnte, hatte ich allen Grund, für seine Selbstbeherrschung dankbar zu sein. Sie fiel ihm nicht leicht. Haralds Wangen glühten.

Sie soll verschwinden! schrie er. Zwischen den Sätzen machte er kurze Pausen, in denen er nach Luft schnappte: Wirf sie raus! Das ist es, was du tun sollst. Sonst bist du selber fällig.

Harald und Salem hatten den Laden gestürmt, als ich dabei war, die Waren für Lina aus Sävö einzupacken. Der Balte hatte gerade den Karton entgegengenommen, als die beiden zur Tür hereingeflogen kamen und lauthals meinen Namen riefen. Salem postierte sich im Hintergrund, als wolle er Deckung geben, während Harald, der Anführer, zur Theke vorrückte und mich aufs Korn nahm: Jetzt bist du fällig, Händler!

Was ihr treibt? fragte der Balte mit seinem holprigen Akzent. Sind Russen einmarschiert?

Schlimmer als das, sagte Salem und kreuzte die Arme.

Kauft jetzt, wenn ihr noch was braucht, mahnte Harald. Er starrte erst die Inselbewohner an und dann mich: Gleich wird der Laden dichtgemacht und vielleicht nie wieder geöffnet.

Natürlich wird er das, sagte Lina, ohne so recht zu wissen, was sie von dem Auftritt halten sollte. Wo sollen wir denn sonst einkaufen? Sie faßte ihren Knecht um die Hüfte und ging mit ihm zur Tür. Harald blieb ihnen auf den Fersen, schob die beiden hinaus, schloß die Tür und sperrte ab.

Salem zog die Gardinen vor. Wir waren in ein Dunkel gehüllt, das in mir kurz den Gedanken an einen türkischen Basar erweckte: auf dem Boden verstreut liegende Ware, Wasserpfeifen und im Glas servierter süßer Tee.

Was gibt's? Ist was passiert?

Das fragst du noch! Harald hämmerte mit den Fäusten auf die Ladentheke. Und jetzt hör uns mal gut zu! Salem hat was zu erzählen. Und ich auch. Er wandte sich an Salem: Fang an. Los, raus damit!

Salem schluckte, als suchte er nach den richtigen Worten. Diejenigen, die er schließlich fand, summierten sich zu einem ausführlichen Bericht: Maja habe ihn besucht, einmal und dann ein zweites Mal. Salem betonte, daß er sie nie eingeladen oder gebeten habe zu kommen und daß Maja akzeptiert habe, daß er weder vor noch nach seinen Touren zum Geschäft und zum Hotel Kronan gestört werden wolle.

Er sagte: Irgendwas an ihrem Verhalten war merkwürdig. Sie benahm sich mir gegenüber, ich würde fast sagen, wie eine anhängliche Katze, die einem ums Bein streift. Sie beharrte darauf, mit mir spazierengehen zu wollen.

Hast du es getan?

Er wand sich: Was sollte ich denn tun?

Aber das ist noch nicht alles. Harald sah jetzt wieder Salem an, was mir eine kurze Verschnaufpause gab. Raus jetzt, mit allem, sagte er.

Ich red' ja schon! Wir sind nicht weit gegangen. Ein kleiner Spaziergang in Richtung Svärtvik, das war's. Wenn ich von der Fischerei und den Inseln erzählte, wollte sie gar nicht zuhören. Statt dessen kam sie immer wieder auf Männer und Frauen, auf ... Familienleben und so was zu sprechen. Ich versuchte ihr zu erklären, daß ich andere Sorgen hätte, denn Lund hat bei mir für eine Beerdigung am Sonntag Maränen bestellt. Salem schüttelte den Kopf, um uns zu verstehen zu geben, wie vollkommen deplaziert er diese Mahlzeit fand, die als letzte Ehre für den Verstorbenen gedacht war: Hätten sie nicht bis zum Herbst warten können, wo es Maränen wieder in rauhen Mengen gibt?

Sie redet eben gerne, sagte ich.

Sei still!

Wollt ihr Maja etwa den Mund verbieten?

Halt den Mund! Harald schrie und lief knallrot an, um dann Salem von einer Sekunde auf die nächste in aller Ruhe aufzufordern, seinen Bericht fortzusetzen. Er führte sich auf, als wäre es einzig und allein seine Sache, wem hier das Wort erteilt wurde. Und bleib gefälligst beim Thema.

Mühsam fand Salem wieder den Anschluß. Maja kam aufs Heiraten zu sprechen ... fragte mich nach dem Junggesellenleben und ob es schwer zu ertragen sei. Und du weißt –

Harald unterbrach ihn mit einer Handbewegung: Salem wird nicht heiraten! Er hat anderes zu tun!

Er hatte Zeit genug, um in der Gegend herumzuspazieren.

Das ist doch wohl nicht dasselbe wie vor den Traualtar zu treten, sagte Salem.

Es heißt, die Ehe sei wie eine lange Wanderung.

Es ist eher wie bei Flaute in einem Segelboot hocken, bemerkte Harald – und verstummte jäh, völlig verblüfft von der eigenen Äußerung.

Wirklich? fragte Salem.

Aber du bist doch selbst verheiratet, sagte ich.

Das ist was anderes. Ich arbeite hart und erfülle gewissenhaft meine Pflichten, und das tut Karin auch. Wir vergleichen es mit der Führung eines Unternehmens, sagte Harald. Man arbeitet fleißig, und hin und wieder stimmt man gemeinsam die Buchführung ab.

Du mußt sie mißverstanden haben, sagte ich zu Salem. Maja ist nicht so eine.

Was sie gesagt hat, hat sie gesagt. So und nicht anders. Und jetzt kann ich nicht mehr nach Hause zurück, fuhr er fort. Aber man muß doch wenigstens in den eigenen vier Wänden seine Ruhe haben dürfen, oder? Trotz der Hochnäsigkeit, mit der er die Behauptung vorbrachte, wirkte er skeptisch. Dann fiel ihm plötzlich etwas ein: Stellt euch mal vor, sie kommt von nun an jeden Tag!

Wird sie nicht. Das versichere ich dir. Ich werde heute abend mit Maja reden. Du wirst künftig nicht mehr gestört werden.

Ist das sicher? Kann ich mich darauf verlassen, daß ...

Jetzt kommt noch was. Hör zu! Harald bohrte die Fäuste ins Holz, sah erst mich und dann Salem mit stechendem Blick an und sagte: So leicht löst sich das Problem nicht. Was glaubt ihr denn, ist mit Vilmer geschehen? Glaubt ihr etwa er würde ein zweites Mal verschwinden? Nee. Es ist nämlich so: Er hat sich im Bootshaus versteckt. Dort verkriecht er sich, seit ihm das Mädchen schöne Augen gemacht hat.

Ihm auch? fragte Salem kaum hörbar.

Und nun weigert sich Vilmer, aus seinem Loch hervorzukommen, solange sie hier ist. Er hat Angst, sein Leben mit jemandem teilen zu müssen! Harald hieb mit einer Hand aufs Holz, um seinen Worten Nachdruck zu verleihen: Wenn Karin eingeschlafen ist, bringe ich ihm Essen und Branntwein.

Es hatte in meinem Laden schon andere heikle Situationen gegeben, die ich mit guten Argumenten hatte entschärfen können. Überhaupt war ich eigentlich immer in der Lage gewesen, ohne große Vorbereitung eine eigene Meinung zu vertreten und mich notfalls gegen andere

Menschen zur Wehr zu setzen. Doch in diesem Augenblick war es, als stäche man aus dem Hinterhalt auf Maja und mich ein. Das ließ mein Herz bluten. Ich fragte die beiden, was sie von mir jetzt erwarteten, worauf Harald mir im Befehlston zubrüllte, ich solle sie vor die Tür setzen, und ich sagte: Das geht nicht.

Wenn du's nicht tust, sagte Harald, dann werde ich es tun.

Du wirst gar nichts. Schließlich wohnt sie bei mir, sagte ich und fügte die in sich widersprüchliche Lüge hinzu: Sie hat im voraus bezahlt, und außerdem schuldet sie mir noch Geld für verschiedene Dinge.

Verstehst du denn nicht, was das für uns alle hier bedeutet? Wenn hier einfach so irgendwelche Leute aufkreuzen?

Wir finden schon eine Lösung, ganz bestimmt.

Und die wäre? Ihr ganzes Universum konzentrierte sich auf einen winzigen Punkt in meinem Gesicht, der sich nicht wegwischen ließ. Sag!

Gib mir Zeit, sagte ich, während ich nach einem Ausweg suchte. Ich werde …

Und bis dahin? Harald hob wieder die Stimme: Salem weiß nicht, wohin er gehen soll, und meinem Bruder bekommt es nicht, so nahe am Wasser zu liegen. Sieh zu, daß dir was einfällt.

Wahrscheinlich gab es eine ganze Reihe Alternativen, von denen die meisten besser gewesen wären als die, auf die es letztlich hinauslief. Alle drei waren wir davon überzeugt, daß die endgültige Entscheidung bei mir lag und daß sie akzeptiert werden würde, ungeachtet ihrer Qualität und möglicher Konsequenzen. Denn schließlich hatten wir nur wenig Handlungsspielraum und standen unter Streß, jeder auf seine Weise.

Kann ich heute nacht dein Boot ausleihen, Harald? fragte ich. Ich weiß eine Lösung.

Bring mich zurück, weit zurück in die Zeit auf der Östragatan, wo man an heißen Sommerabenden die Stille spüren konnte, zurück in das Haus an der Brücke über den Fluß, mit Aussicht auf Smörbyttan und die ankernden Boote entlang der Flußmündung, zurück in die Zeit, in der ich eine Welt jenseits des Bekannten zu erforschen begann. Ich gleite hinein in Erinnerungen und auftauchende Ereignisse jener Zeit, die noch gut und voller Abenteuer war. Ereignisse wie in jener Nacht, als wir das Fahrrad vom Sohn des Fabrikanten stahlen, der in seiner Familie zum Kronprinzen hochgepäppelt worden war. Das Rad war grün und hatte einen ledernen Sattel, die Luftpumpe wurde in einem Behälter unter dem Gepäckträger verstaut. Wir hielten es in einem Gestrüpp auf dem Weg nach Tureholm versteckt und benutzten es abwechselnd. Eines Tages, als ich, von Västerljung kommend, an den Feldern vorbei nach Hause fuhr, fühlte ich etwas Fremdes in meiner Hosentasche und hielt an, um zu sehen, was es war. Ich dachte erst, es müsse ein *prinskorv* sein, eines dieser Miniaturwürstchen, das Freunde mir aus Jux dort hineingestopft hatten. Dann ging mir ein Licht auf: Mein Glied hatte sich am Sattel gerieben und war steif geworden.

Ich kann von den Borkenbooten erzählen, die wir schnitzten und im Fluß Trosaån zu Wasser ließen. Und von Nisse Tosing, der sommers wie winters barfuß ging, dabei aber immer den Mund voller Bonbons hatte. Oder darüber berichten, wie wir die Luft aus den Reifen des Star ließen, als er vor dem Stadthotel parkte. Der Star war das erste Postauto im Lande und verkehrte zwischen Trosa und Järna, lieferte aber auch in Vagnhärad, Hölö und an den Gartenpforten von Tullgarn die Post ab. Der Fahrer hieß Andersson, wurde aber von uns Anton genannt, weil Antonmobil leichter auszusprechen war als Automobil. Jeder, der eine Krone und fünfundzwanzig Öre besaß, konnte mitfahren.

Zu Hause hatten wir einen Kristallempfänger aus schwarzem Bakelit. Er stand im größten Zimmer des Hauses – dem mit Meerblick – auf einem eigenen Tisch. In der Schublade wurden die Kopfhörer aufbewahrt. Wenn man in dem aufschießenden Glasröhrchen ein Stück Metalldraht in Position zum Kristall drehte, setzte das Gerät einen leiernden Ton frei. Ich drückte den Hörer gegen mein Ohr. Unter Kratzen und Rauschen war Sven Jerring als Efraim Alexander zu hören. Selbst Gottesdienste waren zu jener Zeit wahre Wunder.

Das Haus war cremefarben, aus Holz gebaut und klein, bot aber trotzdem Platz für die gesamte Verwandtschaft – und manchmal auch für jene, deren Bindungen an die Familie unklar und zu verworren waren, als daß man sie noch hätte zurückverfolgen können. Großmutter war taubstumm, und doch war sie es, die darüber entschied, wer bleiben durfte und wer bei uns nichts verloren hatte. Sie tat es, indem sie mit ihrem Stock auf den Boden klopfte.

Ich fuhr mit Großvater in die Schären hinaus. Es war Ende Juni, als die Heringe gelaicht hatten und nun weiter draußen in den Fischgründen zu finden waren, und wir schipperten in seinem dieselgetriebenen Kutter mit Säfflemotor dorthin. Bevor wir das Hafengebiet verlassen hatten und die Geschwindigkeit erhöhen konnten, hing eine dichte Rohölschwade über dem Deck. Der Gestank drehte einem den Magen um. Großvater hielt in einer Hand die Ruderpinne und in der anderen die Ölkanne, aus der er in regelmäßigen Intervallen ein wenig in die Wanne goß. Er hatte freundliche Augen und einen großen weißen Bart, an dem er zupfte, wenn er nicht mehr wußte, was er mit seinen Händen anstellen sollte. Die Schären und die Fahrwasser pulsierten wie Blut in seinen Adern, weshalb ich überzeugt davon war, daß er sein jeweiliges Ziel auch blind gefunden hätte. Wenn der Seegang dann stärker und die Luft an Deck kälter wurde, kroch ich in die Kajüte am Heck und streckte mich bis zum Säfflemotor aus. Der Raum roch stark nach Öl. Großvaters Silhouette war in der Türöffnung zu sehen. Er erklärte mir, wie ein Motor mit Verdichtungszündung funktionierte und sagte, daß die mittlerweile weltweit bekannte Technik in der Bolinderschen Mechanischen Werkstatt auf Kungsholmen in Stockholm entwickelt worden sei.

Später Abend. Wir fuhren mit einer Geschwindigkeit von sechs Knoten. Als wir unser Ziel erreicht hatten, stellten wir den Motor auf Leerlauf und warfen einen Anker ins Wasser. Die Tiefe betrug zehn Meter. Großvater rollte einige Heringsnetze über die Reling, befestigte einen Querhaken rechtwinklig zu den übrigen Netzen und ließ sie hinterhergleiten. Die Größe der Maschen variierte je nach Art des Fangs, und diesmal war das Garn fein und dicht. An der oberen Leine des Netzes waren Schwimmer befestigt, während die untere mit Senkblei versehen war; der Abstand zwischen beiden betrug viereinhalb Meter.

Während Großvater die Netze auslegte, kümmerte ich mich bei langsamer Fahrt um das Ruder und parierte die Dünungen. Er arbeitete flink und paßte auf, daß das

Boot die Richtung beibehielt, damit sich die Netze nicht ineinander verfingen. In den entscheidenden Momenten sagte er leise vor sich hin, was er zu tun hatte. Es war wie eine Art Beschwörung. Jedes Netz war sechzig Meter lang, und da es nicht in gerader Linie ausgelegt wurde, konnte es einen ganzen Schwarm Fische einfangen. Zum Schluß warfen wir auch den zweiten Anker, an den ich eine Boje mit Petroleumlampe geknotet hatte. Sie wurde mit einem Seemannsknoten am Boot befestigt. In der Ferne leuchteten andere Ankerbojen aus der Dunkelheit.

Großmutter hatte Proviant vorbereitet, den wir uns auf den Sitzplätzen am Achterdeck schmecken ließen. Großvater wärmte auf dem Primuskocher Kaffee und kratzte sich am Kinn, als kitzele er daraus die Geschichte hervor, die er mir erzählte. Und entweder schlief ich darüber zwischen Seilen und Werkzeugen ein, oder aber er unterhielt uns so prächtig, daß wir darüber beinahe unsere Arbeit vergaßen. Kurz nach Mitternacht fingen wir an.

Die Lötlampe wurde erhitzt, bis sie zischte und glühte. Treibstoff wurde in die Zündung gesprüht. Die Kolben setzten sich gleichmäßig pumpend in Bewegung und brachten das Schwungrad in Gang. Ich steuerte nach den Anweisungen, die Großvater mir zurief, während er den Fang über die Winde am Steven hochzog. Wie eine Strickleiter aus Silber wand sich das Netz nach oben und überschwemmte das Deck mit einer Flut aus zappelnden Fischleibern.

Später durfte ich uns nach Mulö weiterschippern, wo wir an Land gingen, den Fang einpökelten und uns anschließend schlafen legten. Erst am folgenden Abend standen wir auf und kehrten zum Laichplatz zurück.

Auf der Insel befand sich ein kleines Haus, das schon in jener Zeit, als die ersten Schärenbewohner unter den Händels zum Fischen hinausfuhren und draußen einen Platz zum Übernachten brauchten, im Besitz der Familie gewesen war. Im Winter schossen sie dort mit der Flinte Eiderenten, Säger, Eisenten und Seehunde. In manchen Wintern konnten sie über das Eis vom Festland zur Insel gehen.

Als Heranwachsender verliebte ich mich in eine Frau, der ich eigentlich nicht hätte verfallen dürfen. Ulla gehörte zu den Mädchen, die sich gerne knutschen ließen und selber gut im Knutschen waren, und weiß Gott nicht nur darin. Mühelos befreite sie sich von alten Gedanken, um den Kopf für neue frei zu bekommen. Ich liebte sie sehr und hielt meinen Zustand für eine Definition von Glück, die es verdiente, in Wörterbüchern verewigt zu werden. Ich war ein Mann des Herzens.

Ihr Vater besaß Immobilien, war vermögend und galt als ziemlich wichtig. Besuchern wurde sein Name wie ein roter Teppich auf den Straßen ausgerollt. Seine Freundschaft verhalf in den Geschäften zu Krediten und zu Einladungen bei offiziellen Anlässen, für die man eigentlich nicht vorgesehen war. Samstags tanzten er und seine Frau im Kurhaus, umgeben von grünspanfarbenen Lotsen und grogbenebelten Großhändlern, Boston und Mazurka. Um ihn nicht zu behindern oder gar anzurempeln und damit seinen Zorn zu wecken, ließen ihm die anderen Paare viel Platz, was gar nicht so leicht war, denn er hatte sich in den fetten Jahren einen aufsehenerregenden Körperumfang zugelegt. Deshalb gestalteten sich die Feste nun meist so, daß sich eine Herde ineinander verschlungener Männer und Frauen von einem aufgeblasenen Hirten – mit einem ausgemergelten Stör als Frau am Schlafittchen – durch den Saal führen ließ.

Mein Vater hatte weder Vermögen noch eine besondere Veranlagung zum Tanzen. Das war sein Fehler. Statt dessen bekam er Fragen zu hören: Wird dein Sohn etwa ... Mit der Tochter des Baumeisters?

Er war ein Faulenzer. Er versorgte uns mit dem, was er auftreiben konnte, aber am liebsten überhaupt nicht. Da er das Meer so wenig mochte wie die Unregelmäßigkeiten in der Landwirtschaft, blieb er einfach in der Küche liegen. Bei schönem Wetter setzte er sich mit den anderen Philosophen an den Hafen. Zweimal täglich zogen sie los, um im Stadtkeller einen zu trinken. Den Glöckner hatten sie beschwatzt, zu läuten, wenn es an der Zeit war.

Am Abend betete meine Mutter das Vaterunser, damit ich und mein Bruder nicht so würden wie er, und am Morgen richtete sie ihre Gebete an die Großmutter: Laß ihn bleiben, um der Jungen willen.

Man sprach also von Ulla, der Tochter des Baumeisters, die ihr Leben ruinierte für einen, der weder mauern noch kitten konnte. Gerüchte und Stimmen rührten in den schmalen Gassen einen Wind auf, der die Menschen verblenden ließ. Die Zahl der angeblichen Schwangerschaften und hastig vollzogenen heimlichen Hochzeiten schwoll dermaßen an, daß die Leute, die uns auf dem Marktplatz begegneten, sich darüber wunderten, daß wir noch keinen eigenen Kindergarten mit uns führten und Ullas Finger von all den Goldringen nicht schwer wie Pflastersteine waren.

Natürlich drang das Gerede auch bis zu ihrem Vater vor. Nachdem es – mit dem Cognac zum Kaffee – in ihn hineingesickert war, nahm es monströse Proportionen an. Er stellte ein Ultimatum: Entweder – oder. Was mich betraf, so gehörte ich weder zur einen noch zur anderen Alternative. Also löste Ulla die Verlobung.

In jener Stunde meines Lebens beschloß ich, mich auf die Suche nach einer anderen Daseinsform zu machen. Einem Leben, über das ich selbst bestimmen konnte und das in eine von mir selbst gewünschte Richtung führte.

Auf dem Rücken einen Rucksack und im Kopf Gedanken an Schiffe mit exotischen Bestimmungsorten, schwang ich mich auf das rostige Fahrrad und fuhr los in der Gewißheit, daß ich weit kommen und etwas finden würde, wovon ich früher noch nicht einmal geträumt hatte. Ich war ein Wanderer, der sich frei über die Kontinente bewegte. Kein Meer erschien mir zu groß, als daß ich es nicht hätte beherrschen können. Am ersten Abend erreichte ich müde und mit schmerzendem Po den Hof der Rasks und bat um einen Schlafplatz auf dem Heuboden. Vilmer und Harald glotzten wie Kälber, aber Kristina schickte die beiden ins Haus und nahm mir das Versprechen ab, ja nicht im Stroh zu rauchen.

In dieser Nacht lag ich wach und lauschte der Stimme des Waldes und des Meeres und dachte, daß die Liebe so vergänglich war wie das Licht. Daß sie nicht für mich bestimmt war, da ich sie nirgends festmachen konnte; daß sie wie eine schwappende Welle war, die sich nicht steuern oder formen ließ, und daß ich zu jenen Männern gehörte, die für das gute Leben nicht geschaffen sind.

Am Morgen bot ich den Rasks für die Übernachtung eine Gegenleistung an. Und so kam es, daß ich zunächst noch eine Woche und dann mein ganzes Leben in dem Haus blieb, das Osvald einst gebaut hatte.

Adam Rask sagte: Wie könnte ich dich wegschicken, wo wir doch Platz genug haben? Aber ich kann dich nicht auch noch ernähren. Was wir hier brauchen, ist ein Laden. Wenn du bereit bist, dich ins Zeug zu legen, helfe ich dir beim Aufbau.

Daß damit meine großen Pläne wie Altpapier zusammengeknüllt wurden, bekümmerte mich nicht. Statt dessen lagen alsbald überall im Haus Anträge und Schriftwechsel mit Ämtern und Lieferanten verstreut.

Ich schlug Wurzeln. Allmählich gewann ich meine vier Wände samt Dach lieb, auch wenn es des Nachts darin quietschte. Ich baute ein Geschäft auf, das in der Umgebung und unter den Seeleuten von sich reden machte. Ich dachte: Wenn es hier ein breites Angebot gibt, dann lockt das viele Leute an, und die meisten brauchen von allem nur ein bißchen. Früher konnte man sich von dieser Idee ernähren.

Jahre später erbten mein Bruder und ich die kümmerliche Hinterlassenschaft unserer Eltern. Mein Bruder ist Doktor der Meeresbiologie. Er war damals nach Süden gezogen, hatte sich in einem verlassenen Pensionat niedergelassen und hegte nicht den leisesten Wunsch, irgend etwas aus dem Haus, in dem wir geboren wurden, zu bekommen. Deshalb beschloß ich, es unbewohnt und unverkauft stehen zu lassen. Andernfalls hätte die Gefahr bestanden, daß Ullas Vater das Haus erwarb. Da ging ich lieber leer aus. Das Haus stand heruntergekommen und verlassen da, und die Spaziergänger blieben davor stehen und kommentierten den Verfall, bevor sie ihren Weg über die Seufzerbrücke fortsetzten. Ich war nie zurückgekehrt, um es mir anzusehen, und bin auch seit Großvaters Zeiten nicht mehr auf Mulö gewesen.

Vilmers Gesicht war mit Bartstoppeln übersät. Sein Husten kam nicht von der Kälte, sondern von der Feuchtigkeit, und er hatte sich gezwungen gesehen, einen Kurzen pro Tag oder mehr zu zwitschern, damit der Hals nicht wieder anschwoll. Mühsam erhob er sich von seiner Pritsche, die aus Brettern und Netzen bestand, und räusperte sich heftig, um seine Stimme wiederzufinden. Auf dem Weg hinaus zum Bootssteg ließ er sich von mir und Harald stützen. Salem folgte uns. In den Häusern rund herum waren die Lichter erloschen.

Von der Sitzbank im Heck nahm Harald die Sachen entgegen, die wir bei uns trugen: Decken, einen Karton mit Konservendosen und anderen Proviant. Salem schleppte einen Kanister mit Wasser. Wir bunkerten alles im Stauraum am Kiel, und als Harald fertig war und auch die Unterbrecherkontakte und die Treibstoffzufuhr kontrolliert hatte, kletterte er aus dem Boot heraus und wir hinein. Es war mit vier Sitzbrettern versehen, so daß wir reichlich Platz hatten, und bevor Harald die Leine vom Poller am Kai löste und uns hinausstieß, flüsterte Vilmer: Kommst du nicht mit?

Was glaubst du denn? polterte Harald. Daß sie mir nachlaufen wird, obwohl ich Karin habe?

Mit dem einen Ruder, das vom Heck herausragte, wriggte ich uns vorwärts bis Storholm und noch ein Stück weiter. Dann zog ich das Ruder ein, riß ruckartig an der kurzen Leine, die um eine Spule gewickelt war, und startete damit den Motor. Die Hafenausfahrt war hell, das Wasser blank und beinahe unbeweglich.

Nach dem Abendessen hatten Maja und ich draußen auf dem Hof gesessen. Sie hatte viel geredet, während ich darauf wartete, daß sie sich endlich zum Schlafengehen zurückziehen würde. Weder sie noch ich erwähnte Salem oder Vilmer oder eine der anderen Personen, die sie in den letzten Tagen kennengelernt hatte. Vielleicht durchschaute sie sogar, was vor sich ging, gab ihre Einsicht aber nicht offen zu erkennen. Vielleicht war ihr auch klar, daß ich keine Antworten haben würde. Statt dessen sprach sie in ihrer offenen Art über Bücher und Zeitungsartikel, die sie gerade gelesen hatte. Es ginge wohl nicht immer um die Wahrheit, sondern darum, die Leser zu amüsieren oder zu beunruhigen. So, wie sie sprach, klang es, als sei sie mit dem Bösen, das bei vielen Menschen Teil des täglichen Lebens ist, nie unmittelbar konfrontiert worden. Sie war immer so fröhlich und hatte einen schier unerschütterlichen Glauben an die alles durchdringende Güte des Menschen – bis zum Beweis des Gegenteils. Ich merkte allerdings, daß ihre Überzeugung hin und wieder von Zweifeln getrübt wurde. Sie trieben kleine, düstere Keile in ihre Sprache, derer sie sich, wie ich glaube, gar nicht bewußt war. Aber eigentlich brauchte man daraus keine große Sache zu machen, da Maja ansonsten vor guter Laune sprühte und mich fröhlich stimmte.

Schließlich stand sie auf, gähnte mit einer Hand vor dem Mund und sagte mir gute Nacht.

Es war längst finster, und der neue Tag hatte bereits begonnen, als ich um den Laden herumschlich und unter den Apfelbäumen Deckung suchte. Ich hörte Maja in Papieren blättern und leise vor sich hin singen. Sie hatte eine klare, helle Stimme, die sich gut in einem Kirchenchor gemacht hätte. Aber dies war kein Land für solche Übungen. Als sie die Lampe ausgeblasen hatte, ging ich hinüber zum Stall, wo Salem und Harald auf mich warteten. Ich fragte sie, ob Karin schon draußen gewesen sei, um mit den Engeln zu sprechen, was Harald mit einem kurzen, beschämten Nicken bejahte. Dann können wir ja losfahren, sagte ich.

Wir fuhren steuerbord an Trätbådan vorbei, dann aufwärts zwischen Hökö Gupa und Nedre Kockelskär. Die schräg ins Wasser abfallenden Felsplatten sahen aus wie die Nacken alter Männer, aufgesprungen und mit tiefen Furchen, die sich zu feinen Mustern vereinten. Möwen folgten uns eine Weile, machten dann aber kehrt, als sie merkten, daß wir nicht die Fischgründe ansteuerten, und drehten schließlich in den schwachen, nächtlichen Aufwärtswinden nach Westen ab.

Als wir Mossklubben passiert hatten und bis zur Bucht Yttre Hållsfjärd gekommen waren, wand sich Vilmer unruhig hin und her und fragte, wie weit es denn noch sei bis zu diesem Ort, wo auch immer der liege. Weniger als die Hälfte, sagte ich. Wir sind bald da.

Streckte man die Zunge aus, fing sich in ihr das Salz der Luft. Hinter dem Leuchtturm Skvallran setzten wir unseren Weg drei Distanzminuten östlich von Södra Askö fort.

Du hättest doch zwischen Örskär und Busen hindurchfahren können, sagte Salem vorwurfsvoll. Das wäre näher gewesen.

Möglich, aber ich kenne nicht alle Schären. Und außerdem muß ich den Weg kennenlernen.

Mulö ragte wie eine Saatkartoffel mit Froschaugen aus Krüppelkiefern aus dem Wasser heraus. Felsen, Felswatt und lange, flache Buchten waren umgeben von üppiger Vegetation. Viele Pflanzen gab es nur in diesem Teil der Schärenlandschaft. Blumen, denen niemand einen Namen gegeben hatte; Bäume, deren wahrer Ursprung der eigene Samen zu sein schien; Haine, die zu fast undurchdringlichen Dickichten verwachsen waren. Wir vertäuten das Boot in der Bucht und halfen uns gegenseitig beim Ausladen, ehe wir das Gepäck zum Schuppen hinauftrugen. Er versteckte sich zwischen Steinfelsen und mit Gras, Nesseln, Weide und Wacholder überwucherten Felsen. Nur noch das Dach war zu sehen.

Die Tür des Schuppens war unverschlossen; Schiffbrüchige, die sich auf Mulö gerettet hatten, fanden so einen Unterschlupf. Vilmer und Salem sahen mich verstohlen an, als ich sie aufstieß. In ihren Mienen spiegelte sich eine Mischung aus Mißtrauen und Zuversicht, die letztere wohl eher der Not gehorchend. Schließlich hatten sie sich einzig und allein auf diese Alternative eingelassen.

Alles war noch so, wie ich es von den Touren mit Großvater im Gedächtnis behalten hatte. Die Lockvögel und die Geräte auf dem Regal über dem Fenster, die Bibel, die Werkzeuge und die einfachen Küchenutensilien am gemauerten Kamin sowie die zwei Etagenbetten, die im Winkel zueinander standen. Die Wände bestanden aus mannsbreiten Brettern, die während des Ersten Weltkrieges mit einer Mischung aus Farbe und Robbentran gestrichen worden waren. Für die Innenseite hatte man Stichlingsöl verwendet, da es weniger stark roch. In der Mitte des Zimmers standen Stühle; man hatte den Eindruck, sie wären hastig vom Tisch weggeschoben worden. Die Tischplatte war drei Zoll dick und sah so aus, als wäre sie aus einem einzigen Stück einer gewaltigen Stechpalme geschnitten. Das Holz war gedunkelt, doch die Maserung trat immer noch so deutlich wie Blutgefäße hervor. Alles war mit einer dicken Staubschicht, vertrockneten Blättern und toten Insekten bedeckt.

Das sollte also das Heim und die Welt der Männer werden.

Ist das alles? fragte Salem. Er und Vilmer waren draußen geblieben, während ich hineinging. Es ist klein.

Ihr müßt wohl erst mal saubermachen, sagte ich. Wenn hier ein wenig aufgeräumt ist, wird's gleich viel geräumiger wirken.

Ein richtiges Schloß, was?

Vilmer war niedergeschlagener: Meinst du im Ernst, wir sollen hier wohnen? Und wie? Es gelang ihm nicht zu verbergen, wie wenig dieser Ort seinen Vorstellungen entsprach. Er schmiß die Decken auf den Boden. Was Besseres ist dir wirklich nicht eingefallen?

Du kannst wieder mit mir nach Hause fahren. Ich mache mich gleich auf den Weg. Willst du?

Er sah mich an, musterte dann die Einrichtung und schließlich Salem. Abwägend trat er von einem Bein aufs andere, dann stieg er hinein in den muffigen Geruch nach altem Schimmel und Holz, das vom Regen und von den Stürmen feucht geworden war.

Wir werden uns schon eingewöhnen, sagte er. Etwas Kleines kann manchmal gemütlicher sein als ein Herrenhaus. Er schlenderte umher, als wollte er nachfühlen, wie er und der Ofen zusammenpaßten. Zumindest kann ich hier Harald nicht schaden, sagte er in einem Anflug von Selbsterkenntnis.

Ich komme Ende der Woche wieder. Soll ich was Bestimmtes mitbringen?

Was zum Trinken natürlich! Vilmer setzte den Daumen an den Mund, kippte die geballte Faust nach oben und mimte so das Leeren eines Glases. Hier wird es bestimmt warm werden. Das macht durstig. Und wir haben jede Menge Zeit, um uns abzukühlen. Lad so viel ein, wie du kannst.

Bring mir mein Radio mit, sagte Salem und kam herein. Und eine Programmübersicht und extra Batterien. Er setzte sich mit einem Seufzer auf das untere Etagenbett. Ich möchte die Theatersendungen hören. Und die Konzerte.

Ich wollte mich schon verabschieden, als Vilmer fragte: Sind wir hier wirklich sicher? Bist du auf unserer Seite?

Ich antwortete ja, aber irgendwie fühlte ich, daß er an meiner Aufrichtigkeit zweifelte.

Die Morgendämmerung zog bereits herauf, als ich den Motor ausstellte und mit der Dünung auf den Steg zutrieb. Die ersten Segler waren in der Kombüse mit dem Frühstück zugange. Sie trugen weiße Hosen und blaue Jacken; einige salutierten, andere schauten unvermittelt in eine andere Richtung, als geschähe dort etwas Außergewöhnliches, das all ihre Aufmerksamkeit in Anspruch nahm. Mir war es egal. Ich war weit draußen im Kutter und hörte wie Großvater mit den Fingernägeln seine Wangenzierde kratzte und eine Geschichte vorbereitete.

Die Sache ist ganz schön riskant, sagte Harald. Du kennst ja Vilmer. Ich bin unruhig, wenn ich ihn nicht unter meiner Aufsicht habe.

Warum wolltest du ihn dann von hier weg haben? fragte ich.

Weil er hier, solange er fort ist, kein weiteres Unglück anrichten kann. Und da draußen reicht es, wenn Salem auf ihn aufpaßt.

Es wird ihm dort an nichts fehlen. Dafür werde ich sorgen.

Versprichst du mir das? Er warf mir den gleichen zweifelnden und leicht resignierten Blick zu wie Vilmer zwölf Stunden zuvor, wenngleich ohne jene zwingende Kraft wie bei seinem Auftritt im Laden. Wie willst du's machen? fragte er. Er ist doch nun mal mein Bruder.

Sieh du nur zu, daß genug Treibstoff im Boot ist und daß die Sache unter uns bleibt, sagte ich und hätte es gut und gerne auch so formulieren können: Ich habe nicht die leiseste Ahnung.

Und was ist mit ihr? fragte Harald. Was unternimmst du ihretwegen?

Nichts.

Du weißt, daß ich dich rauswerfe, wenn du das nicht klärst.

Ich kann Maja nicht wegschicken, das habe ich euch doch gesagt.

Aber vielleicht kannst du ihren Aufenthalt hier verkürzen. Dafür sorgen, daß sie früher abreist.

Ich versprach ihm, darüber nachzudenken, und damit gab er sich fürs erste zufrieden. Er sagte: Kannst du nächstes Mal für Vilmer einen Pullover mitnehmen? Er erkältet sich so leicht.

In den folgenden Tagen verdrängte ich die Geschichte und wollte mich um andere Dinge kümmern. Aber sie wirkte nach, war wie ein Splitter unter meiner Haut, der sich nicht entfernen ließ. Ich dachte an Maja und an die Männer, daran, was ich selber tun wollte und was man von mir erwartete. Ich versuchte mein tatsächliches Verhalten vorauszusehen. In keinem Punkt kam ich zu einer Lösung oder einer endgültigen Meinung.

Laden und Hof waren bis weit in die Abende hinein voller Menschen. Maja reagierte darauf, indem sie sich immer mehr zurückzog. Sie setzte sich unter die Apfelbäume, unterhielt sich mit Karin in der Küche oder suchte sich eine abgeschiedene Bucht, in der sie allein und ungestört baden konnte. An anderen Tagen machte sie lange Waldspaziergänge, vorbei an Båtsvik und Gunnarbol, kam in Aludden wieder heraus und kehrte über die Landstraße nach Hause zurück, mit kurzer Unterbrechung an der Telefonstation.

Ich wollte sie fragen, was zwischen ihr und Salem vorgefallen war und was sie zu Vilmer gesagt hatte, aber ich wagte es nicht. Ich hatte Angst, sie könnte einschnappen und unsere Freundschaft, die sich zusehends vertiefte, Schaden nehmen. Außerdem fürchtete ich, sie zu verlieren.

Aus Tyvudden kam Tor dahergeschlendert, die Hände in den Taschen, unzufrieden mit seinen Einkünften, aber zufrieden mit den Arbeiten, die er noch nicht begonnen hatte. Einen Auftrag in Gisekvarn hatte er bis auf weiteres auf die lange Bank geschoben: Das Wetter sei einfach zu schön, und außerdem werde die Sache, wenn er erst einmal die ersten Nägel eingeschlagen habe, rasch fertiggestellt sein. Wenn er so richtig in Fahrt sei, arbeite er schnell und tüchtig, weil er wisse, daß nach all dem Schwitzen und Schuften ein angenehmeres Dasein auf ihn warte. Er kaufte Pilsener und Schokolade und ließ anschreiben. An manchem späten Abend kam es vor, daß ich den Laden früher schloß und mit ihm im letzten Tageslicht eine Partie Schach spielte.

Er erzählte von einem Gebäude, das er versprochen habe zu bauen und das nach geltendem Zeitplan bereits hätte stehen müssen. Er erkundigte sich widerstrebend bei mir, ob irgendwo anders etwas zu tun sei, und ich antwortete, nein, es sei Ferienzeit und da sei sonst nicht viel los. Er beendete die Diskussion mit der Feststellung, die Antwort genüge ihm vollauf. Ruhigeren Mutes gelangen ihm jetzt sogar einige taktisch kluge und wohlüberlegte Schachzüge. Später gingen wir noch einmal gemeinsam die entscheidenden Züge durch, darunter auch jene, die spielentscheidend hätten werden können, wenn wir in der einen oder anderen Situation anders gezogen hätten. Wie immer verlor Tor am Ende als erster die Lust.

Als Maja sich später zu uns gesellte, war sie, wie so oft, schweigsam und, fernab von unserem Gespräch, tief in eigene Gedanken versunken. Als ich dann aber zum Kaffeeholen ins Haus ging, bat sie Tor, er solle beim nächsten Mal seine Ziehharmonika mitbringen. Sie vermisse die Musik so sehr. Sie sei es gewohnt, Leben und Klänge um sich zu haben. Sie legte Tor die Hand auf den Arm.

Ich sah Maja im Profil. Ihre geschlossenen Augenlider, die Wangenknochen, die sich scharf gegen den Himmel abzeichneten, ihre Lippen und die Strähnen ihres Haars, die sich über ihr Schlüsselbein legten, wenn sie das Gesicht den letzten Strahlen der Abendsonne zuwandte. Ich dachte: Wer kann ihr je etwas Böses wollen? Wie kann es jemanden geben, der sie nicht immer um sich haben möchte? Wer kann einem Menschen wie ihr sagen: du bist hier nicht mehr erwünscht? Wer kann so hartherzig sein?

Ich bin draußen auf Mulö gewesen, bin auf leisen Sohlen wieder aus dem Häuschen geschlichen und habe das Boot mit dem Ruder weit hinausgestakt, ehe ich den Motor zündete. Ich habe das Radio mitgebracht, das ich zuvor vom Busberg geholt hatte, und außerdem Gemüse und Wasser sowie ein großes Stück geräucherten Lammschinken von einem Tier, das Assar geschlachtet hatte. Die Türe und das Fenster haben offengestanden. Die zwei Bewohner des Hauses schliefen. Salem hatte die Hosen zusammengefaltet und über eine Stuhllehne gehängt, das Hemd lag darüber. Vilmer schnarchte, trug noch die Kleider vom Vortag. Der muffige Gestank war verschwunden, und sogar die Töpfe glänzten. Ich zog es vor, die Männer nicht zu wecken, stellte das Mitgebrachte auf den Tisch und verließ die Insel so unbemerkt, wie ich gekommen war. Es war besser so. Ich wollte nicht gezwungen sein, noch weiteren Fragen Rede und Antwort zu stehen.

Tor schleppte also bei seinem nächsten Besuch die schwere Instrumentenhülle hierher. Er stellte sie im Gras ab. Maja sah ihm zu, als er behutsam die Ziehharmonika heraushob: Endlich! Wie habe ich mich danach gesehnt!

Was nun kam, war nicht schwer zu erraten. Ich wollte es nicht verpassen und bat die Kunden, mir hinaus auf den Hof zu folgen. Zögerlich kamen sie mir nach.

Tor warf das Instrument über seine Schultern und ließ probeweise die Finger über die Tasten gleiten, und als er eine spritzige Melodie in Gang pumpte, setzte es einige kurze, tönerne Schnörkel frei und der Blasebalg seufzte dankbar wie eine alte Jungfer. Maja verglich das Gefühl, das die Töne in ihr hervorriefen, mit Brauselimonade in den Beinen. Sie forderte mich auf, in die Hände zu klatschen und drehte sich vor unseren verblüfften Augen ungestüm im Kreis.

Um Maja herum bildete sich ein Halbkreis. Ich sah an den Mienen der Zuschauer, daß sie sie in einem Moment für verrückt erklärten und im nächsten mit ihr mittanzen wollten, sie in den Armen halten, lachen wollten wie sie. Harald und Assar äugten aus dem Schuppen: Was soll denn das darstellen, hm? Und während Maja sich immer wilder drehte und ich lachte und ihren Künsten applaudierte, kam Rotenschiöld Arm in Arm mit seiner Frau die Straße hinauf.

Maja sah sie aus dem Augenwinkel. Sie erstarrte mitten in einer Drehung. Wie wäre es jetzt mit einem Tänzchen? rief sie und gab gleichzeitig Tor ein Zeichen, daß er weiterspielen solle. Tanzen? fragte sie wieder.

Auf einmal herrschte Schweigen. Tor schielte hilfesuchend zu mir herüber. Spiel weiter, bedeutete ich ihm. Die Rotenschiölds waren stehengeblieben. Helen trug Freizeitkleidung, er einen neuen Strohhut, an dessen Krempe eine Fasanenfeder festgesteckt war. Rotenschiöld beobachtete uns ganz genau; es gibt Menschen, die Zootiere so ansehen wie er uns.

Nein danke, vielleicht ein anderes Mal, sagte er bedächtig. Bei passenderer Gelegenheit.

Und wann ist das? Sie stemmte die Hände in die Hüften. Sie hielt seinem Blick stand. Neulich wolltest du doch!

Hinter ihr erhob sich Gemurmel und verstummte jäh. Der Blick, mit dem Helen ihren Mann ansah, verriet, daß sie von dem Vorfall keine Kenntnis hatte, obwohl sie als Ehefrau ihr Einverständnis hätte geben müssen. Rotenschiöld spürte offenbar ihre Vorbehalte, denn er legte seinen Arm um sie.

Wollte was? Was meint das Fräulein?

Am Mittsommerabend, in der Scheune …

Daran kann ich mich nicht erinnern, sagte er. Die Aufmerksamkeit, die er auf sich gezogen hatte, machte ihn verlegen; außerdem irritierten ihn Tors Melodien. Das muß ein Mißverständnis sein.

Mißverständnis?

Ja.

Dann war es also nur Spaß?

Ich verstehe nicht ganz, worüber wir sprechen. Ist das vielleicht Wunschdenken?

Keineswegs. Du hast mich so nett gefragt. Aber in Gesellschaft ist es vielleicht ein wenig schwer, sich daran zu erinnern? Da er nicht antwortete, richtete sie das Wort an Helen: Dürfte ich ihn für ein paar Minuten ausleihen? Es ist so trist, allein zu tanzen.

Helen wandte sich wieder ihrem Mann zu. Ihr Blick – der gleiche wie zuvor – war, glaube ich, beredter als alles, was sie in Worten hätte ausdrücken können. Sie befreite sich aus seinem Griff. Bitte sehr, sagte sie. Aber er tanzt nicht sehr gern. Und er ist auch kein besonders guter Tänzer.

Da hört es das Fräulein. Rotenschiöld versuchte, Helen erneut an sich zu ziehen, aber sie entglitt ihm und gab ihm mit ihrer Körperhaltung zu verstehen, daß er jetzt zu Maja gehen sollte. Das ist nichts für mich, sagte er, um eine Ausrede bemüht.

Komm schon, rief Maja, ignorierte meine inständige Bitte, sie möge sich doch beruhigen, und fuhr fort: Ich kann es dir beibringen! Es ist ganz einfach!

Helen hatte sich umgedreht und den Heimweg angetreten, den Hügel hinauf in Richtung Ängsvik. Rotenschiöld sah ihr nach. Er benahm sich, als hätte man ihn bei einer gesetzeswidrigen Handlung auf frischer Tat ertappt. Sein Blick schweifte in die Runde. Einen nach dem anderen sah er die Menschen an, die da vor ihm standen und darauf warteten, wie es weiterging. Das bezweifle ich gar nicht, sagte er. Aber jetzt ist nicht der geeignete Augenblick. Dann riß er sich mit beachtlicher

Selbstdisziplin zusammen und folgte Helen. Er ging schneller als sie, aber doch nicht so schnell, daß der Eindruck hätte entstehen können, er liefe davon. Besitzergreifend legte er Helen den Arm um die Hüfte und zog sie wie einen Schild, der ihn vor unseren Blicken schützen sollte, mit sich. An einer Stelle, an der er sich in sicherem Abstand glaubte, nickte er mir kaum merklich zu. Es war wie ein konspirativer Gruß.

Das war ein ziemlich kühner Auftritt, sagte ich. Du mußt dir überlegen, was du sagst.

Weshalb? Maja starrte mich aufrichtig erstaunt an. Ich hab's genau so gemeint, wie ich es gesagt habe. Als Advokat wird er doch gewohnt sein, einiges zu hören zu bekommen.

Nicht das, was du glaubst. Er hat gelernt, seinen Willen durchzusetzen. Alle anderen hören auf ihn. Leute wie er sind unberechenbar.

Als ob ich das nicht wüßte! Es war nur ein Spaß, das mit dem Tanzen. Herrgott, ich wollte gar nicht, daß er einwilligt! Ich wollte es ihm nur heimzahlen.

Wofür?

Für sein Benehmen am Mittsommerabend.

Aber du hast damit Helen verletzt.

Sie senkte den Blick. Das war nicht meine Absicht, sagte sie. Ich konnte mich nicht beherrschen. Irgendwas an ihm ist mir zuwider.

Du mußt sie um Verzeihung bitten.

Das brauchst du mir nicht zu sagen. Das weiß ich selbst.

Einige Stunden später. Wir standen an der Ladentheke. Maja zählte für mich die Wocheneinnahmen.

Bündelte Scheine von gleichem Wert, stapelte die Kronenstücke und Öre auf der gegenüberliegenden Seite und notierte dann die Beträge. Sie wollte mehr über Rotenschiöld wissen. Ich hatte ihr erzählt, was ich von ihm wußte, und ein wenig von dem, was ich gehört, aber nie bestätigt bekommen hatte. Ich erwähnte zum Beispiel das Hin und Her in der Haijby-Affäre, und wie Rotenschiöld in dem Zusammenhang mit gewissen Geldtransaktionen behilflich gewesen war. Das meiste war ihr schon von früher bekannt. Ich hatte hinzugefügt, daß es, auch wenn es ihm gelegentlich an gutem Benehmen fehle, überflüssig gewesen sei, ihm noch nachzuschreien, als er und Helen schon oben an der Kuppe neben der Scheune angelangt waren. Als er sich umgedreht hatte, stand ihm die Wut ins Gesicht geschrieben, und nicht nur Wut, sondern auch finstere Entschlossenheit. Einen Moment lang hatte es so ausgesehen, als wollte er noch einmal umkehren, aber Helen hatte ihn zurückgehalten wie einen Turnierhengst kurz vor dem Start. Er scharrte mit dem Fuß im Kies. Sie standen dort noch lange – bis es ihr endlich gelungen war, ihn davon zu überzeugen, daß er sich verhört haben mußte.

Ich hatte inzwischen, der Stimmung wegen, die Petroleumlampe an der Decke angezündet und damit begonnen, die Regale mit neuen Waren aufzufüllen. Mich quälte eine Frage, von der ich mich befreien mußte, auch wenn es mir schwerfiel. Ich hatte sie über mehrere Tage hin und her gedreht und gewendet in der Hoffnung, sie umgehen zu können oder eine weniger schmerzliche Formulierung zu finden. Aber es führte kein Weg an ihr vorbei. Schließlich sagte ich: Ich habe mich etwas gefragt.

Fünfhundert genau, sagte sie konzentriert und befestigte eine Klammer um ein Bündel Zehner. Was ist? Mußt du mich beim Zählen stören?

Manchmal antwortet man ehrlicher, wenn man seine Aufmerksamkeit gleichzeitig noch woanders hat. Es betrifft dich und Vilmer. Unter anderem.

Sie legte das Geld beiseite: Ja, ist es nicht seltsam, daß er so lange Zeit wegbleibt. Man sollte vielleicht die Polizei einschalten.

Ich blies die Luft aus den Lungen und füllte sie wieder. Mit einem Mal wurde ich der Gerüche von Räucherwurst, Teer und trockenem Holz, Käse, Farben und Lösungsmitteln gewahr, die zu meinem Laden gehörten. Sie waren normalerweise ein natürlicher Bestandteil meines Alltags, genauso unsichtbar wie ein Makel im Gesicht oder eine Narbe, mit denen man, wenn auch nicht zu leben, gelernt, so doch zumindest sie zu ignorieren gelernt hatte. Jetzt plötzlich drängten sie sich auf. Ich schluckte und versuchte, durch den Mund zu atmen.

Sicher ist es merkwürdig, sagte ich. Und während ich mich bemühte, die Gerüche auf Abstand zu halten, mußte ich unwillkürlich wieder an Salem und Vilmer da draußen auf ihrer Insel denken – und an Haralds Fäuste; ob man tatsächlich genau bestimmen konnte, wo die Grenze verlief zwischen der Schuldigkeit des einen und der Freiheit eines anderen. Zwischen dem, was man als bindende Verpflichtung ansehen konnte, und dem, was man unter Eid geschworen. Und was Freundschaft und Vertrauen in solchen Situationen bedeutete.

Meine Absicht war, ihr etwas über ihre weiteren Pläne und ihre Abreise zu entlocken, zum einen deshalb, weil ich es sowohl Rotenschiöld als auch Harald versprochen hatte, und zum anderen, weil es für sie – nach allem, was geschehen und gesagt worden war – riskant sein konnte, ihre Ferien noch zu lange auszudehnen. Ich wollte ihr erklären, wieviel Angst ich um sie hatte und daß ich, auch wenn ich alles tat, was in meiner Macht stand, nicht stark genug sein würde. Aber ich kam in meinen Überlegungen nicht weiter, wußte nicht zu sagen, was richtig und was falsch war und wie ich mich gegenüber Dingen dieser Größenordnung verhalten sollte.

Ja? Sie schrieb in großen Zahlen einen Betrag auf ein braunes Kuvert, in das sie die Bündel mit den Scheinen steckte und zuklebte. Ihre Handschrift war weich. Die Neunen schwangen ihre Beine bis unter das vorangegangene Zeichen. Du wolltest etwas wissen? fragte sie.

Ich ging quer durch das Zimmer und öffnete das Fenster. Ich probierte die verschiedenen Sätze aus, die ich einstudiert hatte und versuchte, ihre Konsequenzen vorzukosten. Ich verschlang sie und sagte: Du bist doch oft hier in der Gegend unterwegs und triffst viele Leute. Hast du wirklich keine Ahnung, wo Vilmer sein könnte?

Wie sollte ich ... sagte sie und wischte unbekümmert die münzklebrigen Finger an ihrem Kleid ab. Das weiß vermutlich niemand.

Nein, sagte ich. So ist es wohl.

DAS ERSTE MAL, nachdem Maja und Rotenschiöld fort waren. Ich war im Haus geblieben, hatte den Laden geschlossen und die Gardinen sämtlicher Zimmer zugezogen, hatte mich im schmutziggrauen Hell und Dunkel der Tage aufgehalten und mich geweigert, die Tür zu öffnen oder den Stimmen zu antworten, die nach mir riefen.

Auf dem Hof. Die Augen schmerzten. Die Frische und das Salz in der heißen Luft hüllten mich ein und erinnerten mich daran, wie dreckig ich sein mußte. Ich atmete tief durch. Es brannte. Der Mund war ausgetrocknet. Der Kopf zerbarst.

Kein Laut war zu hören. Das gelbe Haus wirkte verlassen. Ich bewegte mich langsam über den Hof. Die Steine lagen unter meinen Schritten fast still. Der Schuppen war leer, ebenso wie der Holzverschlag. Die Ereignisse hatten keinerlei Spuren hinterlassen. Zurechtgehackte Holzscheite lagen in perfekten Stapeln übereinander. Ich dachte: Ist dies eine Halluzination? Es kann kein Traum gewesen sein. Die Zeit kann nicht in eine beliebige Richtung gebogen werden.

Ich tappte in den Stall hinein. Atmete aus in der schattigen Kühle und den wohlbekannten Düften, die meinen Körper nicht in Aufruhr versetzten. Stand erst still und bewegte mich dann an den Verschlägen entlang, bemüht, meine Kräfte zu neuem Leben zu erwecken. Der Magen krampfte sich zusammen. Die Beine wollten nachgeben. Und plötzlich stand ich unmittelbar vor Harald. Er machte gerade eine Pause und grübelte mit allergrößter Wahrscheinlichkeit über ein Problem nach, das seine Arbeit betraf. Er stand gegen die Wand gelehnt, mit einer Tasse Kaffee und einem Butterbrot in den Händen. Wir sahen uns an, beide gleichermaßen überrascht.

Was hast du getrieben? fragte er, nachdem er mich eine Weile gemustert hatte. Wie du aussiehst. Es klang erschöpft, nicht einmal kraftvoll genug, um als eine Tatsachenfeststellung zu gelten. Karin hat sich Sorgen um dich gemacht.

Als ich nicht antwortete, drückte er sich eine halbe Stulle in den Mund und zermalmte sie mit wenigen, wenngleich entschlossenen Kaubewegungen. Trank einen Schluck Kaffee. Rülpste. Dann hast du sie am Ende doch noch von hier weggekriegt, sagte er.

Ich biß mir hart auf die Zunge, um Speichel zu erzeugen, mit dem ich Stimmband und Gaumen befeuchten konnte. Ich röchelte und sagte mit kaum hörbarer Stimme: Sie ist nicht mehr hier. Wenn es das ist, was du meinst.

Genau das, sagte er und trank aus. Nun ist es wieder so wie früher.

Ich suchte nach einer Entgegnung auf seine widersinnige Behauptung, als er zur Thermoskanne griff und seinen Becher wieder füllte. Mit einer Miene, die sagte, daß ich wohl dringend etwas Belebendes benötigte, reichte er mir das dampfende Getränk: Was ist passiert? Hast du sie rausgeworfen?

Ich blies auf den Kaffee. Hinter Harald stand ein Sägebock, und drumherum lagen Bretter verstreut und eine Handsäge. Ein halber Verschlag mußte noch mit frischem Holz gefüllt werden. Ich trank in kleinen, vorsichtigen Schlucken. Der herbe Geschmack füllte Mund,

Rachen und Kehle. Sekundenlang wurde mir schwarz vor Augen.

Ich will nicht darüber sprechen, sagte ich.

Er gluckste. Du vermißt sie?

Sie ist weg, reicht dir das nicht?

Doch, sagte er. Sicher. Wenn du's nicht erzählen willst, dann ... Wie dem auch sei, du kannst hier wohnen bleiben. Ich habe das so entschieden. Aber ich kann meine Meinung ändern, wenn du dich noch einmal so gehen läßt. Er nickte mir bedeutungsvoll zu.

Danke, sagte ich und ließ noch mehr von diesem wärmenden, bitteren Dreck in mich hineinlaufen. Es war Tage her, seit ich etwas Warmes zu mir genommen hatte, und ich fühlte, wie der Kaffee meinen Körper erfaßte und eine vollkommen andere Wirkung erzielte als alles, was ich in der letzten Zeit in mich hineingeschüttet hatte. Die Gedärme entfalteten sich, Organe wurden wieder zur Arbeit gezwungen, Blut wieder im Kreis gepumpt. Ich fröstelte und fror.

Du hast getrunken, sagte er.

Nicht mehr als nötig.

Also gab es einen Grund?

Gibt es den nicht immer?

Fünf Tage lang?

Tatsächlich so lange?

Hat es mit ihr zu tun?

Kann man so sagen. Aber wir wollten doch nicht darüber sprechen. Ich räusperte mich, fühlte wie ich nach und nach meine Stimme wiedergewann. Ich dachte, wir wären uns einig.

Sein nächster Satz klang weder anklagend noch streng, aber auch nicht mitfühlend oder verständnisvoll. Es war vielmehr so, daß er sich vorbereitet hatte und die

Geschichte nun endlich hinter sich bringen wollte, ohne irgendwelche persönlichen Ansichten über meine Abwesenheit einbringen zu müssen. Es war für uns beide unbehaglich. Du hast die Beerdigung verpaßt, sagte er.

Wie war sie?

Was glaubst du? Wie sollen Beerdigungen denn schon sein?

So habe ich es nicht gemeint.

Sie war gut besucht. Der König hat eine Rede gehalten. Er hat die ganze Zeit nur geweint.

Ich leerte den Becher, streckte ihn Harald entgegen. Hast du noch mehr?

Er schenkte mir nach. Du klingst langsam schon wie Vilmer, sagte er, also sprechen wir lieber über ihn. Er und Salem sind noch immer draußen auf dieser Insel.

Sie haben alles, was sie brauchen. Ich werde sie heute abend holen.

Schaffst du das? Er hielt mir ein Butterbrot hin.

Ich war mir nicht ganz im klaren darüber, ob die Frage auf die Fahrt nach Mulö abzielte oder auf meinen Magen, tippte aber auf letzteres und schüttelte abwehrend den Kopf, was meine Schläfen auf besorgniserregende Weise zum Pochen brachte. Ich legte eine Hand an die Stirn, drückte auf der einen Seite kräftig mit dem Daumen und auf der anderen mit zwei Fingern gegen die Schläfen, bis das Läuten im Kopf abklang und keine Funken und Leuchtbaken mehr vor meinen Augen in der Luft herumtänzelten.

Wieso? fragte ich und trank. Der Schauder schüttelte mich diesmal nicht so arg durch wie zuvor.

Ich will meinen Bruder hier zu Hause haben.

Das wirst du auch. Heute nacht ist er wieder bei dir.

Sein Blick verriet mir, daß er seine Zweifel daran hatte, ob ich ihm das garantieren könne. Du hast gesagt, daß er mit dem Trinken aufgehört hat, sagte er, und nun hast du selber angefangen.

Das Schlimmste ist überstanden. Willst du mich überwachen?

Am liebsten nicht. Er bückte sich nach der Säge, hielt sie hoch und schnippte mit seinem gespaltenen Daumen über ihre Zähne. Das Blatt vibrierte. Er legte ein acht Zoll breites Brett zurecht, beugte sich darüber und markierte mit einer kleinen Kerbe die Stelle, an der er einschneiden wollte.

Soll ich festhalten? fragte ich.

Was? Er ließ los und richtete sich auf. Du wirst hier gar nichts tun, sondern dich brav ausruhen. Den ganzen Tag. Deinen Rausch ausschlafen. Und geh zu Karin, wenn sie von Norrsund zurückkommt, und sag ihr, sie soll dir was kochen.

Das kann ich selbst.

Nicht so wie sie, erwiderte Harald und wandte sich wieder dem Sägebock zu.

Wie du meinst, sagte ich. Wenn er wollte, daß seine Frau mich bediente, würde ich mich nicht dagegen sträuben. Ich hatte an anderes zu denken, an wichtigere Dinge als an Kartoffeln und Hering.

Ich trat zur Tür hinaus und blieb stehen, um die Augen an das Sonnenlicht zu gewöhnen. Es war so stark, daß ich mehrere Male schlucken mußte, damit mir der Kaffee nicht wieder hochkam. Harald rief mich zurück. Ich beugte mich in den Schuppen. Er unterbrach seine Arbeit.

Tor hat sein Augenlicht verloren, sagte er.

Vom Alkohol?

Er nickte: Der Alte Matts hat zugegeben, daß er die

Flaschen vom König ausgetrunken und mit Selbstgebranntem aufgefüllt hatte. Der war nicht sauber. Es sei eilig gewesen.

Ich dachte an den Zehnliterkanister, der geleert unter meinem Bett lag, und sah mich um. Alles stand noch da, wo es hingehörte. Rasks Haus war gelb, meines rot, das Gras grün, der Himmel blau. Es gab jeden Gegenstand nur ein einziges Mal. Mein Mund schmeckte nach Erbrochenem, nach einem pilzigen Belag, der Zunge und Zähne überzog. Ich fragte mich, ob sich dem Betroffenen das Land der ewigen Schwärze mit Verzögerung offenbarte, oder ob ich mich bereits in Sicherheit wägen konnte.

Ist das der Grund, weshalb Pullman …

Weiß nicht, sagte Harald. Bei seinem Konsum hätte es auch so passieren können. Wir haben beschlossen, die Sache nicht wieder aufzuwärmen.

Dann gibt's also nichts mehr zu sagen, sagte ich, kehrte ihm den Rücken und entfernte mich leicht vornübergebeugt. Mein Magen zog sich zusammen wie in einem Schraubstock. Als ich gerade wieder in das rasierklingenscharfe Licht hinausgetreten war, rief Harald mich ein zweites Mal zurück, aber diesmal blieb ich, wo ich war, weil ich damit rechnete, daß er mir nachkam.

Den Roten – so nannte er manchmal Rotenschiöld –, den hat man seit fast einer Woche nicht mehr zu Gesicht bekommen. Aber seine Frau ist noch hier. Ist er in der Stadt?

Er wird wohl auf irgendeinem anderen Hof sein und Heu einfahren, jetzt, wo es für ihn hier nichts mehr zu tun gibt. Du verschleißt deine Knechte zu schnell.

Er ließ sein Werkzeug fallen. Was soll das heißen?

Weiß nicht, sagte ich. Aber ich weiß, daß auch er nicht

mehr hier ist. Und im Augenblick bin ich dafür nur dankbar.

Er machte einen Schritt auf mich zu und stand nun in einem schmalen Lichtspalt, der durch den Dachstuhl hereindrang. Der Kontrast ließ ihn im Vergleich zu seiner Umgebung farblos erscheinen. Das Gesicht wirkte gummiartig. Hat er was damit zu tun? fragte er.

Ich wußte nicht, was ich antworten sollte. Ich schwieg, meine Gedanken waren vorübergehend – oder vielleicht auch ziemlich lange – ganz woanders, durchkreuzt von einem Gefühl weißer Leere. Haben wir das nicht alle? fragte ich.

Was willst du mir damit sagen – oder nicht sagen?

Um einen Hieb in der Gegend der Bauchspeicheldrüse zu parieren, beugte ich mich vornüber und legte die Hände um die Knie. Ich öffnete den Mund und wollte erbrechen, aber nichts geschah. Das Stehen in der Hitze und der Druck, ständig aufwühlende Fragen beantworten zu müssen, machten mich schwach und schwindelig. Ich brauchte Wasser. Ich mußte ein paar Stunden schlafen und etwas essen, das nicht sofort wieder hochkam. Matt hob ich zum Abschied die Hand. Harald sagte, er wolle mehr über das Geschehene wissen. Ich antwortete ihm, daß er das ganz sicher nicht wolle, denn das wünsche nicht einmal ich selbst, der ich mir doch einbildete, Bescheid zu wissen, aber in meinem augenblicklichen Zustand auch nicht genau sagen konnte, ob es wirklich geschehen war. Und weiter sagte ich, daß ich gegen Abend bei ihm und Karin vorbeischauen würde, bevor ich ein letztes Mal nach Mulö hinausfuhr.

DIE ARBEITERINNEN kehrten mit gefüllten Pollenkörbchen an den Hinterbeinen zurück, nachdem die Trachtbienen ihnen übermittelt hatten, wo die Futterquelle lag, indem sie mit wackelndem Hinterteil auf den Waben einen Schwänzeltanz aufführten. Sie liefen in einer Acht. Die Kopfrichtung gab die Lage des Fundes im Verhältnis zum Sonnenstand an.

Arbeitsbienen schwirrten vor dem Eingang, um das Bienenvolk mit Luft zu versorgen. Durch die Verdunstung des Nektars bildete sich Kondenswasser auf dem Flugloch. Der König wischte es ab, hob das Dach und die oberste Platte des ersten Bienenkastens hoch, zog die Waben hervor und begutachtete den Honig: Es würde wohl noch ein oder zwei Wochen dauern, bis es Zeit war, ihn zu schleudern.

Im Garten verteilt standen weitere elf solcher Bienenkästen englischen Fabrikats. In jedem einzelnen wiederholte er die Kontrolle. Er ging behutsam vor, machte keine hastigen Bewegungen und reagierte auch nicht sonderlich, wenn sich die Insekten auf seinen Schultern oder im Hemdkragen niederließen. Er trug keinen Schleier über dem Gesicht, dafür aber eine Hose und ein Hemd aus gelbem Stoff, denn dunkle Farben erschreckten die Bienen ebensosehr wie ihn selbst. Bald würden sie schwärmen. Dann mußte er mit den Strohkörben bereitstehen.

Er wanderte zwischen den Bienenkästen umher, freute sich an der Emsigkeit der Tiere und fand es angenehm, daß er selbst von weniger ambitionierter Natur war. Sicher, er war immer noch in der Lage, sowohl hart als auch ausdauernd zu arbeiten; allein der Wille fehlte, war dahingesiecht, doch das grämte den König nicht. Es war ihm sogar leichter ums Herz, seit er wußte, wie gut er ohne ihn zurechtkam. Man soll davon nicht mehr haben, als es einem guttut, pflegte er zu sagen. Diese Arbeitsversessenheit hat mich bloß müde gemacht.

Da kommt sie wieder! rief Pullman aus der oberen Etage. Er saß mit einem Fernglas und einem Buch über die gängigsten Schärenboote auf der Veranda und versah all jene mit einem Kreuz, die Tofsö anliefen. Da aber nicht viele Schiffe unterwegs waren, hatte er erst zum Wald hinüber geschwenkt und dann in die entgegengesetzte Richtung. Dort verlief der Pfad, der von Ökenäs herüberführte.

Wer denn? fragte der König, den Pullmans Ausruf aus seinen Gedanken gerüttelt hatte. Er setzte eine Drohne ab, die verwirrt auf seinen Manschetten gelandet war.

Die Maja vom Händler.

Kommt sie hierher?

Pullman beugte sich vor, setzte das Glas an seine Augen und erhob sich noch ein Stück weiter aus dem Stuhl. Ja, sagte er und justierte die Schärfe. Obwohl, warte, jetzt hat sie sich auf eine Lichtung gesetzt, um … ja …

Dann sieh doch nicht hin! brüllte der König. Was ist bloß in dich gefahren? Aber er beruhigte sich wieder, und als Pullman die Arme senkte, sagte er: Wie wär's, wenn wir sie einladen würden? Als Dankeschön für ihre Hilfe am Mittsommerabend?

Pullman war einverstanden.

Sollten wir nicht ohnehin bald eine Pause einlegen?

Pullman fiel wieder zurück in seinen Stuhl und legte

die Füße auf das Geländer. Majas plötzliches Auftauchen erinnerte ihn an jene Zeit, in der noch Landstreicher mit Nadelbriefen und Gedichten, die sie zusammen mit ihren Personalpapieren in eine Wachstuchtasche gestopft hatten, die Straßen entlanggetrottet waren. Kannst du dir vorstellen, fragte er, daß in Amerika niemand von einem Hof zum nächsten wandern brauchte, um nach einer Mahlzeit oder einem Schlafplatz zu betteln? Never! Doch, einer vielleicht, aber das war ein Deutscher.

Dann hättest du mit in Karelien sein müssen, stellte der König fest, der sofort verstand, welche Art von Zwiegespräch sich da entwickelte: Die täglich wiederkehrenden Stunden, in denen sie alte Geschichten und Abenteuer aus der Zeit ihrer Auslandsaufenthalte aufwärmten und ausschmückten. Sie polierten und feilten an ihnen herum, bis jeder einzelne Satz glatt und makellos war und manche Passagen zu soliden Bauwerken heranwuchsen, vor denen man andächtig stehenblieb.

Es gab für jedermann Gelegenheitsarbeiten, fuhr Pullman unbekümmert fort und versank in Erinnerungen. Man mußte nur beim Vorarbeiter antreten und sagen: Hallo, hier bin ich! Dann bekam man schon einen Job zugewiesen. Natürlich nur, wenn man auch wirklich einen haben wollte.

Nur nicht hungern müssen – das war das einzige, woran wir damals dachten, murmelte der König und ging die Treppe hinauf. Ich kenne mehr Leute, die verhungert sind, als solche, die im Kampf ihr Leben verloren haben.

Während der König erzählte, was ihm und seinem Kameraden eigentlich schon seit vielen Jahren bekannt war, bedeutete er Pullman, er solle die Füße von der

Balustrade nehmen, ihm ins Haus folgen und allmählich damit beginnen, den Kaffeetisch vorzubereiten. Pullman kam die Treppe herunter und folgte ihm in die Küche. Und während sie im Ofen ein Feuer anzündeten, den Wasserkessel aufsetzten und das Porzellan mit dem Blumendekor auf den Tisch stellten, tauschten sie unentwegt altbekannte Erinnerungen aus.

Als der Krieg ausbrach, dachte sich der König, daß jeder – der eine mehr, der andere weniger – so oder so für das Gute zu kämpfen habe, und beschloß aufgrund dieser Überzeugung, sich für die Sache Finnlands als Soldat zur Verfügung zu stellen. Er war einer von achttausend Freiwilligen und mußte zunächst nach Boden, um im Manöver Skilaufen und Schießen zu lernen. Dann schickte man ihn nach Finnland weiter.

Es verwunderte ein wenig, daß er wegging. Er hatte mit Schläue und Gefühl für den Acker und die Tiere dafür gesorgt, daß sein geerbtes Gut Båtsvik mit den besten Erträgen in ganz Sörmland aufwarten konnte. Er war ein gewiefter Mann. Und nun ließ er das Land unbestellt, weil er glaubte, daß es auf lange Sicht bessere Ernten bringen würde, wenn es für einige Jahre brachlag.

Der König verabscheute die Kämpfe und all das Sinnlose, das plötzlich an Bedeutung gewann, nur weil man es in eine Uniform steckte. Er schwor sich selbst, daß er, falls er überlebte, nie wieder die Farben grau, braun oder grün tragen würde, denn nachdem er so lange Zeit auf der Zungenspitze des Todes balanciert hatte, war jedes Weiterleben ein Geschenk, das es in vollen Zügen zu genießen galt. Von nun an hielt er sich an die Farben der Freude. Optimistisch kehrte er nach Hause zurück, nur um dort feststellen zu müssen, daß nichts mehr so war wie früher. Båtsvik war dem Alten Matts aus Tofsö anvertraut worden, aber der hatte sich nicht um das Gut gekümmert und schließlich das Haus und seinen Besitzer völlig vergessen.

Der König mußte die zugequollene Türe aufbrechen. Auf dem Küchentisch standen vier von dem Handelsreisenden und seiner Geliebten zurückgelassene Bierflaschen. Und als er im knarzenden Schaukelstuhl auf der Veranda saß und eine Flasche nach der anderen leerte, wurde ihm bewußt, daß die Menschen während seiner Abwesenheit entweder verschwunden waren oder sich verändert hatten, was – das hatte er irgendwo gelesen – so ungefähr das gleiche war.

Die Zeiten mit den Jungs waren vorbei. Er nippte an seinem abgestandenen Getränk und sagte die Namen laut vor sich hin, eine alte Gewohnheit in seinem solitären Dasein. Vilmer wurde von Alkohol und Faulheit unterjocht, vor allem aber von seinem Bruder, der seinerseits geheiratet und einen Sohn bekommen hatte. Harald hatte sich inzwischen einen Kasernenhofston zugelegt. Die Lust, seine Zeit mit zwei ständig zankenden Brüdern zu verbringen, war nicht größer als die, die Frühjahrsbestellung der Felder in Angriff zu nehmen.

Assar war aus Uppsala zurückgekehrt, wo er studiert hatte, ohne sich ein Bein auszureißen, und gegen seinen Willen zum Schlachter und Veterinär der Gegend auserkoren worden. Aber Assars neue Erscheinung war nicht mehr seine eigene. Der König hatte ihn einmal von Ökenäs kommen sehen; mit Messern unter dem Gürtel verstaut und Blutflecken auf den Kleidern war er unterwegs zu Karins gedecktem Tisch und ihrer Fürsorge gewesen. Salem hatte immer zurückgezogen in der Einsamkeit des

Busbergs gelebt – und Tor, ja, der rutschte irgendwo dazwischen herum wie ein Seifenrest im Waschbecken.

Der König seufzte und trank. Die Kanonenschüsse an der Front, die in seinem Innern widerhallten, sollten nie verstummen. Wenn er von den Stunden träumte, in denen er hatte Wache schieben müssen, kam es vor, daß sein Schlaf zersprang; und er erwachte mit einem Gefühl von Unsicherheit. Er wußte nicht, wie er sich ohne Waffe oder Kampfbefehl im Leben zurechtfinden sollte. Er trank eine weitere Flasche leer und vermißte schon die Kameraden im Quartier, die Freundschaft und sogar die Ordnung und Disziplin, zu deren Unvollkommenheit er in so hohem Maße beigetragen hatte.

Mit einem Male fühlte er sich verlassen und unentschlossen. Er sehnte sich nach Heiterkeit und engen Freunden. Aber statt dessen sank er hinab in Einsamkeit und Lethargie wie Steine auf den Meeresgrund. Während er noch den Krieg mit seinen Märschen und Verkrüppelungen verfluchte, kehrte Pullman aus Amerikas Industrierevieren heim.

Pullman war ein Stückchen weiter im Landesinnern aufgewachsen. Als jüngster von fünf Brüdern war er aus Platzmangel gezwungen gewesen, sich an anderer Stelle niederzulassen. Später zogen die Brüder hinaus auf die Inseln, aber Pullman kehrte nicht zu seinen Eltern zurück. Er war entwurzelt. Dreimal war er auf der Suche nach Abenteuer und Broterwerb über den Atlantik gereist, vielleicht auch, um etwas zu finden, was ihm das Gefühl von einem eigenen Zuhause gab. Er träumte von einem Haus mit Garten, und das sah jenem erstaunlich ähnlich, das der König ihm eines Tages anbieten sollte.

Er war in alle Himmelsrichtungen gefahren, in Güterwagen, auf die er in Kurven aufsprang oder wenn sie gerade den Rangierbahnhof verließen. Mit einem Satz, der ebensogut zwischen Rädern und Schienen hätte enden können, warf er sich auf die Züge. Am liebsten ließ er die Füße aus dem Waggon baumeln, weil die amerikanische Landschaft auf diese Weise weiter und offener wurde und er den Kontinent in jeder Sekunde neu entdecken konnte.

Pullman reiste mit anderen zusammen, die ebenfalls Neuland suchten. Gewisse Strecken legten sie auch zu Fuß zurück, und es gab bestimmte Routen und Treffpunkte, wo man, wenn einem der Sinn danach stand, andere Tramps treffen und sich mit ihnen über Arbeitsmöglichkeiten und Nachtquartiere unterhalten konnte.

Nach einem halben Jahr bei einem Schmied in Albuquerque, vor dem Pullman Hals über Kopf fliehen mußte, weil er sich auf ein Tête-à-tête mit dessen Tochter eingelassen hatte, begab er sich zu den Pfirsich- und Weintraubenplantagen in Kalifornien. Der Lohn ergab sich aus dem Angebot an Früchten und Pflückern, und da mit jeder Stunde das eine abnahm und das andere zu, schrumpfte der Verdienst schließlich bis auf ein paar Rosinencents zusammen.

Es gab Übelgesinnte, die behaupteten, Pullman habe sich während der Prohibition im Dienste nordamerikanischer Gangstersyndikate mit Whiskyschmuggel aus Kanada ein Vermögen verdient, und daß es dieser Reichtum sei, von dem er und der König nun lebten. Andere sagten, daß er seine Ersparnisse an ein Kinderheim in Maine verschenkt hatte, und waren so felsenfest davon überzeugt, daß sie die Beweise dafür fast heraufbeschworen hätten. Sicher war, daß er in Fort Madison in Iowa Füllfederhalter montiert, sich das nötige Kleingeld für seine zweite Rückfahrkarte durch den Verkauf ausrangierter und aus dem Betrieb geschmuggelter Ware beschafft und sich, kaum daß das Schiff in Göteborg vor Anker gegangen war, alles wieder anders überlegt hatte.

Wieder in New York, nahm er einen Gelegenheitsjob als Hafenarbeiter an, wollte aber weiter. Er sprang auf einen Zug, der erst in Chicago Halt machte, wo Pullman früher schon einmal gewesen war. Er hatte Freunde unter den Arbeitern, die höhere Häuser bauten als irgendwo anders in der Welt, und das, obwohl das Land in Illinois sehr flach war. Die Namen vieler böhmischer Metzger, die das Schlachthofviertel der Stadt beherrschten, waren ihm vertraut. Die Schweden wohnten in Andersonville. Ein Wirt von dort empfahl ihm, sich bei einem Hersteller für Eisenbahnwaggons vorzustellen; die Arbeit werde anständig bezahlt, und über die Bedingungen könne man nicht klagen.

Pullman blieb sieben Jahre. Schwitzte und montierte in Schlafcoupés und Speisewagen die Einrichtung. Als das Land aufzurüsten begann, wurde die Produktion auf Panzerwagen und Raupenfahrzeuge verlagert.

In einer Wohnung, die dem Arbeitgeber gehörte, teilte er das Zimmer mit Ukrainern, Tschechen und Bulgaren und schließlich auch mit einem Argentinier, der elegant wie ein Filmstar war. José war fast mittellos, gab sich aber weltgewandt und machte neugierig auf ein Leben in besseren Kreisen. Er nahm Pullman mit ins russische Viertel, in dem Schneider ihre Maße auf dem Tisch notierten und die Bestellung entgegennahmen: Anzüge mit einer Doppelreihe Knöpfe von der Brust bis hinunter zum Nabel und Hosen mit Schlag. Die beiden feilschten tagelang, bis am Ende kaum noch etwas zu bezahlen war. Nachdem sie ihr gesamtes Kapital in schicke Garderobe investiert hatten, flanierten sie die Straßen auf und ab, um den Frauen zu imponieren. Sie hörten Benny Goodman und andere Orchester auf Tournee.

Es war eine angenehme Zeit. Pullman, der niemals von dem inneren Wunsch nach harter Arbeit zu geregelten Zeiten beseelt gewesen war, glaubte, seinen Platz gefunden zu haben, und fühlte sich wohl dabei. Er wäre vermutlich länger in Amerika geblieben, hätte José nicht ein Mädchen getroffen, in das er sich verliebte. Er heiratete es und nahm seine junge Frau mit in seine Heimat, nach Feuerland.

Wie beim letzten Mal kehrte Pullman völlig ausgebrannt zurück. Das letzte Stück nahm Karlsson ihn im Bus mit und ließ ihn vorn sitzen, wobei er ihm das Versprechen abnahm, niemandem zu verraten, daß er gratis mitgefahren sei. Er stieg am Milchstand aus, hinaus in den dampfenden Spätsommer. Er witterte in die Luft und spürte, daß in zwei, drei Stunden der Regen übers Land hereinziehen würde. Bestimmte Fähigkeiten verlernt ein Mann nie.

Als der Bus nicht mehr zu sehen war, die Staubwolke sich aufgelöst hatte und bis auf die Seevögel alles in Stille versank, überlegte Pullman, wohin er sich wenden könnte. Dann zuckte er kurz mit den Schultern und trottete zu Fräulein Lind hinauf, beugte sich auf die Höhe der Schalterluke hinunter und erkundigte sich, ob Post für ihn da sei.

Im Raum stand Assar aus Ökenäs und plauderte mit dem König. Die Kassiererin zählte Postwertzeichen und durfte nicht gestört werden. Eine Marke fehlte, und die Jagd nach dieser einen nahm ihre ganze Aufmerksamkeit in Anspruch. Sie war irritiert und konzentriert, hob zwar nicht den Kopf, bemerkte aber, daß die Männer, als

Pullman die Tür hinter sich schloß und damit das Glöckchen am oberen Türrahmen zum Klingeln brachte, in ihrem Gespräch innehielten.

Da er keine Antwort bekam, wandte er sich den Männern zu. Sein Wiedererscheinen schien sie ziemlich unbeeindruckt zu lassen. Guten Tag, sagte er und nahm den Hut ab. Sie begutachteten ihn: Der Anzug war groß, die Schuhe aus Leder in zwei verschiedenen Farben genäht. Die Zipfel des Hemdkragens ließen sich knöpfen.

Dann bist du also wieder hier, stellte Assar fest, als sei es höchstens fünf Minuten her, daß Pullman zuletzt zur Tür hereingerauscht war. Für Assar war der Begriff Zeit dehnbar wie Hosenträger, und im Augenblick interessierte ihn die Kleidung des Heimkehrers mehr; er konnte mit ihr nichts anfangen und hielt sie für völlig unpraktisch.

Willkommen, sagte der König, der aus eigener Erfahrung besser beurteilen konnte, was es bedeutete, elf Jahre von zu Hause fort gewesen zu sein. Er reichte ihm die rechte Hand: Wie war die Reise?

Wunderbar. Die ganze Strecke. Pullman begrüßte die beiden mit Handschlag und wechselte bei Assar unvermittelt zu einem Fingergriff, den ihm ein Farbiger in der Fabrik gezeigt hatte. Assar zog verwirrt die Hand zurück. Und wie haben die Herren den Tag verbracht?

Sie bestätigten ihm, daß er bislang ohne Mühen und ohne große Entbehrungen verlaufen sei. Nach der spröden Einleitung kam dann rasch Schwung in die Unterhaltung. Assar und der König begannen ausführlich darüber zu berichten, was sich in den letzten Jahren zugetragen hatte, und wollten im Gegenzug etwas über das Land erfahren, aus dem Pullman gerade zurückgekehrt war. Sie wurden laut, und von der Kasse her erklang ein zur Ruhe ermahnendes Pscht.

Pullman erinnerte sich wieder an sein Anliegen. Er beugte sich, die Hände auf die Theke gestützt, vor: Ist heute was für mich dabei?

Die Lind riß die Augen auf: Sieht er denn nicht, daß ich beschäftigt bin! Er muß gefälligst warten, bis diese Aufgabe erledigt ist.

Soso, sagte Pullman und richtete sich auf. Ich habe keine Eile.

Das macht die Sache leichter, sagte der König.

Und so nahmen sie die angeregte Unterhaltung wieder auf – bis sie neuerlich ermahnt wurden, entweder die Stimme zu senken oder vor die Tür zu gehen. Die Zurechtweisungen blieben jedoch wirkungslos. Fräulein Lind, die noch unzählige Schubladen durchsuchen mußte, resignierte, und damit sie endlich in Ruhe gelassen wurde, fragte sie: Und wie war der Name? Im gleichen Moment wollte Assar wissen, bei welcher Firma in den Vereinigten Staaten er gearbeitet habe.

Zuletzt bei Pullman.

Pullman? rief Fräulein Lind aus. Hier gibt es nichts für einen Pullman!

Du weißt doch, wie er heißt! brüllte der König zurück. Potztausend! Du kennst ihn und kannst seinen Namen doch unmöglich vergessen haben.

Möglich! zischte die Posthalterin. Aber nicht in diesem Ton, wenn ich bitten darf. Im übrigen ist hier trotzdem nichts, egal wie er heißt.

Assar fuchtelte mit den Armen. Der König wandte sich an Pullman: Wie kommst du darauf, daß dir jemand hierher schreiben könnte?

Das schöne an Briefen ist, daß man nie weiß, von wem der nächste kommt, sagte er.

Die Tiefgründigkeit dieser Weisheit ließ die anderen

verstummen. Wie die Männer sie auch drehten und wendeten, sie erwies sich als unwiderlegbar.

Und was wirst du jetzt anfangen? fragte der König, nachdem er sich jedes Wort ins Gedächtnis eingeprägt hatte. Willst du den Finbohof übernehmen oder zu deinen Brüdern nach Björkskär hinausfahren?

Die will ich nicht mehr sehen. Die haben mich einmal weggeschickt, ein zweites Mal werde ich sie bestimmt nicht mehr behelligen.

Aber hast du denn einen Platz zum Wohnen?

Nicht, daß ich wüßte.

Dann kommst du mit mir. Ganz Båtsvik steht leer und kann bevölkert werden.

Pullman überlegte eine Weile und versuchte, die möglichen Alternativen gegeneinander abzuwägen. Aber es fand sich keine, und so sagte er: Hieße das, daß ich mich im ganzen Haus frei bewegen kann?

Selbstverständlich. Wir teilen alles. Ich bin es leid, immer nur mein eigener Herr zu sein.

Aber was soll ich dort machen?

Honig, sagte der König.

Honig?

Ja, oder hast du einen anderen Vorschlag? Wir könnten uns einige Bienenkörbe und Königinnen anschaffen und ein paar Völker heranzüchten. Du kannst sie versorgen. Das paßt schon. Und wird dir die Arbeit einmal zuviel, dann werde ich dir ein bißchen zur Hand gehen.

Mit Handschlag wurde die Übereinkunft besiegelt. Pullman dachte: Wenn er seinen Gastgeber dazu brachte, Bienenkästen zu kaufen, dann könnte sich dieser gleich auch noch um den ganzen Rest kümmern. Ihm, Pullman, war das nur recht. Er hatte keine Ambitionen in Sachen Landwirtschaft. Und so geschah es. Er schlug vor, daß sie sich unverzüglich auf den Weg machen sollten.

Pullman hielt den beiden anderen Männern die Tür auf. Ich habe hier draußen einen Koffer mit Kleidern stehen, sagte er, bei dem ihr mir behilflich sein könntet.

Der König und Assar konnten schwerlich jemandem, der von einer langen Reise ermüdet war, die Hilfe verwehren. Sie packten jeder ein Ende des Koffers und schleppten ihn die Anhöhe hinunter, während Pullman gemütlich hinter ihnen her schlenderte. Wenn er sich so in Schale geworfen hatte, machte er sich nur ungern die Hände schmutzig.

Schon am gleichen Abend konnte man den König und Pullman bis weit nach Mitternacht in den Korbstühlen auf der Veranda sitzen sehen, wo sie heiter miteinander plauderten und sich erzählten, was sie aus ihrem jeweiligen Leben gemacht hatten und wie ihre Pläne für die Zeit, die ihnen noch blieb, aussahen. Es begann zu nieseln. Die Temperatur sank. Sie tranken Cognac, um sich aufzuwärmen. Je weiter die Nacht voranschritt, desto ausschweifender wurden die Pläne. Pullman beschrieb so lebendig jenes Land im Westen, daß der König es kaum erwarten konnte, bis sie gemeinsam dort sein und sich mit dem Export von Honig ihr Brot verdienen würden. Aber als am Horizont die Morgendämmerung aufzog, waren diese Gedanken längst Vergangenheit und neuen Plänen gewichen. Und als die Männer ausgeschlafen hatten, war alles Schall und Rauch und ließ sich nicht mehr rekonstruieren.

Woran sie sich schließlich noch erinnerten, war, daß der König, kurz bevor sie ins Haus gegangen waren, gesagt hatte: Pullman ist wirklich ein Name, der ausgezeichnet zu dir paßt.

Die neue Gesellschaft besserte des Königs Laune. Er gewann jenen Lebenswillen zurück, den er besessen hatte, bevor er gen Osten gezogen war. Er hatte auch die Pfunde wieder zugelegt, die er während des Krieges und der zehrenden Einsamkeit verloren hatte, und noch ein paar mehr. So flatterte das Seidenhemd um einen wohlgenährten, runden Bauch, als Maja über den Waldweg daherkam und der König, das weiße Haar wie Rübenkraut vom Kopf abstehend, an der Gartenpforte auf sie wartete. Auch das Essen und Trinken im Hotel Kronan hatte Spuren hinterlassen. Erwartungsvoll auf den Fersen wippend, die Hände in den Hosentaschen, spürte er, wie eine Brise von der Bucht herüberwehte und den Duft von trockenem Gras und Staub vom Boden aufwirbelte.

Da kam sie, tief in Gedanken versunken, gesammelt wie ein Mathematiker, der für eine scheinbar unlösbare Gleichung nur noch wenige Berechnungen anzustellen braucht. Maja trug einen Strauß frisch gepflückter Blumen. Ab und zu schloß sie die Augen, als versuchte sie, in ihrem Innern das Bild eines künftigen Lebens jenseits des hiesigen heraufzubeschwören.

Ist das Fräulein auf dem Weg nach Italien? fragte der König, als sie fast vor ihm stand, ihn aber bis dahin immer noch nicht bemerkt hatte. Er rekelte sich und sog noch mehr von dieser knistrigen Luft ein.

Sie zuckte zusammen. Dann kicherte sie: Italien? Natürlich möchte ich gerne mal dorthin, aber heute gehe ich nur bis nach Tofsö. Oder ein Stückchen weiter.

Das meinte ich ja, sagte er.

Pullman war inzwischen aus dem Haus gekommen. Er trug einen eleganten hellblauen Anzug aus einem schweren Stoff. Er zupfte die Manschetten unter dem

Jackenärmel hervor und stellte sich neben den König. Er begrüßte sie, nannte sie Miss.

Sie können gerne Maja zu mir sagen und du, sagte sie.

Du? fragte der König. Können wir ... Wenn ... du ... in Richtung Trydal gehst und die Straße überquerst, dann liegt rechter Hand Italien. Man sieht es schon von weitem.

Ich dachte, es läge weiter südlich, sagte sie skeptisch.

Der Kiesweg dort ist bleich wie ein Dorschbauch, sagte Pullman. Auf der einen Seite ist das Bohnenfeld mit Klatschmohn übersät, und auf der anderen Seite wächst der Hafer.

Sieht genauso aus wie die italienische Flagge, sagte der König.

Sie lächelte wieder. Ach, deshalb also ... Sie reichte ihnen den Blumenstrauß: Ich wollte sie eigentlich Johannes schenken, aber für ihn kann ich später neue pflükken. Sind sie nicht schön?

Pullman nahm die Blumen entgegen, schnupperte an ihnen. Wir haben gerade Wasser aufgesetzt und einen Hefekranz aufgeschnitten, sagte er. Dürfen wir dich zu einem Täßchen Kaffee einladen?

Keine schlechte Idee, meinte sie, eine kleine Rast tut mir sicher gut. Lange kann ich aber nicht bleiben.

Sie führten Maja in den Garten. Sie sah sich dort um, ließ sich dann auch das Haus zeigen und erkundigte sich, nachdem das Gespräch auf die Bienen gekommen war, genau danach, wie man einen Schwarm in einen leeren Bienenstock bringt. Schließlich nahmen die beiden das gefüllte Tablett und führten Maja hinunter zu den Gartenmöbeln am Rande des Schilfs. Pullman spannte über ihnen den Sonnenschirm auf, während der König ihr einen Stuhl offerierte. Die folgenden Minuten herrschte verlegenes Schweigen. Die Männer hantierten unbeholfen mit dem Porzellangeschirr, und keiner der beiden wußte so recht, was er mit seinen Händen anstellen sollte. Sie hatten selten Besuch von anderen Leuten als Fräulein Lind oder Lenkrad-Hasse, und deshalb war die Begeisterung über Majas Kommen so groß, daß es ihnen zeitweilig die Sprache verschlug.

Wildenten fielen schnatternd in der Lagune ein und formierten sich zu einer kleinen Schar. Der König schnitt das Hefebrot in Scheiben und legte Maja ein zwei Finger breites Stück auf den Teller.

Sie sah hinaus auf das Wasser, lehnte sich zurück, schloß kurz die Augen und richtete sich anschließend wieder auf: Habt ihr kein Boot? Ich segele so gern.

Wir nicht, sagte Pullman. Zucker und Milch?

Weder – noch.

Sie aßen und tranken, und Pullman füllte die Tassen noch einmal auf und nach einer weiteren längeren Pause sagte Maja: Und ihr fühlt euch wohl hier?

Der König hatte seine Scheibe in längliche, mundgerechte Stücke geteilt, die er nach und nach hinunterschlang. Als er fertig gekaut hatte, nahm er einen Schluck Kaffee und sagte mit einer Bestimmtheit, als hätte er zahllose Alternativen geprüft und wieder verworfen: Es gibt nichts Besseres als dies hier.

Hast du schon mal im Hotel d'Angleterre in Kopenhagen Champagner getrunken und dazu Erdbeeren gegessen?

Wie?

Ach, nichts, sagte Maja. Ich habe mich nur an was erinnert. Ihr bleibt also hier, sagte sie. Es war die einfache Feststellung einer Tatsache. Andere Männer in der Gegend verschwinden ja einfach.

So? Er legte ein Bein übers andere.

Ihr habt doch sicher gehört, daß Vilmer seit Wochen nicht gesehen worden ist, sagte sie. Salem ist auch weg. Und jetzt wird Tor seit mehreren Tagen vermißt.

Sie sahen einander an, als wären ihnen Majas Nachrichten zwar neu, überraschten sie aber keineswegs. Er verkriecht sich ab und zu, sagte der König. Will nicht gestört werden.

Und Salem bleibt manchmal draußen auf See, sagte Pullman.

Er hat Johannes keinen Fisch geliefert, sagte sie. Und das Boot liegt vertäut. Ich habe das überprüft.

Diese Tatsache stimmte Pullman und den König nun doch nachdenklich: Drei Männer, fest verankert in diesem Ort, waren auf einmal nicht mehr da. Und hatten niemandem etwas gesagt. Darüber konnte man sich schon Gedanken machen.

Das werde ich wohl auch tun, sagte Pullman, als die erforderliche Zeit verstrichen war. Er rückte auf die äußerste Stuhlkante vor, weil er nur so den Hefekranz auf dem Tisch schneiden konnte. Verschwinden, meine ich.

Wohin? fragte sie. Warum?

Nach Australien.

Der König faßte sich an die Stirn, stützte sich auf die Armlehne. Das hatte er schon viele Male gehört. An manchen Tagen hieß es: Morgen fahren wir, oder: Hast du gesehen, daß in der Zeitung Überfahrtplätze annonciert waren? Manchmal überfiel Pullman ihn auch mit einem Schwall von Informationen über das Land: Städte, Bundesstaaten, Küsten, Wirtschaftsleben, Tiere und Pflanzen, Aborigines, Wüste, Monolithen, Riffe, Flüsse, roter Sand. Nicht schon wieder, sagte er ganz leise, nicht jetzt …

Dort wird man als Displaced Person aufgenommen, das heißt, man bekommt eine Arbeit und eine Wohnung zugewiesen. Benimmt man sich anständig, dann darf man bleiben und kann sich nach zwei Jahren niederlassen, wo man will. Pullman nippte an seinem Kaffee und gab somit seinen beiden Zuhörern die Chance, die Fülle der Einzelheiten zu verarbeiten. Es kommen Schiffe nach Europa, sagte er, die jeden, der möchte, mit nach Australien nehmen. Viele Tausende jedesmal. Auf einem solchen werde ich mitfahren. Von Jugoslawien oder Griechenland aus.

Das klingt sehr weit weg, sagte Maja.

Ist es auch.

Das klingt dumm, sagte der König.

Ist es aber nicht.

Hast du's nicht gut bei mir?

Doch. Aber dort ist das ganze Jahr über Sommer, sagte Pullman. Ich werde mich dort wohl fühlen. Und dir würde das Klima auch guttun.

Der König schnaubte. Er würde nirgendwohin fahren. Er würde hier in seinem Båtsvik sitzen, das er mit jeder vorübertickenden Sekunde mehr liebgewann. Abgesehen von den Jahren in Finnland – einem Aufenthalt der anderen Art –, hatte er sich, und darin unterschied er sich kaum von den anderen Männern am Ort, nicht die Mühe gemacht, woandershin zu reisen. Würde er doch in der Fremde nur noch mehr faulenzen als ohnehin schon. Im übrigen war es ja auch kaum realisierbar. Der König glaubte auch nicht daran, daß Pullman noch einmal fortgehen würde. Sie waren beide von ihrer Freundschaft abhängig geworden: der eine ging nicht gerne hin, wo der andere nicht war; ein Zustand, der ihnen anfangs seltsam vorgekommen war, inzwischen aber ein selbstverständlicher Bestandteil ihres Zusammenlebens war.

Ich hätte nicht gedacht, daß du es jemandem erzählen würdest, sagte er.

Daß es ein Geheimnis ist, oder was?

Ja.

Mit irgend jemandem muß man es doch teilen, sagte Pullman, sonst ist es doch für andere kein Geheimnis.

Der König schwieg. Die Diskussion war ihm zu kompliziert, vielleicht auch zu unwichtig.

Maja nahm ihre Tasse in die Hand. Die immer wiederkehrende Wortlosigkeit in der Konversation der Herren machte sie ruhelos und unsicher. Sie biß sich in die Unterlippe. Aber, wenn dir zufällig vorher eine Frau begegnet, sagte sie zu Pullman. Wirst du dann trotzdem fortgehen?

Pullman warf ihr einen verständnislosen Blick zu, als könne er die Tragweite ihrer Frage nicht begreifen und wisse nicht, worin das Problem lag oder was sie überhaupt meine. Irgend etwas sagte Maja, daß derlei Gedanken in seinen Zukunftsplänen selten eine Rolle spielten. Sie heuchelte daher nicht Verwunderung, sondern wandte sich an den König und sagte noch im gleichen Atemzug: Oder vielleicht wird dir nach seiner Abreise eine Frau begegnen? Doch auch der konnte dazu wenig sagen. Er ließ den Blick suchend über Tisch, Gras und Wasser schweifen und brachte lediglich hervor: Das glaube ich nicht. Seine Gedanken kreisten einzig und allein darum, was es bedeuten würde, wenn Pullman tatsächlich seine Pläne verwirklichte. Was dann aus ihrer Zweisamkeit werden würde; den Samstagnachmittagen im Hotel Kronan, an denen sie à la carte aßen und dabei tief in die Gläser schauten, heimwärts die Droschke nahmen und Pullman mit einer Zigarre zwischen den Zähnen englische Seemannslieder sang. Nach langem Zögern sagte er: Du ißt ja gar nichts. Hat es dir nicht geschmeckt?

Sie schob ihm den Teller hin. Bei der Wärme schaffe ich nicht so viel, sagte sie, und ihr wurde klar, daß sie den falschen Weg gewählt hatte, um dieses Zweigespann kennenzulernen. Das war eine Enklave mit geschlossenen Grenzen, zu der sie keinen Zutritt hatte, und daran würde sich nichts ändern, was immer sie auch tun mochte. Du kannst meine Scheibe haben, sagte sie.

Bist du sicher? fragte der König und legte die Scheibe auf seinen Teller. Er teilte sie in fünf Stücke, von denen er ohne viel Federlesen eines nach dem anderen verschlang. Anschließend befeuchtete er mit der Zunge einen Finger und streifte ihn über den Teller, so daß die Krümel an ihm haften blieben, steckte ihn in den Mund und lutschte ihn ab. Es ploppte, als er ihn wieder herauszog. Der ist lecker, sagte er. Von Karin Rask gebacken. Beim Händler gekauft.

Ja, ich erkenne ihn wieder, sagte sie. Ich weiß, wie er schmeckt.

Die Stimmung änderte sich, als Maja aufhörte, von Männern und Frauen zu sprechen, und statt dessen zu den alltäglichen Dingen des Lebens überging, die den Besitzer von Båtsvik und seinen Gast beschäftigten. Sie unternahm auch keinen weiteren Versuch, das Gespräch auf jenes Thema zurückzulenken. Eine gewisse Wehmut überkam sie, ein Anflug von Niederlage angesichts der Erkenntnis, daß mit den beiden kein offeneres Gespräch möglich war. Trotz ihrer freundlichen, entgegenkommenden Art waren sie auf ihre Weise wie all die anderen Männer, denen Maja begegnet war.

Das Gespräch verlief nun ungezwungener. Während der König hie und da abwesend zum Horizont blickte, schenkte Pullman ihnen Kaffee nach und schilderte seine Fahrten hinüber zum amerikanischen Kontinent. Es wurde eine ausführliche, verwickelte Geschichte. Als Maja sich dann sehr spät auf den Weg machte, sagte sie: Ich muß gehen. Nach Italien ist noch ein weiter Weg.

Es war der letzte Tag im Juni, und fünfhundert Astronomen aus allen Teilen der Welt waren gekommen, um die totale Sonnenfinsternis zu beobachten. Viele von ihnen wollten das Phänomen in Berichten festhalten und Material für weiterführende Studien an den Universitäten sammeln. Sie versammelten sich mit Fotografen und Reportern auf Gotska Sandön. Dort verstummten die Vögel, und viele Tiere verbargen sich tief in ihren Höhlen.

Die Zone, in der die Sonne vollkommen verschwand, erstreckte sich in einem weiten Bogen vom Staate Nebraska in den USA bis Jodhpur in Indien. In Schweden war sie einhundertfünfzig Kilometer breit.

Wir standen spähend am Strand und warteten darauf, daß die Sonnenscheibe hinter den Mond glitt und der Himmel sich verfinsterte. Aber dazu kam es eigentlich nicht. Hinterher konnte man lesen, daß nur Bohuslän, Småland und Öland vom Kernschatten bedeckt worden waren und daß diese Phase nur zweieinhalb Minuten gedauert hatte. Dennoch wurde auch die Luft an unserem Standort plötzlich kühler und rauher. Wenn sie nun nicht zurückkehrt? schoß es mir durch den Kopf, doch da durchkreuzte auch schon Harald meine Gedanken. Er berichtete uns, wie unruhig die Tiere während der

Finsternis wurden: Die Schweine quietschen wie zum Schlachtfest vor Weihnachten!

Die Uhr zeigte elf Minuten vor zwei an. Karin meinte, es sei wie Tag und Nacht gleichzeitig. Fräulein Lind kniff den Mund zusammen und sagte, eigentlich sei ja gar nichts passiert, und entfernte sich vom Schauplatz, als wäre eine Vorstellung abgesagt worden, ohne daß man sie vorher davon unterrichtet hatte.

Es hat schwangere Frauen gegeben, die brachten Kinder mit zwei Köpfen und Hufen zur Welt, nachdem sie in die Finsternis gestarrt hatten, sagte Assar im Brustton der Überzeugung. Man kann davon leicht verrückt werden.

Wer hat dir denn das auf die Nase gebunden? wollte Maja wissen. Das sind doch alles Lügen. Aberglaube. Ich schaue jedenfalls solange hin, wie es mir paßt.

Aber ich sah, wie sie dann doch die Augen schloß, bis das wärmende Licht wieder hervorkam.

Das war ... erschreckend ... nein, anders, sagte sie, fast unwirklich, daß die Sonne einfach so verschwinden kann.

Wir hatten uns von den anderen getrennt und gingen das letzte Stück gemeinsam über die Wiesen, die abgemäht und zerfurcht dalagen, als hätte ein gewaltiger Regen sie zu Boden gedrückt und die Farbe aus ihnen herausgespült. Gras und Pflanzen knackten und zerbarsten knisternd unter unseren Füßen. Überall hörte man die hellen Töne der Grillen, die wie Warnsignale anmuteten, aber sobald wir uns näherten, erstarb das Geräusch. Kurz nachdem wir vorüber waren, begann es hinter uns von neuem.

Sie verschwindet nicht, sagte ich. Sie verbirgt sich nur für eine Weile.

So wie Tor?

Vergleichst du ihn mit der Sonne?

Nee, aber ihn sieht man auch nicht, sagte sie. Sie hatte ihre Sandaletten abgestreift und schlenkerte sie nun in der Hand. Vorsichtig setzte sie einen Fuß vor den anderen, trat mit den Zehen zuerst und danach sachte mit den Fersen auf. Wo ist er bloß?

In Tyvudden.

Er öffnet jedenfalls nicht.

Er wird sicher anderes zu tun haben, als zu Hause herumzusitzen und auf deinen Besuch zu warten.

Nein, warum sollte er? Aber das Haus ist abgeschlossen.

Tor hatte mir – anders als sonst – nichts über seine bevorstehenden Pläne gesagt. Außerdem mußten wir noch eine Partie zu Ende bringen. Er war am Zug. Ich konnte nur vermuten, daß ihn sein schlechtes Gewissen schließlich doch dazu gebracht hatte, die Werkzeugkiste aus dem Schuppen zu holen und sich dann mit der Kiste in der einen Hand und einer Thermoskanne mit Kaffee in der anderen in Karlssons Bus nach Gisekvarn zu setzen. Sicher hatte er trotz der kurzen Strecke den vollen Fahrpreis zahlen müssen. Demnach war er wohl nicht bei sonderlich guter Laune.

Wann hast du ihn das letzte Mal gesehen?

Sie nahm die Schuhe in die andere Hand. Es ist schon einige Tage her, sagte sie.

Worüber habt ihr gesprochen?

Über nichts Besonderes. Wieso? Sie blieb stehen, wippte mit dem Oberkörper im Rhythmus der baumelnden Schuhe, ohne daß sie sich der Bewegungen bewußt war. Ich sagte ihm, daß er gut spiele. Und daß ich mehr für ihn tanzen könne, wenn er weiterspiele. Das war wohl alles. Allerdings wollte er lieber von was anderem reden, von Schach und so.

Er arbeitet, sagte ich, da ich jetzt nachvollziehen konnte, wie er gedacht und gehandelt haben mußte, und ich fragte mich, was Harald wohl mit seinem plötzlichen Verschwinden zu tun hatte. Mit welchen Worten und Visionen er Tor Angst eingejagt hatte.

Maja holte mich ein. Sie schnitt Grimassen, wenn es unter ihren Füßen stach und piekste. Wo denn? Wo ist er?

Irgendwo. Ich weiß nicht wo.

Ich dachte, er arbeitet nicht gern, besonders nicht in dieser Zeit des Jahres.

Zu keiner Jahreszeit, sagte ich.

Das Zelt war, wie jedes Jahr, während des Tages auf der unteren Wiese von Rasks Grundstück aufgebaut worden, obwohl die Windböen seit dem Morgen stärker geworden waren. Sie zogen und zerrten an der Plane. Als wir abends Eintrittskarten für Charles Lundquists Filmvorführung lösten und hineingingen, hatten die Sommergäste ihre Plätze bereits eingenommen und warteten ungeduldig in der ersten Reihe. Die schlichten Bänke waren aus breitem Kiefernholz gezimmert, das von Bäumen stammte, wie sie sich in dieser Größenordnung heute nicht mehr auftreiben lassen. Sie benötigen viel Platz. Ich mag diesen groben, fast bedrohlichen Zug, den sie Versammlungsräumen wie diesem verleihen. Das Holz sieht rauh und kratzig aus, ist aber über die Jahre von Tausenden erwartungsvollen Besuchern weich und glatt geschliffen worden. Auf den Brettern war Platz für vier Feriengäste oder fünf von uns. Maja setzte sich zwischen mich und Karin. Für Harald und Assar blieb jeweils eine Kante übrig.

Lundquist war am Vormittag mit seinem klapprigen alten Lastwagen die Straße entlanggeholpert gekommen, die Ladefläche bis zum Rand mit Ausrüstung gefüllt. Assar und Harald waren von ihm angeheuert worden, das Zelt zunächst aufzubauen und es später in der Nacht wieder abzutragen; dafür bekamen sie Freikarten.

Jetzt zwirbelte Lundquist seinen Schnurrbart wie Nähgarn vor dem Einfädeln und berechnete den Rest der Einnahmen nach Abzug von Treibstoff sowie Verpflegung und Unterkunft in jenen Nächten, in denen er nicht im Fahrerhäuschen schlief.

Ich kannte Lundquist und sein Wanderkino schon von klein auf. Er tingelte von Mai bis August durch drei oder vier Provinzen und lebte den Rest des Jahres bei den Zigeunern. Er sprach mit schmeichlerischer Stimme, glatt und ölig. Gleichwohl fielen in Gesprächen über ihn niemals Worte wie nett, herzlich oder gar gutmütig.

Morgen würde er in Nynäs sein Zelt aufschlagen, am Tag danach in Oxelösund. Die letzte Vorstellung hatte er in Gnesta gegeben.

Geht's nicht bald los? fragte Maja. Gegen den milden Luftzug hatte sie sich eine Jacke über die Schultern gezogen.

Doch, sagte ich, wenn alle da sind.

Und wann ist das?

Lundquist weiß es. Er ist nicht zum ersten Mal hier.

Die Filmvorführung begann, als der König und Pullman eingetroffen waren. Der König hatte sich wie ein

Wüstenprinz aus dem Kino ausstaffiert. Er trug ein orangefarbenes Hemd, dessen Ärmel die bestickte Weste und die purpurfarbene Haremshose betonten. Wie Lawrence von Arabien. Um den Kopf hatte er ein Tuch aus verschiedenen Rottönen gewickelt. An den Ohrläppchen baumelten große Ringe, die aus einem Stück grobem Maschendraht geschnitten waren. Bei seinem Anblick fühlte man sich an eine Obstschale mit exotischen Früchten erinnert.

Kein Kriegsfilm? flüsterte er. Keine Schießereien? Und als er eine verneinende Antwort bekommen hatte, spazierte er vergnügt den Mittelgang hinunter und wieder hinauf und begrüßte alle Anwesenden mit stummen Verbeugungen, ehe er einen Platz in der hintersten Reihe fand.

Pullman sank auf den Sitz neben ihm. Irgendwem in der ersten Reihe entfuhr ein tiefer Seufzer – ob aus Erleichterung darüber, daß man zeitig gekommen war und es so geschafft hatte, einen möglichst weit vom båtsvikschen Beduinen entfernten Platz zu ergattern, oder aber aus erwartungsvoller Freude über ein ganz besonderes Ereignis, ließ sich nicht ergründen.

Die Städter sahen immer wieder ungeduldig auf die Uhr und zappelten rastlos auf ihren Sitzen: Jetzt muß etwas geschehen! Menschen vom Land und Bauern können an der Zeit lutschen wie an einem sauren Bonbon. Die Verzögerung ergab sich dadurch, daß Lundquist erst noch kontrollierte, ob die Kasse stimmte, ehe er das außen am Vorführgerät angebrachte Aggregat in Gang setzte. Die Kuppel füllte sich mit Petroleumduft und dem Dröhnen des Motors.

Der Projektor drosch los. Laut schlürfte der Filmstreifen in den Apparat, während der Vorführer darauf achtete, daß er nicht in Brand geriet. Er hielt die Finger an die Öffnung, so, als dosierte er eine Prise Salz.

Als der Film angerollt war, beugte sich Pullman vor, packte mich an der Schulter und flüsterte mir leise ins Ohr: Wir wollen nachher mit dir reden.

Die Plane, die über die Zeltstangen gezogen worden war, flatterte und bewegte sich im Wind. In flackernden Buchstaben zeigte sich der Titel. Das Gespenst von Bragehus. Die Schauspieler formten sich zu Figuren, die aussahen, als hätte man sie im Spiegelkabinett des Vergnügungsparks Gröna Lund eingefangen. Die Dialoge ertranken im Grollen der Maschine, im Hüsteln des Filmapparats, im immer stärker wehenden Wind und im zunehmenden Gemurmel der Zuschauer über das, was sich da vor ihnen abspielte.

Während wir also dasaßen und versuchten, aus den vorbeirauschenden Filmsequenzen eine Art Handlung zu rekonstruieren, machte sich unvermutet und ziemlich unbeholfen jemand am Zelteingang zu schaffen. Simultan drehten alle Zuschauer die Köpfe und richteten ihre Blicke auf den Eingang. Lundquist schoß von seinem Platz hoch und hob eilfertig die Plane an, damit die Rotenschiölds eintreten konnten, ohne sich ducken zu müssen. Fräulein Lind zog die Oberlippe zu einer scharfen Klinge zusammen, als wolle sie die Szene zersäbeln.

Wie ein Wahlredner hob der Advokat beide Hände zum Gruß. Mit Eleganz drückte er Helen auf den Platz neben Pullman, holte sich selbst Lundquists Stuhl und stellte ihn in die Reihe dahinter. Aus Helens vorgestreckter Hand kramte er ein paar Münzen hervor.

Das reicht nicht, sagte Lundquist und strich sich über sein Ziegenbockkinn: Sie sind doch zu zweit, oder?

Ein Mann wie Rotenschiöld gab sich nicht mit Klekkerbeträgen ab. Wir haben die Einleitung verpaßt, sagte er. Persönlich interessiert mich der Film gar nicht. Meine Frau will ihn sehen.

Helen sah sich ängstlich um. Noch immer waren die Blicke der Leute auf den vorderen Bänken auf sie und ihren Mann gerichtet. Sie lächelte Lundquist an und bat den Gatten, sich zu mäßigen. Sie legte ihre Hand auf seinen Arm. Er schob sie beiseite.

Das genügte Lundquist nicht als Rechtfertigung. Mit ausgestreckter Hand beharrte er auf seiner Forderung. Rotenschiöld glotzte ihn an: Wenn du tatsächlich den vollen Preis haben willst, dann mußt du den Film noch einmal von vorne abspielen! Und wenn du noch weiter störst, verdirbst du uns am Ende das ganze Vergnügen. Setz dich hin!

Lundquist resignierte, brummte etwas Scharfzüngiges aber Unhörbares über den entwendeten Stuhl. Man konnte die Münzen in seiner Hosentasche klimpern hören, als er an seinen Platz zurückkehrte. Es war bald an der Zeit, die Rolle zu wechseln.

Der Film flackerte vorbei. Der Wind und die anderen Nebengeräusche verliehen ihm ein Eigenleben, so daß er mit der ursprünglichen, geglätteten Version nicht mehr viel gemein hatte. Sogar wir, die wir die Handlung schon seit vielen Sommern in- und auswendig kannten, fanden, daß ihr das Ambiente eine andere Struktur gab. Der Schnitt und die Wendungen überraschten ebenso wie jene Momente, in denen man etwas von den Dialogen mitbekam. Ein Mensch mit Kunstverstand hätte sich von alldem sicher zu einer ganz neuen Interpretation inspirieren lassen.

In den ersten Reihen schien das Interesse allmählich zu erlahmen. Was man anfangs als Belustigung empfunden hatte, entpuppte sich zusehends als eine in die Länge gezogene Quälerei, ein ödes Warten darauf, daß ein weiterer Sommerabend zu Ende ging. Sie seufzten, und sie rekelten sich. Sie wollten weg. Ein Zuschauer machte den unbeholfenen Versuch, die flappende Zeltplane festzuhalten, was zur Folge hatte, daß sein Schatten auf die Leinwand fiel. Niemand wagte es, aufzustehen und zu gehen. Die Menschen waren gut erzogen. Oder geizig.

Weiter hinten ging es dagegen vergnüglicher zu. Wir kannten die Dialoge und die Handlung, weshalb uns die verschiedenen Störungen kaum etwas ausmachten. In der letzten Reihe saß der König, dieser begeisterte Cineast, der regelmäßig nach Vagnhärad fuhr, um sich im Gemeindehaus den Film der Woche anzusehen. Er versetzte sich in die Handlung hinein, als handelte es sich um eine Sportveranstaltung. Er kommentierte, sprach manche Monologe laut mit, damit auch ja niemand die Pointen verpaßte, und ließ bei jedem Auftritt von Adolf Jahr seiner Begeisterung freien Lauf. Bei den besten Szenen stand er auf und applaudierte.

Nach einer Weile hatten die Sommergäste genug von seinem Benehmen. Die Bedingungen waren schlimm genug; er hatte nicht das Recht, alles zu verderben. Sie riefen ihm zu, er solle still sein, pfiffen, winkten. Er hörte nichts. Erst als Rotenschiöld ihn beim Schlafittchen packte und ihn auf seinen Platz hinunterzog, war er für einen Moment ruhig. Doch kaum hatte er sich ein wenig erholt, da sprang er auch schon wieder auf und begann wild zu gestikulieren. Einige Minuten ließ man ihn gewähren, dann wurde er wieder auf seinen Sitz gezerrt.

Wir versanken in Bildern und aneinandergestückelten Episoden. Nur gelegentlich war so etwas wie ein Ton zu hören. Die meisten Zuschauer hatten sich inzwischen damit abgefunden, daß sie die Zeit einfach absitzen mußten. Maja lehnte ihren Kopf an meine Schulter und fragte, wie lange es denn noch dauere. Leider nicht mehr lange, antwortete ich, ohne den Blick von der Leinwand lassen zu können. Das Leben war schön. In diesem Augenblick stand der König zum dritten Mal auf. Danach ging alles ganz schnell.

Rotenschiöld streckte sofort wieder die Hand nach ihm aus, doch diesmal schlug der König sie beiseite und hob drohend den Zeigefinger. Laß mich in Ruhe, sagte er – eine Antwort, mit der sich der Advokat natürlich unter keinen Umständen abfinden konnte. Er war es gewohnt, daß man ihn ernst nahm und seinen Befehlen Folge leistete. Für ihn bestand nicht der geringste Zweifel, daß es auch diesmal so sein würde. Er stand auf und rückte dem König auf den Pelz.

Jetzt setzt du dich! Und verhältst dich ruhig, bis der Film vorbei ist!

Der König weigerte sich. Schließlich hatte er ein Recht darauf, fröhlich zu sein, und als Rotenschiölds Hände nach ihm griffen, trat er einen Schritt zurück und schlug sie weg. Es war die gleiche Bewegung, mit der er in Finnland so oft das Bajonett geführt hatte.

Unruhe kam auf. Die Leute in den ersten Reihen sahen sich nach anderen Sitzplätzen und dem Ausgang um. Ihre Konventionen und der Gruppendruck zur Zurückhaltung hinderten sie daran, zu protestieren. Sie verließen sich darauf, daß Lundquist eingreifen würde. Assar, Lenkrad-Hasse in seiner Ecke, Pullman und die anderen Männer dachten das gleiche wie ich: Warten wir's ab und sehen, wie sich die Geschichte entwickelt. Harald dagegen war aus anderem Holz geschnitzt. Er zog sich die Jacke aus und drapierte sie um Karins Schulter. Dann ging er zu Rotenschiöld und sagte: Was machst du da für'n Schiet? Du versaust uns den ganzen Film! Und in der festen Überzeugung, weiterer Ärger ließe sich so vermeiden, legte er ihm die Hand auf die Schulter. Rotenschiöld drehte sich um. Die geballte Faust, die eigentlich für das Kinn des Königs bestimmt war, schnellte vor.

Der Schlag traf hoch oben an den Wangenknochen. Harald wankte, schaffte es aber, auf den Beinen zu bleiben. Rotenschiöld streckte sich nach ihm aus, entweder um ihm zu helfen oder um zur nächsten Attacke anzusetzen. Von der Seite wirkte es, als holte er zu einem linken Haken aus. Harald parierte und stieß ihn fort. Jemand schrie auf, andere feuerten die Kampfhähne an. Harald und der König wechselten Blicke, doch im selben Augenblick, als sie Rotenschiöld in die Zange nehmen wollten, blendete der Film aus und der Vorführraum wurde in weißes Licht getaucht. Alle Rufe verstummten jäh. Worte wurden nur halb ausgesprochen, Münder erstarrten, ohne die in ihnen geformten Laute freizugeben; Pfiffe verwandelten sich in ein dünnes Aushauchen.

Maja legte die Hand auf meinen Schenkel. Ich faßte es als ein Zeichen von Angst und Vertraulichkeit auf, aber in dem Moment, als ich sie in den Arm nehmen wollte, stemmte sie sich, auf mein Bein gestützt, hoch. In diesen Sekunden, die wie Balsam wirkten, ging sie, ohne zu zögern, auf Rotenschiöld zu und gab ihm eine Ohrfeige.

Das hast du verdient, sagte sie scharf. Wie kannst du den Leuten das antun?

Ohne weitere Umschweife verließ sie das Zelt. Rotenschiöld rieb sich die Wange, sagte nichts, errötete. Aber nicht etwa infolge des Schlags, sondern aus einer Schamhaftigkeit heraus, die ich ihm nicht zugetraut hätte. Auch sonst sagte niemand ein Wort. Pullman hustete in die geballte Faust. Helen hielt die Hand vor den Mund, als wollte sie ein Lachen ersticken. Assar hatte angefangen zu heulen. Lundquist brach das Schweigen und rief erleichtert: Die Vorstellung ist beendet, meine lieben Leute. Zeit, das Lokal zu verlassen.

Die Städter sahen ihre Chance. Steif erhoben sie sich von ihren Sitzplätzen und schlängelten sich in dichten Reihen nach draußen. Wir folgten ihnen. Zum Schluß blieben nur noch die drei Kampfhähne übrig.

Das war wirklich abscheulich, war das einzige, was Harald hervorbrachte.

Du kannst nicht bei Sinnen sein, sagte der König.

Sie ließen Rotenschiöld in seiner Stummheit allein zurück. Mit gesenktem Blick blieb er stehen, bis Lundquist ihn hinausschickte.

Noch lange verharrten wir auf der Wiese. Es war, als ob niemand in seine eigenen vier Wände zurückkehren wollte. Rotenschiöld ging von einem tuschelnden Grüppchen zum nächsten und bat um Entschuldigung; Harald und den König nahm er aus. Helen begleitete ihren Mann nicht. Assar und Harald fingen an, das Kino abzubauen. Lundquist sauste zwischen den vielen Gegenständen umher: Legt das zurecht! Stapelt die Bänke vorn am Fahrerhäuschen. Jetzt ist es wirklich eilig. Ich will hier nicht übernachten.

Später stand Helen bei Karin und Britta und sprach mit ihnen, während Rotenschiöld sich ein Stückchen entfernt von ihnen über Maja beugte. Ich hörte ihn sagen, daß es genau richtig gewesen sei, wie sie in das Geschehen eingegriffen habe, und daß er ihr dafür dankbar sei. Daß er nicht wisse, was über ihn gekommen sei, und daß er etwas für sie tun wolle, damit sie ihm verzeihe. Seine Körperhaltung verriet, daß es ihm offenbar sehr peinlich war. Mit der einen Hand versuchte er, seinen Worten Nachdruck zu verleihen; es waren Bewegungen, die ich früher noch nicht gesehen hatte. Maja bemühte sich, ihn auf Distanz zu halten, indem sie die Arme vor der Brust kreuzte und mehrmals den Blick von ihm abwandte. Es war nicht sehr erfolgreich. Ich dachte daran, mich ihnen anzuschließen, aber genau in dem Moment traten zwei dunkle Gestalten ganz dicht an mich heran, packten mich an den Armen und zogen mich fort.

Es ist nicht so, wie du denkst, sagte der König. Es hat nichts mit ihr zu tun, ebensowenig wie bei den anderen. Es ist ... die Sache heute abend. Ich will nicht bleiben, wenn es hier so feindselig zugeht.

Du verstehst uns doch, sagte Pullman. All dies ... dieses Neue ... Er strich sich den Kragen seiner Jacke glatt. Sie ist nicht gut für uns.

Es fiel mir schwer, ein Lächeln zu unterdrücken. Sie waren – in ihrer Art – so treuherzig und aufrichtig, so vertrauensselig, und merkten dabei gar nicht, wie arg sie logen. Pullman und der König hatten mich zum Änglabacken hinaufgeschleppt, und da standen wir nun, umgeben von den warmen, süßlichen Düften des Abends, und sahen hinaus aufs Feld. Rotenschiöld war immer noch bei Maja und beugte sich über sie.

Sie hat doch gar nichts damit zu tun, sagte ich.

Wir müssen einfach mal eine Weile rauskommen, sagte der König. Ein bißchen Urlaub machen.

Urlaub? Von was?

Du weißt schon, baden, sonnen, neue Eindrücke. Das baut auf, heißt es.

Ich hätte sie fragen sollen, wie das mit ihrem Seegrundstück und ihrer Abneigung gegen das Schwimmen zusammenging. Pullman kam mir jedoch zuvor. Aber sie darf nichts davon erfahren, sagte er. Wir wollen niemanden verletzen.

Nicht? fragte ich. Wenn es sie nicht betrifft … Habt ihr mit ihr gesprochen?

Wir haben es versucht, aber es ging nicht besonders gut, sagte der König. Wir sind sehr verschieden.

Ihr habt Angst, sagte ich. Ihr seid feige. Ihr flieht, weil ihr euch nicht traut, mit einem Menschen zu sprechen, den ihr nicht kennt, der euch aber gerne kennenlernen will.

Wir verschwinden einfach für eine Weile, sagte Pullman. Das ist alles. Mach es nicht noch schwieriger, als es ohnehin schon ist.

Wollt ihr denn jedesmal abhauen, wenn ein Fremder im Ort auftaucht? Begreift ihr denn nicht, daß auch in Zukunft immer wieder Menschen kommen und sich hier niederlassen werden, sei es nur vorübergehend oder auf Dauer? Und es werden stetig mehr.

Solange wir ihnen nicht im Weg sind oder ihnen helfen, hier Fuß zu fassen, sagte der König, ist das nicht unser Problem.

Es ist überhaupt kein Problem. Maja ist ein Mensch wie du und ich. Wie Pullman.

Das führt zu nichts, sagte der König.

Wenn es ein Problem gibt, dann ist das eure Einstellung.

Reden wir nicht mehr davon. Können wir auf dich zählen oder nicht?

Die beiden schienen völlig unbeweglich auf ihrem Standpunkt zu beharren. Ich wandte meinen Blick ab und versuchte, klare Gedanken zu fassen, andere Wege zu finden. Und was ist mit den Bienen? fragte ich.

Sie sahen einander an. Einen Augenblick lang dachte ich, sie würden ihre Meinung ändern, aber nach längerer Bedenkzeit sagte der König: Könntest du ... trotz allem ... Du weißt doch, wie man Honig erntet und ihn schleudert ...

Ihr wißt, was ich von Insekten halte.

Einmal genügt, sagte Pullman, und es klang, als glaube er selbst daran. Wir werden nicht lange fortbleiben.

Ich kickte einen Stein in den Graben. Am unteren Ende der Wiese trennte sich Maja von Rotenschiöld. Fünf oder sechs Meter war sie gekommen, als er sie mit vier raumgreifenden Schritten wieder einholte. Er sagte etwas zu ihr, worauf sie sich hastig umdrehte und weglief. Er aber kehrte zu Helen zurück, als wäre nichts geschehen. Gemeinsam traten sie den Heimweg an. Das Zelt war inzwischen abgebaut. Harald und Assar rollten die Plane zusammen und trugen sie zur Ladefläche, wo Lundquist sie in Empfang nahm, an ihren Platz legte und festband. Danach sprang er vom Laster, knallte die Verladeklappe hoch, schüttelte seinen beiden Helfern die Hände und stiefelte zum Fahrersitz. Als er den Zündungsknopf drückte und Gas gab, dröhnte der Motor auf. Lundquist warf die Scheinwerfer an. Maja war nicht mehr zu sehen.

Ihr könnt euch auf mich verlassen, sagte ich.

Der Wind flaute über Nacht ab. Am Morgen war die See spiegelblank und von einem tiefen Blau, und die Luft machte allmählich wieder das Atmen schwer. Ich wusch und rasierte mich bei offenem Fenster, damit die klebrigen, salzgesättigten und doch frischen Düfte mein Zimmer durchströmen und die von der Nacht übriggebliebenen Gerüche vertreiben konnten.

Ein kräftiger blauer Fleck erstreckte sich von Haralds linkem Auge bis über die Wange hinab. Gemeinsam hatten wir die gefüllten Milchbottiche zu Lenkrad-Hasse hinausgetragen. Wie ein Schwarm Fliegen umgab ihn der ihm eigene Geruch, war diesmal jedoch noch stärker als sonst. Nachdem er abgefahren war, sprach ich mit Harald darüber, wie man Hasse möglichst schonend beibringen könne, daß Seife und Wasser nicht aus Salpetersäure oder anderen gesundheitsschädlichen Chemikalien bestanden, sondern durchaus dazu angetan war, seine Beziehungen zu anderen Menschen positiv zu beeinflussen. Wir kamen zu dem Schluß, daß Vilmer es ihm sagen müßte, denn schließlich kannte der ihn am besten.

Ich hatte gerade die Tür geöffnet und einen Granitstein davorgerollt, als Rotenschiöld den Laden betrat. Er schien die letzten Nächte schlecht geschlafen zu haben. Er war wie für einen Sonntagsspaziergang angezogen, obwohl ihm die Kleidung wahrscheinlich auch beim Holzhacken, bei der Gartenarbeit oder der Buchführung recht gewesen wäre. Der Buchführung wollte auch ich mich in den frühen Stunden des Tages widmen, bevor Karin das Brot brachte und die Eier auf dem Hühnerhof eingesammelt werden konnten. Das war mein Plan. Später am Tage sollte jedoch die Hitze alle meine ökonomischen Ambitionen zunichte machen.

Ich hatte gleich das Gefühl, daß Rotenschiöld sein Besuch bei mir unangenehm war und daß er auch nicht in meiner Gegenwart gesehen werden wollte. Er blieb im Vorbau stehen.

Bist du allein?

Ja. Maja ist den ganzen Tag über fort.

Er blinzelte mir zu. Ja richtig, sagte er. So heißt sie. Maja. Diese Frau hätte man gerne sowohl für das eine als auch für das andere. Sie wird mit jedem Mal attraktiver … Er unterbrach sich und rieb sich am Kinn: Welch eine Perle. Ja, sie hatte ganz recht, vollkommen recht. Ich bin zu weit gegangen. Ich mag Frauen mit Schneid.

Wir sahen einander an, fast von gleich zu gleich. Störe ich? fragte er, als ich es unterließ, meine Ansichten über die Eigenschaften der Frauen zum besten zu geben. Ich will nur ein wenig plaudern.

Nein, nein, sagte ich. Das geht schon in Ordnung. Ich frage mich, ob meine Antwort anders ausgefallen wäre, wenn ich geahnt hätte, daß ich mich damit auch auf etwas anderes einließ; wenn mir bewußt gewesen wäre, daß dies der erste einer Vielzahl von Besuchen über einen Zeitraum von vierzig Jahren war, ausgenommen nur die sechs, in denen Rotenschiöld im Reichstag saß. Und er kommt ja noch immer, und wir sitzen uns wieder und wieder am Schreibtisch Auge in Auge gegenüber. Nein, ich hätte wohl kaum anders reagiert. Damals sagte ich: Wollen der Advokat sich nicht setzen? Mit einer Geste bat ich ihn herein. Wollen wir ins Büro gehen?

Man dankt, sagte er, und machte nicht einmal den Versuch zu verbergen, daß dies genau die Antwort war, die er erwartet hatte. Er schob ein paar rote Eimer und ein Bündel Bügelsägen beiseite und zwängte sich hinter die Theke. Während er auf dem Hocker Platz nahm, ging ich hinaus, stieß den Stein zur Seite, drehte das Schild *Bin gleich zurück* nach außen und zog die Tür hinter mir zu.

Rotenschiöld nahm den geflochtenen Hut ab, wischte sich mit einem karierten Taschentuch über das Gesicht und rückte unruhig hin und her. Ich setzte mich an den Schreibtisch. Wie er so dasaß, zusammengekauert in der Ecke, die Knie weit hochgezogen, weil er nur so seine lange Gestalt einigermaßen bequem unterbringen konnte, wirkte er fast hilflos.

Er keuchte und befeuchtete die Lippen. Es sah aus, als prüfe er noch, welche Worte er verwenden konnte, ohne Beigeschmack und ohne Sinnentstellung. Er witterte in den Luftzug hinein, der vom offenen Fenster herkam. Heute keine Katzenpisse? fragte er. Und als ich nicht antwortete, blickte er sich im Zimmer um und musterte kritisch das Interieur. Das ist also dein Büro?

Ich nenne es so, ja, sagte ich und drehte mich ein wenig auf meinem Stuhl. Das Gewinde quietschte unter meinem Gewicht. Die Unordnung ist nur vorübergehend.

Ich weiß, wie es manchmal sein kann, sagte er. Und Putzhilfen sind ja auch ganz schön teuer geworden, verdammt noch mal.

Es sind die Umstände, sagte ich.

Er wandte sich mir zu, als hätte ich ihn mit einem erstaunlich klugen Argument überrascht und einen ihm gänzlich neuen Ansatzpunkt für die Lösung eines Problems gefunden. Aber seine Gedanken kreisten um etwas anderes. Darauf wollte ich zu sprechen kommen, sagte er, ließ sich nach vorn fallen und stützte sich schwer auf seine Schenkel. Hast du etwas in Erfahrung gebracht?

Über Maja?

Wen denn sonst! Hast du etwa noch andere hier wohnen? Er rieb sich die Wange und strich sich das Haar zurück. Es machte keinen Unterschied, denn seine Frisur war ordentlich geschnitten. Wie lange bleibt sie denn noch?

Ich weiß nicht. Ich hielt in der rotierenden Bewegung inne und legte die Hände auf die Tischplatte: Ich habe sie nicht gefragt.

Die Zunge fuhr wie bei einem Reptil aus seinem Mund, und sein Blick war vernichtend. Der Advokat in ihm brach sich Bahn: Rotenschiöld ließ den Zeugen nicht aus den Augen, der möglicherweise Meineid beging oder vielleicht gegen seine innere Überzeugung aussagte. Ich dachte, wir wären uns einig, stieß er hervor.

In der Luft lag das Meer und sonnengetrocknetes Holz – und etwas Undefinierbares, das, wie ich annahm, von Rotenschiöld ausging. Ich drehte mich auf meinem Stuhl und sah hinaus in den Garten. Die Elstern flogen krächzend zwischen den Apfelbäumen hin und her und spreizten die Flügel, bevor sie sich auf den Ästen niederließen.

Das muß ein Mißverständnis sein. Der Advokat haben ja nach der Filmvorführung schließlich selbst mit ihr gesprochen.

Ha! schnaubte er verächtlich. Welch ein cineastisches Erlebnis! Geht es bei euch immer so zu? Wie? Und was war das für ein Hanswurst, der Kerl in dieser lächerlichen Verkleidung? Er lachte verstohlen, wurde aber schnell wieder ernst. Wir hatten anderes zu besprechen. Ich habe sie zu uns nach Hause eingeladen. Meine Frau klagt manchmal über Einsamkeit. Und das Mädchen … es will vielleicht in etwas … zivilisierteren Umständen … verkehren. Seine verklingende Stimme war eigentlich nicht mehr für meine Ohren bestimmt. Dann hob er sie wieder: Wenn auch nur, um zu telefonieren, glaube ich.

Ich ließ die Hände nach wie vor auf der Tischplatte ruhen, die Daumen auf der Unterseite, und begann, mich wieder auf dem Stuhl hin und her zu drehen. Ist sie deshalb fortgelaufen? fragte ich.

Er erstarrte für einen Augenblick, entspannte sich aber gleich wieder. Mich durchfuhr der Gedanke, daß ich wohl beinahe zu weit gegangen war, obwohl ich die Grenze nicht übertreten hatte. Daß ich ein Wissen offenbarte, von dessen Umfang er nichts gewußt hatte, mußte ihn sehr getroffen haben.

Ich bin ihr nachgegangen, um ihr zu sagen, daß es viel einfacher wäre ... Du hast es sicher schon gehört, aber ich erzähle es dir trotzdem ... Daß es den Besuch für uns alle angenehmer machen würde ... wenn sie so täte, als käme sie Helen zuliebe. Noch besser wäre es freilich, sie käme, wenn Helen gar nicht da ist. Er atmete schwer und fuchtelte mit den Armen: Ja, eigentlich sollte es kein Geheimnis sein, aber meine Frau kann so sensibel sein. So mißtrauisch. Auch wenn es nur um ein Telefongespräch geht.

Ich wagte nicht, weitere Fragen zu stellen. Nicht zu diesem Zeitpunkt.

Pff! Er blies zwischen den Zähnen Luft aus, sank langsam wieder zurück und lehnte sich gegen die Wand. Seine Kopfbedeckung hängte er sich übers Bein. Seine gut besohlten Schuhe waren handgenäht aus weichem, geschmeidigem Leder; es stammte, wie ich glaubte, von einer Art Hirsch oder Reh aus der afrikanischen Savanne; so einem Tier mit seltsam geschraubten Hörnern. Rotenschiöld schwieg eine Weile. Als er wieder das Wort ergriff, sprach er zunächst über das Wetter und seine erfolgreiche Tätigkeit in der Stadt, erwähnte en passant den Justizminister Zetterberg, den er im Frühjahr bei einem Empfang im Ministerium kennengelernt hatte. Und dann kam er auf Maja zurück.

Sie ist also im Augenblick nicht hier?

Sie ist zum Abendessen wieder zu Hause.

Zu Hause? fragte er prüfend. Zu Hause. Das klingt ja, als wäre sie ein Familienmitglied.

Ich zögerte mit der Antwort: Manchmal empfinde ich es fast so, ja.

Tatsächlich? Eine Angehörige, die fremd ist? Er sah sich wieder um, als versuchte er, Zeit zu gewinnen, um das Gesagte noch einmal zu überdenken. Nichts im Raum entging seinem forschenden Blick. Er musterte all meine Habseligkeiten ohne jegliche Eile. Und in Zukunft? fragte er schließlich und sah mich wieder an.

Sei vorsichtig mit ihr.

Was meinst du? Er probierte es mit Vertraulichkeit: Johannes, hör mir jetzt zu. Ich kenne das Gesetz in- und auswendig, es ist mein bester Freund. Beim Lesen entdeckt man, daß es von Männern geschrieben ist und für Männer. Es handelt von uns, unseren Begierden, unserem Bedürfnis, aus dem, was uns gehört, Nutzen zu ziehen. Verstehst du? Wir müssen uns um nichts Sorgen machen. Über unsere Rechte wacht das Gesetz, und solange man sich daran hält, die festgesetzten Regeln in seinem Sinne zu nutzen, begeht man keinen Fehler. Er machte eine Pause und blies hörbar Luft aus den Lungen. So sehe ich das.

Ich werde es versuchen, sagte ich.

Das ist doch schon ein Anfang. Hat man erst einmal angefangen, wird später alles leichter, sagte er. Und als wäre damit – was ihn betraf – die Sache erledigt, erhob er sich linkisch und mit einer Trägheit, die Vorbote der Fettleibigkeit war, die sich schon bald bemerkbar machen sollte. Er ergriff seinen Strohhut, führte ihn zum Kopf, ließ ihn dann aber wieder zur Taille hinabsinken. Was ist eigentlich mit den Männern hier passiert? fragte er. Man sagt, sie verschwinden einfach so.

Soll vorkommen, sagte ich. Sie sind sicher irgendwo in der Nähe.

Also stimmt es? Ist so etwas früher schon mal passiert?

Jemand klopfte an die Tür des Vorbaus. Wir verstummten. Rotenschiöld preßte den Zeigefinger auf die Lippen und gab mir damit zu verstehen, daß wir uns absolut ruhig verhalten sollten. Einige Minuten später, als draußen alles – mit Ausnahme der Elstern – wieder ruhig war, sagte er: Wer war das? Er versuchte leise zu sprechen, aber seine Stimme war so tragend, daß ihm gedämpftes Sprechen fast unmöglich war. Sie war dafür geschaffen, Reden und Plädoyers zu halten. In späteren Jahren, nachdem sie tiefer und heiser geworden war, bezeichnete er seine Stimme oft als teuer – und meinte damit die enormen Ausgaben für den Whisky, der letztlich für den Zustand seiner Stimme verantwortlich war. Und das war sicher keine Übertreibung.

Ich zuckte mit den Schultern: Woher soll ich das wissen?

Er wartete noch einen Moment ab, bis er in normalem Ton fortfuhr: Es ist aber auch zu dumm, daß sie alle weg sind. Ich könnte am Mittwoch Hilfe brauchen.

Worum geht's?

Ich habe einen Gefrierschrank bestellt.

Ich sah den weißen Schrank schon vor mir: weiß und bullig in seinen Formen und – gewaltig schwer. In Gedanken versuchte ich seine Dimensionen zu erfassen und kurz zu überschlagen, wie lange ich an dem Tag wohl den Laden schließen mußte und wieviel dieses Opfer wohl auf die Dauer wert war.

Ich bin dabei, sagte ich, Assar auch, und vielleicht auch Harald Rask.

Der Bauer? Ja, das reicht vielleicht, sagte der Advokat nachdenklich. Dann muß ich wohl vorher um Entschuldigung bitten. Ich wollte ja nicht ihn ... Aber nimm nicht wieder diesen Idioten mit.

Assar ist kein Idiot. Er ist nur ein wenig ...

Ist mir egal, wie du solche Leute nennst. Nimm ihn nicht mit.

Ich wandte den Blick ab, richtete ihn auf die Tür und machte eine halbe Drehung. Rotenschiöld ging jedoch auf den dezenten Hinweis, daß er jetzt gehen könnte, nicht ein.

Du hältst mich wohl für einen Teufel, stimmt's? fragte er. Aber tief in meinem Innern bin ich wirklich ein netter Kerl.

Warum kehrst du dann nicht dein Inneres nach außen? dachte ich. Unten am Hafen legte eine alte Neptun ab. Draußen auf dem Sund fing ihr Großsegel die sanfte Brise ein.

Sieh her, sagte er. Sieh her! Genau so. Er blickte mich verstohlen an: Zwei Mann also? Und der Fahrer der Firma. Der Schrank faßt fünfhundert Liter und muß mit äußerster Vorsicht behandelt werden. Dreitausend Kronen sind auch Geld. Er streckte drei Finger zwischen uns. Dreitausend. Aber das ist er wert.

Wirklich?

Eine großartige Erfindung. Um die Aussage zu bekräftigen schloß er Daumen und Zeigefinger an der vorgestreckten Hand zum Kreis. Du solltest dir auch einen anschaffen.

Ich habe keinen Strom.

Er sah mich entgeistert an, als stünde ein Marsmensch vor ihm. Es hätte mich kaum überrascht, wenn er jetzt zu wissenschaftlichen Zwecken meinen Schädelumfang hätte messen wollen. Aber statt dessen ließ er die Hand sinken, ohne den Daumen aus der Verbindung mit dem anderen Finger zu lösen. Warum denn das? fragte er.

Es gibt hier auf dem Hof keinen Anschluß. Harald will lieber einen Traktor haben und muß ohnehin schon einen Riesenkredit abstottern.

Rotenschiöld gab ein kurzes, schroffes Lachen von sich; es klang wie ein Wiehern. Aber du kannst doch eine Leitung von mir rüberziehen. Vergiß doch diesen Dungverspritzer.

Nein, danke. Das ist nichts für mich.

Aber für deine Geschäfte, sagte er und rieb die Handflächen wie ein Pferdehändler. Das ist die Zukunft. Es gibt alles tiefgefroren und fertig verpackt zu kaufen. Oder nein – Austern nicht. Die sind am besten frisch.

Eisschrank und Vorratskeller genügen, sagte ich.

Und wo bekommst du das Eis her?

Wir hacken im Winter Eisblöcke aus dem Meer.

Er nickte zum Garten hin, der in der Hitze flimmerte. Und hast du jetzt welches? He?

Er lachte wieder. Nicht aus Freude, sondern aus Wohlbefinden. Und weil das Leben so beschaffen war, daß sich gewisse Leute mit all dem versehen konnten, was sie sich wünschten, und dies auch taten. Danach wechselte er wieder die Tonlage. Aber diese Männer, sagte er sachlich. Ich frage mich, was mit ihnen geschehen ist und ob ich irgendwas tun kann.

Ist nicht nötig.

Menschen zu suchen, die vermißt werden?

Die tauchen schon wieder auf. Es gibt keinen Grund zur Sorge.

Woher weißt du denn das? Er runzelte die Stirn und schüttelte den Kopf: Irgendwas stimmt doch da nicht. Er nahm den Türgriff, drückte ihn hinunter, aber der Ruck blieb aus. Er ließ die Hand in die Tasche gleiten. Das hätte ich jetzt beinahe vergessen, sagte er und zog ein Parfümfläschchen französischer Herkunft hervor. Nimm das hier an Stelle deiner Katzenpisse. Es stinkt auch, ist aber auf jeden Fall teuer, und darauf kommt's an.

Er stellte den Glasflakon auf den Kamin. Das Licht brach sich in ihm wie in einem Prisma, ehe es auf die Tapete traf. Ein Geschenk, fügte Rotenschiöld sicherheitshalber hinzu und bedachte sein Mitbringsel mit einem abschätzigen Blick. Aber ich wußte, was es mit dieser Nonchalance auf sich hatte: Der Empfänger steht in einer Schuld, und der Geber kann jederzeit eine Rückvergütung einfordern.

Rotenschiöld ging hinaus in den Verkaufsraum und arbeitete sich durch die Waren. Ich folgte ihm dicht auf den Fersen. Als wir ins Freie traten und uns die Morgensonne so gleißend entgegenschlug, daß es in den Pupillen schmerzte, drehte er sich noch einmal zu mir um und blinzelte. Ja, das ist doch verflucht … sagte er. Du hast doch nicht etwa … irgendwelche Bindungen zu ihr, oder?

Inwiefern? Wie sollten die aussehen?

Er gab einen Laut von sich, als wolle er sich die Zwischenräume zwischen den Schneidezähnen freisaugen, grinste und drückte den Hut an seinen Platz. Die Krempe beschattete einen Teil seines Gesichts. Die Poren an der Nasenwurzel zeichneten sich ab wie tiefe Gruben. Du weißt schon, sagte er. Man sieht es dir an, daß du genau weißt, wovon wir sprechen.

IM JAHR NACH den Ereignissen begannen Helen und ich, des öfteren lange gemeinsame Spaziergänge durch die Wälder zu machen. Es entwickelte sich zu einer Gewohnheit. Wir waren beide Verlassene, und als die Einsamkeit zu drückend wurde, suchte einer die Gesellschaft des anderen. Es war ungezwungen. Helen war in ihrer Art unkompliziert, worin sie sich deutlich von ihrem Mann unterschied. Dabei wahrte sie allerdings stets eine gewisse Distanz, die aus Gründen, die nie ausgesprochen wurden, zwischen uns bestehen bleiben mußte.

Ich genoß diese Wanderungen. Manchmal sprachen wir ununterbrochen, vom ersten bis zum letzten Schritt. An anderen Tagen sagten wir nicht mehr als eine paar Sätze zur Begrüßung und zum Abschied. Uns verband etwas, und das genügte. Wir konnten eine Stunde draußen verbringen oder bis zum Sonnenuntergang. Manchmal gingen wir sogar erst nach Einbruch der Dunkelheit los und wanderten durch die Finsternis, in der die Düfte der jeweiligen Jahreszeit immer intensiver wurden. Wir nahmen dann Taschenlampen mit und leuchteten uns den Weg über die moosbewachsenen Felsen. Meistens geschah dies auf Helens Initiative, aber ungefähr jedes fünfte oder sechste Mal war ich es, der nach Ängsvik ging, sich an die Grundstücksgrenze stellte und sie rief. Die ersten Male bat Helen mich noch ins Haus, was ich jedoch ablehnte. Danach kam es nicht wieder vor.

Bald nahm ich auf unsere Wanderungen immer einen

Proviantsack mit. Wir machten also eine Pause und aßen eine Kleinigkeit. Eine Stelle mochten wir beide ganz besonders: Ungefähr auf halbem Wege nach Båtsvik ragten einige mit Bärentraube und Rentierflechte bewachsene Höcker aus dem Boden hervor, auf denen man weich sitzen konnte und eine weite Sicht hatte. Man sah Tofsö – und in entgegengesetzter Richtung einen Schimmer vom offenen Meer.

Wir ruhten uns aus und sprachen über Gott und die Welt und Dinge, die uns beide betrafen. Es waren schöne Stunden. Die wenigen Male, da Helen ihren Mann erwähnte, geschah dies immer in einer Vergangenheitsform, nie im Präsens. Als wäre es vollkommen natürlich und selbstverständlich, wich sie dem aus, was am Ende in Ängsvik passiert sein mußte und gesagt worden war. Statt dessen sprach sie über die guten Zeiten, die sie mit ihrem Gatten verbracht hatte, jenen Zeiten, in denen sie noch miteinander lachen konnten. Irgendwann fragte ich Helen, wann sie das letzte Mal in der Stadt gewesen sei. Sie antwortete, daß sie es hier gut habe und das Stadtleben nicht vermisse.

Dann war es plötzlich, als drängte etwas aus ihr heraus. Vielleicht war inzwischen genug Zeit vergangen, und sie konnte sich endlich Luft machen. Da Helen niemand anderen hatte, mit dem sie reden konnte, öffnete sie sich mir. Sie sprach nun auch über Dinge, die man als privat, ja fast als intim hätte bezeichnen können, und blieb im Anschluß an unsere Spaziergänge immer noch ein Weilchen bei mir im Laden. Im Herbst und Winter, als nur Einheimische bei mir einkauften, ergab sich oft die Möglichkeit, etwas länger zusammenzusitzen. Auch ich suchte die Zweisamkeit mit ihr, und nicht nur deshalb, weil ihre Gegenwart mir half, die Leere zu füllen, die sich aufgetan hatte. Ich hatte vielmehr auch das Gefühl, damit eine Schuld begleichen zu können, die ich ihr gegenüber zu haben glaubte. Auf welche Höhe sich diese Schuld belief und wann sie getilgt sein würde, wußte ich nicht. Natürlich dachte ich dabei an mein Gewissen. Und daran, daß man davon wohl so viel ausleeren konnte, wie man wollte. Es würde trotzdem nie rein werden.

Hier im Haus setzten wir dann das Gespräch fort. Meist unterhielten wir uns über alltägliche Dinge, die uns beschäftigten, aber dann, oft in Momenten, in denen ich nicht im entferntesten damit gerechnet hatte, konnte sie plötzlich auf ihren Mann oder die Liebe zwischen ihnen zu sprechen kommen. Sie hatte für sich eine eigene Welt gesucht, in der sie leben konnte. Eine Welt, in der sie nicht verletzt werden konnte, ja die sie gänzlich unberührt ließ. Es bleibt unklar, ob sie diesen Schritt als selbstverständliche Stufe in ihrer Entwicklung gewählt hatte oder ob sie zu der Einsicht gekommen war, daß er unabdingbar war, wenn man die Ehe mit einem solchen Mann aufrechterhalten wollte. Tatsache war, daß jenes Gefühl, das einst Liebe gewesen, mit der Zeit abgestorben war und ihr Verhältnis, oder wie man es nun nennen mochte, nur noch von Konventionen und gesellschaftlichen Zwängen zusammengehalten wurde. Jetzt, im nachhinein, kann ich erkennen, daß all das, was mit Liebe zu tun hat und das Verhältnis zweier Menschen entscheidend prägt, bei den beiden schon in einem viel früheren Stadium verlorengegangen sein mußte: die Freundschaft, das Vertrauen, der zwischenmenschliche Austausch, der Humor, der gegenseitige Rückhalt.

Wir standen uns an der Ladentheke gegenüber. Helen wippte auf und ab, schlappte mit den Fersen in ihren Schuhen, nahm gleichsam innerlich Anlauf und sagte dann unvermittelt so etwas wie: Ich will mich geliebt fühlen.

Ich war mir nie ganz sicher, wie ich auf solche Einfälle reagieren sollte. Mit Gefühlen konfrontiert zu werden, von denen ich, was mich selbst betraf, glaubte, sie wie die Ware vom vorigen Jahr im Lager verstaut zu haben, machte mich nervös. Wollen wir das nicht alle? fragte ich. Es ist eine typisch menschliche Sehnsucht.

Doch, sagte sie, ich denke schon.

Du bist ja auf jeden Fall verheiratet. Du hast einen Mann.

Sie wich meinem Blick nicht aus und hörte auf zu wippen. Du sagst es, erwiderte sie ruhig. Tja. Was machen wir dann hier?

Einige Monate später warf sie die Eingangstür auf und kam in den Laden gestürmt. Ich saß im Unterhemd am Schreibtisch und studierte ein Damengambit. Ich hatte kaum Zeit, mir ein Hemd überzuziehen, da stand sie auch schon in der Bürotür. Sie war sichtlich erregt. Die Rötung ihrer Wangen rührte weder von den Herbstwinden her noch von Helens raschem Marsch zu mir, vielmehr sprach aus ihr die reine Wut.

Sieh her! Sie schrie beinahe. Sieh! Sie schob mir eine Wochenzeitschrift hin. Ich kannte sie, denn sie gehörte in den Sommermonaten zu meinem Sortiment. Daß Helen dieses Blatt las, das mir außerhalb der Saison niemand abgekauft hätte, verwunderte mich. Auf der Seite, die sie aufgeschlagen hatte, waren prominente oder bekannte Persönlichkeiten abgebildet; sie waren auf dem Weg zu Premieren oder anderen Veranstaltungen. Eine Reportage berichtete von einem Diner im Schloß. Sie war mehrere Spalten lang. Auf einem dazugehörigen kleinen Foto war er zu sehen, ihr Gatte. Er trug einen

Frack und lächelte etwas angestrengt in die Kamera des Fotografen, als wäre zumindest einer von ihnen dort fehl am Platze. Was das Bild interessant machte und Helen empörte, war die junge, einnehmend schöne Frau in seiner Begleitung. Sie hielten einander an der Hand. Ihre ganze Erscheinung strahlte Selbstbewußtsein aus, das seinen Ursprung in Klassenzugehörigkeit und Herkunft haben mußte. Sie war im Begriff, den Monarchen, das Reich, die Welt, die Männer zu erobern. Der Text darunter besagte nur, daß der Reichtagsabgeordnete Rotenschiöld mit einer Freundin verspätet zum Diner erschienen war.

Während ich die Seite studierte, knöpfte ich mir das Hemd zu und stopfte die Vorderseite in die Hose. Wer ist denn das? fragte ich.

Woher soll ich das wissen? Das spielt doch wohl auch keine Rolle! Das ist er mit ... Sie warf das Revolverblatt zu Boden ... mit einer anderen!

Beruhige dich. Ich legte meinen Arm um ihre Schultern, zog sie so nah an mich heran, wie es mir möglich war, und versuchte, so etwas wie Wärme und Mitgefühl zu vermitteln. Das geht vorbei, sagte ich.

Vorbei? Sie zupfte an ihrem Ohrläppchen. Ihr Männer!

Ich hätte Helen Sympathie und Rückhalt bieten können, wenn sie nicht den Fehler begangen hätte, mich auf eine Ebene mit ihrem Mann zu stellen. Aus meiner Sicht hatte ich mit ihm, was unsere Einstellung zu Frauen betraf, genausowenig gemeinsam wie in puncto Aftershave oder elektrotechnische Neuheiten. Was er getan hatte, war unanständig. Ich hatte Helen keinerlei Veranlassung zu der Annahme gegeben, ich könnte etwas Vergleichbares tun.

Ich ließ sie los. Warte hier, sagte ich, ging zurück ins Büro, holte den Hocker und stellte ihn hinter sie. Setz dich. Und ich sah, daß sie in der kurzen Zeit meiner Abwesenheit zu weinen begonnen hatte. Es war ihr allerdings gelungen, die Tränen zu stoppen und sich wieder zu fangen.

Wie lange ist er jetzt schon weg? fragte ich, obwohl ich die Antwort kannte.

Drei Jahre, sagte sie, und vier Monate.

Ich schob die Regalleiter an Helen heran und ließ mich zurücksinken. Ich kam ihr näher, als es meine Absicht gewesen war. Das ist eine lange Zeit, sagte ich.

Die Zeit geht schnell vorbei, sagte sie.

Nicht die Zeit geht schnell vorbei, sagte ich. Das Leben.

Sie sah mich an. Ihre Augen waren mit feinen, roten Äderchen marmoriert. Es war, als sei ihr der Unterschied zwischen diesen beiden Größen nie bewußt gewesen. Sie zog ein Taschentuch aus der Handtasche hervor und trocknete sich damit die Wangen ab, warf den Kopf zurück und schüttelte den Pferdeschwanz. Sie wartete, atmete langsam und betrachtete die Falten, die die Zeit in mein Gesicht gegraben hatte.

Was dachtest denn du? fragte ich.

Vor unserer Hochzeit wurde ich schon gewarnt. Die Leute sagten, daß er … so einer sei, aber ich habe es nie geglaubt. Man fühlt sich … erniedrigt. Stell dir nur vor, wenn Leute, die uns kennen, dies zu Gesicht bekommen.

So viele Leser dieser Zeitschrift wird es in euren Kreisen nicht geben, dachte ich, aber ich sagte nichts. Helen beugte sich vor, stützte den Kopf auf die Hände und die Ellenbogen auf die Knie. Ihre halb geschlossenen Lider vibrierten wie Schmetterlingsflügel. Eine Ewigkeit verstrich. Dann sah sie auf: Was denkst du?

Habt ihr viel Kontakt miteinander?

Er ruft jeden Sonntag abend an. Wenn ihn die Arbeit nicht daran hindert.

Ich neigte mich vor und schob mit der Handfläche die Rückseite des Hemdes in den Hosenbund. Ihr könntet euch scheiden lassen, sagte ich. Habt ihr nie darüber gesprochen?

Nein, nie, sagte sie. Warum sollten wir … Ihre Gedanken trugen sie wieder fort. Sie sah auf ihre Hände. Die Uhr im Büro tickte, und mir fiel ein, daß sie überprüft werden mußte, da sie seit einiger Zeit nachging. Ich hatte kaum eingeatmet, da fuhr Helen auch schon fort: Wir haben so vieles gemeinsam …

Zum Beispiel? Ich atmete tief aus und füllte sogleich wieder die Lungen mit frischer Luft. Eure Freunde sind doch sicher noch da. Und die Erinnerungen kann er dir nicht nehmen.

Es ist mehr als das, sagte sie. Es ist nicht so einfach. Wir haben Ängsvik … Und da ist die Wohnung in der Stadt. Seine Eltern würden eine Scheidung nicht akzeptieren. Sie … helfen uns so viel.

Aber er tut dir weh.

Es kann nicht immer nur Freude geben. Eine Ehe ist sehr vielschichtig.

Ich wußte nicht, wie wir so jemals weiterkommen sollten. Helen steckte in einer Sackgasse, und ich war erwiesenermaßen nicht derjenige, der sie da herausführen konnte. Liebst du ihn? fragte ich.

Sie schneuzte diskret ins Taschentuch und verstaute es in ihrem Schoß. Lieben? fragte sie. Das ist ein großes Wort. Sie rieb die Hände gegeneinander und hielt dann unvermittelt in der Bewegung inne. Bevor ich meinen Mann kennenlernte, glaubte ich daran, daß eines Tages die große Liebe kommen würde. Und dann traf ich ihn. Ich sah in ihm die Erfüllung meiner Hoffnungen. Vielleicht war es richtig, und vielleicht war es falsch, aber es war schon so etwas wie Liebe, eine Liebe, die auf Vertrauen, Gemeinsamkeit und gleichen Wertvorstellungen basierte. Die allmählich wächst. Ohne die ich nicht sein möchte. Er war charmant mit seinen Blumensträußen und handgeschriebenen Liebesbriefen. Da waren seine Einladungen zu Abendessen und Familienfesten. Später war das alles wie ausgelöscht. Heute kennt er nicht mal mehr den Unterschied zwischen einer Rose und einem Usambaraveilchen. Sie rieb wieder die Handflächen aneinander und fuhr erst nach einer längeren Pause fort: Ja, ich liebe ihn wohl. Auf meine Weise.

Wie? fragte ich. Was heißt das?

Erspar mir eine Erklärung. Sie wandte sich von mir ab, schloß wieder die Augen und tupfte hie und da die Tränen ab, die ihr über Nase und Wangen kullerten. Ein unterdrücktes Schluchzen war zu hören. Jedesmal, wenn ich glaubte, es sei vorüber, kehrte es zurück, und jedesmal war es lauter. Ich streckte eine Hand nach ihr aus, die Helen wie eine Spinnakerspiere im Luftraum zwischen Hocker und Leiter hängenließ, bevor ich sie wieder einholte. Ob vielleicht eine Feder im Uhrwerk verschlissen ist, fragte ich mich. Ob mir vielleicht deshalb jeden Morgen drei Minuten vom Tage fehlen? Es war eine alte Schiffsuhr von einem Schoner, und kein Mensch konnte sagen, wie viele Runden die Zeiger auf diesem Zifferblatt schon gedreht hatten.

Wir hätten uns Kinder anschaffen sollen, sagte sie.

Es ist nicht zu spät.

Doch, jetzt schon.

Nach einer Stunde ging sie. Wie üblich kam sie einige Tage später wieder. Wir führten noch viele, lange Gespräche, ehe unser Zusammensein mit Rotenschiölds Rückkehr unterbrochen wurde. Mit der Intimität und der Vertraulichkeit, die wir miteinander erlebt hatten, war es ein für allemal vorbei.

Es GIBT MOMENTE im Leben, da etwas, auf das man nicht den Finger legen und das man nicht exakt bestimmen kann, sich plötzlich bemerkbar macht. Auf einmal erkennt man, daß eine scheinbar stabile Lage zu kippen droht und sich die Perspektive ändern kann. Es besteht die Gefahr, aus der Bahn geworfen zu werden.

Es ist Mittwoch, und jenseits des mit Eisblumen überzogenen Fensters fallen in endlosem Strom Flocken groß wie Daunenfedern vom Himmel. Die Dunkelheit senkt sich bereits gegen zwei Uhr nachmittags herab und ist inzwischen schon undurchdringlich. Ich bin unten bei der Anlegebrücke gewesen. Der Warenbus führte die Reste eines erbärmlichen Sortiments mit sich sowie die Dinge, die ich letzte Woche bei ihm bestellt hatte. Für meine Geldscheine erhielt ich zwei Tüten, die eine gefüllt mit Leichtbier, Wurst, Brot und Pulverkaffee, den man direkt mit heißem Wasser aufgießen konnte, und die andere, die für Rasks bestimmt war. Ich hatte versprochen, sie ihnen vor die Tür zu stellen. Ich und der Busfahrer waren die einzigen Menschen am Hafen. Er stampfte mit den Füßen auf den Boden und schlug die Stiefel zusammen, um sie vom Schnee zu befreien. Barhäuptig stand er da unten im Nordwind, der die Küste entlangfegte, sprach durch die Nase von der Kälte. Er schneuzte sich in die Hand und schleuderte den zähen Klumpen auf den Boden. Er lobte meine Mütze, doch als ich ihm erzählte, daß mein Großvater das Tier, aus dessen Fell sie genäht war, draußen auf den Inseln erlegt hatte, da sagte er, das stimme nicht, denn solche Arten habe es hier nie gegeben. Er war jung und hatte den Schädel voll Kaugummi und Pop.

Auf dem Heimweg blieb ich unterhalb der alten Post stehen und wechselte die Tüten in die jeweils andere Hand. Das Haus dort oben auf der Anhöhe ist renoviert worden. Man hat eine Glasveranda mit Panoramablick angebaut, auf der leichte Möbel aus weißem Plastik stehen. Von Mai bis August hockt die Familie aus der Stadt dort in ihren formgepreßten Stühlen, mit schnurlosem Telefon und gedankenlos lauten Stimmen. Der Mann arbeitet in einer Annoncenexpedition, die Frau ist Innenarchitektin. Der Wimpel wird abends nicht mehr eingeholt.

Sicher ist es einsam hier. Wir sitzen isoliert in unseren Häusern, ich, Karin und Harald, der blinde Tor, Rotenschiöld und Helen in Ängsvik. Mehr sind wir nicht. Seit Elias gestorben ist, verbringt Britta aus Norrsund die Winter in Vagnhärad. Es ist ein verlassenes Land. Andererseits kann ich nicht behaupten, daß ich der Zeit nachtrauere, als Fräulein Lind wie eine gierige Eule hinter ihrem Schalter saß und ihr Territorium überwachte.

Sie tauschte einen Brief gegen einen kurzen Satz über das Befinden des Adressaten und frankierte eine vertrauliche Mitteilung zum Weiterversand in die Unendlichkeit. Geflüster säuselte im Ohr eines jeden. Ich ging nur zu ihr, wenn es sich partout nicht vermeiden ließ. Maja, die sich so oft erkundigte, ob Post für sie gekommen sei, kümmerte sich in jenem Sommer auch um meine Angelegenheiten.

Einmal war ich gezwungen, selbst zum Posthaus zu gehen. Ich wollte mich vergewissern, daß die Bestellung eines neuerschienenen Buches über Turmendspiele wirklich auf den Weg kam. Gewiß, Tor hatte seinen Zug nicht mehr ausführen können, aber ich redete mir ein, wir würden eines Tages schon wieder zum Spielen kommen.

Der Raum war leer. Hinter einer an Lina aus Sävö adressierten Postkarte verbarg sich die Lind. Sie warf die Karte ins Fach. Der Blick, mit dem sie mich bedachte, hätte vermuten lassen können, ich wäre derjenige, der die Korrespondenz anderer Leute las.

Helen war eine Weile bei mir im Laden gewesen. Sie hatte sich für den Auftritt ihres Mannes entschuldigt, und ich hatte sie unterbrochen und gesagt, daß man die Angelegenheit auf sich beruhen lassen könne. Daß sie sich nicht nach Haralds Befinden erkundigte und auch nicht wissen wollte, was ihr Mann Maja vorgeschlagen hatte, erstaunte mich. Vergessen wir's, war unser Resümee gewesen. Rotenschiöld war unterdessen in die Firma gefahren. Als wir die Sache bereinigt hatten, war Helen froh und ausgelassen, und ihre gute Laune hatte ansteckend gewirkt.

Na, was will unser Händler? fragte die Lind mit der selbstverständlichen Schärfe jener, die sich der Unentbehrlichkeit ihrer Dienste bewußt sind. Sie blickte verstohlen auf die Wanduhr, um zu unterstreichen, daß sie in Eile war.

Den hier verschicken, sagte ich und gab den Brief ab. Da sie ohnehin die Adresse des Empfängers lesen würde, sobald ich mich entfernt hatte, fügte ich hinzu: Er soll nach Göteborg.

Das sehe ich selber. Sie drehte das Kuvert. Der Händler hat also Bekannte dort? Sie wog den Brief sorgsam wie Safran, drückte eine Marke in die obere rechte Ecke und ließ ihn in die Kiste mit der ausgehenden Post flattern. Unter zwanzig Gramm. Das macht fünfundzwanzig Öre.

Ich legte ihr eine Münze hin. Fräulein Lind nahm sie in die Hand und prüfte sie eingehend. Natürlich tat sie das nur, um mich zu provozieren. Es war ihre Art, ihr Gegenüber aus dem Gleichgewicht zu bringen, damit es anfing zu sprechen. Ich dachte nicht daran, mich kränken zu lassen, aber als ich mich mit einem Auf Wiedersehen zum Gehen wandte, sagte sie: Und das Mädchen? Sie kommt sonst jeden zweiten Tag. Sie erwartet wohl irgendwas, oder?

So wird es sein.

Ja, ich habe aber auch heute nichts für sie.

Ich werde es ausrichten.

Tu das, sagte sie. Erneut hob ich die Hand wie zum Abschied an die Schläfe und strebte dem Ausgang zu. Da traf mich die nächste Frage Fräulein Linds: Sie bleibt also noch ein Weilchen? Die Posthalterin rutschte unruhig auf ihrem Stuhl hin und her und fuhr sich mit der Zunge über die Zähne. Es gibt viele, die sich dafür interessieren. Sie kommen damit zu mir.

Ich sagte nichts, da ich aus Erfahrung wußte, daß sie gar nicht zufriedenzustellen war. Auf jeden Fall würde sie ausprobieren, wie weit sie gehen konnte. Sie nahm einen Bleistift hervor und begann wie geistesabwesend auf ihm herumzukauen. Das Ganze war gut einstudiert. Was soll ich denen denn antworten? fragte sie.

Nichts. Das geht niemanden was an, sagte ich. Wer will denn das wissen?

Einige. Hier jemand, dort jemand. Sie machen sich Sorgen.

Nenn einen Namen.

Als Staatsbediensteter ist mir ein Maulkorb angelegt.

Dann sollen sie sich ruhig Sorgen machen, sagte ich und merkte natürlich, wie sehr es sie ärgerte, daß ich ihr nichts anvertraute. Selber schuld, wenn sie so neugierig sind – das schadet doch nur ihnen selbst. Das Fräulein Lind und ich wissen ja, wie rasch sich Gerüchte verbreiten und die Wahrheit verzerren.

Sie kniff den Mund zusammen. Ja, im Augenblick sind eine ganze Menge im Umlauf, sehr unangenehme übrigens für alle, die wir hier wohnen. Eines davon besagt, daß unser Händler so vernarrt in das Mädchen ist, daß er sie zwingt, hierzubleiben, obwohl sie eigentlich nach Hause will. Sie nahm den Stift aus dem Mund und fuhr fort: Da sieht man, was alles so gesprochen wird.

Auch das kommentierte ich nicht. Ich wog ab, welchen gegenseitigen Nutzen wir voneinander hatten und wer von uns beiden am meisten dabei verlöre, wenn das Gespräch in einem Eklat endete. Nein, dachte ich, der Vorteil läge keineswegs nur bei mir. Die Posthalterin drehte den Stift zwischen den Händen und ließ mich dabei nicht aus den Augen. Ich stand still.

An einer solchen Behauptung kann doch nichts Wahres dran sein, oder? fragte sie. Und als ich immer noch nicht antwortete, schlug sie dort zu, wo sie mich treffen konnte. Es war, als hätte sie die ganze Zeit den Finger am Abzug gehalten und drückte nun ab: Advokat Rotenschiöld meint, sie solle jetzt verschwinden. Es sei an der Zeit. Erst gestern hat er das gesagt. Sie schlug in munterem Takt mit dem Stift auf ihre Handfläche. Und er war fest entschlossen. Einer müsse die Sache in die Hand nehmen, hat er gesagt.

Die Vorstellung, daß Rotenschiöld sich mit der Lind eingelassen und über etwas anderes mit ihr gesprochen haben sollte als über das Wetter und die Postgebühren, war unvorstellbar, lag aber vielleicht gerade, weil es so absurd erschien, durchaus im Bereich des Möglichen. So, wie sie dasaß, konnte ich nicht sehen, was sie mit der anderen Hand tat. Das glaube ich nicht, sagte ich. Das ist doch nichts als üble Nachrede. Ich will davon nichts mehr hören.

Dann läßt du's eben sein.

Ich ging zur Tür und öffnete sie. Die heiße Luft kam wie Wasserdampf hereingeschwappt. Schon bevor sie mich eingehüllt hatte, verspürte ich ein Jucken auf der Kopfhaut. Ich nahm einen tiefen Atemzug, aber nichts wurde dadurch klarer. Ich versuchte, mich daran zu erinnern, welche Worte Rotenschiöld benutzt hatte, wenn er von ihr sprach. Ich war schon fast zur Tür hinaus, hielt dann aber noch einmal inne und fragte: Warum sollte er das wollen?

Weil er befürchtet, daß ihre Anwesenheit in einem nicht unerheblichen Zusammenhang mit dem Verschwinden der vielen Männer steht. So hat er sich ausgedrückt. Wortwörtlich.

Welche Beweise hat er dafür?

Seine Intuition.

Was für eine Theorie!

Das fand ich auch. Ich sagte ihm, daß ich diese Kerle besser kenne. Die sitzen irgendwo und saufen. Das ist alles. Aber der Advokat war nicht damit einverstanden.

Sie kaute wieder an ihrem Stift. Ich habe mich schon immer mit Leuten schwergetan, die in einem fort ihre Kiefer aneinanderreiben, ohne je zu schlucken. Zum einen, weil es nie aufhört, und zum anderen, weil bei diesem ewigen Wiederkäuen nie etwas Vernünftiges rauskommt. Das irritiert mich.

Was hat er noch gesagt?

Unser Händler wollte doch nichts mehr hören.

Was hat er gesagt?

Das Holz um die Bleimine knackte, als sie den Mund zusammenkniff. Sie entfernte die kleinen Splitter, die sich gelöst hatten, und rückte Stempelkarussell und Stempelkissen zurecht. Ich ließ mir Zeit. Sie räumte Papiere fort, schob die Rechenmaschine beiseite. Dann legte sie eine Hand über die andere, so daß die Finger über der Unterlage ein Rautenmuster formten, und sah mich an. Nichts mehr, sagte sie. Er hat nichts mehr gesagt.

Soso, sagte ich. Es kostete mich einige Mühe, in einer normalen Tonlage zu sprechen. Aber wenn Fräulein Lind etwas erfahren würde, sagte ich, was könnte das wohl sein?

Sie sah mich an, als hätte man sie eines Verbrechens angeklagt, von dem sie nichts wußte. Sie holte aus einem Fach zu ihrer Linken ein Formular, um es auszufüllen, nahm den Stift aus dem Mund, befeuchtete die Spitze und sagte: Ich hab' nicht die geringste Ahnung. Und jetzt muß mich der Händler entschuldigen. Ich habe viel zu tun.

Ich trollte mich die Anhöhe hinunter, ging ins Haus, schloß die Bürotür hinter mir und streckte mich auf dem Bett aus. Jetzt hat sich etwas geändert, dachte ich und versuchte mir darüber klarzuwerden, was genau es war. Und wie es dazu hatte kommen können. Ich lag dort, bis der Tag verschwand. Ich hörte, wie Maja hereinkam, später auf leisen Sohlen in die Küche schlich, sich das Abendessen wärmte, im Stehen aß und dann in ihr Zimmer zurückkehrte.

Am späten Abend schaltete ich das Radio ein und stellte die Frequenz auf Mittelwelle 1304 Meter 230 Kilohertz, Radio Luxemburg. Es krachte und knisterte im

Lautsprecher, und der Ton kam nur langsam. Zunächst waren auch noch andere Sender zu hören, aber je älter die Nacht wurde, desto klarer kamen die Wellen durch die Luft, die mit einer Brise vom Meer durchs offene Fenster hereinschwebte. Je nach Empfang wechselte ich zwischen Radio Luxemburg und dem irischen Athlone. Klänge von Instrumenten, die von Männern wie Dizzy Gillespie und Stan Getz gestreichelt wurden, strömten ins Zimmer. Stimmen wie die von Ella Fitzgerald. Die großen Stars des Jazz. Und schließlich noch Ray Charles. Die Welt kam zu mir, und die gelbroten Ziffern und Buchstaben der Skala traten in der schwarzen, kühlen Nacht hervor wie heilige Zeichen aus dem All. Ich dachte an die heilende Kraft der Musik und war überzeugt, daß dieser Apparat eine Seele haben mußte.

Maja goß in Beeten und Krügen ihre Saat. Der Brunnen auf dem Hof war tief, und es sprudelte noch in ihm, auch wenn der Zufluß während der ärgsten Trockenheit deutlich nachließ. Das Wasser, das wir hochpumpten, war kühl und klar. Vorsichtig drückte sie einen Finger in die Erde und fühlte nach: Daß nichts gedieh, beunruhigte sie. Sie stellte die Gießkanne beiseite und kam zu mir herein.

Ich briet Schweinebauch und wärmte ein Bohnengericht. Im Radio liefen die Nachrichten. Ich war gerade dabei, den Eintopf umzurühren. Die Bohnen hatte ich über Nacht eingeweicht und dann zusammen mit Tomaten und gewaschenen Zwiebeln, einigen feingeschnittenen Möhren, Kräutern, Tomatenmark und Pfeffer gekocht. Maja stellte das Radio leiser. Das Essen spritzte über den Topfrand.

Sie sagte: Die Blumen sind wie vom Erdboden verschwunden, genauso wie die Männer.

Ich tat so, als konzentrierte ich mich auf die Nachrichtensendung, jenen feinen Tonstreifen, auf den Maja die Stimme des Sprechers reduziert hatte.

Ich bin heute in Båtsvik vorbeigegangen, sagte sie. Der Hof war menschenleer. Und Karin hat gesagt, daß Assar schon vier Tage nicht mehr zum Essen bei ihnen war. Das hat es noch nie gegeben.

Ich öffnete die Herdklappe, damit das Feuerholz etwas mehr Sauerstoff aufnehmen konnte. Die Glut flammte zischend auf, und das Bratfett in der Pfanne begann zu brutzeln. Sie sind nicht weg, sagte ich. Sie sind nur nicht hier.

Und was ist da der Unterschied? Weißt du, wo sie sind?

Du kennst die beiden doch, sagte ich und zog den gußeisernen Topf auf die Seite. Kleine Fettperlen spritzten hoch wie tanzende Glut. Ich stellte einen Topf mit Wasser und Blumenkohl auf die Flamme. Sie haben eben ihre eigenen Ideen. Sie können Urlaub machen, wann immer sie wollen ...

Urlaub? Von was?

... und Assar ist vielleicht unterwegs zu einer Notschlachtung oder einer kalbenden Kuh.

Maja lehnte an der Wand und verlagerte den Schwerpunkt aufs andere Bein. Woher kennt er sich da so gut aus? fragte sie.

Er hat Medizin studiert, sagte ich.

Es war unverkennbar, daß Assar schlagartig in Majas Achtung stieg. Aber was hat das mit Tieren zu tun? Fragte sie, als hätte sie ein Problem und eine Lösung vor Augen, deren Bestandteile sich nicht zusammenfügen ließen.

Er hat ein Händchen für sie.

Aber warum ... Er hat nie etwas davon erzählt.

Für ihn ist die Sache vorbei. Er hat es hinter sich. Und was spielt es schon für eine Rolle? Man holt ihn zu Kalbsgeburten oder zum Schlachten, das ist alles.

Zu den Neugeborenen und den Toten. Fast wie ein Priester.

Mit seinem Gottesglauben ist es wohl nicht so weit her. Dafür hat er zu viel mitgemacht.

Damit gab sich Maja zufrieden. Sie legte die Arme um ihren Körper, als wollte sie ihn umschlingen. Zu einem blauen, weit geschnittenen Rock trug sie eine Bluse, die locker darüberhing. Sie sog den Küchendunst ein und sagte: Was kochst du da?

Das Abendessen. Ich drehte die Pfanne in ihre Richtung. Das Fleisch zischte. Es ist bald fertig. Kannst du den Tisch decken? Nimm das Porzellan mit dem grünen Rand.

Angewidert betrachtete sie das Essen: Ich möchte nichts.

Aber es ist lecker. Ich tauchte einen Holzlöffel in den Bohneneintopf und blies darauf. Koste doch wenigstens! Beim letzten Mal hat es dir geschmeckt.

Ja, aber jetzt nicht! Sie schlug meine Hand weg, so daß der Löffel zu Boden fiel. Noch ehe er landete, hatte sie fluchtartig die Küche verlassen. Ich bin nicht hungrig!

Schon wieder nicht, dachte ich.

Sie schloß sich in ihrem Zimmer ein. Ein großer Fleck breitete sich auf dem Teppich aus. Ich machte einen Lappen naß und wusch auf, was noch nicht eingesickert war. Auf intensives Schrubben verzichtete ich, weil ich der Ansicht war, daß es wohl eher ihre Aufgabe gewesen wäre als die meine.

Als der Blumenkohl gekocht war, richtete ich meine Mahlzeit auf einem Teller an, den ich dann, zusammen mit einem Becher Schlehensaft, hinaustrug. Es war mühsam, die Gabel zu heben und loszulegen. Der Tag war anstrengend gewesen. Eine Familie aus Södertälje hatte am Nachmittag an der Anlegebrücke festgemacht. Ratlos und verzweifelt hatten sie dagestanden. Die Midget, die sie von guten Freunden geliehen hatten, zog Wasser, und sie bildeten sich ein, das Leck sei so groß, daß sie die Heimfahrt nicht mehr schaffen könnten. Ich war mit dem Mann zum Hafen hinuntergegangen.

Es war ein schönes und teures Boot, kraweelgeplankt aus feinstem Kiefernholz, mit einem Spant aus Eiche. Mit ein bißchen Glück fand ich heraus, wie man den kleinen Schaden in der Nähe des Achterstevens provisorisch abdichten konnte.

Alles in allem hatten die Arbeit und die Kaffeepausen, auf die die Familie bestand, ungefähr drei Stunden in Anspruch genommen. Die Kunden, die unterdessen draußen auf dem Hof hatten warten müssen, waren natürlich wütend, weil ich sie zuerst aus dem Laden getrieben und dann so lange hatte warten lassen. Ein Weib aus Eriksberg drohte mit Boykott. Beruhigt euch, hatte ich gesagt. Daß niemand einkaufen konnte, hat doch auch was Gutes: Für jeden von euch sind noch genug Waren da!

Ich wußte natürlich, daß die Leute nirgendwoanders hingehen konnten.

Das Schweinefleisch war salzig, safttriefend und knusprig zugleich und schmeckte zusammen mit den würzigen Bohnen wunderbar. Ich aß langsam und genießerisch. Harald kam aus dem Schuppen, den Arm voller Pfähle und Stahldraht, den er hinter sich her hinaus aufs

Feld zog. Die Schirmmütze war vom Schweiß dunkel geworden, sein Gesicht blank wie ein Teich.

Maja schlich hinaus in den Laden und wieder zurück in ihr Zimmer. Sie war launisch geworden. Mitten in einer Mahlzeit konnte sie plötzlich aufhören zu essen. Wenn sie fortging und ich dann nach ihr in den Laden kam, fiel mir mehrmals auf, daß in den Kartons an der Kasse Schokoladenplätzchen fehlten. Manchmal hatte sie sich auch Süßigkeiten genommen und die Gläser dann mit offenem Deckel stehen lassen. Verzichtete sie, so wie heute, ganz auf das Essen, so kam es vor, daß sie nachts aufstand und sich die Reste aus dem kalten Topf holte.

Maja kommentierte meine Arbeit inzwischen immer häufiger, während sie selbst immer weniger tat. Sie wich mir aus, und wenn ich fragte weshalb, antwortete sie mitunter: Laß mich in Ruhe. Du verstehst es ja doch nicht.

Aber ich glaube, sie wußte, daß ich mehr verstand, als ihr Verhalten offenbarte.

Ich stand auf, ging ins Haus und spülte den Teller ab. Dann wärmte ich ein wenig Kaffee, der vom Frühstück übriggeblieben war, goß ihn in eine große Tasse und kehrte wieder zurück nach draußen.

Rasks hatten Feierabend gemacht. Durch das Fenster sah man Harald und Karin gelegentlich auf und ab gehen. Aus ihren Bewegungen und Gesten, ihrem Aneinandervorbei- und Umeinanderherumgehen und ihrer Art, den Blicken des jeweils anderen auszuweichen, zog ich den Schluß, daß sie über eine Person sprachen, die nicht mehr bei ihnen weilte. Zum Beispiel über Vilmer oder Karl.

Ich merkte nie, wenn Maja kam: Eben war ich noch

allein, im nächsten Augenblick stand sie plötzlich dicht hinter mir. Ich wollte nicht böse werden, sagte sie, und legte mir die Hand auf den Nacken. Es kam wie von selbst, von dem Bratendunst. Mir ist wohl nicht gut.

Ich habe gelüftet, sagte ich.

Danke, sagte sie verlegen.

Ich drehte mich um: Willst du dich nicht setzen?

Sie schüttelte verneinend den Kopf, so daß die Locken sich um ihre Schultern legten. Ich stehe gut, sagte sie, und ihre klaren, ehrlichen Augen, von denen eine sonderbare Wärme ausging, funkelten. Hat dir schon mal jemand gesagt, wie lieb du bist, Johannes?

Ja. Vor langer Zeit mal.

Wer?

Eine Frau, sagte ich und war froh, daß ich Maja den Rücken zuwandte. Aber ich möchte nicht darüber sprechen. Es ist schon lange her.

Wir können über was anderes sprechen. Sie kratzte sich mit dem Fuß an einem Mückenstich auf der Wade des anderen Beins; es klang wie Seide auf feinpoliertem Edelholz. Zum Beispiel über folgendes: Weißt du, ob hier manchmal Post abhanden kommt?

Du meinst, ob Fräulein Lind ... Nein. Aber möglich ist alles.

Ich glaube fast.

Es muß was Wichtiges sein, worauf du wartest.

Auf einen Brief. Aus Stockholm.

Nach einer solchen Bemerkung drängt sich natürlich eine bestimmte Frage auf. Aber ich behielt sie für mich, drehte mich statt dessen zu Maja um und sagte: Karlsson hätte ihn nicht übersehen. Hätte er einen Brief mit deinem Namen bekommen, dann wäre er jetzt in deinen Händen.

Hm, sagte sie und wirkte einsam und verwirrt, wie eingehüllt in sich selbst.

Frierst du?

Es ist kühler geworden.

Im nachlassenden Licht zeichneten sich in ihrem Gesicht Spuren von Müdigkeit ab, die wohl eher von schlechtem Schlaf denn von selbstverbrennender Aktivität herrührten, und es war unverkennbar, daß sie sich nicht mehr mit der gleichen minutiösen Genauigkeit schminkte wie zu Beginn ihres Aufenthalts. Für jemanden, der ihr zum ersten Male begegnete, war sie von unwiderstehlicher Schönheit. Aber so wie ich saß und im Bewußtsein dessen, wie sie früher ausgesehen hatte, als wir uns nähergekommen waren, bemerkte ich jene Details, die zusammengefügt ein Ganzes ergaben: eine, wie es schien, älter gewordene und gelangweilte Maja, die nicht wußte, was sie mit ihrem Leben anfangen sollte. Die keine Ahnung hatte, wohin sie ihr Weg führte. Und da wir nicht darüber sprachen, konnte ich genausowenig wie sie selbst oder irgend jemand anderes eine Richtung vorgeben. Diese Einsicht, daß Maja sich verändert hatte, gehörte zu jenen Entdeckungen, über die man nicht weiter nachdenkt und die man nicht genau auszuformulieren sucht. Sie machen sich ganz von selbst bemerkbar – nur um anschließend geschwind wieder beiseitegeschoben zu werden.

Morgen werde ich noch einmal telefonieren, sagte sie. Vielleicht bekomme ich heraus, ob etwas für mich unterwegs ist.

Bei den Rotenschiölds?

Von Folkvik aus natürlich. Nein, zu denen gehe ich nicht, wenn er zu Hause ist. Sie kratzte sich am anderen Bein und fuhr fort: Er hat mich eingeladen. Wußtest du das? Aber ich darf nur kommen, wenn Helen nicht da ist.

Das hätte ich nicht von ihm gedacht. Daß er so einer ist.

Ich habe es ihm gleich angesehen. Wenn ich hingehen würde, dann nur Helen zuliebe.

Aber du wirst es nicht.

Oh, diese Mücken! Sie ging in die Hocke und kratzte sich beide Waden gleichzeitig. Weiße Streifen zeichneten sich ab auf ihrer Haut. Kommst du mit zur Telefonstation?

Ich trank aus. Das schaffe ich nicht, sagte ich.

Morgen ist doch Sonntag! Sie spuckte auf die Finger und verrieb den Speichel auf den Kratzwunden, die jetzt zu bluten anfingen.

Im Schrank steht Salubrin, oberhalb des Bestecks. Das lindert.

Du hörst mir gar nicht zu, sagte sie anklagend. Wir können einen Abstecher nach Norrsund machen und Britta und Elias besuchen.

Es ist netter für dich und Britta, wenn du allein hingehst, sagte ich. Aber was ich eigentlich dachte, war: Gut, daß sie sich für einige Stunden woanders aufhält. Ich muß rüber nach Båtsvik oder wo immer sie sich inzwischen herumtreiben. Und ich sagte: Ich werde Hering besorgen.

Wo willst du den denn herbekommen?

Das weiß ich noch nicht. Aber ich brauche Fisch für den Verkauf.

Ich stand auf. Setz dich, sagte ich und schob ihr den Stuhl zu. Dann ging ich ins Haus und holte die Flasche mit der schmerzlindernden Flüssigkeit sowie eine Handvoll Watte. Ich kniete mich vor Maja hin, befeuchtete den Bausch, bis er tropfnaß war, hob ihr Bein an der Ferse hoch und bestrich es, so daß es von der Feuchtigkeit blank wurde. Die sonnengebräunte Haut dunkelte nach und bekam einen seltsamen Glanz. Ich machte so weiter bis hinauf zum Knie, und Maja lehnte sich zurück, rutschte mit dem Gesäß vor und sagte: Das ist wunderbar.

Ich hatte eine vage Ahnung, wo sie sich aufhielten und wie ich mit ihnen reden mußte, damit sich der Gang dorthin lohnte. In der Morgendämmerung machte ich mich auf den Weg.

Ich hätte mich lang ausstrecken und mir einen gemütlichen Sonntag machen können, wollte aber die kostbare Zeit nicht vertun. Diese frühen Morgenstunden sind wunderbar, wenn die Möwen in kurzen Flügen über dem Wasser entlanggleiten und erste Schreie von sich geben, um die Kehlen freizubekommen. Allerdings können sich solche betäubenden Stunden auch gegen einen wenden und der Einsamkeit Nährboden verschaffen, die sich in der Brust verbreitet, sich über die Blutgefäße weiter ausdehnt und verzweigt, bis schließlich der ganze Körper von der Sehnsucht zerfressen ist. Ich wünschte, daß jemand neben mir wanderte wie ein Freund. Um eine Ahnung davon zu bekommen, begann ich ein leises Gespräch mit mir selbst. Sprach aus, wie die Dinge in Wirklichkeit lagen: Der Schnaps war ausgegangen. Das Lager hatten durstige Bauern und Bootsmänner geleert, die sich in ihrer Plicht ein Gläschen einschenkten, nachdem sie für den Tag vor Anker gegangen waren. Gab es Gleichgesinnte in der Nähe, wurden sie zu einem ruhigen, kleinen Fest am Steg eingeladen. Die Jahreszeit forderte eisige Perlen und bunte Schnäpse. Die Nachfrage sollte anhalten, aber ohne Vilmer blieben die Lieferungen aus. Die ganz Verzweifelten würden mir die doppelte Summe für die halbe Menge bieten, sofern ich nur etwas auftreiben konnte.

Fisch bekam ich auch keinen. Ich wagte nicht, jemanden von den Inseln draußen zu bitten, Netze für mich auszulegen, denn das hätte falsch interpretiert werden können. Oder noch schlimmer, es hätte all das enthüllen können, was jetzt, im nachhinein, so klar wie Schmelzwasser als Spiel um Maja erkennbar ist. Solange ihm Assar nicht zur Verfügung stand, konnte Harald seine Frau bei der Bestellung der Felder nicht entbehren, was zur Folge hatte, daß sie nur in unregelmäßigen Abständen buk und meistens überhaupt nicht. Kein Käse wurde zubereitet. Das Gemüse beschränkte sich auf das, was ich selbst ziehen und pflegen konnte. Das Fleisch blieb aus. Auch vom Honig war nichts mehr übrig.

Meine Umsätze sanken.

Ich wanderte über Ökenäs, auf demselben Pfad, den Maja oft wählte und auf dem ich später zusammen mit Helen ein Stück entlanggehen sollte, zum ersten Mal von vielen. Der Hof lag geschlossen und verlassen da. Das Kartoffelkraut auf dem Feld war verkümmert und vertrocknet, die Erde aufgesprungen. Ein Mauersegler fegte über das Wohnhaus.

Im Innern des Waldes duftete es stark nach der Wärme des Morgens, die unbeweglich zwischen den Nadelbäumen stand, nach Rauschbeere, Sumpfporst und aus Kiefernholz quellendem Harz und nach den trockengelegten Tümpeln, auf denen zu gehen weich und andachtsvoll war. Das Moos unter den Füßen knisterte. Die Sonne drang durch die Zweige, die ihr Dach ausfuhren. Als ich auf die glatten, nackten Felsen hinaustrat, zog ich mir das Hemd aus und band es mir um die Hüfte. Ich behielt ein hohes Tempo bei, um die Freiheit des Tages voll auszukosten.

Ich kam zu einer geraden Strecke, die, von Fichten gesäumt, wie ein Korridor erschien. Später folgten rechter Hand Wiesen und Weiden mit Aussicht auf die Bucht und Tofsö, bis schließlich Båtsvik zu sehen war. Fünf Kilometer nördlich davon lag das inzwischen verfallene Häuschen, in dem Pullman einst aufgewachsen war. Die Wände krümmten sich wie ein Schiffskörper, Scheiben waren zersplittert, und mehr als jeder zweite Dachziegel auf unerklärliche Weise verschwunden. Viele Winter blieben diesem Haus nicht mehr. Aus dem Innern hörte man Stimmen und das Geräusch von Möbeln, die über den Boden gerückt wurden. Zögernd klopfte ich an. Der König riß mit ungewohnter Heftigkeit die Tür auf. Mein Kommen schien ihn nicht sonderlich zu überraschen; sein Blick gab mir eher das Gefühl, daß man mich bereits erwartete. Hinter ihm tauchte Pullman auf. Er tastete sich vorwärts, auf der Suche nach einem Halt, an dem er sich festklammern konnte. Er fand den Rücken vom König. Damit sein Reiter nicht stürzte, war der König gezwungen, sich mit beiden Händen am Türrahmen abzustützen.

Hier macht ihr also Urlaub? fragte ich. Sonne und Bad?

Wieso? fragte der König.

Wer ist es? rief eine Stimme, die so verdreht war wie das Paneel. Sie waberte und schraubte sich aufwärts. Auch Tor hatte schon lange und ausdauernd gebechert.

Pullman stemmte sich vom Rücken des Königs ab und taumelte seitlich gegen die Wand. Es ist unser Händler, antwortete er und schleppte sich vorwärts.

Ich wedelte dem König mit der Hand vor dem Gesicht herum, um ihn auf mich aufmerksam zu machen. Ihr müßt zurückkommen, sagte ich. Die Dinge müssen wieder ihren normalen Gang gehen.

Und was heißt das? Er warf den Kopf in den Nacken und wies ins Innere des Hauses. Für uns ist das hier nicht unnormal. Jetzt nicht mehr.

Tors schlingernde Stimme spülte über uns hinweg: Sag ihm, er soll sich zum Teufel scheren!

Jetzt bist du still! rief Pullman zurück. Er hatte es geschafft, sich umzudrehen, so daß er nun breitbeinig mit dem Rücken gegen die Wand stand. Die Arme hingen schlaff am Körper herab.

Ihr wollt nicht?

Wollen ...? Der König wog bedächtig den Kopf, hob ihn schließlich und sah mich an. Wir können nicht. So einfach ist das.

Darf ich reinkommen?

Wenn's unbedingt sein muß. Der König ging zur Seite. Die Bewegung wurde jedoch länger, als sie beabsichtigt war. Mit dem Ellbogen stieß er Pullman an, der zusammensackte und zu Boden stürzte, sich dessen aber anscheinend überhaupt nicht bewußt zu sein schien. Der König schloß hinter mir die Tür. So ... wohnen wir hier, sagte er.

Ich blieb in der Nähe des Eingangs stehen. Nicht des Gestanks wegen, der mir wie ein Nebel aus festsitzendem Schmutz, im Eimer verrichteter Notdurft, Schimmel und verschüttetem Fusel entgegenschlug, sondern weil mir das Mobiliar kaum Bewegungsfreiheit ließ. Ein gewaltiger Tisch nahm den größten Teil des Raumes ein. Rundherum verstreut lagen und standen sprossenlehnige Stühle mit Schlagseite, durchgelegene Matratzen, ein

Bett, ein paar Hocker und ein Schrank. Die Löcher in den Wänden waren notdürftig zugestopft worden. Als dekorative Krönung des Gesamtwerks glitzerten überall Flaschen in unterschiedlichen Stadien der Erhaltung und Entleerung sowie eine Vielzahl mehr oder weniger ramponierte Gläser. In einer Ecke schlief, zusammengekauert wie ein Hund, Assar, und ihm gegenüber stand Tor an ein Regal gelehnt, unfähig, sich an mich oder die Worte, die er soeben ausgestoßen hatte, zu erinnern. Er versuchte zu singen, brachte aber nur ein Brummen zustande. Seine Augen rollten wie Oliven in einem kalten Drink.

Pullman war zu einem Stuhl gekrochen und hatte sich – entweder eigenhändig oder mit Hilfe des Königs – auf den Sitz gehievt. Der König selbst war näher an mich herangerückt. Beider Atem stank nach Fusel.

König, sagte ich und bemühte mich, jede Silbe zu betonen, was soll das hier eigentlich darstellen?

Was denn? Er fuchtelte mit den Händen. Das hier? Das weißt du doch, sagte er.

Aber warum das alles? Ich löste das Hemd von der Hüfte, zog es an und ließ es – ohne mehr als ein, zwei Knöpfe zu schließen – locker über die Hose fallen. Alles löst sich auf, sagte ich. Die Kunden laufen mir davon.

Du denkst wohl zuerst an deinen ..., sagte Pullman. Er hickste. Verdienst, was? Er lehnte sich mit seinem ganzen Gewicht gegen die Rückenlehne. Das erscheint mir ... wie heißt es doch? ... grob ... kurzsichtig ...

Bald hab' ich nichts mehr, was ich noch verkaufen könnte.

Bist du extra hierhergekommen, um uns das zu sagen?

Harald ist auch betroffen. Er braucht Assar bald für die Heuernte und euch auch. Außerdem gehört Assar unter Karins Aufsicht.

Er ist erwachsen, sagte der König. Erwachsen, aber überbehütet. Er kann selbst darüber entscheiden, was er will, und er hat gesagt, daß er hierbleiben möchte. Hier!

Ist voll wie 'ne Haubitze, oder?

Nicht so wie der da. Er zeigte auf Tor, der langsam am Regal hinuntergeglitten war und jetzt mit weit gespreizten Beinen auf dem Boden saß.

Wie ist er hergekommen?

Wer?

Er.

Wir haben ihn in der Krone gefunden. Er hatte von den Schreinerarbeiten in Gisekvarn die Nase voll.

Und Assar?

Was du nicht alles wissen willst!

Habt ihr ihn auch hierhergeholt?

Mit dem Fuß angelte sich der König eine auf dem Boden liegende Flasche, beugte sich weit über den Stuhl, um sie zu erreichen und verharrte in dieser Stellung, während er den verbliebenen Rest in sich hineinsog. Er stand eines Tages vor der Tür, sagte er und warf die leere Flasche weg. Gestern. Oder vorgestern? Ich weiß es nicht mehr. Er hat Sinn für so was hier.

Seid vorsichtig mit ihm.

Wir werden uns schon um ihn kümmern.

Genau das macht mir Sorge.

Ihm geht's gut.

Er verträgt nicht so viel. Es kann ihm schaden.

Keiner sagte ein Wort. Was den Alkohol betraf, war meine Feststellung ohnehin überflüssig. Ich sah zum Dach hinauf, wo durch breite Risse in der Zwischendecke Licht eindrang. Die Bretter waren im Laufe der Jahre stellenweise zu einem feinen Staub zerfallen, der hinuntergerieselt war und rostige, vierkantige Nägel mit großen Köpfen freigelegt hatte. Milben hatten sich durch die Balken gefressen. Der Dachstuhl hatte die Konsistenz von locker zusammengepreßtem Pulver.

Nicht gerade gemütlich hier, sagte ich.

Sie nickten zustimmend, die Köpfe schräg. Es ist nicht wie ... wie zu Hause, sagte Pullman. Vorübergehend drifteten seine Gedanken fort. Aber früher war es mal eines, sagte er dann. Ein Heim.

Ich finde, ihr solltet wieder zurück nach Båtsvik ziehen. Maja ist nicht gefährlich.

Nee, sagte der König, die nicht. Leute wie sie landen immer richtig.

Aber ... siehst du nicht, daß etwas ..., sagte Pullman, ... daß etwas geschehen wird? So wie die sich ranhält. Er schwankte hin und her und hatte Mühe, sich ohne Gewaltanwendung gegen den Stuhl oder sich selbst aufrechtzuhalten. Sie gehört doch nicht ... Der Schluckauf verschlang seine Worte.

Ihr könntet etwas für sie tun, sagte ich. Seht zu, daß sie bei uns heimisch wird. Eine Aufgabe bekommt.

Du meinst so etwas wie einen Sinn ... Daß sie ... einen Sinn im Leben findet?

So was in der Art, ja. Allerdings nicht so allumfassend.

Das ist klar. Nee ... das wird nicht gehen.

Und da meint ihr, verhält man sich am besten so wie ihr? Verkriecht sich lieber, als etwas dagegen zu unternehmen?

Wir haben doch erklärt, daß nichts passieren kann, solange wir aus dem Weg sind, sagte der König. Jedenfalls uns nicht. Er verlor den Faden, runzelte die Stirn, grübelte, hielt Ausschau nach der nächstliegenden Flasche.

Unter dir, sagte Pullman.

Ohne hinzusehen tastete der König mit der Hand unter seinem Stuhl herum. Kaum hatte er die Flasche zu packen bekommen, zuckte die Hand wieder hoch. Haben wir das nicht schon mal besprochen? fragte er.

Es gibt etwas, das ihr nicht akzeptiert, sagte ich.

Schecks? In einem überraschenden Anfall von wacher Konzentration gelang es dem König, mich mit seinen blutunterlaufenen Augen zu fokussieren und gleichzeitig den Verschluß der Flasche aufzuschrauben. Man kann auf Kredit leben, sagte er und genehmigte sich einige geräuschvolle Schlucke. Der Laut wirkte auf Tor wie ein Signal. Er wand sich hin und her, stöhnte und nahm einen Zug aus der Literflasche, die er im Arm hielt.

Ich machte einen Schritt zur Seite, an der Wand entlang. Verantwortung, sagte ich. Habt ihr davon schon mal was gehört? Wißt ihr, was das bedeutet?

Das ist so ein Wort, das nur dazu da ist, Gefühle zu wecken ... Schuldgefühle, sagte Pullman. Damit haben wir nichts zu schaffen. Das betrifft nur Leute wie dir.

Wie dich, heißt das.

Du warst es doch ... Er fing von vorne an. Du hast sie doch hierhergebracht, sagte er. Die Energie, die für eine so konzentrierte Gedankenübung erforderlich war, beraubte ihn vollends seiner Kraft. Er kippte um und sank zu Boden, den Stuhl über sich. Tor zuckte von dem dumpfen Poltern zusammen.

Hoch mit dir, sagte der König, doch fehlte ihm in dieser Angelegenheit die nötige Autorität. Er zog sich unendlich mühsam in den Stand hoch, ergriff mit der einen Hand die Rückenlehne des Stuhls, um das Gleichgewicht wiederherzustellen und visierte die Richtung an.

So ist es ja gar nicht gewesen, sagte ich und überlegte im gleichen Moment, weshalb ich mich auf eine Diskussion mit zwei Männern eingelassen hatte, die schon nach ein paar Minuten keine Ahnung mehr haben, worum es eigentlich ging. Doch da war eine Art Instinkt in mir, der nicht aufgeben wollte, sondern beweisen, daß sie Unrecht hatten. Als ob das unter dem Strich irgendeinen Nutzen brächte. Sie wohnt bei mir, sagte ich. Das ist alles.

Das ist das Gleiche, sagte der König. Oder beinahe. Er war bei seinem Freund angelangt, stellte sich breitbeinig über ihn, schob die Hände unter dessen Achselhöhlen und versuchte, ihn hochzuheben. Es gelang ihm nicht, ihn von der Stelle zu bewegen. Mit einer Miene, die besagte, daß er keineswegs daran dachte, sein Scheitern einzugestehen, richtete der König sich auf, schwankte, suchte sich eine Stellung, in der er nicht umfallen konnte, und wischte sich, mit schwebender Eleganz und sehr darum bemüht, auf den Beinen zu bleiben, einen Fussel vom Hosenbein. Es sah aus wie eine tiefe Verbeugung. Wie dem auch sei ..., sagte er, ... so können wir zusammenfassend konstatieren, daß du jemanden versteckst, der hier nichts verloren hat.

Die einzigen, die sich verstecken, seid ihr.

Darüber läßt sich diskutieren, sagte Pullman, der trotz allem einigermaßen bei Sinnen war, wenn ... wenn ... wenn man den Besuch im Elternhaus, zusammen mit guten Freunden, wirklich als sich verstecken bezeichnen kann. Er klang jämmerlich.

Der König schleppte sich zu einer Wand, tastete sich mit ausgestreckten Händen vorwärts. Im übrigen müssen wir jetzt ohnehin hierbleiben, sagte er, als er Halt gefunden hatte. Auf jeden Fall noch eine Weile. Er rülpste laut. Entschuldigung, sagte er und hob die Rückseite einer Hand in Richtung Mund, klatschte sie aber versehentlich gegen die Wange. Dann nahm er Anlauf, um eine wahre Wortkaskade aus sich herauszupressen: Ich habe nämlich Ende nächster Woche Geburtstag. Und den wollen wir hier feiern, das haben wir beschlossen. Der Alte Matts, Tjalle aus Tvären und einige mehr sind eingeladen. Auch du bist herzlich willkommen. Aber nimm Harald nicht mit. Er weiß eine gemütliche Stimmung nicht richtig zu schätzen.

Die dichten Alkoholschwaden, die im Zimmer hingen, machten mich benommen. Ich fühlte mich schon genauso betrunken wie die anderen. Oder waren es eher ihre Gedanken und Vorstellungen, die mich ganz schwindelig machten – jedenfalls mußte ich von dort weg, hinaus in eine Luft, in der man atmen konnte. Ich stieg über das Gerümpel zur Tür und öffnete sie. Staub wurde im Lichtstrahl aufgewirbelt. Ich sog Sauerstoff in mich hinein und überlegte, welche Gründe es noch gab, zu bleiben. Aber was ich hier erlebte, war nicht Literaturgeschichte, auch keine Szenenfolge aus einem schlechten Film, sondern eine Angelegenheit, die ich entweder in den Griff bekommen oder aufgeben mußte. Unterdessen hatte der König einen erneuten Versuch mit Pullman gemacht – und aufgegeben.

Wie kann ich euch bloß dazu bringen, eure Meinung zu ändern? fragte ich.

Versuch's gar nicht erst, sagte der König und rülpste wieder. Unser Entschluß steht fest.

Dann gehe ich jetzt, sagte ich. So, als hätte ich gehofft, daß sie mich bitten würden zu bleiben. Aber Pullman sagte: Tu das, Händler.

Nach ein paar hundert Metern machte ich kehrt und klopfte erneut an die Tür. Der König öffnete sie einen Spaltweit. Der Schlitz reichte, um die Gerüche herauszulassen. Was gibt's denn schon wieder? fragte er. Hinter ihm konnte ich sehen, daß Pullman noch immer regungslos dalag. Er hatte sich lang ausgestreckt.

Wo bekommt ihr den Alkohol her? fragte ich.

Der kommt aus dem Landesinnern. Der Alte Matts hat ..., begann er, änderte aber seine Meinung: Das geht dich nichts an.

Könnt ihr mehr besorgen?

Du kannst gerne ein Schnäpschen bekommen. Warum hast du das nicht gleich gesagt? Er schob die Tür auf, ließ mich ein und schwenkte die inzwischen zur Hälfte geleerte Flasche vor meinem Gesicht hin und her.

Er soll nicht für mich sein. Ich will ihn verkaufen. Ist er gut gebrannt?

Nach einer Weile kriegt man ihn runter. Wieviel willst du haben?

So viel wie möglich. Ich bezahle bar oder lasse einen Vorschuß da.

Das ist nicht nötig. Er nahm einen Mundvoll. Es pfiff aus seiner Kehle, als der sonnenwarme Schnaps hinunterströmte. Ich werde sehen, was ich tun kann, sagte er. Melde dich in ein paar Tagen.

Es war Nachmittag geworden. Die Sonne rieb meinen Rücken, als ich, wieder mit nacktem Oberkörper, heimwärts trottete. Der Gedanke an das, was da kommen sollte, machte mich betrübt und auch besorgt. Selbst wenn man ihnen Garantien gegeben hätte, wären die Männer nicht davon zu überzeugen gewesen, daß sie sicher waren. Und überhaupt war es etwas Größeres als das andere Geschlecht, das sie fernhielt; etwas, dessen sie sich noch nicht bewußt waren und vielleicht niemals bewußt werden würden: Es war die Angst vor allem Fremden und Unbekannten, ein Dämon, den jeder Mensch um seiner Vollkommenheit willen bekämpfen muß.

Ich fühlte mich unsicher und allein in meiner Auffassung und fragte mich, was mit mir geschehen würde, wenn ich an ihr festhielt, und was ich tun könnte, um der unabwendbaren Katastrophe vorzubeugen, in die wir fast unmerklich hineinschlitterten. Die Gedanken an mögliche Gegenmaßnahmen jagten mich. Ich zweifelte an meinen eigenen Fähigkeiten, wollte diese Geschichte so schnell wie möglich hinter mich bringen, wollte, daß morgen schon gestern war, als wäre es möglich, unter dem laufende Geschehen hindurchzufliehen und am anderen Ende wieder herauszukommen, ohne daß eines der vorausgesagten Ereignisse eingetroffen war. Ich rannte, lief wie ein angeschossenes Tier durch den Wald, bis mein Herz so laut pochte, daß es den Atem übertönte. Ein schwarzes Flimmern vor meinen Augen wollte stundenlang nicht vergehen. In Tyvudden brach ich zusammen. Es dauerte eine Weile, bis ich wieder zu Bewußtsein kam.

Der Brustkorb war von Ästen und Buschwerk zerkratzt. Das Hemd hatte ich verloren. Gänsehaut. Ich erhob mich sehr unsicher aus dem Gras und humpelte weiter.

Auf dem Feld nördlich vom Hof stellten Harald und Karin Heureiter auf. Stella und Bruno zogen den mit Pfählen beladenen Karren. Als die Rasks mich erblickten, legten sie die Gerätschaften beiseite und ließen die Pferde stehen.

Sieh dir unseren Händler an! rief Harald aus. Er klang eher zufrieden denn mitleidsvoll. Das ist ja der schlimmste Anblick, seit unsere Kuh Rosa drei Kälber auf einmal zur Welt brachte! Hat man dich in Ängsvik ausgepeitscht?

Karin zeigte mehr Mitgefühl. Sie nahm mich an den

Händen. Was hast du denn bloß gemacht? fragte sie und führte mich weiter.

Bin eine Runde gelaufen, sagte ich. Brauchte ein bißchen Bewegung.

So, so, wir wohnen also Tür an Tür mit Emil Zátopek?

Du mußt dich waschen, sagte Karin und tat so, als hörte sie die Sticheleien ihres Mannes nicht. Ich mach' dir Wasser warm.

Mach dir keine Umstände. Das schaffe ich allein.

Karin schien meiner Versicherung nicht zu trauen. Die beiden packten mich, jeder an einer Seite, und trugen mich zum Laden. Ich röchelte und versuchte zu spucken, hatte aber keinen Speichel mehr. Alles tat mir weh. Karin wollte sich meine Schrammen ansehen und sie mit etwas Linderndem verbinden. Ich bat sie, die Wunden in Ruhe zu lassen und sehnte mich nach anderer Behandlung. Harald war weniger gefällig. Auf was für verrückte Ideen und Lügen ein erwachsener Mann doch kommen könne, murrte er und trat aus Wut über die Störung heftig in die Erde: Ich habe heute nur die Hälfte meiner Arbeit geschafft!

Karin ließ mich nicht los. Hast du was zum Essen im Haus? fragte sie. Normalerweise wäre das eine rein rhetorische Frage an einen Gemischtwarenhändler gewesen – aber bei ihr war sie aufrichtig gemeint. Ich antwortete, wie es war: Daß nicht viel übrig sei, aber bis zum Abend würde es noch reichen. Ich zog hinter mir die Tür zu und schloß ab.

Ich kramte einige Konserven zum Aufwärmen hervor, von denen ich wußte, daß Maja sie auch mögen würde, und als ich mich gewaschen, gegessen und drei Flaschen Leichtbier getrunken hatte, legte ich mich zeitig ins Bett und blies die Lampe aus. Nach den Spätnachrichten wollte ich noch Pekka Langer in *Natttuppen* hören.

Danach konnte ich nicht einschlafen. Die Haut schmerzte, und der Puls wollte einfach nicht zu seinem normalen Rhythmus zurückkehren. In mir sang das Blut. In Gedanken ließ ich noch einmal diesen miserablen Tag an mir vorüberziehen und schämte mich dort im Dunkel, umgeben vom Surren der Mücken und Fliegen, plötzlich dafür, daß ich dem König und Pullman das letzte Wort gelassen hatte. Ich hätte bleiben und so lange argumentieren müssen, bis wir uns einig gewesen wären. Statt dessen war es wie damals, als ich es unterlassen hatte, um Ulla zu kämpfen. So, wie ich mich verhalten hatte, war ich nicht besser als die anderen.

Der Schrei einer Eule strich über die Wiesen. Ich konnte die Finger nicht von den Wunden lassen. Sie tasteten sich wieder und wieder vor, um an ihnen herumzufühlen und immer an das eine zu erinnern: Ich hatte es getan, weil ich einer Konfrontation aus dem Wege gehen wollte.

DIE MÄNNER HABEN gefragt, ohne eine Antwort zu bekommen. Als Rotenschiöld nach sechsjähriger Abwesenheit beschloß, sich für den Rest seiner Tage an diesem Ort niederzulassen, da war es jedoch, als fühlten sie, daß er ein Kerl war, in dessen Nähe sich aufzuhalten nicht unbedingt gesund war. Sie mieden ihn. Er für seinen Teil tat das Gegenteil, war stets bemüht, sich selbst und seinen Umgangston an den ihren anzupassen, um sich in die Gemeinschaft einzufügen. Auch wenn Rotenschiöld selbst nie auf den Gedanken käme, einen solchen Begriff zu verwenden, so glaube ich doch, daß es eine Art Ausgleich war, wonach er strebte. Er suchte nach einer Anerkennung seines Verhaltens und seiner Stellung.

Standen die Männer im Schuppen der Rasks oder draußen auf den Wiesen aus irgendeinem Grunde beieinander und Rotenschiöld ging auf sie zu, weil er in Ängsvik Hilfe brauchte, sich Informationen beschaffen oder einfach nur ein wenig plaudern wollte, dann war es, als zündete man eine Sprengladung. Sie flohen, ehe der Knall kam, und ließen ihn allein zurück, vielleicht mit ein oder zwei Männern, die nicht rechtzeitig entkommen konnten.

Rotenschiöld bat Elias, einige Reparaturarbeiten für ihn durchzuführen. Elias erwiderte, er sei in der nächsten Zeit so ausgebucht, daß er es kaum noch schaffe, nach Hause zu fahren, um die Kleider zu wechseln. Und Britta ließ ausrichten, daß der Flachs ihre ganze Zeit in

Anspruch nehme, als er ihre Hilfe beim Nähen von Gardinen wollte. Der Kurs seines Geldes war plötzlich verfallen; er konnte damit nicht länger Wohlwollen und Vertrauen kaufen.

Von mir verlangte er, daß ich ihm seinen Wagen, den er in einem Schlammloch festgefahren hatte, wieder herausschob. Ich tat es, ohne daß jemand davon erfuhr.

Er mäßigte sich in seinem Umgangston und zeigte auch in seinem Auftreten mehr Besonnenheit. Das wichtigste jedoch war seine allmähliche Einsicht, daß er sich nicht mehr einzig und allein als Bereicherung für seine Nachbarn betrachten durfte. Man konnte ihn auch anders beurteilen.

Ich frage mich, ob Helen je verstand, wie die Leute ihm begegneten und warum sie so reagierten. Im Gleichklang mit seinen Bemühungen um größere Akzeptanz, zog sie sich – nein, nicht zurück, sondern immer tiefer in sich hinein. Die Gemeinsamkeiten, die uns eine Zeitlang verbunden hatten, gab es folglich nicht mehr, auch wenn Helen nach wie vor regelmäßig ihre Einkäufe bei mir erledigte. Meistens kam sie zu Zeiten, in denen sie sicher sein konnte, daß andere Kunden sich im Geschäft befanden, und sie kaufte in großen Mengen Waren, die sich einfrieren ließen.

Im Herbst gingen die Männer immer auf die Jagd. Ich verkaufte ihnen Munition und kaufte vom Fleisch der erlegten Tiere; mehr wollte ich mit der Sache nicht zu tun haben. Für die Einheimischen war es dagegen ein großes Ereignis. Schon Ende August begann man davon zu sprechen und Pläne zu schmieden. Es war nicht so, daß Prahlsucht oder die Lust am Außergewöhnlichen im Mittelpunkt standen. Die Jagd spielte vielmehr eine wichtige Rolle in der jährlichen Haushaltsplanung der Menschen.

Es überraschte mich, daß Rotenschiöld im zweiten Jahr nach seiner Rückkehr eines späten Abends zu mir kam und sagte, er wolle sich diesmal an der Jagd beteiligen. Er habe eine Lizenz, behauptete er, und sei ein guter Schütze. Vielleicht fehle es ihm an Erfahrung, doch gebe es in seiner Familie eine überlieferte Veranlagung zum Jagdwesen. Ich verwies ihn an Harald. Wie in vielen anderen Dingen wog auch in dieser Angelegenheit sein Wort am meisten. Und Harald blieb nichts anderes übrig, als Rotenschiölds Teilnahme zu akzeptieren.

Proteste blieben nicht aus: Was hatten plötzlich Städter in der Jagdgesellschaft verloren? Der Rotenschiöld? sagte Tor verschreckt. Soll der mich etwa ersetzen? Der kann doch kaum eine leere Patronenhülse von einer Hasenfährte unterscheiden! Harald gab nicht nach: Sie könnten über den Advokat denken, was sie wollten, aber Tatsache sei, daß er nun für immer hier wohne, und dagegen könne man nichts tun. Und da man ihn nicht loswerden könne, nehme man ihn lieber mit, alles andere wäre nur noch schlimmer. Irgend etwas würde für den Gefallen, den sie ihm erwiesen, schon herausspringen. Um festzustellen, was für ein Kaliber er sei, könne man ihn ja gleich zu Anfang auf die Probe stellen.

Am ersten Morgen, an dem sie loszogen, trug Rotenschiöld funkelnagelneue Kleider. Die Jacke war rot wie eine Warnflagge und mit unzähligen Taschen für Patronen und anderen Krimskrams versehen, die Hose braun und weit. Die schicke Waffe, ein italienisches Fabrikat, sah noch unbenutzt aus. Der Kolben war von Hand graviert. Er hielt sie mit beiden Händen umschlossen vor seinem Körper, als er ruhigen Schritts zu den anderen trat. Sonst hatte er nichts dabei, was jene beunruhigte, die frischen Kaffee gekocht und in Thermoskannen gefüllt hatten. Sie fröstelten und versuchten, sich in der feuchten Morgendämmerung und den rastlosen Nebelschwaden warmzuhalten, indem sie die Arme um ihre Körper schlangen. Kleine Atemwolken stiegen aus ihren Mündern empor. Sie wichen zurück. Die Hunde schnüffelten und winselten.

Du kannst wieder nach Hause gehen, sagte Harald zu ihm. Für dich gibt's heute nichts zu tun.

Wie bitte? fragte er verdrießlich.

Heute sind die Rehe dran.

Sehr gut, sagte er. Das gefällt mir.

Wir sind eine gerade Zahl. Es geht nicht mit einem zusätzlich, sagte Harald. Du mußt warten, bis wir Elche jagen. Da macht es nichts, wenn die Zahl ungerade ist.

Rotenschiöld starrte erst Harald an und dann auf seine Waffe, als habe er sie nur versehentlich mitgenommen und wisse nicht mehr, warum. Er streckte das Gewehr vom Körper weg, hakte die ledernen Tragriemen aus und schob es auf den Rücken. Die Männer beobachteten ihn in gespannter Erwartung. Rotenschiöld konnte nicht beurteilen, ob es tatsächlich um eine Jagdmethode ging oder ob man ihn nur testete. Er wollte aber die Kontrolle über die Situation nicht verlieren, und so sagte er: Das macht nichts. Ich kann auch vom Zuschauen noch was lernen.

Er durfte ihnen folgen. Selbstverständlich hatte er noch unendlich viel zu lernen. Die Männer trotteten los, ein wenig verwirrt darüber, daß es so leicht gegangen war. Sie hätten mißtrauischer sein müssen. Es wurde nichts mehr gesprochen. Jeder wußte, was er zu tun hatte.

Zur Elchjagd bat Rotenschiöld die Männer zu sich nach Ängsvik. Die Einladung wurde nicht gerade mit jener Dankbarkeit aufgenommen, nach der sie heischte. Sie starrten vor sich auf den Boden und murmelten, daß man erst noch sehen müsse, was aus der Sache werde und daß es ja auch kein besonders gutes Jahr für Elche sei. Aber das war falsch. Es war ein gutes Jahr. Natürlich würden sie müde und mit schwerer Last auf den Schultern zurückkehren, umgeben vom driftenden Dunst, der aufkommt und vergeht, wenn die Dunkelheit ihren Griff um die sternklaren, beißend kalten Nächte löst.

Als ich von seiner Veranstaltung erfuhr, ließ ich alles stehen und liegen und ging über den Gartenweg zu Rasks. Harald öffnete auf mein Klopfen. Du hast es also gehört? fragte er.

Ich will dein zweites Gewehr ausleihen, sagte ich. Ich werde auch dabeisein.

Das gehört Vilmer. Ich kann nicht …

Er hat mit Waffen nichts zu schaffen. Nicht in seinem Zustand.

Hast du schon mal gejagt?

Gib mir einen Stand ganz außen auf der Flanke, dann bin ich nicht im Wege. Ich möchte die Gelegenheit nicht verpassen.

Haralds Hand lag noch immer auf dem Türgriff, und er verharrte in der gleichen vorgebeugten Stellung wie beim Öffnen. Er sah mich zunächst verständnislos an, doch dann lächelte er, als hätte er eine Lösung gefunden. Es war ein Lächeln, das Einvernehmen bedeutete; als wolle er mir zeigen, daß er meine Absichten begriff und im stillen mit ihnen sympathisierte. Augenblick, sagte er und ließ die Tür offenstehen, ohne mich hereinzubitten. Die Einsicht in das, was da im Gange war, verwirrte ihn. Das Radio übertrug einen Gottesdienst. Aus der Küche strömte ein Hauch von in salzigem Dillwasser gekochten Kartoffeln, die zusammen mit Dorsch und Eiersauce serviert werden sollten.

Harald kehrte mit dem alten, billigen Gewehr zurück, das einst in der Hoffnung, es würde ihn zu einem nüchternen Menschen machen, seinem Bruder geschenkt worden war. Adam hatte die Flinte damals eingeschossen. Später wurde sie fleißig von Harald benutzt, ehe sie schließlich ungenutzt irgendwo in einer Garderobe stehenblieb. Harald überreichte mir das Gewehr zusammen mit einer Schachtel Patronen. Ich ergriff die Waffe am Lauf, spürte die Zimmertemperatur an ihr und nahm den schwachen Duft von eingefettetem Metall wahr sowie von Pulver, das an unerreichbaren Stellen dünne Ablagerungen gebildet hatte.

Munition habe ich selbst, sagte ich. Gibt's keine Tragriemen dazu?

Daraus habe ich eine Trense gemacht, sagte er. Du wirst dir selbst ein Stück zurechtschneiden müssen.

Ich hob den Kolben an die Schulter und blickte am Lauf entlang. Harald zeigte mir, was zu tun war, damit mich nicht gleich jeder als Anfänger erkannte. Ich habe erst kürzlich das Schloß und den Zündstift überprüft, sagte er. Für einen Schuß wird's noch reichen. Oder auch für zwei, wenn du die benötigst.

Wie ich es vorausgesagt hatte, tauchten die Männer vollzählig auf. Was hätten sie auch anders tun können, nachdem sie dasselbe entdeckt hatten wie ich? Der Wald war voller guter Zeichen. Schabspuren an den Bäumen. Losung und Fährten von Tieren, die an Senken entlang und über Sumpfboden geschritten waren. In der Nacht zuvor hatte ich draußen gesessen und den Geräuschen der Elche gelauscht, die ihre Geweihe an Baumstämmen schabten und mit ihren Hufen gegen den gefrorenen Boden schlugen. Ich hatte gehört, wie die Schaufelgeweihe der Bullen aneinanderkrachten, daß es dröhnte wie Hammerschläge auf einer dicken Kupferplatte. Der Mond schien, und die Elche zogen in der Kälte unter ihm hinweg. Und irgendwo da draußen in jenem matten Silberschein, der lange, dunkle Schatten warf, stieß ein Tier seinen letzten Brunftschrei aus. Es würde eine gute Jagd werden. Die Sterne hatten hoch über dem Änglabacken gestanden, die See war auf die Küste zugerollt, die Luft war klar und hoch. In solchen Stunden kann man sich sehr einsam und verlassen fühlen oder aber sicher sein, daß ein anderer über das eigene Leben und die eigenen Handlungen wacht. In Gedanken ging ich den morgigen Tag durch – traf meine Wahl und überzeugte mich neuerlich von der Rechtschaffenheit meines Plans. Ich hatte Mal für Mal andere Szenarien vor Augen: Wie die Elche mit ihren langen, schwerfällig und klobig wirkenden Schritten an den Ständen entlanggetrieben wurden und er, Rotenschiöld, keuchend hinterher kam, die Hände aneinanderrieb, sie zu einer Schale formte und hineinblies, und wie sich der Stutzen, den er aus Eitelkeit mitführte, beim Durchqueren von Bächen und Schluchten größtenteils als lästiges Anhängsel erwies.

Rotenschiöld hatte vor dem Haus einen Tisch decken lassen. Eine Lampe an der Fassade erleuchtete den Schauplatz. Es gab ein warmes Frühstück: Wurst, Schinken, Fleischbällchen, gebratene und gekochte Eier und geröstetes Brot. Auf anderen Tellern lagen auf verschiedene Weisen eingelegter Hering, Knäckebrot, Butter und drei, vier verschiedene Sorten Käse. Thermoskannen mit Kaffee warteten in Reih und Glied auf einem eigenen Tisch. In der Mitte standen flache, breite Gläser und zwei Flaschen Whisky.

Es war immer noch relativ dunkel. Die Augen hatten eine Weile gebraucht, um sich an die bleierne Schwärze zu gewöhnen, in die die Welt gebettet war. Frost überzog die Felder.

Die Männer schreckten zurück, als sie zum Gartentor hereinkamen. Sie wußten, daß die Essensgerüche die Witterung im Wind verfälschten: Ein hungriger Mann war der beste Jäger. Sie tauschten Blicke aus, die soviel besagten wie: Dieser Morgen ist ohnehin verloren – warum also greifen wir nicht aus Höflichkeit zu, damit wir schneller von hier fortkommen? Was mich betraf, so war es mir egal, ob ich den Hunger im Leib hatte oder nicht. Helen machte zwischen uns, die wir leise und fröstelnd dastanden, die Runde und füllte unsere Mägen. Harald verhielt sich still und wartete ab, begegnete der ihm entgegengestreckten Kaffeekanne mit einer abwehrenden Handbewegung und blickte in eine andere Richtung. Es war unverkennbar, daß Rotenschiöld seiner Meinung nach zu weit gegangen war, der Form halber den jovialen Gastgeber herauskehrte und damit genau das Gegenteil erreichte von dem, was er erreichen wollte: Größer denn je war die Kluft, die ihn von der Gemeinschaft der Männer trennte. Und es war Harald gewesen, der für seinen Namen gebürgt hatte.

Als wir uns auf dem Rasen versammelt hatten, stellte Rotenschiöld sich in seiner roten und braunen Montur auf die Treppe. Wir anderen trugen Grün, die richtige Farbe für jeden, der nahe an das Wild herankommen will und nicht gesehen werden möchte. Er blickte über unsere stumme Versammlung. Sind alle da? fragte er.

Niemand antwortete. Rotenschöld nahm dies als Beweis für unsere Vollzähligkeit, stieg die Stufen herab und marschierte an uns vorbei zum Tisch. Dort füllte er ein

Glas zur Hälfte mit Schnaps. Die Dämpfe verflüchtigten sich schnell. Der stechende, aber ein wenig süßliche Geruch löste sich auf in diesen kältestarren Minuten, in denen die Dämmerung geboren wurde. Ihr habt ja nichts getrunken, sagte er und ließ es so klingen, als wäre es eine Schande. Er öffnete weit den Mund, kippte den Kopf schwungvoll nach hinten und sog alles in sich hinein. Er schmatzte. Da das Getränk zu seiner Zufriedenheit ausfiel, schenkte er sich noch einmal nach, ehe er der Reihe nach die anderen Gläser füllte. Trinkt, sagte er fordernd und begann sie zu verteilen. Nachdem jeder ein Glas bekommen hatte hob Rotenschiöld die Hand, sagte Skål und kippte den ganzen Inhalt in sich hinein. Die Männer rümpften die Nasen und nippten ganz ohne jene Freude, die eigentlich mit dem Getränk verknüpft sein sollte, an ihren Gläsern. Aber schließlich bekamen sie nicht jeden Tag Alkohol dieser Klasse vorgesetzt – also galt es, die Gelegenheit beim Schopfe zu ergreifen. Sie schütteten den Whisky in den Kaffee. Schon bald war die erste Flasche geleert, und eine zweite wurde angebrochen.

Rotenschiöld stand mitten unter uns rauhen Burschen. Auch wenn sich ihm niemand zuwandte, obwohl wir seine Teilnahme diesmal mit Nachsicht akzeptieren konnten, war deutlich, wie gut er sich in diesem Kreis verstellte, der nicht aus seinesgleichen bestand und nie bestehen würde. Der bloße Anblick von Rotenschiöld verursachte in mir das gleiche Gefühl wie ein Rückenschuß. Atemnot.

Er lachte, füllte Schnäpse nach und rief Helen zu, sie solle mehr Kaffee holen. Kleine Rauchwolken mit Worten kamen aus seinem Mund, wirbelten auf und verschwanden im Halbdunkel, verwehten in der Kälte.

Also dann. Alle gesättigt und gestärkt? fragte er, als das Licht schon so hell war, daß man die Gesichtszüge der anderen erkennen konnte. Wir müssen uns jetzt aufteilen.

Wir sahen einander an und dann ihn. Es war deplaziert, daß er versuchte, den Anführer zu spielen, ohne die erforderliche Autorität und Erfahrung und noch dazu auf diese Art und Weise. Die Jagd sollte betrieben werden wie bei den Apachen: Der Klügste und Älteste trifft die Entscheidungen, nachdem er sich aufmerksam angehört hat, wie die anderen die Lage beurteilen. So etwas braucht seine Zeit. Schließlich war er es, der aus Rastlosigkeit und Verfrorenheit die Vorderkappen der Stiefel gegeneinanderschlug, und nicht sie.

Ich schlage vor, daß Johannes und ihr zwei da – er zeigte auf Assar und Vilmer – euch ein paar Männer mitnehmt, die treiben können. Ihr seht aus, als würdet ihr euch zurechtfinden. Wir anderen stellen uns in einer geraden Ost-West-Linie auf, bei einem Abstand von jeweils hundert Metern. Dann kommt der Elch nicht weiter als bis zur Bucht bei Tyvudden. Dort muß er umkehren und hält dann direkt auf uns zu. Wir wanden uns unruhig hin und her, schlugen unsere Blicke nieder. Nur die hochgehende See war zu hören, der Nebel hob sich langsam, und die Dompfaffen flogen von den Ästen herunter. Als Rotenschiöld tief einatmete, erklang aus seiner Brusttasche das leise Klimpern von Patronen, Körper an Körper.

Schließlich brach Karlsson das Schweigen: Was sagst du dazu, Harald?

Gleichsam wie Wind, der durch ein Getreidefeld weht, drehten wir uns in einer gemeinsamen Bewegung um. Harald rieb sich mit dem gespaltenen Finger über das Kinn. Die Linie ist sicher gut, sagte er nachdenklich. Aber sie muß von Norden nach Süden verlaufen, damit man die Elche an den Schützen vorbeitreiben kann, ohne daß sie sich davonmachen können.

Sollen wir uns so aufstellen wie im letzten Jahr? wollte Elias wissen.

Viele hatten eine Meinung dazu, wie sich die Stände am besten verteilen ließen, wollten aber vor der aktuellen Planung auf die Verhältnisse in früheren Jahren zurückkommen. Die Diskussion machte Rotenschiöld ungeduldig. Er drehte an seiner Uhr, genehmigte sich noch einen Schnaps und zitterte in der Kälte, die ihm durch Mark und Bein ging.

Jetzt gehen wir, sagte er. Wir können diese Dinge an Ort und Stelle entscheiden.

Erst bringen wir die Sache hier zu Ende, sagte Harald, dann gehen wir los. Und dein Gewehr kannst du hierlassen. Du gehst als Treiber. Du bist zum ersten Mal dabei.

Rotenschiöld öffnete den Mund zum Protest, besann sich dann aber und rang nach Luft. Dies war seine Eintrittskarte zu dem Minimum an Kameradschaft, das man ihm anbot. Wollte er es haben, so mußte er sich an die Spielregeln halten.

Schließlich einigte man sich auf eine Aufstellung, die allen vernünftig erschien. Wir machten uns auf den Weg. Rotenschiöld trottete hinter Assar, Vilmer und dem Alten Matts her. Das Gewehr trotz allem auf dem Rücken, trug er in den Händen die Klappern. Die Treiber gingen in ihre Richtung und wir in unsere, das hieß, daß wir nordöstlich von Ängsvik den Wald betraten. Harald hatte mir den Stand am nördlichsten Punkt zugewiesen. Ich fand einen Stein, auf dem ich sitzen konnte. Ein langes Warten stand mir bevor – und das bedeutete viel Zeit zum Nachdenken.

Meine Finger schmerzten von der kalten Luft. Die Kälte zwängte sich den Körper hinauf, bis der ganze Johannes Händel so durchgefroren war, daß von Schmerz nicht länger die Rede sein konnte. Das Gefühl, wenn die Kälte des gefrorenen Untergrunds durchs Skelett nach oben dringt und die Gedärme mit einer dünnen Eisschicht überzieht, ist in gewisser Weise gar nicht so unangenehm. Man wird weniger empfänglich für physische Eindrücke, kommt aber den eigenen Sinnen näher. Ich hatte den Geschmack von teurem, gut gelagertem Whisky im Mund. Die Luft duftete nach Granit und Lava, nach Schnee, der bald fallen sollte, nach von Stürmen gefällten Kiefern. Es machte mir Spaß, so viele Nuancen wie möglich zu registrieren. In der Kälte setzten sich Laute schneller fort und klangen metallischer: Kleine Vögel pickten hoch oben in den Bäumen, einer in unserer Truppe hustete, Stämme knarrten und bogen sich.

Wie sehr war ich Richter? Ich war auf der Bank gewesen. Vorbereitungen getroffen, die notwendig sind, wenn man damit rechnen muß, lange Zeit fort zu sein. Hatte Geld angelegt, Papiere und Vollmachten unterschrieben. Ich sagte zu mir selbst: Bilde dir nicht ein, daß du zaudern kannst – dafür wirst du keine Zeit haben.

Wir hatten uns entlang einer Feuerschutzstraße postiert, wo das Gelände offen war. Ungefähr hundert Meter südlich von mir saß Tjalle aus Tvären, und danach folgten die anderen wie Perlen in einem Rosenkranz. Nach diesem üppigen Frühstück würden sie nicht stillsitzen können. Sie würden aufstehen, versuchen, die Wärme bei sich zu halten, indem sie die Arme um den Körper schlangen. Ein Hügel trennte mich von Tjalle, aber ich konnte hören, wie er einen Span aus einem Stamm brach, während er darüber nachdachte, ob man wohl ein paar Elche hervortreiben würde. Ich wollte ihm zurufen, daß es eine gute Treibjagd sei. Die Tiere hatten den Wind im Rücken und liefen in die Richtung der Jäger.

Aber statt dessen verhielt ich mich ruhig. Legte Vilmers Gewehr auf die Knie. Der Lauf sah mitgenommen aus und war zerkratzt. Aus einem Stück Blech hatte Harald einen neuen Abzug geformt, seit der alte am Heft abgebrochen war. Ich mochte die Patina, die dieses Gewehr umgab und davon zeugte, wie fleißig es einst benutzt worden war.

Ich zitterte vor Kälte. Meine Haut war hart wie die Baumstämme um mich herum. Ich biß die Zähne zusammen und entspannte wieder, so daß die Muskeln in einen Dämmerzustand versetzt wurden, während ich unbeweglich dasaß und eins wurde mit dem Stein unter mir, dem Kies und dem Gestrüpp. Ich sah vor mir, wie er sich in seiner farbenfrohen Aufmachung durch den Wald quälte, fluchte und schwitzte, über Felsen und durch tiefe Senken hindurch vorwärts marschierte. Er würde sich von der Kette der Treiber entfernen, um seine Sonderstellung hervorzuheben, und er würde sich einen Rückweg suchen, der ihn nicht unnötig Zeit kostete. Er wollte mehr von diesem Whisky haben. Der Gedanke daran trieb Rotenschiöld voran.

Das Schlagen mit Topfdeckeln und das Drehen der Rasseln vernahm man als entferntes Geklapper. Der Lärm wurde zwischen den Bäumen hin und her geschleudert, was mir die korrekte Bestimmung der Entfernung erschwerte. In meinem verfrorenen Zustand wärmte sich mein Blut an der Aufregung und Anspannung. Ich lehnte mich zurück. Der Himmel war heller jetzt, ein aschblasser Ton wie nach verbrannter Eiche. Schon bald würde ein weiterer kurzer und klarer Sonnentag beginnen, doch momentan war es noch immer schmutziggrau. Es schien, als wollten die Bäume mit ihren dicht verwachsenen Zweigen verhindern, daß das Leben bis zu ihren Wurzeln vordrang.

Ich befand mich nicht weit von der Lichtung, zu der Helen und ich einige Jahre zuvor spaziert waren. Ich erinnerte mich an die Stimmung während unserer Gespräche und daran, was zwischen uns gewesen war. Wie ich sie in schweren Stunden im Arm gehalten hatte und wie rasch das Gespräch zwischen Düsterheit und Ausgelassenheit gewechselt hatte. Ich wollte, daß diese Phasen der Gemeinsamkeit in mein Leben zurückkehrten. Würde ich sie jetzt wiederbekommen, dachte ich, oder war dies bloß eine Art, mich auf dem Weg zu Helen noch weiter von ihr zu entfernen? Würde ich ihr einen Gefallen tun, oder würde sie mich verdammen?

Eine Elchkuh, dicht gefolgt von einer zweiten, jüngeren und einem einjährigen Kalb, kam in schaukelndem Trab vorbeigelaufen. Hinter den Tieren war der Bulle stehengeblieben und hatte den Kopf gehoben, so, als lauschte er nach der Treibergruppe. Dann trieb er die Seinen voran und setzte den Weg fort. Die ersten drei durften passieren. Langsam hob ich das Gewehr an die Schulter, fand eine gute Stütze gegen den Rückstoß und senkte den Lauf, bis Kimme und Korn eine Linie bildeten. Einen Dezimeter hinter dem Schulterblatt des Elchbullen griffen sie ineinander. Ich holte tief Atem und blies die Luft langsam wieder aus, bis ich völlig ruhig und reglos war und fühlte, wie die schiefgeschliffene Kugel sich geradewegs durch seinen Brustkorb und die

Lungen graben würde, um ihn niederzustrecken, und wie sie an der Stelle, wo sie austrat, ein großes Loch reißen würde. Ich spürte die Kälte des Abzugs an meinen Fingern – und ließ die Arme wieder sinken. Die Elche bewegten sich in einem Bogen, was zur Folge hatte, daß sie höchstens auf fünfzig Meter an mich herankamen, und drehten dann in südöstliche Richtung ab. Sie würden auf einen Schützen in der Mitte der Kette treffen.

Einige Zeit später passierten die Treiber. Da waren bereits einige Elche an mir vorbeigelaufen. Ungefähr dort, wo Elias und der Balte standen oder ein Stück weiter südlich, waren zwei Schüsse gefallen. Die Männer befanden sich auf dem Rückweg. Sie sahen ausgemergelt und durstig aus; wahrscheinlich sehnten sie sich jetzt nach einer warmen Mahlzeit, dem Schnaps und Helens Bewirtung – und hofften darauf, daß man sie essen ließ, auch wenn Helens Mann noch nicht wieder nach Hause zurückgekehrt sein sollte.

Rotenschiöld kam als letzter. Seine Schritte waren schleppend. Der Stutzen hing auf seinem Rücken und behinderte ihn sichtlich bei seinem beschwerlichen Weg durch das Unterholz. Ich hob zum zweiten Male an diesem Morgen das Gewehr. Ich atmete ruhig und gefaßt, benahm mich genau so, wie ich es mir vorgenommen hatte. Das Korn, die Kimme und seine Brust. Ich spürte das eisige Metall an meiner Hand, den hölzernen Gewehrkolben an meiner Wange, die Witterung von Blut. Voller Wut über das, was man ihm zugemutet hatte, starrte er auf den Boden, so daß ich nicht fürchten mußte, von ihm entdeckt zu werden. Sein Leben wirbelte um den Gewehrlauf. Ich löste die Sicherung, schob den Zeigefinger vom Bügel zum Abzug. Ich richtete die Waffe direkt auf seine Seele, und während ich ihn, in Erwartung der idealen Gelegenheit, im Visier behielt und ihm über Steinhaufen, Tüpfelfarn und Adlerfarn folgte, dachte ich über die Folgen nach, dachte an die diversen Einrichtungen, in denen man mich unterbringen würde. Ich stellte mir vor, wie die Männer, die sich dort lange aufhalten, aussehen; wie ihr Innenleben konstruiert sein muß, damit sie ein Leben ertragen können, das kein Leben ist. Sie sind verloren, des letzten Quentchens Würde beraubt, das die Gesellschaft jenen zubilligt, die den Rahmen ihrer Gesetze sprengen. Und wenn sie sich ihrer erst einmal entledigt hat, ist jede Rückkehr ausgeschlossen.

Ich wollte seine Qualen spüren, die Narben, die er trotz allem irgendwo in seinem geräumigen Gewissen tragen mußte, eingebettet in eine Moral, die ihresgleichen suchte. Er wanderte geradewegs in meinen rostigen Lauf, in diesen letzten Sekunden seines Lebens und seiner Lügen. Es verwunderte mich, daß er mit seiner Intuition nicht der Kugel gewahr wurde, die einen Augenblick später seine Rippen zerfetzen und sein Herz durchbohren würde. Es paßte wohl einfach nicht zu dem Bild, das er von sich selbst und seiner Lebenswirklichkeit hatte.

Das Holz an meiner Wange wurde warm und ein wenig feucht. Ich blinzelte mit einem Auge. Der Abzug war so vereint mit meinem tauben Finger, daß er mir wie eine Verlängerung meiner Gedanken vorkam. Ich änderte ein wenig den Winkel, so daß die Kugel bei der Halsschlagader eintreten und am Kieferknochen unterhalb des linken Ohres wieder austreten würde. Dann richtete ich die Waffe wieder auf den Brustkorb.

Er war jetzt so nah, daß ich das Weiße in seinen müden Augen sehen und seinen Atem hören konnte; er war schwer und hohl. Ich hatte drei Gründe, den Schuß zu lösen: Majas, Helens und meiner selbst wegen.

Der Abstand zwischen uns schrumpfte. Ich konnte ihn jetzt riechen. In zwanzig Sekunden würde er in Tjalles Schußlinie sein. Ich spannte den Zeigefinger und spürte den leichten Widerstand, bevor der druckempfindliche Punkt erreicht war. Ich atmete tief aus, unendlich erleichtert darüber, daß ich es bald hinter mir haben würde. Daß endlich ein Schlußstrich unter diese Geschichte gezogen wurde und ich die Freiheit erlangen konnte, die Rotenschiölds Tod mit sich bringen würde. Ich sah jeden Zug in seinem Gesicht, seine aufrechte Haltung, die Macht und Selbstgenügsamkeit ausstrahlte, und die Hände, die zwar fett geworden, aber nichts an zupackender Entschlossenheit eingebüßt hatten und unzweideutig vermittelten, zu den Armen welchen Mannes sie gehörten. Und dann senkte ich zum zweiten Male an diesem Morgen die Waffe.

ES GIBT EIN weiteres Ereignis, von dem ich berichten muß.

Ich habe eine Fotografie aus jenem Sommer aufgehoben: Maja steht in der Pose eines amerikanischen Starlets vor dem Geschäft; sie hat die eine Hand angehoben, die andere ruht auf ihrer vorgestreckten Hüfte. Dahinter, im Schatten des Hauses, war ich gerade ins Bild getreten, denn ich bewege noch den Oberkörper. Wer sich die Mühe macht, die Details mit einem Vergrößerungsglas zu analysieren, wie ich es unzählige Male getan habe, kann im Spiegelbild des Fensters erkennen, daß Harald aus dem Schuppen sieht und Karin im Wohnzimmer des gelben Hauses steht und mit wachsamem Blick die Szene beobachtet.

Das Foto hat ein Sonntagssegler geschossen, der von einer Leidenschaft für die moderne Technik besessen war. Er hatte erst kürzlich das Kamerawunder gekauft, das nun wie eine Ehrenmedaille des Lichtmeßordens an einem Lederband um seinen mageren Hals baumelte. Der Mann bestand darauf, uns die verschiedenen Belichtungsmöglichkeiten zu zeigen und zu erklären, wie sie sich auf die Schärfentiefe auswirkten. Kannst du die Kamera nicht lieber benutzen, fragte Maja. Mach doch ein Foto von mir und Johannes.

Ich hielt mich im Hintergrund. Maja war es wert, verewigt zu werden, ich nicht. Als ob ich schon damals geahnt hätte, daß wir später eine Art Existenznachweis für sie benötigten. Mit einer Begeisterung und Selbstverständlichkeit, die alle Zuschauer bezauberten, schlüpfte sie in die Rolle als Fotomodell. Ein paar Stunden lang führte sie den kleinkrämerischen Segler regelrecht vor – nicht nur auf dem Hof, sondern auch unten am Hafen – und brachte ihn dazu, mehr Aufnahmen zu machen, als er vermutlich für den gesamten Urlaub geplant hatte. Allerdings hat er nur dieses eine Bild geschickt, das jetzt vor mir liegt. Es kam spät im September des gleichen Jahres. Ich kann nicht umhin, mich zu fragen, was mit den anderen geschah.

Zum Schluß mußte ich sie unterbrechen. Wir sind spät dran, sagte ich.

Womit? fragte Maja. Sie hatte Haralds Schirmmütze in den Nacken geschoben und blinzelte in die aufdringliche Linse.

Wir müssen zu Lina und Kilian. Du wolltest doch mitkommen.

Der Segler begleitete uns hinunter zum Steg und machte, während wir in Haralds Boot stiegen und ablegten, auf Majas intensives Drängen hin noch einige abschließende Schnappschüsse. Ich ruderte uns hinaus auf die Insel.

Die Wohnhäuser standen verlassen da. Es waren zwei an der Zahl, im rechten Winkel zueinander gebaut. Komm, sagte ich und hielt ihr die Tür zum Dahlbergschen Haus auf. Ich möchte dir was zeigen.

Die Wände des Vorbaus waren dekoriert. Das Bild stellte einen Mann und eine Frau in Lebensgröße dar, die nackt unter einem Apfelbaum saßen. Über dem finster dreinblickenden Mann wand sich eine Schlange. Sein Körper war teilweise hinter Blättern verborgen. Pflanzen und kleinere Tiere umgaben das Paar. Die Farben waren intensiv, und an einem klaren Tag wie diesem war es nicht leicht zu bestimmen, wo die Grenze zwischen außen und innen verlief. Der Boden des Vorbaus war als Wiese, das Dach als Himmel gemalt. Maja ging langsam im Zimmer umher und stellte sich schließlich in die Mitte. Dann drehte sie sich im Kreis wie eine Prinzessin auf einem Ball.

Es ist, als beträte man das Paradies, sagte sie.

Es ist noch besser. Das hier ist Realität.

Hat das der Balte gemalt?

Draußen hörte man einen Traktor vorfahren und bremsen. Als der Motor ausgeschaltet wurde, ertönte Gebrüll – Männerstimmen, die sich gegenseitig verfluchten. Auch als Lina hereinkam, wurden die Beschimpfungen mit unverminderter Aggressivität fortgesetzt. Sie störte sich daran nicht. Gekleidet war sie in einen verkleckstem Overall, auf den Ellbogen waren Farbflecken. Ein roter Streifen leuchtete unter ihrem Ohr.

Wir begrüßten sie, sagten etwas Anerkennendes über ihr Gemälde, und Maja wiederholte ihre Frage.

Ich habe es gemalt, sagte Lina. Der Balte hat nie Zeit. Ihr versteht vielleicht, weshalb. Sie deutete mit dem Kopf nach draußen, wo der Streit nach wie vor anhielt.

Es ist phantastisch, sagte Maja. Aber wie hast du …

Er hat mir die Grundlagen beigebracht, sagte sie, rauschte an uns vorbei und ging zur Küchenbank, auf der ich die Lebensmittel abgestellt hatte, und holte sie aus dem Karton: Endlich Zucker! Und sie fuhr fort: Einiges habe ich in einem Fortbildungskurs gelernt, den ich bei einem Malwettbewerb gewonnen habe, doch das meiste fand ich selbst heraus – durch ständiges Probieren. Ich würde gerne alle Zimmerwände bemalen, wie einen langen, zusammenhängenden Gobelin. Aber Kilian hat es mir verboten.

Wie kann er das tun?

Was dem so alles einfällt, dachte ich.

Lina schüttelte den Kopf. Es gebe keine fertige Antwort, wenn es um Dinge gehe, deren Sinn niemand verstehen könne, meinte sie. Man habe ihre Arbeit nie zu schätzen gewußt ... Komm mit raus und lerne ihn kennen, dann wirst du es vielleicht verstehen.

Unter der geöffneten Motorhaube des Traktors standen Kilian und der Balte vornübergebeugt und bastelten am Motor. Der Balte hatte seine Arme tief zwischen Ölwanne, Kabeln, Halterungen und Schläuchen vergraben, während der Bauer ihm auf Verlangen Werkzeug, Material und Ersatzteile zureichte. Da sie sich über die Lösung des Problems nicht einig waren, fluchten sie abwechselnd über alles, was ihrer jeweiligen Meinung widersprach. Kilian herrschte den Balten an, er solle es gefälligst auf andere Weise probieren, woraufhin der Balte nach einigen Sekunden nicht minder laut entgegnete, daß dieser Rat völlig sinnlos gewesen sei und sie keinen Schritt weiterbringe. Öl leckte aus der Wanne. Ein kratzendes Geräusch entstand, als schabte Metall auf Metall. Die beiden Männer stanken nach Treibstoff und Dung.

Laß die mal machen, sagte Lina.

In der Erwartung, daß die Männer uns schon bemerken würden, machten wir eine Runde durch den Garten, vorbei an Weinranken und Obstbäumen: Walnuß, Pflaume und Kirsche. Maja wollte Genaueres über Linas Arbeitsweise wissen. Lina antwortete, daß sie ihre Religion kenne, aber trotzdem lange Zeit vor der aufgeschlagenen Bibel gesessen habe, bis ihre Wahl auf die entsprechende Szene gefallen sei. Es gebe mehr Geschichten in jenem Buch, als ein einzelner Künstler je darzustellen vermöge. Jeder müsse sich – und darauf komme es an – für jene Episoden entscheiden, die ihm selbst am meisten bedeuteten und von denen er glaube, daß sie auch andere ansprechen würden. Lange unterhielten sie sich über die Schwierigkeit, ein allgemeingültiges Konzentrat zu finden. Schließlich waren wir am Haus des Balten angelangt, wo Lina ihre anderen Bilder mit ähnlichen Motiven aufbewahrte, zum Schutz vor Kilian. Ich ließ die Frauen unter sich und ging zu den Männern. Die beiden lehnten wie Hund und Katz keuchend am Hinterrad des Traktors und benutzten gemeinsam einen Lappen, mit dem sie sich den Schweiß abwischten.

Was für eine verfluchte Maschine, sagte Kilian. Die ist öfter kaputt als ganz.

Erklär das mal Harald, sagte ich.

Der Balte schlug mit der flachen Hand gegen das Gummi hinter sich. Gute Maschine, sagte er. Gut, aber heute schlecht.

Kilian rieb sich einen Ölfleck vom Unterarm. Die ist, verdammt noch mal, immer schlecht, sagte er.

Müde, behauptete der Balte. Hat hart gearbeitet.

Wer, zum Teufel, glaubst du, ist nicht erledigt? Hätte sie so wenig Ruhe bekommen wie ich, dann wäre sie jetzt wahrscheinlich völlig ausgepumpt.

Aber Dahlberg, sagte der Balte, sie war seit heute morgen in Betrieb.

Und deshalb ist sie nicht mehr fit? fragte ich.

Genau das. Der Händler weiß, worum es geht. Der versteht was von Maschinen.

Wie kannst du das wissen? fragte Kilian. Du kapierst doch selbst nichts. Er wollte noch etwas hinzufügen – wahrscheinlich eine Bemerkung über unsere Begriffsstutzigkeit –, wurde aber von den Frauen unterbrochen, die in diesem Augenblick aus dem Haus des Balten kamen.

Ihr wohnt schön, sagte Maja, und der Garten ist wunderbar.

Kilian reichte dem Balten den Lappen. Der Fleck auf seinem Overall schien ihn mehr zu bekümmern. Es reicht, sagte er.

Wie schafft ihr es, so viel anzubauen?

Wir haben ja keine andere Wahl. Wir können nicht einfach verreisen und uns dann mir nichts, dir nichts irgendwo niederlassen.

Maja überhörte die Spitze, zögerte aber einige Sekunden, bis sie einen neuen Versuch unternahm, mit ihm ins Gespräch zu kommen. Ich mag Linas Gemälde, sagte sie.

Schön, daß wenigstens einer es tut, sagte Kilian und hörte auf, an dem Fleck zu rubbeln.

Am besten gefällt mir das im Vorbau.

Es ist … es ist nichts weiter als ein Zeitvertreib. Man sollte es abkratzen oder überstreichen.

Ich konnte Lina ansehen, daß ihr eine scharfe Antwort auf der Zunge lag. Aber sie überlegte es sich anders. Lina und Kilian hatten diese Diskussion am Küchentisch bereits des öfteren geführt. Das einzige Ergebnis, zu dem sie gekommen waren, bestand darin, daß ihre Interessen und Neigungen so verschieden waren wie Wasser und Stein. Daß der Balte ihrer Meinung war, half genausowenig wie unsere Anwesenheit. Es war unmöglich, einen Keil in Kilians erstarrte Überzeugungen zu treiben. Für Maja war dies jedoch keineswegs selbstverständlich. Sie hatte kein Gestern, mit dem sie vergleichen konnte, was sie heute sah, und ebensowenig konnte sie etwas über das Morgen voraussagen, das Lina und die beiden Männer miteinander teilen mußten. Sie sagte: Das war das Dümmste, was ich je gehört habe. Ich habe in meinem Leben sicher Tausende Bauern wie dich getroffen, aber nur einen Menschen, der Künstler ist. Ja, und den Balten. Ist das nicht genauso wertvoll?

Er drückte zwei Finger unter die Oberlippe und warf den Kautabak so heftig zu Boden, daß es nur so spritzte. Das bringt doch nichts ein! Können wir das vielleicht essen?

Was soll denn das? fragte sie. Ein solcher Vergleich?

Ich verstehe, warum du nicht besonders beliebt bist, sagte er und richtete sich ein wenig auf.

Und was hat das nun wieder zu bedeuten?

Daraufhin drehte er sich um. Murmelte etwas von Gerüchten und Städtern.

Auch das ließ Maja vom Wind davonwehen. Sie bewegte nicht einen Muskel und beobachtete ihn. Hinter mir kam Lina näher heran, so daß ich sie sehen konnte. Sie atmete schwer und kurz. Der Balte ging um das Fahrzeug herum und begann von neuem im Innern des Motors herumzustöbern. Es klapperte, wenn er bestimmte Teile löste oder befestigte.

Das ist kein Mädchenpensionat hier, sagte Kilian. Hast du irgend eine Ahnung von moderner Landwirtschaft?

Nicht sehr viel, sagte Maja, aber es reicht, um zu verstehen, daß sie ohne das, was deine Frau tut, ärmer wäre. Und besäßest du mehr Rückgrat, dann hättest du dem Balten mehr Zeit für seine Malerei gelassen.

Wozu sollte das gut sein? Kilian trat gegen den Reifen und stopfte sich eine neue Prise Kautabak in den Mund. Demnächst hängst du den Kühen noch einen Pinsel an den Schwanz, damit sie die Scheune neu streichen!

Ja, sagte sie, oder dir.

Er erstarrte in seiner Bewegung. Paß bloß auf, sagte er und legte den Kopf ganz langsam schräg. Du kannst schneller von hier vertrieben werden, als du ahnst.

Du kannst mich nicht erschrecken.

Glaubst du etwa, ich bin der einzige, der so denkt?

Lina und der Balte wechselten Blicke. Für einen kaum wahrnehmbaren Moment blitzte in ihren Augen etwas auf, das den üblichen Rahmen zwischen Bauersfrau und Knecht sprengte. Kilian sah sie an. Und was sagt ihr zwei dazu? Wie immer nichts. Ihr schleicht euch nur immer davon.

Lina stürzte ins Haus. Kilian beugte sich unbekümmert über den Motor und gab dem Balten wieder Instruktionen über den richtigen Umgang mit Schraubenschlüssel und Zange.

Später, auf der Heimfahrt – wir hatten schon die halbe Strecke über den Sund hinter uns, der Balte stand immer noch auf dem morschen Bootssteg und sah uns nach – sagte Maja: Was meinte er eigentlich damit? Lina war so verletzt, so traurig. Es war so, als könne sie es gar nicht fassen, wie ihr jemand eine solche Antwort geben konnte.

Kümmere dich nicht darum, sagte ich. Er sagt das einfach nur so dahin.

Meinst du, er brächte es tatsächlich fertig, ihre Wandbilder zu überstreichen?

Er hat es schon mal getan.

Spät am Mittwochvormittag hupte vor dem Haus der Rasks ein Lastwagen, dessen Motorengeräusch ich nicht wiedererkannte. Harald und ich unterbrachen unsere

Tätigkeiten und gingen hinüber zum Fahrer. Der magere, grauhaarige Mann kurbelte die Scheibe einen Spalt herunter, der so schmal war, daß er kaum dazu taugte, eine Frage durchzulassen. Seid ihr die Träger? Ich soll eine Gefriertruhe liefern, an einen gewissen ... Er beugte sich nach unten und zog vom Boden einen Lieferschein hervor. ... Advokat Rotenschiöld vom Gutshof in Ängsvik.

Wir sind seine Nachbarn, sagte ich.

Dann wißt ihr also, wo das ist?

Ja, sagte Harald und brummelte etwas von einem Herrenhaus, ja, vielen Dank auch. Er ging um die Kühlerhaube herum, um auf der anderen Seite einzusteigen.

Aber der Mann öffnete uns nicht die Tür. Er folgte uns im Schrittempo und ließ uns ab und zu wissen, daß wir ruhig ein wenig schneller gehen könnten. Harald und ich waren tief gekränkt. Harald war schlechter Laune, weil die Entschuldigung, die er nach dem Vorfall bei Lundquists Filmvorführung von Rotenschiöld erwartet hatte, ausgeblieben war, und ich humpelte ein wenig und fühlte mich nach der wahnsinnigen Hetzjagd vom Sonntag wie ein Gegenstand, den der Schmied auf seinem Amboß bearbeitet hat.

An die Tür war eine Notiz geheftet: Bin verhindert. Ihr findet euch selbst zurecht. Der Schlüssel hängt auf dem Kleiderhaken im Gästehaus. Advokat R. PS! Bitte die Schuhe im Flur ausziehen.

Teufel noch mal! fluchte Harald. Reiche Städter scheinen zu glauben, daß sie mit einem machen können, was sie wollen. Ich werde für diesen verfluchten Hund keinen Handschlag tun!

Aber Harald, flehte ich, wie soll ich das denn allein schaffen? Das Ding ist groß wie ein Toilettenhäuschen.

Mach es doch mit dem da, sagte er und verwies mich auf den Alten. Ich gehe jetzt.

Der Fahrer hatte die Verladeklappe geöffnet und die zerfransten Tragetücher darunter auf den Boden gelegt. Die Gefriertruhe, ein amerikanisches Fabrikat, war rund und weich in ihren Formen, sah aber entsetzlich schwer aus. An einem blankpolierten Stück Blech wie diesem gab es nicht die geringste Grifffläche zum Zupacken.

Nö, kommt nicht in Frage, sagte der Mann. Ich fahre den Wagen und sonst nichts. Fürs Tragen werde ich nicht bezahlt. Aus der Brusttasche des Hemdes zupfte er eine dünne Zigarette ohne Filter hervor, die er mit einem Feuerzeug aus silbrigem Metall ansteckte. Er blies den Qualm in Ringen aus und sagte: Vor Ort gibt es Personal. So war's abgemacht. Und wenn das hier doch noch länger dauert, müssen wir die Transportkosten erhöhen.

Du mußt aber, sagte ich zu Harald.

Warum bietest du für solche Sachen unsere Hilfe an? Er kam mir so nah, daß winzige Speicheltröpfchen über mein Gesicht spritzten. Als hätten wir nichts Besseres zu tun, als Sklavenarbeit für diesen geizigen Saukerl zu leisten!

Ich trat einen Schritt zurück. Harald kam mir nach. Der Fahrer war aufgestanden, als befürchtete er, Zeuge einer Schlägerei zu werden. Die Zigarette saß wie festgeklebt im Mundwinkel, der Rauch qualmte aus den Nasenlöchern.

Das ist das letzte Mal, sagte ich und ging ein Stück zur Seite. Ehrenwort. Noch mal helfe ich ihm nicht.

Harald hielt inne und schüttelte den Kopf. Du wirst schon sehen, daß er uns dafür keine Öre geben wird! Meinst du nicht auch?

Harald, sagte ich.

Er steckte die Hände in die Brusttaschen des Overalls und seufzte: Na gut. Aber nur dir zuliebe. Ich kann dir die Türen aufhalten.

Einer der Vorteile, wenn man Schach gegen sich selbst spielt, besteht darin, daß man Fachliteratur und andere schriftliche Quellen zu Rate ziehen kann. Auch bietet es einem die Möglichkeit, ohne weiteres einmal eine Strategie verfolgen, die sich bislang als undurchführbar erwiesen hat. Man bekommt außerdem Erkenntnisse darüber, an welche Ratschläge und Tips der Gegner sich zu halten gedachte, und erhält einen guten Einblick in dessen Stellungsspiel und Taktik.

Ich holte mein abgenutztes Exemplar von Howard Stauntons *Chess Player's Handbook* aus dem Jahre 1847. Es ist das beste Buch, das es über Eröffnungen gibt. Der exzentrische Engländer hat nicht nur die Schachliteratur revolutioniert, sondern ist auch ein glänzender Spieler gewesen. Die von ihm neu gestalteten Figuren gehören noch heute bei Meisterschaften zum Standard. Er gab den internationalen Turnieren ihre Form und führte schließlich auch noch wissenschaftliche Analysemethoden ein. Sein Stil war klar und sachlich. Jeder, der den Unterschied zwischen einem Bauern und einer Schachuhr kannte, konnte seine Texte verstehen.

Ich kannte meine eigene Taktik. Ging Weiß beispielsweise mit der Dame weit hinauf, antwortete Schwarz mit einer kurzen Rochade. Genau aus diesem Grund wollte ich einmal etwas anders machen, auch wenn es nach meinem bisherigen Verständnis unüberlegt schien.

Ich war tief versunken in die detaillierte Analyse um das Königsgambit, als Helen mich fand.

Früher Abend. Die Segler waren vom Hafen heraufgekommen, um bei mir im Laden nach Hering, Flunder und Hecht, nach frischen Zutaten und gut abgehangenem Fleisch zu fragen. Ich hatte ihnen getrockneten Schinken empfehlen müssen und diverse Dosen.

Nein danke, hatten sie gesagt. Wir haben Corned Beef in Reserve. Wie ist es mit Frühstück?

Eier könnte ich euch anbieten, ein wenig Milch und Knäckebrot. Daraufhin hatten sie vielsagende Blicke ausgetauscht: Sollen wir woanders vor Anker gehen? Ja, das machen wir. Und dann waren sie steifbeinig und mit demonstrativem Verdruß zu ihrem Segelboot zurückgestelzt.

Das tat weh. Denn schließlich hatte ich jenes ökonomische Prinzip gelernt, das sich Gerüchteküche buchstabierte und besagte, daß mit jedem Kunden, der meinen Laden mit leeren Händen verließ, mindestens fünf weitere ausblieben.

Helen trug hohe Lederstiefel, eine straff sitzende Hose in Beige und dazu eine weiße Bluse; das Haar hatte sie zu einem Pferdeschwanz gebunden. Alles in allem sah sie beim ersten Anblick wie ein strahlender Ritter aus. Aber irgend etwas an ihrer Erscheinung verwischte diesen Zug.

Sie war eine Schönheit, allerdings von einer anderen Art als Maja. Beiden sah man die gute Bildung und die Kindheit in einem begüterten Elternhaus an, doch für Maja bedeutete das nichts. Tennis spielen war in ihren Augen nicht interessanter als Ställe ausmisten. Vermutlich hatte es Helen früher ähnlich gesehen, doch war sie in ihrer Ehe zu Standesbewußtsein und dessen Betonung in ihrer Persönlichkeit verpflichtet gewesen. Sich in diesem Punkt durchzusetzen, hatte ihr die Kraft gefehlt, die dazu gegenüber dem Mann, dem sie ihr Jawort gegeben hatte, erforderlich gewesen wäre. Ich glaube, daß ihr Glück unter anderen Bedingungen auch anders ausgesehen hätte.

Helen wirkte beschämt. Irgend etwas belastete sie. Ich stand auf.

Bleib sitzen, Johannes, sagte sie. Ich möchte nichts haben. Sie strich sorgsam ihr Haar nach hinten, die Handflächen fest gegen den Kopf gepreßt, und ließ dann die Hände kraftlos am Körper herabfallen. Sie dankte für die Hilfe mit dem Gefrierschrank und versicherte, daß sie von nichts gewußt habe, bis er ihr am Abend gezeigt worden sei. Und dann sagte sie: Ich bin gekommen, um mit dir zu sprechen und dich um etwas zu bitten. Wenn du Zeit hast.

Sollen wir hineingehen?

Lieber nicht. Laß uns hierbleiben. Es klang, als wisse sie Bescheid über die früheren Gespräche ihres Mannes in diesem Raum und die vielen, die noch folgen würden, und wolle sich deshalb nicht dort aufhalten. Oder können wir nicht ein Stück spazierengehen, sagte sie. Manchmal ist es leichter …

Gerne, sagte ich. Das finde ich auch.

Übrigens würde ich dir gerne was zeigen und dich dazu befragen. Etwas, das ich nie zuvor gesehen habe.

Wir wandten uns nach Osten in Richtung Tyvudden und bogen auf den von Ökenäs kommenden Pfad ab. Es ging vorbei an der Stelle, wo Tannen dicht an dicht standen und Baumstämme wie lange Wälle übereinander gestapelt lagen. Nach einigen Kilometern kamen wir an eine kleine Lichtung. Helen war still und verschlossen. Ich sah sie verstohlen an. Wenn wir nur weit genug gehen, dachte ich, wird alles von ihr abfallen wie ein Diamant, der sich aus seiner Fassung löst, wenn man ihn nachlässig behandelt.

Sie blieb auf der Lichtung stehen.

Wir waren umgeben von Tannen, Birken und Haselnußsträuchern. Ein Stück entfernt ragte ein langgestreckter bewachsener Granithügel hervor, an dem manchmal Rehe einen Augenblick innehielten, um, die Nasen in den Wind gestreckt, Witterung aufzunehmen. Die Muskeln unter ihrem Fell zuckten, bevor sie schließlich mit gekrümmten Hinterbeinen und kurzen Schritten wieder im Dickicht verschwanden.

Als ich nach oben blinzelte, schimmerte der Himmel blau-grün. Das Laub zitterte im Licht, das schräg von der Seite einfiel, und wurde so durchleuchtet, daß jeder einzelne Nervenstrang sichtbar wurde.

Ich hab' das schon mal irgendwo gesehen, sagte sie und beugte sich über die Grasbüschel. Ich lese nämlich viel über solche Dinge …

So, so, sagte ich, da ich mir nicht sicher war, wie sie es aufnehmen würde, wenn ich ihr sagte, daß ich dies bereits aus Rotenschiölds Erzählungen wußte.

… aber auch in Büchern steht nicht alles. Sie ging einen Schritt zur Seite und trat sehr behutsam auf.

Wonach suchen wir? fragte ich, der ich meine Hilfe wenigstens anbieten wollte. Wie sieht es aus?

Es sieht genauso aus wie die anderen, aber … Hier! Sie kniete sich hin wie ein Elchkalb. Sieh dir das mal an, Johannes!

Sie hielt mir eine eiförmige Kugel entgegen, die äußerlich an die Exkremente eines größeren Vogels erinnerte, und umschloß sie wie einen verwundeten Spatz.

Das ist ein Gewölle.

Als ob ich das nicht wüßte! Aber von welchem Vogel? Vom Turmfalken stammt es ebensowenig wie von einer Eule.

Ich brach den vertrockneten Klumpen in zwei Teile und zerkrümelte die eine Hälfte in kleine Flocken, die ich in der Handfläche ausbreitete. Es handelte sich um Reste von Fischen, Muschelschalen und verschiedenen Pflanzen. Helen bekam den Klumpen zurück. Als ich ihn von meiner Hand in die ihre rollen ließ, streiften wir uns sachte, und ich spürte in der Kürze des Augenblicks ein Kribbeln in den Fingern und die Wärme ihrer Haut. Ich sagte: Es stammt von einer Lachmöwe. So weit entfernt von der Küste sieht man sie selten.

Ach deshalb bin ich nicht darauf gekommen, sagte Helen und roch an den Brocken, die sie in der Hand hielt.

Ich hatte in diesem Moment das Gefühl, daß meine Worte sie sehr getroffen hatten. Es war, als hätte sie mit einem Male jeglicher Mut verlassen. Als wäre es ihren Wünschen, wenn nicht gar dem eigentlichen Ziel der Wanderung, dienlicher gewesen, wenn sich die Lösung ihrer Frage länger hinausgezögert hätte. Sie hatte auf eine Art Verschnaufpause gehofft – und stand nun an dem Punkt, den sie eigentlich absolut nicht erreichen wollte.

Dann war es wirklich so einfach? fragte sie.

Ich stützte sie an den Ellenbogen, als sie sich aufrichtete. Sie kam mir sehr nahe, war aber gleichzeitig abwesend und zögerlich. Als ich den Griff löste, geriet sie kurz aus dem Gleichgewicht.

Ich kann voraussehen, wenn jemand einen Zuhörer sucht. Das ist eine gute Eigenschaft, über die nur wenige verfügen. Und jetzt war ich überzeugt davon, daß Helen

Absichten hatte, die mich und meinen Einsatz betrafen, aber daß ihr noch der Mut fehlte, den ersten Schritt zu tun.

War es das, was du mir zeigen wolltest, fragte ich. Einen Speiballen?

Ich mußte Klarheit haben, sagte sie und warf das Gewölle weg.

Wußte denn der Advokat nicht Bescheid?

Ich habe meinen Mann nicht gefragt.

Er scheint belesen zu sein. Kompetent.

Das ist er, sagte sie. Aber über die Dinge, die mir etwas bedeuten, weiß er nichts. Sie sah mich mit ihren grünen Augen an, und ich dachte bei mir: Das war der erste Schritt, und ich werde jetzt nichts sagen. Der Wind rauschte in langen, immer wiederkehrenden Böen durch die Blätter der Bäume, doch gab es dazwischen auch immer wieder kurze Momente, in denen nur die Laute der Vögel zu hören waren. Schließlich barst etwas in Helen wie vertrocknetes Holz, und sie sagte: Du hast recht. Ich möchte über ihn sprechen.

Sollen wir uns setzen?

Ich zeigte auf einen umgefallenen Stamm. Mit hängendem Kopf setzte sie sich, und ich nahm neben ihr Platz. Rindenstücke lösten sich unter uns und fielen zu Boden.

Es fällt mir sehr schwer, sagte sie. Und ich weiß, daß ich von dir keine Anteilnahme verlangen kann, ja nicht einmal, daß du mir zuhörst. Aber ich habe sonst niemanden, mit dem ich sprechen könnte. Dir vertraue ich. Das kann ich doch, nicht wahr?

Ich nahm ihre Hand, streichelte sie und geduldete mich.

Du bist der einzige hier, der ihn kennt, sagte sie.

So kann man es eigentlich nicht ausdrücken.

Er läßt niemanden an sich heran, aber zu dir in den Laden kommt er doch öfter, oder? Kann man sagen, daß ihr gut miteinander auskommt?

Wir unterhalten uns manchmal, ja. Das ist aber auch schon alles.

Er behauptet, ihr versteht euch gut.

Wir hatten bisher keine Kontroversen. Und ihr seid gute Kunden.

Ihre Augen glänzten. Eine Träne rann über ihre Wange, und ich zog meine Hand zurück, damit sie sie abwischen konnte. Aber Helen ließ sie vom Kinn tropfen.

Es stört dich wirklich nicht? fragte sie. Du mußt nicht ...

Sprich nur weiter. Ich höre zu.

Ihr trefft euch und redet über dies und das, nicht wahr? Ihr erzählt euch was, fragt und bekommt Antworten. Spricht er manchmal von mir?

Ich hatte anfangs nicht so recht gewußt, wohin unser Gespräch führen würde. Inzwischen begann ich eine Richtung zu ahnen. Helen war ungeduldig. Nun, da sie sich dazu durchgerungen hatte, ihre Gedanken zu offenbaren, vergeudete sie keine Zeit mehr damit, um den heißen Brei zu reden.

Meistens geht es um juristische Dinge oder um die Ökonomie, antwortete ich. Ich kann nur selten etwas dazu sagen. Es sind nicht meine vorrangigen Interessen.

Ist es nicht traurig? Ich meine, daß man sich immer seine Geschichten anhören muß. Sie biß sich auf die Unterlippe. Er ist so merkwürdig geworden. So fremd. Aber wahrscheinlich bin ich die einzige, die den Unterschied bemerkt.

Woran denkst du dabei?

Anderen gegenüber hat er sich kaum verändert. Mir aber hört er nie zu, fragt mich nie nach meiner Meinung. Er erkundigt sich nicht danach, wie mein Tag gewesen ist, wenn er vom Büro nach Hause kommt. Sie sog die Lippe in den Mund, als hätte sie eine Wahl zu treffen. Und die Leute, die er nach Ängsvik einlädt ... Ich kann mich kaum an ihre Namen erinnern. Sie sind so unbedeutend. Sie berühren mich nicht. Nein, verzeih. Das langweilt dich bestimmt nur.

Hör nicht auf, sagte ich.

Sie sah sich um, betrachtete den Farn, die Blaubeersträucher und die Bäume, die nur spärliche Schatten warfen; die Rinde der Kiefern, die wie eigene Landschaften waren, oder die weiße, glatte Borke der Birken, die sich an den Rändern ablöste und kräuselte. Ich brach zwei Äste ab, um die Mücken zu vertreiben. Einen reichte ich Helen.

Ich bin gerne hier, sagte sie. Ich bin kein Stadtmensch. Und ich glaube, daß im Grunde seines Herzens niemand ein Stadtmensch ist.

Den Gedanken hatte ich auch schon, sagte ich und wedelte mit den Zweigen um uns beide herum. Helen schienen die Insekten nicht in dem Maße zu stören, daß es für sie der Mühe wert war, sie zu verscheuchen.

Wirklich? Das habe ich mir fast gedacht.

An klaren Herbsttagen komme ich her. Da ist die Luft voller Düfte, und ich höre den Wind vom Meer herwehen. Hier drinnen jedoch ist man wie in einem Raum völliger Stille.

Ich wollte einen Hund haben, sagte sie, um nicht immer alleine spazierengehen zu müssen. Aber er erlaubt es nicht. Ein Hund fällt einem in der Stadt zur Last, sagt er und versteht nicht, daß ich für immer hier auf dem

Land bleiben möchte. Manchmal begleitet er mich, doch kaum sind wir zu Hause, geht er wieder an seine Arbeit, zu seinen Dokumenten und Gerichtsurteilen, die er noch durchgehen muß. Ich dagegen möchte über all das reden, was wir auf unserem Spaziergang erlebt haben. Möchte manches nachlesen und darüber mit ihm diskutieren. Für mich ist das doch alles ein sehr großes Wunder …

Sie ließ die Dinge eine Weile auf sich beruhen, sammelte Kräfte, um fortfahren zu können, und sagte dann: Das bleibt doch unter uns, nicht wahr? Ich hielt ihrem Blick stand, bis sie weitersprach: Ich glaube, er bekam Angst, als ich ihm sagte, daß ich gerne Kinder hätte. Seither ist er noch zerstreuter, noch abwesender. Ist das denn für alle Männer so abschreckend?

Ich will ehrlich zu dir sein, sagte ich. Ich bin nie mit einem solchen Vorschlag konfrontiert worden. Ich kann dir also darauf keine Antwort geben.

Nie?

Nein.

Er schon, sagte sie. Von mir. Er meint, daß Kinder und Tiere einen binden, daß sie zum Zwang werden. Er glaubt, ein freier Mann zu sein. Das unterscheidet uns voneinander. Ich hätte gerne eine Tochter, ich träume davon. Ist das zuviel verlangt vom Leben?

Sie nahm mich in den Arm und drückte sich an mich: Soll ich den Mund halten? Ich weiß nicht, warum jetzt alles hochkommt, aber ich muß doch irgendwem mein Herz ausschütten.

Du kannst mir alles sagen, sagte ich, zog sie fester an mich und versuchte, sie zu beruhigen. Jederzeit könne sie zu mir kommen, sagte ich, ich wäre für sie da. Sie sei mir so lieb wie ein guter Freund … Und insgeheim fragte ich mich, wie es möglich war: Da saß ich hier in der späten Abenddämmerung im Wald und hielt die weinende Frau eines anderen Mannes im Arm. Ich lieh ihr mein Taschentuch.

Ich spüre, daß da etwas auseinanderdriftet, flüsterte sie, und ich will es zusammenhalten. Tief im Innern ist er ein netter Mensch. Laß es nicht zerbrechen.

Sie schniefte und schluchzte, trocknete sich das Gesicht. Als die Schluchzer nachgelassen hatten, löste sie sich aus meiner Umarmung und stand auf.

Sollen wir umkehren? fragte sie prüfend.

Ich rührte mich nicht. Was kann ich tun?

Nichts. Sie streckte mir die Hand entgegen, als wollte sie mich damit hochziehen, aber ich ergriff sie nicht. Doch, sagte sie, wenn du es nur willst. Vielleicht vertraut er sich dir an. Kannst du ihn nicht dazu bringen, über die Sache zu sprechen? Vielleicht sagt er dir, was ihm fehlt. Ob er etwas vermißt.

Warum tust du es nicht selbst? fragte ich, obwohl ich wußte, daß es dafür für die beiden schon zu spät war.

Helen sah niedergeschlagen aus: Komm jetzt. Es ist spät.

Ich ergriff ihre Fingerspitzen und zog mich hoch. Versprechen kann ich nichts, sagte ich.

Wie war es möglich, daß ich nicht sah, was auf uns zukam? Wieso begriff ich es nicht rechtzeitig? Warum wußte ich nicht die Warnsignale zu deuten, die es gab?

Worte, Handlungen und Andeutungen ergeben, fügt man sie zusammen, ein deutliches Bild. Adern, Arterien, pulsierendes Blut in einem Körper aus Ereignissen, die so schwer zu zügeln waren wie ein durchgehendes Pferd.

Wünsche und Begierden, die so lange in einer Box ausschlugen, bis sie zum Weiden ins Freie gelassen wurden.

Wie in allen Nächten sitzt Helen nun draußen in Ängsvik vor dem Feuer und studiert ein dickes Pflanzenbestimmungsbuch. Eingehüllt in eine Wolldecke und umgeben von einer Welt aus Staubgefäßen, Stempeln, Blütezeiten und Fundorten. Äußerlich hat sie sich über die Jahre kaum verändert. Das Haar hat graue Strähnen bekommen, gewiß, und um die Augen haben sich feine Spuren gegraben, aber wer von uns ist nicht vom Leben und seinen Geschichten gezeichnet? Es verleiht Patina wie auf alten, abgegriffenen Möbeln.

Kinderlos haben sie und er Seite an Seite ausgeharrt wie ein siamesisches Paar mit einem gemeinsamen Herzen. Auf gewisse Weise sind sie jetzt hier zu Hause in diesem liebesarmen Land.

Helen ist fast schöner als in jungen Jahren, und anders als er schämt sie sich nicht der Brille, die sie sich angeschafft hat. Die ihre ist rund und hat ein Gestell aus Horn, die seine besteht aus Silber. Als wäre es eine Schande, sich der Hilfe einer Brille zu bedienen, läßt er seine Augengläser jedesmal verschwinden, wenn er die Schwedische Juristenzeitung durchgeblättert hat. Helen jedoch steht zu ihrer Brille. Auch muß sie schon in den ersten Herbstwochen eine Daunenweste und Handschuhe gegen ihre Gliederschmerzen tragen.

Oft habe ich mich gefragt, was passieren würde, wenn sie für einen einzigen Abend ihre Brille beiseite legte, so daß die Augen ungeschützt fragen würden: Warum? Was ist geschehen? Was hast du getan? Wo bist du damals gewesen?

Natürlich hätte ich reagieren müssen. Sie hat mir einst vertraut. Jetzt kommt sie nur noch selten, und wenn sie kommt, bleibt sie nicht lange. Viele Stunden habe ich mich darauf vorbereitet, mit ihr über Schuld und Vertrauen zu sprechen. Über eheliche Bande und Leichtgläubigkeit. Über Mittäterschaft. Aber warum ausgerechnet jetzt? Schmerzen brauchen Zeit zum Abklingen. Und Wunden Zeit zum Heilen?

Wann wirst du backen?

Nie! Karin zog das Kopftuch in die Stirn und stieß mit dem Rechen in den Kies. Die eine Hand ruhte auf ihrer Hüfte.

Aber ich brauche Brot, sagte ich. Meine Kunden ...

Für so was fehlt künftig die Zeit, unterbrach sie mich. Von heute an wirst du selbst Teig ansetzen müssen, wenn du Brot haben möchtest. Und sie schlug noch einmal so kräftig in den Kies, daß es im Griff dröhnte und die Hühner davonstoben. Als mir keine Erwiderung einfiel, ließ sie mich stehen.

Es war der Tag, bevor ich mit Harald sprach. Wir hatten am Schleifstein gestanden, der sich zwischen Hirsekohl und Wiesenkerbel in den gefüllten Magen gebohrt hatte. Ich hatte die steinerne Scheibe gedreht, während Harald die Klingen von Messern, Sensen und Äxten schärfte. Er hatte von Karins Sorge um Assar gesprochen – wo er sich wohl aufhielt und was ihm alles passieren konnte. Er ist wie ein Sohn für sie, der nie erwachsen wurde, hatte er zu mir gesagt. Von mir wollte er wissen, was er sagen und wie er sich verhalten solle. Da ich ihm aber keinen Vorschlag machen konnte, standen wir beide ratlos da, die Hände voller Werkzeuge.

Er muß ohnehin jetzt zurück, hatte Harald gesagt und in Richtung der bereitstehenden Heureiter geblickt. Wir müssen zur Ernte zusammenkommen. Es ist höchste Zeit. Er hielt die Sense angewinkelt gegen den Schleifstein.

Für wen?

Die Kerle müssen nach Hause kommen. Sie werden gebraucht.

Das ist unmöglich. Sie könnten dir nicht viel helfen, nicht in ihrem Zustand.

Also weißt du, wo sie stecken?

Sie bräuchten eine Woche, um wieder in Form zu kommen.

Er hatte innegehalten, nach oben geschielt, begriffen, worum es ging. Wer soll es dann tun? Hilfst du mir?

Ich nahm die Kurbel in die andere Hand: Ich muß an den Laden denken.

Harald hatte sich aufgerichtet, die Sensenschneide geprüft und für scharf befunden. Er stellte die Sense beiseite und nahm die nächste zur Hand.

Warum hast du nichts gesagt?

Ich hab's versprochen.

Du weißt, daß ich es nicht allein schaffe. Er hatte den Stahl an den Wetzstein gelegt und mir das Zeichen zum Weiterdrehen gegeben. Es tönte sanft. Bei dieser Hitze muß es schnell gehen. Meine und Assars Arbeit, das ist zu viel für einen allein.

Und was ist mit Karin?

Er hatte die Klinge vom Stein genommen und sie mit einem Stofflappen abgetrocknet. Ich drehte den Stein nicht mehr. Meine Frau? Sollte sie etwa …

Du kannst nicht von mir verlangen, daß ich den Laden schließe.

Also kann ich nicht auf dich zählen.

Ich hatte nichts geantwortet. Harald hatte die Klinge

wieder an die Schleifoberfläche gepreßt, sich in einem Bogen nach vorn gebeugt und die Kurbel gegriffen. Mach Platz, hatte er gesagt und zu drehen angefangen. Verschwinde.

Ich war nach Hause gegangen. Harald hatte den Rest allein fertig geschliffen und danach die Sensen mit aufs Feld genommen, wo er mit langen, schwingenden Schlägen dicht am Boden entlang bis weit in den Abend hinein Feldraine und schwer erreichbare Ecken abmähte.

Im Morgengrauen führte er Stella und Bruno auf den Hof, und damit er nicht grüßen mußte, als ich vorbeikam, verschwand er schnell im Schuppen, um etwas zu erledigen, wovon niemand – nicht einmal er selbst – wußte, was es war. Die Milch hatte er allein an ihren Platz geschleppt. Lenkrad-Hasse hupte und fuhr schnell davon.

Er spannte die Pferde an und führte sie nacheinander über die Straße und an den Rand des Ackers, wo er sie an der Blesse kraulte und ihnen wie ein Zigeuner beruhigend zuredete. Als schließlich alles erledigt war und er das Geschirr und die Mechanik der Geräte ein zusätzliches Mal überprüft hatte, pfiff er laut und schrill, und Karin kam aus dem Haus. Sie trug kniehohe Stiefel und ein paar robuste Hosen, deren Beine sie in die Schäfte gestopft hatte.

Harald setzte sich auf die Mähmaschine, und nachdem er und Stella zwei Längen unter dem Rattern der Klingen abgetragen hatten, folgten ihnen Karin und Bruno mit dem Heuwender. Das Gras war trockengrau, als es fiel und aufgesammelt wurde.

Sie fuhren in Längsfurchen hin und zurück. In gleichen Abständen begegneten sie sich jeweils in der Mitte, fütterten die Tiere und gaben ihnen Wasser, harkten die

Grasschwaden zusammen und luden sie auf die Heureiter.

Die Sonne erhob sich über den Morgen. Nach und nach füllten sich die Gestelle aus Pfählen und grobem Stahldraht. Karin schuftete. Harald behielt das Tempo bei, ohne sich umzusehen. Als ein Drittel des nördlichen Feldes abgemäht war, hielt sie Bruno an und setzte sich an den Feldrand, um zu verschnaufen.

Das Beinkleid war an der Seite zerrissen. Die Schultern schmerzten vom Herunterdrücken der schweren, klobigen Holzkonstruktion. Bruno stampfte mit einem Huf und schüttelte die Mähne.

Als sie so dasaß und aus der Kanne trank, sah Karin, wie sich von Ängsvik her eine Staubwolke näherte. Aus dem hellgrauen Dunst, der wie Rauchzeichen aufstieg und sich über den Baumkronen verflüchtigte, löste sich bald ein schwarzer Mercedes. Der Lärm des sechszylindrigen Wagens scheuchte sie auf. Es war die angeborene Angst der einheimischen Frauen, als faul und untätig zu gelten, die sie dazu veranlaßte, sich reflexartig aufzurichten und zum Ardenner zurückzugehen. Doch im gleichen Augenblick, als Rotenschiöld vorbeifuhr, stolperte sie über einen Erdhügel und fiel.

Er mußte sie im Blickfang gehabt haben, denn er bremste sofort und stieg aus.

Ich beobachtete die beiden vom Ladenfenster aus. Ich sah, wie Rotenschiöld Karin um ihre Hüfte packte, einen Arm ergriff und sie anhob. Er stützte sie bis zu seinem Auto und öffnete ihr die Tür zum Rücksitz. Er ließ sie erst los, als sie bequem saß. Danach ging er um das Auto herum auf die Fahrerseite, wo er die Türe öffnete, sich über das Lenkrad beugte und den Motor abstellte. Er lief in seinen dünnen Schuhen wieder die Böschung hinunter, rief Karin gleichzeitig etwas zu und bekam eine Antwort, mit der er sich zufriedengab. Er streichelte Bruno prüfend über den Nasenrücken, als wäre der Umgang mit Tieren etwas, das er sich abgewöhnt hatte, aber nach wie vor zu schätzen wußte. Das Pferd schnaubte so kräftig, daß die Nüstern bebten und der Advokat einen Schritt zurücktrat. Er ging um Bruno herum, nahm die Zügel in die Hand und sah zu Karin hinauf, die ihm Instruktionen erteilte. Nachdem er alles fest im Griff hatte, trieb er den Hengst mit einem Schnalzer an.

Das Schauspiel war so merkwürdig, daß ich unwillkürlich hinausging und nur vier, fünf Meter von Karin entfernt stehenblieb. Obwohl sie meine Anwesenheit unbedingt spüren mußte, blickte sie kein einziges Mal in meine Richtung. Ich wollte ihr mitteilen, daß Assar einigermaßen außer Gefahr war und ihr klarmachen, wieviel ich verlöre, wenn ich den Laden geschlossen hielte. Aber ich tat es nicht und wahrte die Distanz.

Harald war am anderen Ende der Felder angelangt. Er machte eine Drehung. Als Stella mit der neuen Reihe begann, erblickte er plötzlich den Advokaten in weißem Hemd, Schlips und breiten Hosenträgern. Er war so verblüfft, daß er ihn mit offenem Mund anstarrte. In der Mitte des Ackers trafen sich die beiden – Harald, der bis zur Versteinerung schockiert war, und Rotenschiöld, der zum Gruß seinen Hut hob wie nach dem Gottesdienst, wobei er den Rechen in den trockenen, aufgesprungenen Boden drückte, der beinahe alle seine Düfte verloren hatte.

Sie arbeiteten emsig und hielten nur hin und wieder inne, um ein paar Schlucke Wasser zu trinken. Am Nachmittag war alles abgemäht, auch Assars Grund.

Seite an Seite hatten sie das Pfahlgerippe mit Gras gefüllt. Harald hatte Karin ins Haus getragen, worauf sie ihre Arbeit mit nacktem Oberkörper fortsetzten. Schließlich hatte Rotenschiöld die Pferde zur Scheune geführt, sie gemeinsam mit Harald abgeschirrt und ihnen den Schweiß abgewaschen. Als alles erledigt war und die Geräte geputzt an ihrem Platz hingen, kam er zu mir in den Laden und bat um Bier für sich und den Bauern. Ich stellte drei Flaschen auf die Theke, und er bezahlte mit einem Schein.

Das war ein schöner Tag, sagte er und nahm das Wechselgeld entgegen, ohne es nachzuzählen.

Aber der Herr Advokat kamen nie in die Stadt.

Was soll's. Ich kenne mein Büro. Er faltete den Schlips zusammen und steckte ihn in die Brusttasche. Wenn eine Frau in Not ist, muß man ihr helfen. Er sagte das in einem Tonfall, der bedeutete, daß alles andere undenkbar war und er im übrigen eine Schuld hatte, die es zu begleichen galt. Wenn sie weitergemacht hätte, dann hätte sie sich ernsthaft verletzen können. So ist sie mit einem verstauchten Knöchel davongekommen.

Das war wirklich nett. Ich öffnete die Verschlüsse. Harald hätte es nicht allein geschafft.

Das war nicht der Rede wert. Wir Nachbarn müssen uns gegenseitig helfen. Er setzte seine Bierflasche an die Lippen und legte den Kopf in den Nacken, bis er an den Hemdkragen stieß. Gleichzeitig drehte er die Flasche, damit die Flüssigkeit schneller herausfloß. Ein saugendes Geräusch drang aus seinem Hals. In weniger als zehn Sekunden war alles ausgetrunken. Lange her, daß ich so durstig war, sagte er und reichte mir die leere Flasche. Übrigens habt ihr mir ja diesen Gefrierschrank ins Haus getragen. Er klemmte die anderen beiden Flaschen zwischen seine Finger. Außerdem mag ich Pferde wirklich gerne.

Der Herr Advokat scheinen sich auszukennen.

Er wischte sich mit dem Taschentuch einen Tropfen weg, der zum Kinn herunterlief: Ich war in der Kavallerie.

Harald hatte zwei Hackklötze aus dem Holzschuppen gerollt. Die beiden Männer setzten sich, ließen die Flaschen mit einem Skål aneinanderklirren und tranken gierig. Sie plauderten rund eine Stunde, und Rotenschiöld hörte Harald lange zu, der wahrscheinlich von den Ländereien sprach. Hie und da stellte er Fragen über Wert und Preise, und sie lachten und tranken immer mehr.

Als das Bier ausgetrunken war, drückten sie einander die Hand, und Harald begleitete Rotenschiöld zum Auto. Ein Abschiedsgruß, dann rollte der Advokat im Rückwärtsgang ein Stück auf Rasks gelbes Haus zu, legte den ersten Gang ein und fuhr nach Ängsvik. Die Fensterscheibe hatte er heruntergekurbelt, der Unterarm baumelte außen am Blech.

Es herrschte Dunkelheit, als Vilmer und Karl aus Stockholm zurückkehrten. Sie fuhren per Anhalter. In Vagnhärad wurden sie von einem Ferienhausbesitzer mitgenommen, der den Rücksitz mit einem Grill und zusammenklappbaren Gartenmöbeln vollgeladen hatte. Karl schlief. Vilmer stieg mit dem Jungen im Arm aus und ging auf Harald zu, der wartend am Milchtisch stand. Karin befand sich gerade auf der Treppe. Der Wagen verschwand und nach einer Weile auch das Motorengeräusch; nur das Zirpen der Heuschrecken war noch zu hören. Von zwei Seiten begegneten Vilmer fragende Blicke.

Wir haben den Bus verpaßt, sagte er.

Sieht so aus, sagte Harald. Hast du kein Geld übrig?

Es ist nicht so, wie du glaubst.

Wie dann?

Das ist eine lange Geschichte, sagte Vilmer und erzählte, wie es geschehen war: wie sie bis Torschluß auf dem Vergnügungsplatz geblieben waren, weil Karl nicht mehr von den Karussells und der Tombola weggehen wollte, und als man sie schließlich vor die Tür gesetzt hatte, fuhr kein Zug mehr. Er sagte das ehrlich und so aufrichtig, wie er es während der Heimfahrt einstudiert hatte.

Und das soll ich dir glauben, sagte Harald. Du stinkst nach Alkohol.

Vilmer hielt daran fest, daß alles, was er gesagt habe, die Wahrheit und nichts als die Wahrheit sei und daß der Geruch von dem einen Schnäpschen herrühren müsse, das er sich auf eigene Rechnung genehmigt habe. Der Geruch, meinte er, sitzt in mir fest wie Schimmel in einem alten Haus.

Ihr seid zu Hause, sagte Karin und trug den Sohn ins Haus. Ihm war nichts passiert. Das war die Hauptsache.

Am nächsten Morgen nahm Vilmer zusammen mit Harald und Assar in der Küche ein ordentliches Frühstück ein. Er war rasiert und gekämmt und trug Arbeitskleidung. Niemand sprach darüber, doch Karin dachte, er ist zwar ein schlampiger Kerl und ein Trunkenbold, aber ein Versprechen halten, das kann er allemal. Nachdem Assar sich mit der ihm eigenen Plötzlichkeit erhoben hatte und unter dem Vorwand, er müsse die Boote im Hafen zählen, bevor sie ablegten, hinausgegangen war, holten sich die Brüder Forke und Schaufel aus dem Schuppen und begannen, den Stall auszumisten. Kot und Heu war geschobert worden und sollten nun, da sie wieder zu zweit waren, endlich auf die Felder hinaus.

Draußen auf der Weide muhten die Tiere. Karin summte eine Melodie. Karl bekam Butterbrote, heiße Schokolade aus Kakaopulver mit Schlagsahne und ein paar Küsse auf die Wange, bevor er aus dem Haus sauste und dabei laut Vilmers Namen rief. Er fand ihn schwitzend und keuchend hinter Harald, an dem die harte körperliche Arbeit keinerlei Spuren zu hinterlassen schien.

Vilmer legte die Schaufel beiseite, trocknete sich das Gesicht ab, hielt sich den schmerzenden Rücken und fragte: Kann ich ein paar Minuten ausruhen? Nur so lange, bis ich wieder zu Kräften gekommen bin.

Harald wollte nein sagen. Aber da Karl sonst die ganze Zeit im Wege sein würde, sagte er: Geh mit ihm eine Weile auf den Heuboden.

Vilmer öffnete die Luken und legte sich hin, faltete die Hände unter dem Kopf, schloß die Augen und gähnte. Es war fast einen ganzen Tag her, daß er den letzten Tropfen Cognac aus dem Glas geleckt hatte, und es wunderte ihn, daß es ihm trotzdem noch so gutging. Er war stolz darauf, daß er sich rechtzeitig bedacht und die Spielhölle gemieden hatte. Statt dessen war er den ganzen Abend auf dem Rummelplatz geblieben und hatte dabei mehr Spaß gehabt, als er es je für möglich gehalten hätte. Was niemand ihm zugetraut hätte, hatte er sich selbst bewiesen, und obwohl es eigentlich nicht der Rede wert war, konnte er es gar nicht lassen, seine Charakterstärke zu loben.

Karl hüpfte zwischen den Heuballen. Er streckte die

Arme gerade vom Körper weg, landete, machte zum Motorengeräusch seiner Lippen Sturzflüge und Loopings. Er wollte fliegen. Er lief auf Vilmer zu, geradewegs zur Luke hinaus, und als er vorbeigelaufen war, packten ihn zwei Arme und ließen ihn in dieser Bewegung einen halben Meter in der freien Luft hängen. Kaum hatte Vilmer ihn losgelassen, nahm der Junge schon wieder Anlauf.

Harald hörte Karls Geschrei und das Spektakel der beiden auf dem Heuboden. Aus Wut darüber, daß er allein in der Scheiße stehen durfte, trat er so heftig nach einem Kuhfladen, daß dieser an der Stallwand zerplatzte.

Karin schrubbte im Vorbau den Fußboden. Ihre Hände steckten im Putzeimer mit Schmierseife, als Assar draußen auf der Treppe stehenblieb und mitteilte, daß er bei Fräulein Lind ein Paket gesehen habe: Sie hat es mich nicht für euch mitnehmen lassen, obwohl ich sie mehrmals bat.

Was ist denn in die Lind gefahren? Vertraut sie dir etwa nicht, Assar? Karin warf die Bürste in das Putzwasser. Das kann doch wohl nicht wahr sein! Sie stand auf und trat zu ihm heraus, trocknete sich die Hände an der Schürze ab und rief nach ihrem Mann.

Harald rückte die Schirmmütze zurecht. Was gibt's denn jetzt schon wieder? Daß man nie in Ruhe arbeiten kann! Er schleuderte die Forke auf den Misthaufen und stiefelte davon. Komm jetzt gefälligst runter und mach weiter! befahl er seinem Bruder.

Vilmer wollte es ihm recht machen. Er ließ Karl los und rappelte sich auf: Du mußt dich für ein Weilchen allein hier amüsieren.

Auf der Leiter nahm er zwei Stufen auf einmal.

Es war nicht mehr allzuviel Mist übrig, so daß er alles fertig haben würde, bevor sein Bruder zurückkehrte, ja es würde ihm sogar noch Zeit bleiben, sich ein Weilchen auf die faule Haut zu legen. Hinter ihm trottete Harald mühsam den Hang zur Post hinauf, mit Assar dicht auf den Fersen. Er konnte hören, wie Karl über den Boden rannte.

Vilmer beugte sich vor, steckte die Schaufel tief in den Kot, und als er die Arme anspannte und den Blick hob, sah er Karl wie einen Engel über dem Misthaufen schweben. Einen Augenblick lang hing er frei in der Luft, die Arme weit vom Körper weggestreckt. Dann stürzte er in die Klauen der Mistgabel.

DIES HIER IST nicht leicht. Handlungen und Personen, Aussagen und Abläufe fließen ineinander, besonders wenn sie einander gleichen. Das eine webt sich ins andere und umgekehrt. Es ist, als rührte man in einem Frikassee, aus dem die Duftkomponenten der einzelnen Zutaten in einem einzigen würzigen Aroma nach oben dampfen.

Ich habe alles hier auf den Tisch gelegt, was noch der Klärung bedarf, und werde es mit Skalpell und Millimetermaß sezieren. Das meiste ist isoliert wahrgenommen, in einen größeren Zusammenhang überführt und erklärt worden. Eine Erinnerung führt zur nächsten.

Ich frage mich, was in der Stadt so passiert, sagte Maja.

Nicht viel. Ich habe Nachrichten gehört, sagte ich, und da ist meist vom Suez und den Franzosen in Tunesien die Rede.

Das meine ich nicht. Ich möchte wissen, über welche Bücher und Filme man spricht, welche Musik gespielt wird.

Ist das wichtig für dich?

Ja. Ich habe meine Freunde, und die bedeuten mir sehr viel. Sie drückte die Serviette an die Lippen. Wir haben die gleichen Interessen und können über alles sprechen.

Sind sie es, die du von Folkvik aus immer anrufst?

Unter den raschelnden Laubkronen der Apfelbäume war es verhältnismäßig kühl. Über die blanke dunkle See warf die Abendsonne golden schimmernde Streifen. Wir saßen uns beim Essen gegenüber. Der brennende Schmerz war von meinem Körper geronnen. Aus irgendeinem Anlaß fühlte ich eine gewisse Zuversicht: Probleme würden gelöst, mögliche Konflikte im Keim erstickt werden. Maja saß da in einem gelben Kleid, das ihren Sonnenbrand betonte, ohne Schuhe, ohne Schmuck. Sie lächelte, legte das Messer auf die Gabel, so daß die Schneide zwischen den Zinken zu liegen kam. Das war lecker, sagte sie. Wie nennst du das?

Bohneneintopf, sagte ich. Mit Speck.

Den sollten wir öfter machen.

Ich stimmte ihr zu, kratzte aus den Karotten eine letzte Portion zusammen und tunkte das Weißbrot in die Sauce. Die Kräuter und Gewürze wurden vom Mehl und der Hefe aufgesaugt.

Maja schob ihren Stuhl zurück, lehnte sich gedankenversunken ein wenig zu mir herüber. Irgendwo hinter dem Laden hörte man Harald wühlen und brummen. Stella schnaubte und schüttelte die Mähne.

Manchmal denke ich darüber nach, wie es sein wird, wenn ich wieder in der Stadt bin. Ob ich noch die gleiche sein werde? Ob ich diese Wochen hier als die schönsten meines Lebens in Erinnerung behalten werde? Oder wird die Zeit hier allmählich verblassen, wie kleine Einzelheiten in einem großen Ganzen.

Maja wußte, daß es darauf keine Antworten gab, und sie erwartete auch keine. Sie sah hinaus aufs Wasser. Von dort, wo sie saß, konnte sie bis nach Långö sehen und, wenn sie sich ein wenig drehte, bis nach Lacka. Ich sollte mich später an diese Stunde zurückerinnern, und auch an das, was sie gesagt hatte und das mir vorgekommen war wie die Hoffnung darauf, daß das Dasein eine Konstante sein möge. Das war, als Helen vor mir stand und ich sagte: Dann ist er also zurückgekehrt, und sie antwortete: Ja. Jetzt ist alles wieder wie früher.

Ich erkannte ihre Aussage wieder, jemand anderes hatte in einem anderen Zusammenhang das gleiche gesagt. Ich verzichtete auf einen Kommentar, obwohl ich damals wie heute in vielerlei Hinsicht gute Gründe hatte, am Wahrheitsgehalt ihrer Worte zu zweifeln. Was mich selbst betraf, so kam ich allerdings zu dem Schluß, daß nichts wieder so wird, wie es einmal gewesen ist. Das ist das einzig Sichere, was ein Mensch über das Verhältnis der Zukunft zur Gegenwart sagen kann. Alles ist in Bewegung.

Sie war gekommen, um mir Fragen zu stellen. Ich hatte keine Angst vor dem, was am Tage vorher zwischen ihnen besprochen und was ausgespart worden war, sondern war im Gegenteil sogar neugierig darauf. Ich hätte gerne alle Worte, die zwischen ihnen gefallen waren, mitgehört, um sie lutschen zu können wie Pastillen gegen Halsschmerzen. Ich wäre auch gerne in der ohrenbetäubenden Stille umhergeschlichen, die die Alternative gewesen wäre. Doch jetzt war Helen diejenige, die die Fragen stellte.

Er war hier, bevor er nach Ängsvik weiterfuhr, nicht wahr?

Ich habe ihm ein paar Blumen für dich mitgegeben.

Ich dachte mir schon, daß sie von dir kamen. Sie waren schön, sehr schön. Helen sagte das – den Blick auf den Boden gerichtet –, als wäre die Tatsache, daß sie den Ehemann zurückgewonnen hatte, ein herber Verlust für sie. Dann sah sie wieder mich an: Habt ihr über uns gesprochen?

Maja reckte die Arme bis in die unteren Äste der Apfelbäume, schob die Brust heraus, machte ein hohles Kreuz und gähnte kräftig, ehe sie wieder in sich zusammensank. Sie sammelte die Teller, Gläser und Töpfe ein, stellte sie aufs Tablett, trug sie ins Haus, stellte sie auf der Anrichte ab und kehrte zurück. Ehe sie sich wieder setzte, rückte sie den Stuhl so zurecht, daß sie mit mir auf eine Höhe kam.

Ich habe heute Helen getroffen, sagte sie. Ich kann ja eigentlich nicht behaupten, daß ich sie in der kurzen Zeit gut kennengelernt habe – aber trotzdem fand ich, daß sie sich verändert hat.

Ich wandte mich ihr zu. Unter den Bäumen bekam ihr Haar einen dunkleren Ton, war ein Geringel aus Schwarz und Terracotta, in dessen Glanz sich das letzte Tageslicht fing. Ich mußte an mich halten, um nicht mit den Fingern hindurchzufahren. Inwiefern? fragte ich sie.

Nicht zum Besseren. Sie sah nicht froh aus. Hast du das nicht bemerkt?

Ich habe sie weinen sehen, sagte ich. Sie ist nicht frei wie du.

Maja schlug ein Bein übers andere und legte die Hände zwischen die Oberschenkel. Wer hat gesagt, daß ich froher bin? fragte sie. Ich bestimmt nicht. Bloß, daß sie mehr Gründe dazu hätte.

Freude mißt sich nicht auf diese Weise. Sie entsteht aus der Wirklichkeit.

Und dieser Mann ist so eine Realität?

Für sie ja. Allerdings mit gegenteiliger Wirkung.

Ich finde, er ist unwirklich, sagte sie und begann, ihre Mückenstiche zu kratzen. Man müßte ihm den Kopf zurechtrücken.

Tu das nicht.

Was? Ihm zusetzen?

Zerkratz nicht deine Waden, sagte ich. Die Wunden können sich entzünden.

Sie ließ es sein und drückte den Stoff des Kleides fest gegen die Beine. Der Mann und die Mücken sind der Grund dafür, daß ich nie im Leben für immer hier wohnen könnte, sagte sie.

Die verschwinden, wenn der Sommer vorbei ist.

Sie drehte sich zu mir. Warum verkehrst du mit ihm? Ich verstehe nicht, was du davon hast.

Er verkehrt mit mir, sagte ich. Für mich ist es Dienst am Kunden.

Warum verkehrst du mit ihm? sollte auch Helen mich viel später einmal fragen. Warum hörst du dir seine Lügen und seine miserablen Schlußfolgerungen aus irgendwelchen juristischen Fällen an, von denen er in seinen Männerclubs gehört hat?

Es gibt mir Ruhe, sagte ich.

Ruhe?

Ja, ich kann aufatmen, sobald er nicht mehr in meiner Nähe ist.

Ich empfinde nur Abneigung gegen ihn, sagte Maja. Manchmal fühle ich mich sogar bedroht. Kannst du ihn nicht bitten, daß er mich in Ruhe läßt?

Du kannst ihm doch sagen, daß er gehen soll, sagte Helen. Ich kann das nicht.

Auf Frauen und Juristerei verstehe ich mich …

Ein Gespräch geht ins andere über. Die Erinnerungen verknüpfen sich zu einem Teppich aus dicht zusammenliegenden Knoten, auf dem man läuft. Weich und behaglich aber wird er nie. Reißzwecken und Nadeln liegen auf ihm verstreut. Gebt auf die Füße acht, macht Platz! Jetzt leere ich den letzten Karton mit Fakten.

Es war später Nachmittag, als er das erste Mal zu einer Uhrzeit kam, zu der sich auch noch andere Leute im Laden befanden. Er schlängelte sich an ihnen vorbei bis zur Ladentheke, als wäre er sich ihrer Anwesenheit nicht bewußt. Hinter ihm wurde gehustet und gemurmelt. Er sagte: Geht es in Ordnung, wenn ich mich dort hineinsetze?

Bitte schön, sagte ich. Allerdings bin ich im Augenblick beschäftigt.

Die Schlange war so kurz, daß ich den Block mit den Losen eigentlich gar nicht gebraucht hätte. Wie hätte sie auch länger sein sollen, wenn die Waren kaum für die ersten Kunden am Morgen reichten? Es überraschte mich, daß trotzdem niemand gegen sein ungehobeltes Auftreten protestierte. Murrend drängelte er sich vor, indem er diejenigen beiseite schob, die es nicht mehr rechtzeitig geschafft hatten, ihm von sich aus aus dem Wege zu gehen. Er ging um mich herum und sagte provozierend laut, daß niemand es überhören konnte: Bediene die Leute fertig. Ich warte so lange. Ohne sich um die Klettenblicke zu kümmern, die auf seinem Rücken hafteten, schloß er hinter sich die Tür zu meinem Büro. Laß dir Zeit, sagte er noch, aber nicht zu lange.

Eine verlegene Stille machte sich breit, nachdem Rotenschiöld verschwunden war. Man erwartete von mir eine Erklärung, daß ich Rechenschaft ablegen sollte über meine Beziehung zu jenem Mann, dessen Aktien ständig der Kursverfall drohte. Wörter und Gerüchte sollten später die Runde machen, vom Schleppen mißgebildet und verkrüppelt. Ich konnte schon hören, wie sie mit Rasseln von einem Hof zum nächsten gingen: Der Händler hat Geheimnisse mit dem Advokaten aus der Stadt!

Ich hätte seine Anwesenheit mit dem Hinweis auf geschäftliche und wirtschaftliche Gründe erklären können; sie wurden am ehesten akzeptiert. Aber ich zog es vor, gar nichts zu sagen.

Ich wickelte für Britta aus Norrsund die letzten weißen Weintrauben in zwei Lagen Papier und legte sie neben Spülmittel, Kakaopulver und löslichen Kaffee. Die Tasche war hoch und lang, rot und blau kariert und hatte einen Reißverschluß zwischen den Griffen. Ob sie, Britta, wohl noch ein paar Tage zusätzlich auf die anderen Bestellungen warten könne? Im Augenblick sei das Lager nicht gut bestückt ... Doch, eine Weile. Aber dann sagte sie, sie müsse los.

Es dauerte über eine Stunde, bis ich mich Rotenschiöld gegenüber auf dem Stuhl zurücksinken lassen konnte. Er las in der Zeitung vom Vortag. Also werden die Engländer ihre Stützpunkte am Suezkanal verlassen, sagte er wie im Selbstgespräch. Dann gibt es da unten bald Krieg ... Er warf die Zeitung weg. Endlich. Wo bist du gewesen?

Ich habe mich um mein Geschäft gekümmert, sagte ich. Es ist schließlich noch nicht Ladenschluß.

Ach ja? Er beugte sich nach hinten und rieb seinen Rücken gegen die Wand in der Hoffnung, eine bequemere Stellung zu finden. Die Daumen trugen noch Schürfspuren von den Zügeln; ein Nagel war abgebrochen. Du willst also, daß ich gehe und später wiederkomme?

Nein, überhaupt nicht.

Damit hättest du auch früher rausrücken können. Es hätte mir die Rumhockerei hier erspart.

Ich meine nur, daß wir gestört werden können, sagte ich. So wie jetzt. Entschuldige.

Die Türglocke hatte geklingelt. Absätze klapperten

über die Dielen. Es klang dringend. Schon kam Maja hereingeweht. Sie habe es eilig, weil sie sich noch umziehen und Obst kaufen müsse, sagte sie. Warum ich an einem solchen Tag im Haus sitze? Dann schloß sie die Tür hinter sich und verschwand.

Ehe ich zu meinem Gast zurückkehrte, wickelte ich Schokolade und Feigen in ein Papier und legte sie zusammen mit einer Tüte Pflaumen vor ihre Zimmertür.

Wer war das? fragte Rotenschiöld, als führte er ein Kreuzverhör.

Ein Segler, sagte ich, da es Wichtigeres zu besprechen gab. Der Herr Advokat schauen sonst nie um diese Zeit vorbei.

Nein, aber heute tue ich es. Ein Hauch von Whisky, der mir vorher nicht aufgefallen war, lag in seinem Atem. Oder vielleicht sollte ich es besser so ausdrücken: Ich wurde erst jetzt auf den Geruch aufmerksam, erkannte ihn aber von anderen Malen wieder. Von anderen Gesprächen. Er sollte mit den Jahren immer noch zunehmen.

Ich halte mich weder an Schemata noch an Prinzipien, sagte Rotenschiöld. Die sind auf die Dauer zu kostspielig. Außerdem fällt es immer schwerer, sich an sie zu erinnern.

Ich setzte mich an den Schreibtisch. Das scharfe Licht, das hinter mir einfiel, zwang ihn dazu zu blinzeln, wenn er mich sehen wollte. Die eine Tischhälfte lag im Schatten meines Oberkörpers. Das klingt vernünftig, sagte ich.

Ist es auch. Nimm es als einen guten Rat. Gratis, sozusagen. Er starrte mich an, während er, wie eine Eule, den Kopf von einer Seite auf die andere drehte. Wahrscheinlich leidet er noch an einem schmerzenden Muskelkater nach der Heuernte, dachte ich.

Es kommen nicht mehr so viele Kunden, stimmt's? sagte er.

Ich habe Lieferprobleme, kann man sagen. Und wenn die Seeleute hier nicht alles bekommen, was sie brauchen, dann legen sie woanders an.

Ein gutes Zeichen dafür, daß das sogenannte kapitalistische System funktioniert – obwohl wir eine Regierung haben, die tut, was sie kann, um es abzuschaffen. Ein Haufen Bolschewiken, die glauben, Reichtum sei eine Krankheit, von der das Volk geheilt werden müsse. Die sollten mal herkommen und sehen, wie die Marktwirtschaft in der Praxis funktioniert. Es klang, als spräche er nicht mit mir, sondern vor irgendeinem Direktorium. Doch der Eindruck verflog rasch. Seine Stimme war verändert, als er sagte: Kann ich dir vielleicht helfen? Es muß doch Lieferverträge geben, die einzuhalten sind. Ich habe Beziehungen innerhalb …

Ich schaffe es schon allein.

Es war ein Angebot. Und es bleibt bestehen. Im übrigen habe ich nicht ohne Grund hier gesessen und gewartet. Das war nicht aus Jux und Tollerei.

Das habe ich auch nicht angenommen, sagte ich leise, denn ich wußte, wie die Stimmen bis in die Küche drangen und weiter durch die nächste Wand. Aber was Maja betrifft: Über sie kann ich dir nichts sagen.

Nichts, sagte er und sog förmlich an dem Wort. Na, es geht nicht in erster Linie um sie. Es handelt sich um meine Frau.

Sie ist bezaubernd, sagte ich.

Er sah mich an, als hätte ich etwas höchst Unpassendes gesagt. Etwas, wovon er nicht im geringsten vermutet hatte, daß ich darüber eine eigene Meinung vertrat. Er sah mich an, als hätte ich eine jener unsichtbaren

Grenzen überschritten, die unsere Beziehung umgaben. Mit Nachdruck fragte er: Sie war hier?

Sie hat gestern Zucker, Hirschhornsalz und eine rostfreie Schüssel bei mir gekauft. Ich dachte, der Herr Advokat wüßten …

Hör auf! Spiel ja nicht den Dummen! Ich weiß genau, woran ich mit dir bin, stichelte er, mich zurechtweisend wie ein Meister seinen Gesellen. War sie hier? Hier in diesem Zimmer? War sie das? Hat sie mit dir gesprochen oder sich nach irgendwas erkundigt?

Ich wich seinem Blick nicht aus; ich dachte gar nicht daran. Rotenschiöld blinzelte. Wie kommen der Herr Advokat darauf? fragte ich.

Weil meine Intuition es mir sagt. Daß etwas geschehen ist. Er rieb sich den Rücken an der Tapete. So was merkt man. Ich habe ein Gespür für solche Dinge.

Ich setzte beide Füße auf den Boden, unterbrach meine Halbkreise mit dem Drehstuhl, beugte mich über die Schreibunterlage und faltete die Hände. Ich konzentrierte meine ganze Aufmerksamkeit auf ihn: Sie war nicht hier drinnen. Der Herr Advokat sind der einzige, der in dieses Zimmer gelassen wird.

Gut, sagte er. Dann ist die Sache aus der Welt. Ich wollte mich nur vergewissern.

Das kann ich verstehen. Ich lehnte mich wieder zurück.

Kannst du? Er schlug sich auf die Knie, traf aber sonst keine Anstalten, sich zu erheben. Die Sache ist etwas heikel, sagte er, nun in freundlicherem Ton. Sie hat so viele komische Einfälle neuerdings. Neumodischen Kram, der viel von dem zerstören könnte, was man sich so aufgebaut hat. Ich habe hart gearbeitet, um die Kanzlei voranzutreiben und uns etwas von Wert zu schaffen.

Etwas, worauf wir stolz sein können. Für die Zukunft. Das will ich nicht aufgeben.

Das kann ich verstehen, wiederholte ich. Ich wußte nicht viel anderes zu sagen. Er schien auch jetzt noch seine Zweifel zu haben.

Oder laß es mich so formulieren, damit es richtig klar wird: Es wäre höchst unglücklich für uns alle, wenn etwas ans Licht käme oder passierte, ohne daß ich davon Kenntnis erhielte.

Ich legte die Handflächen auf die Schreibtischplatte und faßte ihn wieder scharf ins Auge. Der Herr Advokat haben sich jetzt deutlich genug ausgedrückt. Aber warum sprechen wir darüber? Gibt es Kummer?

Er massierte sich sanft die Beine, dort, wo er kurz zuvor hingeschlagen hatte. Die Dinge verändern sich im Laufe der Zeit. Menschen ebenso. Aber das bedeutet nicht, daß man alles, was gewesen ist, wegwerfen oder verleugnen muß.

Ich bin nicht sicher, was …

Ein Versprechen gilt lebenslänglich. Es ist verbindlich. Es kann nicht einfach gebrochen werden, nur weil Teile davon, Details, eine andere Form angenommen haben.

Sprechen wir über die Ehe?

Er antwortete nicht. Seine Miene wirkte, als hätte er ein Geheimnis ausgeplaudert und wäre dabei ertappt worden. Jetzt wollte er das Ganze ungeschehen oder zumindest rückgängig machen.

Oder über eine Scheidung? Werdet ihr …

Er schob den Brustkorb vor: Das geht dich nichts an! Sein ganzer Körper hob sich, füllte sich mit Luft, leerte sich und sank wieder zusammen. Jetzt reden wir über was anderes, bestimmte er.

Wie es beliebt, sagte ich.

Das Ergebnis war, daß wir beide wortlos dasaßen. Mir fiel nichts ein, das für ihn von Interesse gewesen wäre. Rotenschiöld schien von einer solchen Rücksicht mir gegenüber nicht beeinflußt zu sein. Sein Problem war, daß er sich die Zunge verbrannt hatte und nun darüber nachgrübelte, was er eigentlich offenbart hatte.

Wir kommen heute offenbar nicht weiter, sagte er dann, als betrieben wir eine Art Gesprächstherapie. Er stand auf. Wir sind uns immer noch einig.

Ich nehme es an, sagte ich.

Wir Männer müssen zusammenhalten in Zeiten wie diesen. Er nahm meine Hand und drückte sie fest, als besiegelten wir damit ein Abkommen, den Beitritt zu einem heimlichen Pakt. Ich war nicht so dumm, daß ich nicht einsah, was dieser Handschlag seiner Meinung nach beinhaltete. Danke, daß du dir Zeit genommen hast, sagte er.

Er war auf dem Weg zur Tür hinaus, als er vor dem Schachspiel auf der Kommode stehenblieb. Er nahm eine Dame hoch und inspizierte sie. Er hielt sie gegen das Fenster, so daß das Licht durch sie hindurchschimmerte. Welch schöne Figuren.

Es sind chinesische, aus Jade und Alabaster, sagte ich und öffnete ihm die Tür.

Er wog die Dame abschätzend in der Hand. Teuer? Sehen jedenfalls so aus. Er prüfte aufs Geratewohl das Gewicht verschiedener Figuren.

Ich habe das Spiel von einem bankrotten Gutsbesitzer gekauft. Der Baron hat sich später ertränkt.

Tatsächlich? Ja, solche Dinge geschehen. Welch ein Glück, daß das Spiel gerettet wurde. Er setzte eine Figur so hart wieder aufs Brett, daß es knallte. Ich habe nicht die Ausdauer dafür, sagte er und verließ den Laden. In gewisser Weise erinnert es an die Juristerei, weil man in verschiedenen Ebenen denken muß. Aber beim Schach sind plötzliche Geistesblitze und unerwartete, ausweichende Manöver ja nicht möglich.

Ganz im Gegenteil, sagte ich. Zu den Finessen des Schachspiels gehört, daß man den Gegner überraschen kann.

Überraschen? Man kennt die nächsten Züge doch schon immer im voraus. Er packte mich am Ärmel. Hör zu, sagte er, und es klang fast streitsüchtig. Es gibt im Spiel keine Finessen, nur in der Wirklichkeit. Vielleicht werde ich dir mal ein paar beibringen? Als Jurist kann ich mich außerhalb des Spielbretts bewegen und trotzdem beweisen, daß ich mich an die Regeln gehalten habe.

Ich verzichtete auf eine Antwort.

Gut.

Er ließ mein Hemd los, zwinkerte vielsagend mit einem Auge und ging. Ich begleitete ihn hinaus. Harald stand draußen und wartete. Er begrüßte Rotenschiöld wie einen guten, alten Freund. Die Freude, einander wiederzusehen, beruhte jedoch nicht auf Gegenseitigkeit: Rotenschiöld ergriff nicht Haralds ausgestreckte Hand, sondern begnügte sich mit einem kurzen Kopfnicken. Zur gleichen Zeit kam Maja aus ihrem Zimmer. Sie hatte sich umgezogen, trug eine Caprihose und einen kurzen Mantel und hatte den Korb mit Obst und Süßigkeiten bei sich. Rotenschiölds Stimmung schlug bei ihrem Anblick sogleich wieder um. Welch ein glückliches Zusammentreffen! entfuhr es ihm. Ich habe gerade in diesem Moment an das Fräulein gedacht.

Sie hielt inne und wollte offenbar ins Zimmer zurückkehren, um die Begegnung mit Rotenschiöld zu vermeiden. Aber den störte das nicht, oder er mißverstand ihre Geste. So schwungvoll stieß er die Tür auf, daß sie gegen die Wand prallte und wieder zurückschlug. Er trat einen Schritt zurück und hielt sie auf, so daß Maja beim Hinausgehen und Harald beim Hineingehen an ihm vorüber mußten. Als sie vorbei war, gab mir der Advokat einen Klaps auf die Schulter, schloß die Tür hinter sich und ging ihr nach.

Ich kann versichern, daß sie diesmal nicht über das Tanzen sprachen. Es war überhaupt kein Gespräch oder ein Wortwechsel, sondern Rotenschiöld trug einen gut einstudierten Monolog vor.

Von dem Fenster aus, wo Spielwaren und Handwerkszeug lagen, konnte ich beobachten, wie die beiden zwischen Rasks gelbem Haus und der Ecke des Viehstalls stehenblieben. Hinter der Gardine verborgen, wurde ich Zeuge, wie Rotenschiölds Mund unentwegt Wörter formte, die Maja aus Höflichkeit über sich ergehen ließ. Sie wartete ab wie jemand, der in Eile ist, dessen Gegenüber aber über eine Autorität verfügt, an der man nicht vorbeikommt. Sie nahm den Korb in die andere Hand und strich mit den Fingern durchs Haar, so daß es sich über den Schultern ausbreitete. In einer mitleidsvollen Geste neigte sie den Kopf leicht zur Seite. Hinterher erzählte sie mir, daß er sich anfangs gut benommen habe und redegewandt gewesen sei, wie man es bei Männern des Gesetzes ja des öfteren finde. Erst später sei es unangenehm geworden, da sich hinter all den schönen, aber leeren Worten ganz bestimmte Absichten und Vorsätze verbargen.

Es ist unschwer zu erkennen, woher es kam, daß er ihrer Mischung aus kühler Sanftheit und Keckheit erlag. Maja war voller Lebenshunger, und er glaubte von sich, das zu besitzen, was diesen Hunger stillen konnte. Er gab sich als ein Mann, der die Welt kannte und zumindest einen kleinen Brocken von ihr beherrschte, und bildete sich ein, dies müsse ausreichen für ein Abenteuer mit ihr. Diese Wahnvorstellung von der eigenen Größe und Bedeutung sollte später so etwas wie ein Brandzeichen für Maja werden, als wäre sie ein wertvoller Gegenstand aus seinem Privatbesitz.

Dort, wo ich saß, hätte ich lautlos das Fenster öffnen und beinahe ihr Gespräch belauschen können. Ich hätte es tun können, wäre nicht Harald in Sorge um seinen Bruder hinter mir hergekommen. Es hatte Tage gebraucht, bis er nach der Heuernte seinen Stolz überwunden hatte und wieder zu mir herüberkam. Und als er erst einmal dastand, taten wir beide so, als wäre nichts geschehen.

Er wollte sich vergewissern, daß Vilmer nicht zu viel trank. Als ob sich sein Alkoholkonsum hätte kontrollieren lassen! Du kennst ihn doch, sagte er.

Nicht einen Tropfen, garantierte ich ihm. Er ist trokken wie Bimsstein. Ich öffnete die Gardine einen Spalt, um einen kurzen Blick auf Maja und Rotenschiöld zu erhaschen. Er redete ununterbrochen und deutete zum Wald hinauf oder vielleicht in Richtung Ängsvik. Mit der anderen Hand griff er ihr um die Hüfte, bemüht, sie näher an sich heranzuziehen. Doch Maja machte sich los. Sie entzog sich seiner einladenden Umklammerung und trat einen Schritt zurück.

Warum? sagte Harald hinter mir. Gibst du ihm nichts zu essen und zu trinken?

Er trinkt nicht mehr. Er ist da draußen ein neuer Mensch geworden.

Ha! Das glaube ich nicht.

Kannst du dich vielleicht beruhigen? Ich streckte die Hand nach ihm aus. Ja, gewiß, ich bin eine ganze Weile nicht mehr draußen auf Mulö gewesen. Ich hatte keine Zeit. Aber ich werde es bald tun.

Er nahm die Schirmmütze ab. Heute nacht?

Heute nacht. Komm mit, wenn du willst.

Äh! zischte er und stellte sich neben mich. Spionierst du etwa? Über meine Schulter spähend, verfolgte er die Szene minutenlang. Dann kam er zu dem Schluß: Laß ihn in Frieden. Der Advokat ist ein anständiger Kerl.

Was du nicht sagst? Nach der Filmvorführung warst du anderer Meinung.

Das war damals. Jeder kann sich mal irren.

So, so. Ich rückte ein wenig zur Seite und drehte mich zu ihm um. Schau hinaus. Sieht das friedlich aus?

Was?

Ja, siehst du denn nicht, was da vor sich geht? sagte ich, ohne auf seine Frage einzugehen.

Wovon sprichst du? Harald beugte sich bis zur Fensterscheibe vor. Er roch nach Holz und Vieh. Worüber sprechen die?

Du hattest recht. Die Männer müßten hier sein, sagte ich. Nüchtern und wachsam. Sie wären ein Hindernis, hätten vorbeugen können.

Er sah zunächst nicht aus, als begriffe er den Ernst der Lage. Sein Schädel war vollgestopft mit Ernteerträgen und Getreidepreisen. Gedanken über das Gute und das Böse zwischen Mann und Frau nahmen nicht sonderlich viel Raum in seinem Alltag ein. Er war ein Mann der Praxis.

Das habe ich dir von Anfang an gesagt, erklärte Harald schließlich, um mir zu verstehen zu geben, daß er genauso einverstanden war wie alle anderen. Aber wenn du jetzt ... warum tust du dann nichts?

Ich bin schon zu tief verstrickt ...

Aber wie solltest du einfach so davonkommen, so frei von Schuld sein?

Woher soll ich das wissen können? Ich will nur, daß ihr nichts geschieht.

Du wachst über sie wie eine Katze über ihre Jungen!

Ssssch!

Verdammt noch mal, Johannes. Du solltest doch zusehen, daß du sie loswirst.

Ich glaubte die Fortsetzung zu kennen, aber ich konnte ihm nichts erwidern. Natürlich gab es unendlich viel zu sagen, doch just in diesem Augenblick griff Rotenschiöld mit beiden Händen um Majas Taille und versuchte, sie hochzuheben oder nah an sich heranzuziehen. Sie leistete Widerstand und drückte sich, die Hände gegen seine Brust gestemmt, von ihm weg. Sie fiel hin. Er redete und lachte, unablässig, wie ein überquellender Fluß. Nachdem sie sich wieder aufgerappelt hatte, stand er vornüber gebeugt da, hatte die Schultern zusammengezogen und atmete stoßweise wie ein gereiztes Tier. Die Dachtraufe warf ihren späten, fast aufgelösten Schatten über ihn, verdunkelte seine Züge und erschwerte die Wahrnehmung seiner Gesten. Maja hielt sich auf Distanz, ging aber nicht fort.

So war es abgemacht und so soll es werden, fuhr Harald fort.

Und du hast einmal versprochen, daß Karin mich mit Brot versorgen wird. Jetzt hat sie schon seit zwei Wochen nicht mehr gebacken.

Weil das Feld uns beide braucht, jawohl! Bist du dumm, oder tust du nur so? Ich kann mich nicht allein um alles kümmern. Er ging weg. Schaute nach Leimtöpfen, Schraubenzwingen und Küchenmessern und kam dann wieder über die Bretter zu mir ans Fenster getrabt. Legte die Hände auf den Rücken.

Maja beugte sich rückwärts vor Lachen, wohl eher aus Verblüffung denn aus spontaner Freude. So, wie man reagiert, wenn man von einer dreisten Botschaft überrumpelt wird und keine Chance hat, das Geschehene zu beeinflussen. Sie legte sich den Mantel um die Schultern und verschränkte ihre Arme vor der Brust. Von meinem Standort aus hatte ich den Eindruck, als verengten sich ihre Augen zu schmalen Schlitzen.

Kannst du dich nicht hinsetzen? sagte ich zu Harald. Du verrätst uns noch. Setz dich auf die Regalleiter.

Uns? Dich! Er drohte mit der gespaltenen Daumenspitze. Das hier ist mein Haus, und ich tue, was mir in den Kram paßt!

Sei still!

Wenn's mir paßt, kann ich dich niederschlagen und dann hier den ganzen Tag herumkrakeelen! Was hältst du davon?

Laß es lieber bleiben.

Na also! Er blieb mitten im Zimmer stehen, ballte die Fäuste, streckte die Finger und schloß sie wieder, spreizte sie und hielt die Hände parallel zum Boden. Es war, als suchte er etwas, einzig und allein mit mentaler Kraft. Also schön.

Ich hätte gerne erfahren, was in ihm vorging und wie wir nun verbleiben sollten. Doch Maja hatte auf die Stimmen reagiert. Ich glitt hinter den Schutz der Wand. Sicherlich bemerkte sie noch, wie der Vorhang flatterte.

Ich bitte dich nur, nicht so zu schreien, sagte ich, als sie ihre Aufmerksamkeit wieder auf Rotenschiöld gerichtet hatte.

Harald stieß die Arme vor, als wollte er damit seinen Wutausbruch von sich schieben. Wir vergessen das, sagte er. Du darfst wohnen bleiben. Bis auf weiteres. Aber du mußt dich an unsere Abmachung halten.

Ich ging mit ihm hinaus. Als ich meinen Beobachtungsposten verließ, sah ich Rotenschiöld noch in heftiger Erregung. Er gestikulierte wild und strahlte Aggressivität aus, ein unterdrücktes Verlangen und Wut darüber, daß er seine Begierde im Zaum halten mußte. Als jedoch Harald mit einem Ruck die Tür öffnete und auf den Hof hinausging, hielt er jäh in seiner Bewegung inne, und wie auf ein einstudiertes Signal hin trennten sich die beiden, ohne ein weiteres Wort zu verlieren.

Rotenschiöld trottete heimwärts. Maja blieb stehen, bis er nicht mehr zu sehen war, dann entfernte sie sich in der entgegengesetzten Richtung.

Sie sagte:

Kein Mann soll mir vorschreiben, was ich zu tun habe! Am Anfang war er so freundlich, und ich hatte nichts dagegen, ihn zu begleiten, ahnte ich doch nicht, daß er gleich so offen sein und noch in deiner Nähe zur Sache kommen würde. Vielleicht war ich auch nur neugierig und wollte einfach wissen, was da auf mich zukam. Nie hätte ich geglaubt, daß er streitsüchtig, aufdringlich und aggressiv werden könnte – du etwa? Aber wahrscheinlich hätte mir klar sein müssen, daß Leute wie er sich hinter ihrem Titel, ihrer Beredsamkeit und ihrem Reichtum verstecken. Sie bilden sich ein, daß ihre

Schlüssel überall passen! Die Männer, denen ich bisher begegnet bin, die ich näher kennengelernt und gemocht habe, haben nie die Fassung verloren. Sie würden das gleiche sagen wie ich: Daß man von einem Advokat in seiner Position Respekt und Anständigkeit erwarten sollte. Als er mich anfaßte, begriff ich, daß er nicht der ist, für den er sich ausgibt, sondern daß er auch eine dunkle Seite hat. Wenn Helen das wüßte! Wahrscheinlich hat sie den anderen Rotenschiöld bisher gar nicht kennengelernt. Noch nicht. Ob sie … Ich riß mich los. Niemand faßt mich so an! Anfangs sprach er davon, wie sehr er mich schätzt und wie schön er es findet, daß ich den Sommer hier in seiner Nähe verbringe, obwohl ich nach seiner Meinung dauernd beschäftigt bin. Er wollte wissen, wohin ich nach dem Urlaub gehe, was ich aus meinem Leben machen wolle und ob ich ein Ziel vor Augen hätte. Er bot mir an, als Haushaltshilfe auf dem Hof in Ängsvik zu arbeiten. Das sei ein Angebot, das ich unbedingt akzeptieren müsse, da ein Mädchen wie ich für jede Chance, die sich ihm biete, nur dankbar sein könne. Da lachte ich über ihn. Nein, nicht über die Vorstellung, eventuell hierzubleiben, schon gar nicht über dein Leben hier und das der anderen, sondern nur über seinen Vorschlag – oder was immer es sein sollte. Er war so gedankenlos, so demütigend. Ich lachte darüber, wie wenig er von mir wußte, nämlich gar nichts. Als ob ich nicht etwas anderes hätte tun, woanders hätte sein können! Ich bin mein eigener Herr, sagte ich. Aber er meinte, daß Kochen und Bedienen genau das sei, wozu ich tauge; und ich bekäme einen anständigen Lohn, wenn ich mich nur, wie er sich ausdrückte, an ihn hielte. Aber was wird Helen dazu sagen? fragte ich, und er antwortete, daß sie sich freuen würde, wenn sie mehr Zeit für ihre

Bücher und ihre Streifzüge durch den Wald bekäme. Daß mit ihr alles in Ordnung sei, solange sie nicht zu viele Details aus unserer Abmachung erführe. Ja, und worum ginge es dabei? Das könne er hier und jetzt nicht sagen, außerdem würden Mädchen meines Schlages das auch so verstehen. Er ist hinterlistig, furchterregend. Schon bei unserer ersten Begegnung war etwas an ihm, das Übelkeit in mir erregte, und ich wollte ihn nie wiedersehen. Ich widersprach ihm und lehnte seinen Vorschlag ab. Da verlor er plötzlich völlig die Kontrolle über sich, benahm sich wie ein Wilder, wurde unberechenbar und zudringlich. Wenn Harald nicht gekommen wäre, dann weiß ich nicht, was noch passiert wäre. Was soll ich tun?

Bei Einbruch der Nacht glitt ich in die Hafeneinfahrt hinein, das Licht und mein Körper von Müdigkeit erfüllt. Ich hatte den Benzinhahn außerhalb der kleinen Inseln abgestellt, und das sanfte Dröhnen des Motors war abgeklungen. Ich zog die Ruder aus dem Wasser. Wie Perlen von einer gerissenen Kette kullerten die Tropfen an ihnen entlang und hinunter auf den Schiffsboden. Ich steuerte um die Seetaucher herum, während das Boot mit der seichten Dünung an Land trieb. Es platschte um den Kiel, und das Steuern wurde unstet, da der Kahn kaum noch Fahrt hatte und nicht mehr beladen war. Dann stießen wir gegen den Bootssteg. Das Heck schaukelte in Schräglage.

Die seichten Buchten der Schärenlandschaft waren spiegelblank. Vereinzelt kamen Barsche und Rotaugen an die Wasseroberfläche und schnappten nach Luft. Ich hatte mich früher als in den Nächten zuvor auf den Weg gemacht, weil ich in die Stille hinaus wollte. Sie gab mir den Frieden, den ich zum Nachdenken brauchte. Ich hielt mich näher an der Küste als sonst und legte zwischen den Ruderphasen immer wieder eine Pause ein. Die Dunkelheit kroch über die Küste, bis ich vollkommen allein war mit ihr, dem bleichen Mond und den feinen Wolkenbahnen am Himmel. Hatte ich mich zuvor noch gerädert und erschöpft gefühlt und hätte am liebsten die ganze Nacht durchgeschlafen, so war ich inzwischen munter geworden, wie nach einem langen, tiefen Halbschlaf. Ich dachte: Hier fährt ein Mann, der sein Herz verloren hat. Was schlägt jetzt noch für ihn? Ich strengte mich so an, daß die Milchsäure über den Rükken hochströmte in die Schultern und Oberarme, und ruderte vorwärts, sprudelnd vor Energie. Es war wie die Bestrafung für ein Verbrechen, das noch gar nicht begangen worden war. Danach lehnte ich mich zurück, ließ die Hände ins Wasser baumeln und das Boot langsam vor sich hin treiben. Ich fluchte darüber, daß es keinen Gott gebe, der mich beraten und mir den Weg weisen konnte. Doch trotz des Mangels an Zeugnissen und konkreten Beweisen für die Existenz eines solchen Wesens gab es Menschen, die daran glaubten und meinten, es könne etwas für sie tun.

Ich war draußen gewesen. Ich hatte einen Zehnliterkanister bei mir, den der König auf seltsamen Wegen für mich beschafft hatte, ihn aber wieder mit zurückgenommen, weil Vilmer mir versicherte, daß er aufgehört habe. Daß ihm der Alkohol nicht mehr schmecke. Also verstaute ich das Getränk wieder am Kiel. Das Essen hatten sie behalten, und ich hatte ihnen gesagt, daß sie bald nach Hause kommen müßten. Sie verneinten jedoch: nicht solange sie dort nicht den Frieden bekämen, auf den sie, wie sie glaubten, ein Recht hatten. Obwohl sie des Inselaufenthalts überdrüssig seien, hätten sie noch keine Pläne für eine Rückkehr. Das Leben dort draußen sei doch nicht so, wie sie es sich vorgestellt hätten – sofern sie überhaupt eine Vorstellung von dem, was sie erwartete, gehabt hätten. Gewiß, es gebe gute und schlechte Seiten. Sie hätten aus allen Möglichkeiten jene Wahl getroffen, die ihnen am zukunftsträchtigsten erschien.

Hinterher hatte ich mich noch viele Stunden auf dem Meer aufgehalten. Den Motor ausgestellt. Ich war auf den Schiffsboden gekrochen und hatte mich von den Wellen in die Bucht Yttre Hållsfjärd tragen lassen. Während ich mich ihrer Willkür überließ, schweiften meine Blicke zum Himmelsgewölbe hinauf, aufs offene Wasser hinaus, hinüber zum Krüppelkieferland – in alle Richtungen dort hinten am Ende der Welt.

Der Mond war neu und hell vergilbt und färbte mit seinem Schein die Wolken, die in langen feinen Rippen am Nachthimmel entlangzogen. Er leuchtete klar über allem, was Erde und Wasser war. An diesem Firmament, das sich über Leben und Tod und alles, was dazwischen lag, wölbte, standen schütter die Sterne. Es waren nur wenige, doch strahlten sie hell und bewegten sich so nah vor meinen Augen, daß es nach einer Weile schien, als umgäben sie mich wie ein gut bekannter, begehrter Begleiter. Ich blickte hinaus aufs Meer und fühlte, wie einsam ich jetzt war. Aber ich sah die Prismen im tiefen Wasser, vorn die Schären und die seltsamen Wellenbewegungen der Flaute. Ich dachte daran, daß es Leute gab, die in einem kleinen Boot Angst hatten, das Land aus den Augen zu verlieren. Und ich wußte, daß sie damit recht hatten, zumindest in den Monaten, in denen das Wetter plötzlich umschlagen konnte.

Ich wünschte mir, daß Maja mit mir hier draußen hätte sein können. Daß sie mich hätte begleiten können. Daß man die Männer irgendwo hätte beiseite stellen und wir beide dann auf einer Insel hätten leben können. Wie zwei Menschen, wie Mann und Frau, einander nah. Und daß diese Männer mit zerbrochenem Herzen ihres Irrtums gewahr werden, um Verzeihung bitten und ihr einen Platz geben könnten in unserer unbewohnten Enge. Aber gleichzeitig verstand ich, daß die Zeit gegen Maja arbeitete. Daß man sie abschütteln würde, ohne ihr vorher Gehör zu schenken, ohne sie nach ihren Ansichten und ihrem Willen zu fragen. Sie hätte zu ihnen vom Recht des Menschen auf eine eigene Existenz sprechen können und davon, daß ein Leben so vieles fassen kann, das anders ist. Sie hätte nicht versucht, ihnen etwas aufzuzwingen, gewiß aber offen bekannt, wie schwer es ist, eine Frau zu sein, wenn alles um einen herum in Stücke fällt. Aber sie war eine Fremde.

Ich hätte sie im Arm halten wollen wie Ulla einst. Ich hatte davon geträumt, sie nahe bei mir zu spüren. Aber dabei sollte es bleiben. Ich durfte die Sache nicht noch komplizierter machen, als sie ohnehin schon war.

Maja war mit ihrer Schönheit und ihrem Lächeln in unsere abgelegene Provinz gekommen und hatte all jene, die noch nie über Frauen und die Zweisamkeit nachgedacht hatten, in Angst und Schrecken versetzt. Die sich ins eigene Leben gefügt und sich in ihm, wie eine Katze in einem warmen Schoß, zusammengekauert hatten. Sie hatte sie verängstigt und erschreckt und sie aus dem Nest gescheucht, in dem sie sich sicher wähnten. Obwohl sie alle am liebsten ihre einsame Geborgenheit, mit der sie ihren Alltag bewältigten, behalten wollten, überlegten sie vielleicht doch einen Moment lang, wie es gewesen wäre, wenn sie sich nicht auf und davon gemacht hätten. Wenn sie es gewagt hätten, zu bleiben und sich mit Maja auseinanderzusetzen. Wenn sie einmal so gesprochen hätten, wie sie es ja so gerne getan hätten, es aber einfach nicht schafften. Wenn sie einmal ihre Kammer für einen anderen Menschen geöffnet hätten. Das waren meine Gedanken.

Ich wollte ihre Angst brechen, die an Feindseligkeit und Bösartigkeit grenzte. Ihre falschen Vorstellungen darüber, wer sie waren und wer Maja war, und ihren Irrglauben, daß ein gemeinsames Leben unvereinbar war. Ich war jedoch viel zu schwach und mußte erst ergründen, worüber ich mir bisher noch keine Klarheit verschafft hatte: Worauf, so fragte ich mich, beruhen meine eigenen Gefühle? Warum wich ich aus, anstatt mir Gehör zu verschaffen? Wie kam es, daß Rotenschiöld einen solchen Einfluß auf mich und andere hatte, ohne im Grunde eine reale Macht über uns zu besitzen? Wir waren nicht käuflich, sagten aber auch nicht nein. Die Männer sollten sich später schwere Vorwürfe machen – er, Rotenschiöld, aber würde sich von jeder Anklage freisprechen. Ich sollte zu der Erkenntnis kommen, daß Klarsicht und Entschlußkraft nicht immer Eigenschaften sind, die mich auszeichnen, und daß eine Schuld von vielen geteilt werden kann, ohne daß sie deshalb für den einzelnen kleiner wird.

Es hat einmal jemand behauptet, daß ein Mensch auf dem Meer nicht einsam sein kann. Ich dachte gerade über diesen Satz nach, als ich jenseits der Robbeninseln einen Fischadler wahrnahm. Er stand etwa fünfzig Meter hoch in der Luft und rüttelte mit den langen, schmalen Schwingen. Die Schwanzfedern ausgebreitet und den Kopf nach unten gebeugt, spähte er ins Wasser und stürzte unvermittelt mit gespreizten Fängen senkrecht in die Tiefe. Es platschte, als er die Wasseroberfläche durchbrach und sich kurz darauf mit einem Hecht in den mächtigen Krallen unter schweren, pumpenden Schwingenschlägen wieder in die Luft erhob und hinaus über die Inseln flog. Höher und höher stieg er auf, während der Fisch sich in seinen Fängen hin und her wand.

Ich kroch noch tiefer ins Boot. Die Nacht neigte sich allmählich ihrem Ende zu. Der Horizont wechselte mehrfach seine Farben, als die Sonne ihre mühsame Reise über den Tag begann.

Jetzt ist Salem tot. Vielleicht auch der König. Trauere um sie.

Vilmer fiel kopfüber in die Flasche. Er wurde vom Alkohol in den Schlaf geschaukelt, der in seiner dösigen Existenz um ihn herumschwappte. Er hatte, kaum zu Hause angekommen, rasch wieder zum Branntwein und dem ruhigen Fleckchen unter dem Birnbaum zurückgefunden, wo er sich von morgens in der Früh bis zum Schlafengehen gemütlich ausstreckte. Harald behauptete, Vilmer träume von seinen nüchternen Tagen auf Mulö. Ich glaube eher, daß ihn eine nie zu tilgende Schuld erfüllte – und die Erinnerungen an Karl.

Ich vermisse sein müßiges Wesen und die gute Stimmung, die er in aufgeräumten Stunden, in denen ihm die Welt gehörte, um sich zu verbreiten wußte. Sein vollkommenes Desinteresse an Dingen und Gegenständen, nach denen andere sich vor Sehnsucht verzehren. Seine Lebenseinstellung war eine von Grund auf andere, die man weder verurteilen noch verstehen konnte. Ich denke an ihn und an jenen Tag, als er in Haralds neuem

Wagen geradewegs in einen der beiden Elche hineinfuhr, die von den herbstschwarzen Feldern auf die gerade Autostrecke bei Örboholm gelaufen kamen. Die Kühlerhaube wurde wie eine Konservendose zusammengedrückt.

Sein Körper wurde aus einem Loch gezogen, das man ins Blech geschlagen hatte. Dann legte man ihn am Straßenrand ins Gras und breitete eine Decke über ihn. Den Kopf legten die Helfer daneben. Unterdessen hatte der Elchbulle, dessen Hinterbein beim Aufprall abgerissen worden war, von Karlsson den Gnadenschuß bekommen. Der hatte den Gewehrlauf an die Stirn des Tieres gesetzt und sich, des Blutstrahls wegen, vor dem Abdrücken zur Seite gewendet. In seinen letzten Zuckungen pißte und schiß das Tier. Das bloßgelegte Fleisch und die Gedärme, die auf den Asphalt gequollen waren, dampften in der kalten Luft. Der Unfallort roch nach Blut und Kot, Branntwein und Innereien.

Die Beerdigung fand in Västerljung statt. In der Kirche saß ich hinter Karin und Harald. Ich gab ihm mein Taschentuch, nachdem sein eigenes von Tränen durchnäßt war. Einen Moment lang hatte ich den Verdacht, daß er zu gleichen Teilen um den Bruder wie um das Auto trauerte.

Vilmer ruht im Grabe neben dem von Pullman und Salem aus Busberg. Salems Gehör sank langsam wie ein Fischernetz auf den Meeresgrund, und als kaum noch etwas davon übrig war, verschwand auch er spurlos. Wir durchstreiften tagelang das Gebiet unterhalb des Busberges. Erst Wochen später fand ein Trawler ihn auf offener See im Boot treibend. Das war kurz nachdem sich der König davongemacht hatte.

Er stieg in ein Flugzeug nach Amerika. Es gab so viel

dort, das Pullman ihm hatte zeigen wollen und das er nun selbst erkunden mußte, gleichsam als letzte Reverenz für seinen ehemaligen Gast und Freund. Das war allemal besser, als allein zu Hause zu sitzen und lange Abende auf der Veranda zu verbringen, ohne daß es noch einen Menschen gab, mit dem er seine Erinnerungen und seine Sehnsucht hätte teilen können. Er sollte sich wohl fühlen in einer Gesellschaft, die, wie er inzwischen gelernt hatte, offener war als andere für Improvisationen. Ein Land des Jazz. Er hatte eine Fahrkarte nach New York gelöst und sollte von dort aus mit der Eisenbahn weiter nach Chicago fahren.

Das Haus in Båtsvik ist immer noch verrammelt, die Fenster sind zugenagelt. Die Reserveschlüssel verwahre ich in der obersten Schublade des Aktenschränkchens im Schreibtisch auf. Die Bienenkörbe hat er Lina geschenkt, damit der Balte sich um sie kümmert.

Der König war ernst, als er mit Karlssons Bus wegfuhr. Er trug einen dunklen Anzug und ein weißes Hemd. Ich schüttelte ihm die Hand und schenkte ihm ein wenig Proviant für die Fahrt nach Bromma. Er hat sich seither bei niemandem von uns gemeldet.

Ich lebe immer noch hier in diesem zugigen Haus, eingebettet in Schnee, mit einem schlummernden Dachs als nächstem Gefährten. Aber heute nacht konnte man den blinden Tor auf dem Hauklotz holzhacken hören. Der Laut pflanzte sich durch den Wald fort wie dumpfe Peitschenhiebe.

DER POLIZIST KAM am hellichten Tage angefahren. Die Luft vibrierte. Er parkte vor der Gartenpforte am Straßenrand, verharrte aber wartend auf dem Fahrersitz, bis Eva vorbeigelaufen kam, die ich zum Hafen geschickt hatte, um Limonade zu verkaufen. Er rief sie zu sich. Neugierig und erwartungsvoll ging sie zur Wagentür. Er trug ihr auf, so schnell wie möglich mich und noch jemand anderen herbeizuholen. Sofern es noch Menschen im Ort gebe, die nüchtern seien. Eva fand mich in der Kühle des Vorratskellers. Sie stand auf der obersten Stufe und flüsterte ihre Botschaft. Ich kam aus dem Loch und rief Karin und Harald.

Das Auto war staubig vom pulvrigen Straßenbelag, der den Wagen noch immer wie Rauchschwaden umwaberte. Der Mann trug eine Brille, deren Bügel er ein wenig anhob, als wir einander vorstellten. Die Knopfleiste der Jacke spannte wie ein Faßreifen um den Bauch. Er kaute unentwegt auf etwas herum und nahm die Hände nicht vom Lenkrad, während er sprach. Ich erkannte ihn wieder. Sein Name war Roos.

Er sagte, in Tofsö habe es ein Fest gegeben, eine recht turbulente Veranstaltung, in deren Ablauf er nun eine gewisse Ordnung zu bringen versuche. Ich bestätigte, daß es damit wohl seine Richtigkeit habe. Vermutlich gab es einen Grund zu feiern. Da sah Harald mich an: Wie kommt es, daß du etwas darüber weißt?

Ich habe davon gehört, sagte ich. Schon vorher.

Ob einer von uns dagewesen sei? Nein ... Roos beantwortete die Frage selbst. Das sei unmöglich, meinte er, das verrate allein schon der Augenschein, schließlich sähen wir verhältnismäßig munter und frisch aus, zumindest verglichen mit den Teilnehmern, die er bereits aufgesucht habe.

Was ist passiert? fragte Karin. Geht es um den Bruder meines Mannes, um Vilmer Rask?

Das glaubte Roos nicht. Aber er könne nicht dafür garantieren. Es sei noch nicht vollständig geklärt, wer alles teilgenommen habe. Viele von denen, die er aufgesucht habe, wüßten selbst nicht mehr, ob sie am Ort des Geschehens gewesen seien oder nicht. Diese Aussage könne allerdings in den meisten Fällen als klares Indiz dafür gelten, daß sich die Betreffenden an besagtem Tage ebendort aufgehalten hatten. Die Erinnerungslücken seien noch größer, wenn man die Leute frage, was geschehen sei, wen sie getroffen oder zu welchem Zeitpunkt sie sich getrollt hätten.

Er wollte wissen, ob uns die beiden männlichen Personen bekannt seien, die in jenem Haus in Båtsvik wohnten. Wieso? Nun, der eine Mann sei beinahe gestorben, der andere voll und ganz; das habe an Ort und Stelle ein diensthabender Arzt konstatiert. Wer ist gestorben? fragten wir.

Der, den sie Pullman nannten.

Pullman ist tot? fragte ich. Harald nahm Karin in den Arm und zog sie an sich. Ich wünschte, ich hätte auch jemanden, den ich im Arm halten könnte, wenn ich eine solche Nachricht höre. Geteiltes Leid – halbes Leid. Ich faltete die Hände. Wie?

Auch dafür gibt es keine Zeugen. Man fand ihn am anderen Morgen. Wie lange er zu dem Zeitpunkt schon tot war, läßt sich schwer abschätzen. Während der einleitenden Verhöre sei mehrere Male mein Name gefallen. Der Polizist wollte wissen, ob ich mit dem Verstorbenen bekannt sei, und als ich die Freundschaft bestätigte, stellte er mir unzählige Fragen: Was Pullman gesagt und getan habe; ob ich in den letzten Tagen etwas Verdächtiges bemerkt hätte, das in seinem Bericht an den Landpolizeikommissar erwähnt werden solle. Nachdem ich einigermaßen wahrheitsgetreu geantwortet hatte, wiederholte er die Prozedur mit Karin und mit Harald.

Was ist passiert?

Es sei zu früh, um darüber Spekulationen anzustellen. Irgend etwas sei jedoch nicht nach Plan verlaufen, wie auch immer der ausgesehen haben mochte. Getränke aller Art habe es gegeben. Mehr als das könne er beim gegenwärtigen Stand der Ermittlungen nicht sagen.

War Assar da? fragte Karin und beugte sich zu Roos nieder. War er da?

Gren? fragte der Polizist. Assar Gren?

Ja.

Darüber kann ich nichts sagen.

Er ist einer unserer engsten Freunde, sagte ich. Er ist ein wenig … Ich ließ es auf sich beruhen und sagte statt dessen: Ich kann hineingehen und die Zeitungen anrufen. Die brauchen immer was in dieser Sauregurkenzeit. Was würde wohl der Landpolizeikommissar dazu sagen?

Roos nahm die Hände vom Lenkrad. Eurem Freund geht es gut, sagte er. Er hatte ein paar blaue Flecke, aber das ist alles.

Wo ist er jetzt? fragte Karin.

In Gewahrsam bis auf weiteres. Das gilt für alle, die wir erwischt haben, sofern sie nicht im Krankenhaus liegen.

Karin wandte sich an mich. Auf welche Weise bist du in diese Geschichte verwickelt?

Ich? Überhaupt nicht.

Harald bat sie, sich zu beruhigen. Und die anderen, sagte er, wer waren die?

Roos nannte uns eine Handvoll Namen. Besagte Personen befänden sich in unterschiedlichen Phasen der Genesung. Für einen sei die Lage allerdings weiterhin kritisch.

Tor? fragte ich.

Er nickte. Er wisse nicht, was ihm fehle. Nur, daß Tor am nächsten Morgen über Übelkeit geklagt habe und daß sie schlimmer gewesen sei als bei einem normalen Kater. Hartnäckig habe er sich geweigert, einen Arzt aufzusuchen, weshalb man einen Krankenwagen geholt und Tor unter Anwendung von Zwangsmaßnahmen abtransportiert habe.

Erzähl uns die ganze Geschichte von Anfang an, sagte Harald und legte die Fäuste aufs Wagendach. Er wollte Roos erst wieder fahren lassen, wenn wir genau wüßten, was passiert war.

'ne ganze Menge, sagte Roos gedehnt. Es gibt viel zu erzählen. Und noch mehr, worüber man nichts sagen kann.

Sag, was du weißt, forderte Karin ihn auf.

Das kann ich nicht. Ich habe Schweigepflicht.

Dann rufe ich jetzt die Redaktionen an, sagte ich und bewegte mich auf den Laden zu. Dann schaffen sie es noch, die Sache in der morgigen Ausgabe zu bringen.

Welche zuerst, fragte Harald, *Dagens Nyheter* oder *Södermanlands Nyheter*?

Roos öffnete den obersten Knopf seiner Jacke. Warte! rief er, als ich weiterging. Ich kehrte um. Er sah mich resigniert an und machte Anstalten, auszusteigen, aber ich lehnte mich schwer gegen die Tür, so daß das Schloß einrastete, und beugte mich bis auf Augenhöhe zu ihm hinunter. Das Coupé roch nach billigem Tabak und Reinigungsmittel. Roos zog aus der Aktentasche auf dem Beifahrersitz mehrere Mappen hervor und reichte eine durchs Fenster. Da! Lest es selbst, sagte er, dann habe ich wenigstens nichts gesagt. Einen vollständigeren Bericht gibt es nicht.

Karin nahm das Dokument entgegen und begann sofort zu lesen.

Wir behalten die Unterlagen hier, sagte ich.

Er sah mich zweifelnd an, als wöge er die jeweiligen Vor- und Nachteile gegeneinander ab. Habe ich sie hier vergessen?

Das klingt gut.

Niemand wird davon erfahren, sagte Harald.

Das weiß ich zu schätzen. Roos drehte den Zündschlüssel und legte den Rückwärtsgang ein. Wenn ihr was Neues hört oder wenn euch was einfällt, sagte er, während er die Handbremse löste und seine Blechkiste rückwärts rollte, wäre ich dankbar, wenn ihr mich anruft. Jederzeit.

Dann melden wir uns, sagte ich.

Du hast Glück gehabt, sagte Harald, als Roos verschwunden war.

Vielleicht, sagte ich. Aber solange er im Auto saß, konnte er auch nichts sehen.

Auch wir wollten jetzt wissen, was in dem Brief stand, aber Karin wandte sich, tief in die Lektüre versunken, von uns ab. Ab und zu entfuhren ihr kleine Seufzer oder Klagelaute, die uns verrieten, daß sie tief erschüttert war von einer Angelegenheit, deren Dimension sie ohne dieses Schriftstück nie erfahren hätte. Sie weinte ohne Tränen. Zum Schluß streckte sie die Blätter von sich weg, als wolle sie sich von ihrem Inhalt distanzieren und nie wieder etwas zu tun haben mit den Personen, die in den Fall verwickelt waren. Sie überließ Harald die Akte und ging fort, ohne noch ein Wort zu verlieren.

Wir standen Schulter an Schulter, jeder mit einer Hand an dem Bericht. Nach jeder Seite mußte ich warten, bis Harald fertig gelesen hatte und weiterblättern konnte. Wir lasen das Dokument zweimal durch.

Was sollen wir tun? fragte ich.

Jetzt? Jetzt gibt es nichts mehr zu tun, sagte er. Für die ist alles zu spät.

Bericht

Montag den 26. Juli 1954

Betr.: Oscarsson, Carl Gustav Adolf, genannt »der König«.

Auf Befehl des Landpolizeikommissars in Vagnhärad sind zur Ermittlung der Menge der alkoholischen Getränke und anderem, die bei der Feierlichkeit zum Geburtstag des Bauern Carl Gustav Adolf Oscarsson am 21. Juli 1954 auf dem Finbogård nördlich von Tofsö in Umlauf waren, folgende Personen gehört und dazu diese Angaben gemacht worden:

Gaststättenbesitzer Edvin Lund, Hotel Kronan, Vagnhärad

Bereits vor ungefähr einem Jahr hat der Bauer Carl Gustav Adolf Oscarsson mit Lund vereinbart, daß er, Lund, das Fest organisieren sollte, das Oscarsson anläßlich seines runden Geburtstages im Jahre 1954 halten wollte. Vor zwei Monaten setzte Oscarsson als Termin für das Fest den 21.7. fest und teilte Lund daraufhin mit, daß der Finbogård als Ort für die Feierlichkeit dienen sollte. Am 20.7. bittet Oscarsson Lund für den folgenden Tag um 14.00 Uhr in sein Haus, um den Alkohol abzuholen, der auf dem Fest serviert werden sollte. Als Lund zur vereinbarten Zeit Oscarssons Haus aufsuchte, war letzterer nicht aufzufinden. Eine Stunde später machte er einen zweiten Versuch, traf Oscarsson aber wiederum nicht an. Zwischen 16.00 und 16.30 suchte Lund Oscarsson zum dritten Male vergeblich. Da schlug Oscarssons unmittelbarer Nachbar, der Alte Matts Mattsson, vor, Lund solle doch die alkoholischen Getränke einfach aus Oscarssons Haus holen. Lund wollte zunächst unverrichteter Dinge umkehren, aber da er keine Zeit hatte, Oscarsson noch weitere Male zu suchen, folgte er Mattssons Rat und holte in Mattssons Beisein aus Oscarssons Kammer 20 Liter Branntwein – Genever, Taffel, Tischbranntwein, Skånsk Aquavit, Norrlands Aquavit – und 6 Liter Cognac. Außerdem holte er 5 Flaschen Wein, von denen eine beim Transport zu Bruch ging, 100 Flaschen Pilsener und einen Karton Porter. Wie viele Flaschen Porter in dem Karton waren, konnte Lund nicht sagen, aber er glaubte, daß es an die 25 gewesen sein mußten. Das Pilsener und der Porter standen draußen in Mattssons Viehstall. Für das Fest hatte Oscarsson Essen für 45-50 Personen bestellt; Lund hatte deshalb für 50 Personen gedeckt. Die Gäste waren für 19.00 Uhr geladen.

15 Personen fanden sich ein. Lund traf Oscarsson erst

kurz nach 19.00 Uhr und erzählte ihm, daß er den Alkohol auf eigene Faust geholt habe und daß eine Flasche Wein beim Transport zu Bruch gegangen sei. Oscarsson erwiderte bei dieser Gelegenheit, daß es nicht seine Absicht gewesen sei, sämtliche Alkoholika herzubringen. Das Essen wurde um 20.00 Uhr serviert, als alle Gäste versammelt waren. Lund, der Busfahrer Gustav Karlsson und eine Person mit dem Spitznamen Lenkrad-Hasse kümmerten sich um den Alkoholausschank, während eigens für das Fest angestellte Frauen das Essen servierten. Die Kellnerinnen gingen um 1.00 Uhr, nachdem der Kaffee gereicht worden war. Es gab auf dem Fest sowohl kaltes als auch warmes Buffet sowie Krabben. Auf Wunsch bekam man zum kalten und warmen Buffet 3 Schnäpse und 2 zu den Krabben. Ob es unter den geladenen Männern jemanden gab, der keinen Alkohol trank, wußte Lund nicht. Er glaubte jedoch, daß alle getrunken haben. Wieviel Alkohol Pullman zu sich nahm, der am nächsten Morgen tot außerhalb des Finbogård gefunden wurde, konnte Lund nicht angeben, da er glaubte, daß Pullman auf der Seite des Tisches saß, wo Karlsson servierte. Nach den Krabben wurde Kaffee serviert und dazu zwei Gläser Cognac. Hier wurde Pullman von Lund selbst bedient. Pullman hatte gleich zwei Gläser vor seine Tasse gestellt, und Lund schenkte in beide Gläser noch einmal nach. Kurze Zeit später entfernte sich Pullman aus dem Lokal und wurde während des Festes nicht mehr gesehen. Nach dem Kaffee wurde ein Tisch mit Schnäpsen, Cognac und Erfrischungsgetränken angerichtet. Auf einem anderen wurden Wein und Kuchen bereitgestellt. An beiden Tischen konnten sich die Gäste nach Belieben bedienen. Bevor der Schnaps serviert wurde, hatte sich Lund um die alkoholischen Getränke gekümmert, die er in einem verschlossenen Schrank verwahrte. Unter den herrschenden Bedingungen war er aber nicht länger bereit, die Verantwortung für den Alkoholausschank zu übernehmen; er sagte dies zu Oscarsson und übergab ihm die Schlüssel für den Schrank. Der Schnaps kam kurz vor 1.00 Uhr auf den Tisch.

Bevor der Schnaps serviert wurde, geschah nichts Bemerkenswertes. Danach jedoch traten die Auswirkungen des Alkoholgenusses immer deutlicher zutage. So erhielt einer der Gäste, Tjalle Larsson aus Tofsö, einen so kräftigen Schlag, daß er gegen einen Tisch stürzte und diesen umkippte. Glas- und Porzellangeschirr fiel auf den Boden und zerbrach. Von wem der Schlag ausgeführt wurde, hat Lund nicht gesehen. Vorher indessen war Larsson gewalttätig geworden und hatte alle, derer er habhaft werden konnte, gezerrt und geschlagen. Ein Teil der Gäste ergriff Partei für oder gegen Larsson, weshalb das Ganze schließlich in eine allgemeine Schlägerei ausartete. Gelegenheitsarbeiter Tor Tallgren aus Tyvudden bekam vom Feriengast Herbert Stjärne, Stockholm, einen so kräftigen Schlag ins Gesicht, daß er reglos auf dem Boden liegenblieb. Tallgren war gründlich voll und lief nach dem Schlag im Gesicht blau an. Lund hatte deshalb einem seiner Gehilfen zugerufen, er solle Tallgren nach draußen tragen, was dann auch geschah. Lund selbst war zwischen die Streitenden gegangen und hatte versucht, sie zu beruhigen. Dabei hatte ihn jemand stark gewürgt; die blauen Male waren bei der Einvernahme noch sichtbar. Als wieder einigermaßen Ruhe herrschte, ging Lund ein Weilchen hinaus, vor allem, um nachzusehen wie es um Tallgren bestellt war. Er fand dort den unmündigen Assar Gren aus Ökenäs, Tor Tallgren, den

Landwirt Wilhelm Björkman, Elias Sundström sowie Lars Stendahl vor. Sie lagen alle in nur einigen Metern Abstand voneinander bis zur Besinnungslosigkeit betrunken auf dem Boden verteilt. Als Lund wieder ins Haus kam, tönte ihm aus der Küche ein furchtbares Geschepper entgegen, weshalb er schnell dort hinlief. Die Landwirte Erik Berggren und Karl Nyberg hatten einen Tisch umgeworfen, auf dem zahlreiche Becher, Teller, Schnaps- und Weingläser standen. Von den 55 Bechern, die Lund mitgebracht hatte, waren nur noch 7 oder 8 ganz. Eine Kaffeekanne und 34 Gläser waren ebenfalls zerschlagen worden. Gegen 1.00 Uhr war nur noch die Hälfte der Gäste da, diese aber ausnahmslos hochgradig betrunken. Als Lund Oscarsson den Schlüssel für den Alkoholschrank übergeben hatte, befanden sich darin noch 4 oder 5 Flaschen. Lund hatte beobachtet, wie Oscarsson einem der Gäste eine Flasche Branntwein zusteckte. Wie viele Flaschen am Ende des Festes noch übrig waren, konnte Lund nicht sagen.

Gegen 2.00 Uhr war jemand hereingekommen und hatte gerufen, daß der Gefeierte sich »in die Hose gemacht« habe und Lund um Hilfe gebeten. Lund hatte sich jedoch geweigert, sich in irgendeiner Weise an einer Reinigung Oscarssons zu beteiligen. Später hörte er, daß Oscarsson hinausgegangen sei, um ein Bedürfnis zu befriedigen, den Abort aber nicht gefunden habe. Daraufhin ergriffen zwei Gäste ein Brett, hielten es zwischen sich, und ließen Oscarsson darauf sitzend sein Geschäft verrichten. Alles verlief nach Plan, nur hatte Oscarsson vergessen, seine Hose herunterzuziehen. Gegen 3.00 Uhr hatten mehrere Männer Sundström dergestalt nach Hause geschleppt, daß am Ende dessen ganzer Hosenboden aufgerissen war. Darüber erbost, waren dann gegen 4.00

Uhr Sundströms Ehefrau sowie Wilhelm Björkmans Ehefrau erschienen und hatten »jeden ausgeschimpft, den sie zu fassen kriegten«. Björkman lag zu dem Zeitpunkt immer noch besinnungslos auf dem Boden, und nicht einmal der Wortschwall seiner Frau konnte ihn aufwecken.

Lund selbst hat während des Abends 2 Schnäpse sowie ein Glas Cognac getrunken.

Busfahrer Gustaf Karlsson, Västerljung

Irgendwann im Juni dieses Jahres nahm Lund in Oscarssons Namen Kontakt zu Karlsson auf betreffs des Geburtstagsfestes am 21.7. Später bekam Karlsson Bescheid, daß sich der Ort der Feierlichkeiten geändert hatte. Erst am 21.7. sprach Karlsson mit Oscarsson und wurde bei der Gelegenheit zum Fest eingeladen. Später am gleichen Tag bat Lund Karlsson, ihm beim Ausschank des Alkohols behilflich zu sein. Karlsson kam gegen 18.00 Uhr zum Finbogård. Zwischen 19.00 und 20.00 Uhr versammelten sich die Gäste. Karlsson wußte nicht, wie viele Gäste gekommen waren, schätzte aber, daß es um die 20 gewesen sein dürften. Soweit Karlsson gesehen hatte, stand bei der Ankunft nur der Gefeierte selbst unter Alkoholeinfluß. Die Getränke, 20 Liter Branntwein verschiedener Marken, 6 Liter Cognac sowie 4 Flaschen Wein wurden von Lund in einem abschließbaren Schrank verwahrt. Außer Lund und Karlsson half noch ein Mann mit dem Spitznamen Lenkrad-Hasse beim Ausschank des Schnapses zum Essen und des Cognacs zum Kaffee. Pullman wurde von Lenkrad-Hasse bedient, weshalb Karlsson nicht sagen konnte, wieviel Alkohol er insgesamt bekam. In der Regel wurden 3 Schnäpse zum kalten und warmen Buffet und 2 Schnäpse zu den Krabben serviert. Karlsson merkte aber, daß viele gut und gerne die doppelte Ration bekamen, indem sie ihr Glas sofort austranken und sich gleich noch einmal nachschenken ließen. Kurz vor 22.00 Uhr begab sich Karlsson für eine Weile nach Hause. Zu diesem Zeitpunkt war die Stimmung nicht besonders ausgelassen. Ungefähr gegen 0.30 Uhr kam Karlsson zurück, und dann war »Leben in der Bude«, wie er sich ausdrückte. Draußen vor dem Lokal lagen, leblos, wie es schien, Björkman und Sundström. Im Lokal waren einige aneinandergeraten und prügelten sich, so daß Karlsson sich sofort daran machen mußte, die Streitenden zu trennen. Auf einer Bank saß Stendahl und sang so laut die Internationale, »daß es im Lokal nur so dröhnte«. Tor Tallgren lag auf dem Boden – bewußtlos, wie es schien. Vor dem Lokal hatten sich zur gleichen Zeit Assar Gren und Herbert Stjärne »bekriegt«, bis Gren schließlich auf einem Fahrradreifen landete und dort liegenblieb. Die Stimmung war so ausgelassen, daß Karlsson glaubte, Hilfe holen zu müssen. Er begab sich deshalb wieder nach Hause, um seine Frau zu holen. Als er mit ihr zurückkehrte, hatte sich die Lage jedoch beruhigt, und es gelang ihnen, die am schlimmsten Betrunkenen heimzuschleppen. Nach dem, was Karlsson gehört hatte, war Sundström auf solche Weise nach Hause geschleift worden, daß von seinem Hosenboden nichts mehr übriggeblieben war. Kurz nachdem Sundström entfernt worden war, traf Sundströms Ehefrau in Begleitung von Björkmans Ehefrau am Ort des Geschehens ein. Sie waren »fuchsteufelswild«. Björkman war zu dem Zeitpunkt noch immer völlig besinnungslos. Seine Frau hatte sich neben ihn gestellt und ihre Wut

»kübelweise« über ihm ausgegossen. Karlsson war überdies zu Ohren gekommen, daß die Ehefrauen Sundström und Björkman auf dem Weg zum Festplatz einen der heimwärts torkelnden Gäste überfallen und zu mißhandeln versucht hatten. Er mußte weglaufen, wenn er sich nicht, wie er sagte, »mit zwei Weibern prügeln« wolle. Gegen 2.00 Uhr waren noch an die 20 Gäste da, und diese waren allesamt hochgradig betrunken.

Als Karlsson gegen 0.30 Uhr zurückkam, hatte Oscarsson darauf gedrungen, selbst die Kontrolle über den Alkoholausschank zu übernehmen. Lund hatte ihm daraufhin den Schlüssel ausgehändigt und erklärt, daß er nicht länger für den Alkoholgenuß verantwortlich sein wolle. Oscarsson hatte anschließend nach rechts und links Flaschen ausgeteilt und einem der Gäste sogar einen ganzen Liter Branntwein zugesteckt. Ein großer Teil der Spirituosen wurde auf dem Boden verschüttet. Unter anderem hatte Karlsson eine Literflasche Branntwein auf dem Boden liegen und auslaufen sehen. Eine andere Flasche drehte sich mit solcher Wucht im Kreise, daß der Alkohol geradewegs aus ihr herausspritzte. Kurz nachdem Karlsson um 0.30 Uhr zurückgekehrt war, kam Tjalle Larsson ihm entgegen. Blut rann ihm aus den Mundwinkeln, und rasend vor Wut fragte er, wer ihn geschlagen habe. Zur gleichen Zeit war der Boden in Gaststube und Küche mit zerschlagenem Porzellan und Glasscherben übersät.

Karlsson, Lund und Lenkrad-Hasse hatten zum Essen lediglich je zwei Schnäpse getrunken. Sowohl Lund als auch Lenkrad-Hasse waren während des ganzen Festes nüchtern.

Weder das Lokal noch das Mobiliar wurden beschädigt. Nur ein Aschenbecher zerbrach.

Bauer Carl Gustav Adolf Oscarsson, genannt der König, Båtsvik

Bereits vor einem Jahr begann Oscarsson seine Geburtstagsfeier zu planen. Zu diesem Zwecke hatte er sich an seinen Nachbarn, den Alten Matts Mattsson gewandt und ihn gebeten, sich um die alkoholischen Getränke zu kümmern, die Oscarsson aufzusparen gedachte. Jeden Monat oder jedes Mal, wenn Oscarsson seine Ration kaufte, ließ er einen Teil davon beim Alten Matts, bei jeder Gelegenheit mindestens ein Liter. Also lagerten bei Mattsson, als die Zeit gekommen war, 22 Liter, hauptsächlich Schnaps, aber auch ein Teil Cognac. Oscarsson gab an, daß zu dem Ersparten unter anderem ein paar Flaschen Skåne-Aquavit gehörten sowie ein Branntwein, den es schon seit längerer Zeit nicht mehr zu kaufen gab. Zu welcher Sorte der übrige Schnaps gehörte, konnte er nicht angeben, glaubte aber, daß es sich in der Hauptsache um Tischbranntwein und vielleicht auch um die eine oder andere Flasche Norrlands Aquavit handelte. Als Sonderration erhielt er zum Geburtstagsfest 3 Liter Schnaps und 3 Liter Cognac. Insgesamt verfügte er über 28 Liter, davon 20 Liter Branntwein verschiedener Marken sowie 8 Liter Cognac. Über den angegebenen Alkohol hinaus kaufte er noch 5 Liter Portwein. Zum Fest waren 64 Personen geladen. Von ihnen konnten ungefähr 30 nicht kommen, weshalb Oscarsson beabsichtigt hatte, einen Teil des Alkohols aufzubewahren, um zu einem späteren Zeitpunkt jene einzuladen, die am 21.7. verhindert waren. Aus Angst, Mattsson könne sich heimlich aus dem Vorrat bedienen, holte er die Spirituosen zu sich nach Hause. Mit Lund hatte er vereinbart, daß dieser die Getränke abholen sollte. Infolge einer

Verkettung von Mißverständnissen traf er Lund nicht, als dieser kam und den Alkohol holte. Erst, als Oscarsson zu Beginn des Festes das Lokal betrat, erfuhr er, daß Lund den gesamten Vorrat abgeholt hatte, worauf er ihm sagte, ein Teil des Alkohols solle aufgespart werden. Dennoch sollten alle Gäste reichlich zu trinken bekommen. Oscarsson hatte Lenkrad-Hasse als Schankwirt zum Fest gebeten und ihm den sorgfältigen Umgang mit den Spirituosen angelegentlich ans Herz gelegt. Lenkrad-Hasse verließ jedoch die Feier vor ihrem Abschluß. Nach Oscarsson war dies der Grund dafür, daß der Alkoholgenuß die bekannten Folgen zeitigte. Oscarsson gab zu, daß er einer Person eine Flasche Branntwein zugesteckt hatte. Die betreffende Person sollte bei Oscarsson übernachten. Er gab ihr eine zu drei Vierteln gefüllte Literflasche Branntwein mit der Bitte, sie mit zu Oscarsson nach Hause zu nehmen.

Während des Festes selbst hatte Oscarsson nicht sonderlich auf Pullman geachtet.

Oscarsson bestritt auf das entschiedenste, daß er für den Einkauf von Alkohol für das Fest fremde Kontrollbücher ausgeliehen habe.

Oscarsson ist Inhaber des Kontrollbuches Nr. B 563 bei der Systemaktiebolag in Vagnhärad, das den Kauf von 3 Litern alkoholischer Getränke pro Monat erlaubt.

Der Bericht der Systemaktiebolag in Vagnhärad über Oscarssons Einkäufe in der Zeit vom 12.7.1953-17.7.1954 wird beigefügt.

Wie oben
Abraham Roos

ICH BIN MIT Karlssons Sohn nach Nyköping gefahren. Um elf Uhr stand die Sonne, blutunterlaufen und vibrierend, nur knapp über den Baumkronen. Der Himmel war nahezu farblos, die Luft roch klar und rein, neutral. Als ich über die festgetretene Schneedecke im Hof auf die vom Winterdienst geräumte Straße ging, folgte jedem meiner Schritte mit fast unmerklicher Verzögerung ein leises Knirschen. Meine Wangen waren wie betäubt, und das Gefühl in ihnen erstarb, als die klare, eiskalte, spröde Luft meine Atemwege austrocknete, mich umschloß und durchdrang. Ich erwartete ihn beim Milchstand, der von den Schneemassen niedergedrückt wurde. Er drehte an der neu angelegten Haltestelle, einem Halbkreis aus Steinen und Schotter, der an jener Stelle lag, wo einst Rasks Weide gewesen war.

Ich war der einzige Fahrgast in jenem strahlend sauberen Bus mit geheizter Luft und unablässig leiernder Musik aus versteckten Lautsprechern. Der junge Karlsson mühte sich in seinem Fahrersitz ab, umgeben von einer kleinen Trennwand. Ich setzte mich weit nach hinten. Ich will überblicken können, was ich vor mir habe.

Längs der Straße war der Schnee zu hohen Wällen aufgetürmt worden. Weiß waren die weiten offenen Felder bei Örboholm, und sogar Bäume und Büsche waren schneebedeckt. Es war wie eine Fahrt durch ein farbloses Land, in dem es keine anderen Töne gab als jene, die der Dudelsender verbreitete, und keine anderen Gerüche als die von feuersicheren Plastiksitzen. Die Landschaft zog vorbei. Ich hatte das Gefühl, weit entrückt zu sein von jener Wirklichkeit, mit der ich vertraut war.

Karlssons Junge drehte entgegen allen Erwartungen eine Extrarunde und ließ mich direkt vor dem Krankenhaus aussteigen. Als ich ihn bat, seinen Vater zu grüßen, sagte er, daß sein alter Herr schon seit vier Wintern unter der Erde liege. Der Bus rollte vier, fünf Meter bis sich die Türen mit einem Zischen schlossen.

Ich ging hinauf in den Krankensaal und fragte eine junge Krankenschwester, ob Assar aus Ökenäs noch im selben Zimmer liege wie bei meinem letzten Besuch. Das war aber auch diesmal nicht der Fall. Man hatte ihn in eine Art Abstellkammer am Ende des Korridors gerollt, zusammen mit zwei anderen Männern, deren Zeit ebenfalls überschritten war. Die Krankenschwester führte mich hin. Der Anblick trieb mir Tränen in die Augen. Ja.

Ein Vorhang wurde vorgezogen, um uns abzuschirmen, ein Stuhl für mich bereitgestellt. Ich schob ihn zum Kopfende und nahm Assars Hand in meine, nachdem der Frost aus meinen Fingern gewichen war. Ich hörte seine verwirrten Laute sowie immer wieder Schmerzensschreie und das Gebrabbel der anderen alten Männer.

Assar, ich bin es, Johannes. Er wimmerte. Ich komme mit Grüßen von Tor, sagte ich.

Assar stöhnte und wand sich. Sein Schädel war kahl, aber an Hals und Nacken wucherte weißes, flauschiges Haar wie Daunenfedern hervor. Die Wangen waren eingefallen, furchig. Aus dem Mundwinkel wischte ich ein Rinnsal, das nicht aufhören wollte zu fließen. Ich sprach langsam, aber er nahm kein einziges Wort wahr. Er hatte mich und das Leben, das er einst gelebt hatte, längst hinter sich gelassen. Das Bett, in dem er liegt, und der Pyjama, in den man ihn geknöpft hat, sind die Welt, die ihm geblieben ist. Ökenäs verkaufte er, nachdem die Flasche Vilmer dahingerafft hatte und Harald über dem Küchentisch zusammengebrochen war. Die letzten Jahre hatte Assar ein Zimmer bei Rasks im Untergeschoß gemietet, bis jemand vom Vormundschaftsamt ihn zum Pflegefall erklärte. Er aß wie immer mit Karin und Harald, und Karin sah dreimal täglich nach ihm, aber nach einer Weile wurde diese Art der Pflege als unrationell und wenig kosteneffektiv angesehen. Man brachte ihn in ein Heim, und nachdem ihm alles genommen worden war, dauerte es nicht lange, bis er auf dieser Station landete, wo ich ihn seither einmal im Monat besuche. Eine Finanzgesellschaft kaufte Ökenäs und verkaufte es danach weiter an einen Lehrer aus Lidingö. Er läßt den Hof verfallen, und der Wald darf verwildern. Das Stalldach hängt durch und ist an manchen Stellen eingestürzt. Das Wohnhaus verrottet. Wild verletzt und verstümmelt sich am rostigen, zerrissenen Stahldraht, und das Holz, das einst zu einem Stapel geschichtet worden war, wird langsam von den Jahreszeiten zersetzt. Ich wünschte nicht, daß Assar zurückkehren und das sehen könnte.

Plötzlich kam er für ein paar Minuten in meine Welt. Dort in diesem Zimmer mit antiseptischen Dämpfen und Tropfinfusionen aus einem auf ein Metallstativ gehißten Behälter und im Neonlicht grellweiß leuchtenden Wänden. Er erkannte mich wieder und lächelte. Ich wußte, daß er sich darüber freute, in diesem klinischen Wahnsinn, in dem kein Mensch je genesen kann, einen Freund zu sehen und an seiner Seite etwas zu spüren, das einst Teil seines Lebens gewesen war. Er bewegte die Lippen. Ein schwaches Röcheln stieg aus seinem Hals.

Ich hatte das Gefühl, daß er meine Finger ein wenig fester drückte und meinen Namen sagte.

Ja, Assar, sagte ich. Es ist Johannes. Ich bin hier. Hier bei dir. Und ich sprach leise und lange weiter, ganz dicht bei ihm, sprach über den Laden und von der einsamen Finsternis des Winters da draußen und dem schlafenden Dachs, meinem einzigen Kameraden. Sprach über vergangene Zeiten. Erinnerst du dich?

Er bewegte das kahle Haupt auf dem Kissen zu einem Ja. In seinem fast erloschenen Blick blitzte ein Funken Wärme auf, und ich beugte mich vor, um zu hören, wie er heiser sagte: Johannes ... dieses Mädchen ... sie mochte mich, das tat sie doch ...

Ja, sagte ich. Alles hätte anders kommen können.

... Sie war schön ... wir hätten ...

Er entglitt mir wieder. Ich dachte: Wohin geht er? Wandert er in seinem sonderbaren pendelnden Gang von Ökenäs zu den Rasks, so daß er gerade rechtzeitig zum Frühstück kommt? Wringt er in der Glut der Sonne vor dem Schuppentor den Schweiß aus der Krempe seiner Schirmmütze und sagt rasch etwas zu Karin, während Harald wütend und fordernd hinter ihm steht? Studiert er in Uppsala die lateinischen Bezeichnungen der menschlichen Muskulatur, zusammen mit anderen Studenten? Oder ist er auf seinem Pfad noch weiter zurückgeschritten und springt auf der Jagd nach Schmetterlingen und Hummeln in kurzen Hosen und barfuß nach Kinderart über die Wiesen und fischt von der Brücke aus mit einer selbstgeschnitzten Angel aus Erlenholz und Mutters Nähgarn Rotaugen? Er kann sich Bilder aus einem ganzen Leben pflücken.

Die Besuchszeit neigte sich ihrem Ende zu. Das junge Mädchen kam mit Bouillon. Ich bat sie, noch ein wenig bleiben und Assar füttern zu dürfen. Sie sah mich ratlos an, warf einen Blick hinaus auf den Korridor und reichte mir dann mit verständnisvoller Miene die Schale. Sie stellte sich auf die andere Bettseite, während ich einen Löffel von der klaren Flüssigkeit nahm und zur Kühlung daraufblies. Ich setzte ihn an Assars Lippen und winkelte die Hand an. Die Schwester wischte mit einer Serviette nach. Wir taten dies, bis die Schale leer war und Assar in eine Art Dämmerzustand gefallen zu sein schien. Das Mädchen gab ihm eine Spritze in die Armbeuge. Sie war nur Haut und Knochen. Drei Stiche brauchte die Schwester, um eine Vene zu finden, die groß genug war, um das Mittel im Innern dessen, was von Assars Körper übriggeblieben war, zu verteilen. Dann bat sie mich zu gehen.

Ich beugte mich zu Assar hinunter, legte meine Lippen an seine Wange und flüsterte: Wenn ich das nächste Mal komme, ist es Frühling.

Du hast also gewaschen!

Rotenschiöld und Helen gingen um die Leine herum und kamen zu mir. Ich stand mit Wäscheklammern in der Hand unter den Apfelbäumen. Sie hatte sich bei ihm untergehakt, aber keiner von beiden bemühte sich auch nur, so zu tun, als täte sie es freiwillig. Der Advokat hatte ihren Arm festgeklemmt und sie mit sich gezogen – von wo auch immer sie gerade kamen. Als ich sie grüßte, befreite Helen sich jedoch aus seinem Griff. Die Atmosphäre zwischen ihnen verriet mir, daß sie kurz vorher ein Gespräch geführt hatten, in dessen Verlauf keiner die Ansicht des anderen geteilt, geschweige denn Verständnis dafür aufgebracht hatte.

Auf der Leine hingen Unterhosen, Büstenhalter und Nylonstrümpfe zusammen mit Blusen, Röcken, Kleidern und meinen Hemden. Wie Signalflaggen auf der Reede flatterten sie im Wind: Hier wohnt eine hemmungslose Frau! Das Getuschel der Leute, die vorbeikamen, klang wie das Knistern alter, schmutziger Geldscheine. Sie benutzten Wörter wie Sittlichkeit, unerhört und anständiges Benehmen, aber ich achtete nicht darauf und ließ sie mit ihren Vorstellungen allein.

Das sind Majas Sachen, sagte ich.

Rotenschiöld mimte den Unwissenden, hob aber für den Bruchteil einer Sekunde die Augenbrauen, um zu zeigen, daß er sich entgegen aller Erwartungen noch an sie erinnerte. Daß es ihm mit reiner Willenskraft gelang, ein verschwommenes Bild von dem Gesicht, das mit diesem Namen verknüpft werden konnte, aus seinem Gedächtnis abzurufen. Wir haben auch nicht angenommen, daß es deine sind, sagte er und lachte.

Was ist so lustig? fragte Helen. Sie war ein Stück hinter ihm zurückgeblieben, als wollte sie es vermeiden, in seiner unmittelbaren Nähe gesehen zu werden.

Über die Schulter sah er sie an. Das war nur Spaß, sagte er. Du lieber Gott, können ich und Johannes nicht einmal einen Jux machen, ohne daß du Einwände hast?

Kannst du dir nicht vorstellen, daß Maja gerne was Sauberes anzieht? sagte Helen und trat einen Schritt zur Seite, so daß er sich anders hätte hinstellen müssen, um sie sehen zu können. Aber das tat er nicht.

Doch, sagte er, aber nicht, daß Johannes sich darum kümmert wie ein Waschweib.

Vielleicht überrascht dich der Anblick gewaschener Wäsche, weil du mich diese Dinge ja immer für dich erledigen läßt?

Ich wußte nicht, ob ich mit dem Aufhängen der Laken weitermachen oder es lieber bleiben lassen sollte. Ich ließ die Hände sinken und versuchte, reglos stehenzubleiben, um nicht neuerlich ihre Aufmerksamkeit auf mich zu ziehen. Helens Ton war härter und vorwurfsvoller ausgefallen als eigentlich von ihr beabsichtigt, glaube ich. Sie war darüber erschrocken, wollte aber nichts zurücknehmen. Starr sah sie Rotenschiöld ins Gesicht.

Du mißverstehst mich, sagte er, drehte sich schließlich doch um und warf ihr einen Blick zu, als habe er meine Existenz vollkommen vergessen. Du begibst dich in ein Minenfeld, sagte dieser Blick. Wenn du weitergehst, gibt es kein Zurück mehr ... Geh du so lange nach Hause, Liebling, sagte Rotenschiöld. Ich hole dich später ein. Es klang weder freundlich noch unfreundlich, sondern eher wie eine strenge Aufforderung aus dem Munde einer Person, die ihre Autorität und den Respekt der anderen vor ihr kennt. Der Tonfall ließ Helen keine andere Wahl, als das zu tun, was ihr befohlen wurde.

Ich bin ihr Gezänk so leid. Ein Mann braucht seine Freiheit, nicht wahr? sagte er, als Helen sich entfernt hatte. Ich hängte wieder Wäsche auf, als er fortfuhr: Sie ist nicht gerade schüchtern, deine Freundin.

Nee, brachte ich mit den Wäscheklammern im Mund hervor.

Das gefällt mir.

Ich befestigte die letzten Kopfkissenbezüge an der Leine. Ach ja? fragte ich, denn die Feststellung kam mir sonderbar vor.

Ja, das finde ich. Rotenschiöld zog die Hutkrempe tief hinunter, um den Schatten über seinem Gesicht zu vergrößern. Ich habe ihr einen Vorschlag gemacht, sagte er.

Vielleicht hast du schon davon gehört. Ich für meinen Teil bin sicher, daß sie anbeißen wird.

Ich legte die restlichen Klammern in den Wäschekorb. Worauf läuft er hinaus?

Da kommst du ins Spiel.

Inwiefern?

Rotenschiöld antwortete nicht. Er drehte sich zur Sonne, um zu prüfen, ob er den schattenspendenen Hut weit genug heruntergezogen hatte. Gemächlich hob und senkte er den Kopf, um herauszufinden, wo die Grenze zwischen Sonne und Schatten verlief. Dann justierte er den Winkel der Krempe ein wenig und lächelte. Ich habe darüber nachgedacht, sagte er, als wollte er mir etwas Geheimes anvertrauen. Er machte eine kurze Pause. Du bekommst Strom aus meiner Leitung. Gratis. Ich komme für alles auf.

Warum?

Warum? Es ist gut für deine Geschäfte. Und was gut für den Laden ist, nützt auch dem ganzen Ort. So funktioniert die Wirtschaft. Am Ende profitieren wir alle davon. Wieder lächelte er, als müßte ich schon die ganze Zeit durchschaut haben, worauf er hinauswollte.

Der Herr Advokat denken immer noch daran, mehr Land zu kaufen?

Darum geht es jetzt nicht!

Ich verließ meinen Platz zwischen Hemden und Hosen und ging ein paar Schritte auf ihn zu. Ich möchte nichts haben, ohne dafür zu bezahlen. Und für Strom will ich kein Geld ausgeben.

Sei nicht so stur! Betrachte es als einen Kredit, in Gottes Namen.

Nee, danke.

Er schob den Strohhut hoch, so daß die Stirn frei wurde, sagte, daß er mich nicht verstehen könne. Dann zog er ihn wieder herunter und betastete ihn mit der flachen Hand, um zu sehen, ob er auch bequem saß. Das ist doch nicht gescheit, sagte er. Hier stehe ich und verschenke etwas, das barem Geld entspricht. Große Beträge. Und du willst es einfach nicht haben!

Tja, so ist es wohl.

Rotenschiöld stemmte eine Hand in die Seite und starrte auf den Boden. Die Kleidungsstücke flatterten an der Leine und verbreiteten einen zarten Duft nach Schmierseife und kühler, feuchter Luft, die entsteht, wenn nasse Baumwolle trocknet und die Feuchtigkeit aus ihr verdunstet. Frisch und friedlich war dieser Hauch, und so ganz anders als die herrschende Stimmung zwischen uns. Ich sah hinaus auf den verlassen daliegenden Hafen und das Wasser, das um diese Zeit mehr grün als blau erschien. Über der Oberfläche vibrierte die Hitze.

Rotenschiöld trat unruhig von einem Fuß auf den anderen, murmelte etwas von Starrsinn und Hochmut. Dann drehte er sich um und ging. Grüß sie von mir und sag ihr, daß ich auf Antwort warte, war das letzte, was er sagte. Ich will sie.

Ich habe keine Ahnung, was nach Rotenschiölds Tat draußen in Ängsvik vor sich ging, in jenen Stunden, bevor er verschwand – für immer und ewig, wie ich lange glaubte. Aber laßt mich eine Vermutung anstellen, für die, denke ich, einiges spricht.

Mit großer Sicherheit war er bedrückt und nervös, als er fünf Minuten nach Majas Flucht nach Hause zurückkehrte. Nicht deshalb, weil ihm die denkbaren Konsequenzen des Vorgefallenen große Sorgen bereiteten – derartige Gefühle erlaubte er sich, wie ich glaube, nur selten, und außerdem war er schlau genug, sich aus solchen Situationen hinauszumanövrieren –, sondern weil er fürchtete, daß Helen mißtrauisch werden und ihm auf die Schliche kommen könnte.

Er mied ihre Gegenwart, drückte sich in den Ecken herum und trank mehr Whisky, als selbst für einen Mann mit seinen Trinkgewohnheiten ratsam gewesen wäre.

Vor allen Dingen graute ihm vor weiteren Diskussionen über Kinder und Familie und über eine Zukunft, wie sie Helen vorschwebte. Er wußte, worum ihre Gedanken kreisten. Seit sie die Neuigkeiten über Maja gehört hatte, war sie in bester Stimmung, und die wollte er ihr nicht verderben, denn es gab ihm Ruhe, seine Frau so heiter zu sehen. Im Augenblick allerdings war für ihn das alles ohne Bedeutung.

Schließlich war er also betrunken. Später am Abend saß Helen neben ihm auf der Veranda und las in ihren Insektenbüchern die Kapitel über die Augustspinnen, während er unentwegt weitertrank. Als das Licht schlechter wurde, begab sie sich ins Haus, studierte dort noch ein Weilchen und ging danach zu Bett. Sie wechselten keine anderen Worte als ein Gutnacht.

An jenem Tage, der nie zu Ende zu gehen schien, war ein Plan herangereift. Wacklig stand Rotenschiöld auf und ging zum Schreibtisch, wo er Dokumente und andere Arbeitsunterlagen ordnete, die er am nächsten Tag parat haben mußte. Lange saß er so da. Als endlich alles durchgearbeitet war, muß er hinauf ins Schlafzimmer geschlichen sein und ein paar Kleidungsstücke in eine Reisetasche gepackt haben, die er dann hinaustrug und in den Kofferraum seines Mercedes stellte. Anschließend legte er sich schlafen. Im Morgengrauen weckte er Helen – nur um ihr zu sagen, daß er einige Gerichtsurteile im Büro vergessen habe. Er fuhr so früh ab, daß ich es noch nicht geschafft hatte, den Laden zu öffnen. Er raste mit beträchtlich höherer Geschwindigkeit als sonst vorbei und glotzte starr vor sich hin.

Kurz vor Mitternacht klingelte in Ängsvik das Telefon – das weiß ich nach Helens kurzem Bericht mit Gewißheit. Er erklärte ohne viele Worte, daß er am Abend nicht zurückkehren werde und am nächsten Abend auch nicht. Es sei ihm etwas dazwischengekommen. Helen legte den Hörer auf, ehe er weiterreden konnte.

Dies ist, wie gesagt, zum größten Teil Theorie. Aber was spricht dagegen? Denn wie anders soll ein Mann in seiner Lage sonst reagieren?

An einem späten Abend im Oktober kehrte er zum ersten Mal nach seinen Jahren in der zweiten Kammer zurück. Der Wind hatte sich von seinen Fesseln befreit: Es war jener kalte Herbst mit reichlichen Niederschlägen und wilden Stürmen, die innerhalb von nur wenigen Minuten große Waldgebiete umpflügen und die Felder verwüsten. Viehställe und Höfe wurden senkrecht in die Höhe gehoben und mit solcher Wucht zur Seite geworfen, daß nur noch Kleinholz von ihnen übrigblieb. Ich hatte das Wassermeßgerät abgelesen und seinen Inhalt in die Blumenbeete gegossen. Es war der siebte Tag mit mehr als dreißig Millimetern. Ich war im Haus geblieben, hatte die Dinge sortiert, die mir am Herzen lagen, und die Kleider für den Winter hervorgeholt. Im Radio prophezeite man, daß der junge John F. Kennedy nächster Präsident der Vereinigten Staaten werden würde, und einmal wurde Indépendance cha cha gespielt, zu dem man in der freien Stadt Léopoldville tanzte. Da inzwischen ein anderer Kanal sein Programm aufgenommen hatte, wurde es für mich schwieriger, den Sendungen zu folgen.

Hoffnungen keimten auf in der Welt, während ich mich auf eine geruhsame Jahreszeit vorbereitete, die Zeit der kurzen Tage und der langen Nächte, die ich mit Lesen, Musikhören auf Mittelwelle, Gedanken, Streiflichtern aus der Vergangenheit und Träumen über die Zukunft verbrachte. Ich verhielt mich also mehr oder weniger so, wie man es von einem einsamen und relativ untätigen Menschen offenbar erwartet. Ab und zu kamen Leute aus dem Ort in den Laden und kauften etwas ein.

Wenn das Wetter aufklarte, ging ich hinaus und unternahm allein oder zusammen mit Helen lange Streifzüge. Elche hatten auf dem morastigen Boden ihre Spuren hinterlassen und mit ihren Hufen tiefe Furchen gegraben. In der Abenddämmerung konnte ich vom Hofplatz aus ihre Brunftschreie und das dumpfe Traben der massigen Körper hören.

Ich wollte nicht gestört werden. Die Rasks wußten, daß sie mich nicht mit Belanglosigkeiten behelligen sollten. Am Morgen lieferte Karin Brot ab und gab mir einen Einkaufszettel. Ein paar Stunden später brachte ich ihr den Karton mit den gewünschten Waren. Ich half Harald bei der Milch – das gehörte zu meinen Verpflichtungen als Mieter, die ich nicht vernachlässigen durfte. Wir schleppten die Kannen, wortlos. Vilmer blieben noch drei Jahre, seinen ungebrochenen Rausch auszuleben.

In dieser Jahreszeit widmete ich mich den Dingen, die

sonst immer zu kurz kamen. Mir hat es von jeher besondere Freude, ja, man kann sogar sagen Zufriedenheit bereitet, dieses oder jenes zu hegen und zu pflegen, als gäbe es nichts anderes im Universum. Wie ein Japaner kann ich Stunden damit verbringen, in vollkommener Ruhe eine Tasse grünen Tee aufzugießen und zu genießen. Das ist so friedvoll. Verliert man sich so bedingungslos in ein Detail, dann gewinnt man ein Stück von sich selbst.

Es war ein solcher Tag, an dem ich mir etwas Gutes getan hatte und mich einen Hauch vollkommener fühlte. Ich wollte mir gerade eine zweite Kanne Wasser aufsetzen, als ein Wagen die Straße zum Knirschen brachte wie Zuckerstückchen im Mund.

Er fuhr einen neuen Mercedes, schwarz, eines der größeren Modelle. Trotz seiner Größe war er auf dem Fahrersitz fast versunken. Er hielt vor der Gartenpforte an und blieb eine Weile sitzen, die Hände mit leicht abgespreizten Fingern vor sich auf dem Lenkrad, als studiere er etwas ein. Dann stieg er aus, ohne den Motor abzustellen, und kam auf mich zu. Ich empfing ihn vor dem Laden.

Er trug eine grünen Jagdrock, darunter Hemd und Schlips und auf dem Kopf einen kleinen melierten Filzhut à la Tirol mit kurzer Feder. Als er mich sah, bereute er es offenbar, ihn nicht auf dem Armaturenbrett liegengelassen zu haben, denn er nahm ihn ab und verbarg ihn hinter dem Rücken. In der anderen Hand steckte zwischen Mittelfinger und Zeigefinger wie festgeschraubt eine erloschene, halb aufgerauchte Havanna. Er war fülliger geworden. Obwohl man ihn immer noch als jung bezeichnen konnte, war die Veranlagung zur Fettleibigkeit nunmehr unverkennbar. Die überflüssigen Pfunde, die wie Jahresringe um seinen Bauch wachsen sollten, hatten erstes Terrain erobert.

Auf diesen Augenblick hatte ich gewartet und mich vorbereitet. Wieder und wieder hatte ich ihn in Gedanken durchgespielt. Und doch war auf einmal alles, worüber ich nachgedacht hatte, verschwunden, genauso wie die Worte, die ich hatte sagen wollen. Ich fragte mich, wieviel er wußte, und war überzeugt davon, daß er viel Zeit damit verbracht hatte, die gleichen Überlegungen über mich anzustellen.

Helen war in den letzten Jahren zurückhaltender geworden, auch wenn sie immer noch vertrauensvoll mit mir sprach und mich bei der Bestimmung von Moosen und Losungen, die sie gefunden hatte, um Rat fragte. Ging ich im Dunkeln am Haus in Ängsvik vorbei, konnte ich sie auf der Veranda oder drinnen vor dem Kamin sitzen sehen, manchmal mit einem Nachschlagewerk auf dem Schoß. Inzwischen machte sie aber auch immer öfter eigene Notizen in einem linierten Heft. Sie schrieb mit Bleistift. Es war der Entwurf für ein Buch, in dem es unter anderem um die Tiere des Waldes, um Insekten, Bäume und Blumen ging. Sie war sehr penibel. Ich kenne niemanden, der sich so sachkundig über beispielsweise Hirsche, Reizker oder was auch immer äußern konnte.

Vermutlich wußte sie über ihren Mann weniger. Nachdem in einer Zeitung ein Foto erschienen war, das ihn mit einer jungen Frau an seiner Seite zeigte, erwähnte sie ihn nur noch selten, und so ging ich davon aus, daß sie auch jetzt nichts wußte. Wahrscheinlich hatte er ihr halbwegs glaubwürdig erklärt, daß er sehr viel zu tun habe – Berichte schreiben, die Arbeit in den Ausschüssen und so weiter, und sie hatte das stillschweigend als

Entschuldigung dafür gelten lassen, daß er es nie geschafft hatte, die Stadt zu verlassen.

Ohne einen Gedanken darauf zu verschwenden, daß vielleicht noch jemand anwesend sein könnte, sah Rotenschiöld mir direkt ins Gesicht. Es war ein durchdringender Blick, dem kaum standzuhalten war. Mir war, als verwandelte er meine angenommene Überlegenheit in ihr genaues Gegenteil. Gerade noch rechtzeitig fiel mir ein, daß da der Rechtsanwalt in ihm agierte.

Wir begrüßten uns nicht. Es wäre ein langes Begrüßungsritual ohne jede Herzlichkeit gewesen, und darauf konnten wir verzichten. Ich brachte es nicht über mich, ihn willkommen zu heißen, und Rotenschiöld erwartete eine so offenkundige Lüge auch nicht. Er blieb so kurz vor mir stehen, daß ich den prickelnden Alkoholdunst und letzte Reste des exklusiven Rasierwassers riechen konnte. Danach machte sich auch ein schwacher Geruch nach alten Zwiebeln bemerkbar. Unter dem einen Auge war ein kleines Blutgefäß geplatzt. Das Weiß der Augen war von der Farbe fetter Sahne. Wir taxierten einander, versuchten, die Stärke des jeweils anderen abzuschätzen wie zwei Boxer, die ihre Handschuhe Sekunden vor dem Gong zur ersten Runde gegeneinander schlagen. Wer zuerst seine Deckung verließ, indem er etwas sagte, würde den Kampf verlieren.

Wir standen einander Auge in Auge gegenüber, und ich weiß noch, welcher Gedanke mich durchfuhr: Wie groß ist doch der Abstand zwischen uns. Und ich suchte nach den Vorwürfen, die ich so sorgsam gehütet hatte. Ich wollte ihn soweit bringen, daß er kehrtmachte, wollte ihm das Betreten des Grundstücks untersagen. Ich war fest entschlossen, aber ich bin kein Mensch, der solche Entscheidungen auch umsetzen kann. Ich kann nicht sagen, woher sie rührt, diese Schwäche gegenüber allem, was ich für Obrigkeit halte. Sie hat schon immer mein Handeln beeinflußt. Ich habe in ihr Schutz gesucht und gleichzeitig einen Teil von mir selbst ausgelöscht. Sie gehört zu meinen Lebensvoraussetzungen.

So verharrten wir in der rauhen Kälte und dem Wind, der vom Meer her übers Land blies. Ich stand breitbeinig da, er wippte ein wenig hin und her. Die Zeit verstrich, eine Ewigkeit, wie mir schien, und er ließ mich nicht eine Sekunde aus den Augen. Hauptsächlich, um das Schweigen zu brechen, das ja nicht bis in die Unendlichkeit andauern konnte, sagte ich schließlich: Der Herr Advokat haben im Reichstag gesessen.

Er steckte die Zigarre in den Mundwinkel und kaute auf ihr herum: Das weiß ich. Ich sah ein, daß ich mich ihm geöffnet hatte, und er hatte es gemerkt. Es war der Augenblick, auf den er gewartet hatte.

Sechs Jahre, sagte er. Aber das ist jetzt vorbei.

Ja.

Wie war's?

Viele Worte, wenig Taten.

Wir schwiegen. Es war einer jener Momente, da nichts ausgesprochen werden muß, weil alles, was es zu erwähnen gibt, um einen schwebt, unsichtbar, unberührbar und doch ganz deutlich und nah. Es wurde so still, daß wir die Waldseen dampfen und die Spitzmäuse im Gras rascheln hören konnten. Aus verklebten Laubhaufen wirbelte der Ostwind rotgelb schillernde Blätter auf. Fäulnisgeruch machte sich breit, und die Feuchtigkeit kroch unter die Kleider.

Rotenschiöld zog eine Streichholzschachtel hervor. Obwohl die Feuchtigkeit normalerweise alles durchdringt, gelang es ihm, den Schwefelkopf an der Reibefläche zu entzünden und sich unter geräuschvollem Saugen die Zigarre anzustecken. Kleine Rauchwölkchen stiegen auf. Der Tabak knisterte und glühte. Rotenschiöld paffte in genau abgemessenen Zügen.

Es ist viel passiert inzwischen, sagte er und ließ das Streichholz auf den Kies fallen. Sehr viel.

Die Dämmerung war schnell aufgezogen, wie üblich in dieser Jahreszeit. Über den Wiesen lag ein Dunst, der die Landschaft aussehen ließ, als betrachtete man sie durch schmutziges Glas. Die Konturen lösten sich auf. Die Feldgehölze bildeten einen dunklen Saum.

Es läßt sich kaum alles aufklären, sagte er.

Nein? fragte ich und dachte in aller Eile an Helen, die dort draußen in Ängsvik saß und auf ihren Mann wartete. Zum ersten Male nach sechs Jahren sollte er wieder zu ihr kommen. Machte es sie wohl glücklich? Oder eher unruhig?

Nicht jedes Kapitel, sagte er. Nicht jeder einzelne Umstand. Geschehnisse lassen sich nicht zu einer chronologischen Reihenfolge zusammenfügen, die alles erklären könnte.

Weil niemand es versucht hat. Oder haben es der Herr Advokat?

Er blinzelte. Wir sprechen von derselben Sache, oder? fragte er, und ich bejahte mit einer Handbewegung. Dann fuhr er fort: Ich bin lange weggewesen. Wir müssen miteinander sprechen.

Worüber? Ich sehnte mich nach Wärme, danach, drei Holzscheite in den Ofen zu werfen und Wasser für meinen Tee heiß zu machen. Ich wollte dann die Hände vor die Flammen halten, um zu spüren, wie das Gefühl in Form anhaltender Stiche langsam wieder in sie zurückkehrte. Ich wollte die Nacht über allein sein, eine wärmende Tasse in der Hand, wollte nichts mehr wissen von diesem Gespräch und all den Erinnerungen und Gefühlen, die es aufwirbelte. Und warum? fragte ich.

Die Zigarrenglut wurde vom Tau benetzt, aber jedesmal, wenn ich glaubte, sie würde erlöschen, sog Rotenschiöld wieder Leben in sie hinein und nahm einige kräftige Züge, so daß die Spitze hinter der Asche aufglühte. Jetzt nahm er die Zigarre aus dem Mund, schlug die Asche ab und sagte: Vielleicht gibt es mildernde Umstände, von denen wir nichts wissen. Oder Aussichten darauf, daß sich alles im Guten regelt, mit irgendeiner Form von Entschädigung.

Das war sein konkretester Vorschlag, und er sollte weder jetzt noch später näher darauf eingehen. Er war so unklar wie der Nebel, der von der See heraufzog.

Ich weiß, was ich weiß. Damit stehe ich allein da, sagte ich. Es ist absolut nicht verhandelbar. Denn nichts ist zu spät.

Pff! Er klatschte den Hut gegen die Schenkel, einmal, zweimal, bemerkte dann selbst, wie er sich benahm, und hielt inne. Ich verstehe, sagte er. Wie eine Art Versicherung? Aber ich will trotzdem ein paar Worte wechseln.

Die Nässe fraß sich in Knie und Ellbogen. In die Gelenke. Es schmerzte, bevor die Glieder taub wurden. Die rauhe Kälte konservierte die Worte und bewirkte, daß sie zwischen uns hängenblieben, bis man sie wie Früchte abpflückte. Ich zwang mich, ruhig und gleichmäßig zu atmen und jeden Muskel zu entspannen, um nicht zu frösteln.

Ich höre.

Hier?

Hier.

Ich dachte …

Wenn du was zu sagen hast, sag es jetzt und hier. Ich gehe gleich rein.

Es war jetzt beinahe ganz dunkel. Das einzige Licht kam von der Petroleumlampe im Vorbau. Es tauchte die eine Hälfte von Rotenschiölds Gesicht in einen gelblichen Farbton und die andere in Finsternis. Hinter ihm warfen unsere Körper lange Schatten.

Ich verstehe. Er sog an dem braunen, stinkenden Stumpf wie an einem Schnuller und konzentrierte sich auf die nächsten Worte. Doch daß er zögerte und schließlich seine Worte in die Länge zog, lag nicht so sehr daran, daß er sich selbst vorbereiten wollte. Vielmehr wollte er mir Gelegenheit geben, das bereits Gesagte zu überdenken, um für die folgende Aussage bereit zu sein: Ich habe vor, wieder hier aufs Land zu ziehen. Bald schon für immer. Und ich kann ehrlich sagen, daß ich in dir immer einen sehr engen Freund gesehen habe. Du weißt, was ich für dich tun wollte. Es wäre traurig, um nicht zu sagen vernichtend, wenn diese Freundschaft nicht mehr bestünde.

Er schnaubte durch die Nase, schob mit der Zunge die Zigarre in eine neue Position zwischen die anderen Bakkenzähne und klemmte sie dort fest: Wir können einander von Nutzen sein. Nicht nur finanziell, auch wenn man das nicht unterschätzen sollte. Andererseits wäre es schlimm, wenn das Vertrauen auf eine Probe gestellt wird, die es nicht bestehen kann.

Das war der Punkt, auf den er die ganze Zeit hinaus wollte. Daß ich ihn gewähren ließ, geschah aus reiner Neugierde. Ich wollte seine Strategie kennenlernen. Es war eine Erkenntnis wie beim Schachspiel: Da bildet man sich ein, mehrere Figuren im Vorteil zu sein, nur um später erleben zu müssen, wie eine nach der anderen vom Brett verschwindet, weil der Gegenspieler seine überlegene Erfahrung ausspielt.

Man hat mir gesagt, daß du dich mit meiner Frau triffst. Stimmt das?

Ich wartete ab. Ein einziges Wort oder auch nur die Spur eines Einwands würde reichen, und ich wäre aus dem Spiel. Laß ihn reden, bis er leer ist, dachte ich.

Sie gibt's ja selber zu. Sie lobt dich, weil du dich in naturkundlichen Dingen so gut auskennst. Das ist schön. Ich schätze Männer, die über Weitblick und besondere Kenntnisse in verschiedenen Bereichen verfügen. Das macht sie zuverlässig – solange sie sich an Dinge halten, von denen sie etwas verstehen. Er machte erneut eine Pause, als rechne er mit Widerspruch. Ich habe dir schon einmal erklärt, wieviel mir daran liegt, das zusammenzuhalten, was mir gehört, sagte er dann. Ich will nicht, daß meine Frau einen Haufen Dummheiten eingetrichtert bekommt, die sie auf komische Gedanken bringen. Er sah mich scharf und provozierend an. Manchmal ist sie so unvernünftig. Ohne jedwede Logik.

Nicht wie die Juristerei, sagte ich.

Ganz und gar nicht wie die Juristerei. Die ist absolut unfehlbar, wenn man sich erst einmal mit ihr angefreundet hat.

Es ist nichts zwischen uns.

Nichts? Zwischen Mann und Frau gibt es nie nichts. Es gibt immer irgendwas. Stimmt's?

Sie liebt den Wald. Manchmal braucht sie ein wenig Gesellschaft oder Antworten auf ihre Fragen.

Und da kommst du ins Spiel? Was treibt ihr denn?

Sie ist es, die den Kontakt aufnimmt. Ich halte mich an ihre Fragen.

Gut, sagte er in verbindlicherem Ton. Mag es denn so sein – hoffentlich! Ich vertraue da ganz auf dich. Heute abend werde ich auch mit ihr darüber sprechen. Er lächelte mich an, als legte er ein Beutestück ab, und zog an seiner Zigarre. Sollen wir jetzt hineingehen?

Der Motor ist noch an. Es war mein letzter Versuch, ihn am Hereinkommen zu hindern.

Wunderbar, sagte er kurz. Das hält das Coupé warm.

Ich öffnete die Tür und hielt sie ihm auf, so daß er an mir vorbei hineingehen konnte. Aber sollten der Herr Advokat nicht an seine Frau denken?

Er kniff die Augen zusammen, als wäre ihm etwas hineingeraten. Sie kann warten, sagte er, als er neben mir stand. Sie ist es gewöhnt. Zuerst das Geschäft.

Und er schnippte den Zigarrenstummel unter die Büsche, wo er kurz aufzischte und dann erlosch.

Karlsson schaltete in der Kurve hinter dem Ferienquartier in einen niedrigeren Gang. Das Geräusch des herannahenden Busses riß in mir eine kleine Wunde auf. Durch den Bretterschlitz des Holzschuppens war undeutlich ein Körper zu erkennen, der sich ab und zu bewegte. Ein heller Gegenstand folgte ihm. Die höhere Drehzahl des Motors heulte über die Gerade.

Die Geschehnisse der vergangenen Wochen wollten mir nicht aus dem Kopf. Ich versuchte, aus der Flut der Eindrücke ein einheitliches Bild zu gewinnen oder sie in einen logisch nachvollziehbaren Zusammenhang zu bringen, verlor jedoch sofort die Übersicht in einem Labyrinth aus Stimmen, Begierden, Trieben, Ängsten, Augenblicken und Ereignissplittern, die weiß Gott woher stammen mochten. Heimgesucht von diesem Feuerwerk, das mich zu zersplittern drohte, hockte ich mich hinters Fenster.

Karlsson fuhr am Milchstand vorbei, wo Fräulein Lind schon auf ihn wartete, nahm den Fuß vom Gaspedal, ließ den Bus den Berg hinunterrollen und fuhr auf die Anlegebrücke zu, um dort zu wenden. Es war wie ein Funkeln im Gras, als sich die Sonnenstrahlen in den Fensterscheiben spiegelten. Schotter und Staub wirbelten auf. Es knirschte und knisterte unter den Reifen. Die Erde bebte.

Ich hatte das Gefühl, daß sich die beiden dort im Halbdunkel bewegten. Oder standen sie einander reglos gegenüber, und es waren mein Blick und meine Gedanken, die sich drehten wie zwei Tanzende? Ich fiel auf die Knie, während ich in Gedanken über den Hof lief, Rotenschiöld packte und ihn hinaus auf den Änglabacken schleifte. Dann faltete ich meine Hände und starrte zum Himmel.

Im Schuppen fiel etwas um. Der Schlag pflanzte sich fort wie Axthiebe. Zur gleichen Zeit legte Karlsson den Rückwärtsgang ein und ließ den Bus Richtung Kai zurückstoßen, ehe er in den ersten Gang zurückschaltete und das Lenkrad in die richtige Position drehte. Das Fahrzeug setzte sich wieder in Bewegung und fuhr schwerfällig die Steigung hinauf. Die Lind sah auf die Armbanduhr und verglich die Zeit mit dem Fahrplan.

Mit ausgetrocknetem Mund formte ich Worte, die an ein Gebet erinnerten. Sieh hinab auf uns, die wir nichts sind. Der Viehstall flimmerte in der Hitze. Der Motor dröhnte die Straße hinauf, während die Postkassiererin aus dem Grabenrand hervortrippelte. Das Schnauben des gut geölten Motors, als er gedrosselt wurde, das Keuchen der Bremsen, als Karlsson am Milchstand anhielt, und das Zischen der Handbremse wurden eingehüllt in einen lang anhaltenden Schrei, der senkrecht hinauf in den Himmel stieg und in der Luft hängenblieb, bis er alles durchdrungen hatte. Der Wind ließ die Schuppentür hin und her schlagen, und als Karlsson das Postpaket hinaustrug, kniff ich die Augen zusammen und dachte oder flüsterte oder rief: Bitte laß sie jetzt rauskommen. Laß sie, laß sie jetzt! Die Lind kam den Abhang hinauf, während der Schrei zögernd verklang. Sie drehte sich nicht um. Erneut krachte etwas zwischen den Holzscheiten, und ein Nein! war deutlich zu hören. Just als Karlsson auf den Sitz kletterte und den Bus anfahren ließ, wurde die Schuppentür aufgestoßen. Maja kam herausgestürzt, das Kleid bis zur Taille aufgerissen und Kratzspuren am Hals. Blut rann in kleinen Rinnsalen an ihren Schenkeln entlang. Sie lief gebückt, fuchtelte unkontrolliert mit den Armen, zuckte mit dem Oberkörper. Ihr Unterleib war entblößt. Sie flüchtete auf den Bus zu, der inzwischen Fahrt bekommen hatte. Genau in dem Moment, als Karlsson die Türen schloß, warf sie sich auf das erste Trittbrett des Busses und stürzte. Ein höherer Gang, der Motor brüllte hochtourig auf und trieb das Fahrzeug voran. Ich war aufgestanden. Stimmbänder und Augen schmerzten. Rotenschiöld schlich aus dem Schuppen. Er sah sich um wie ein gejagtes Tier. Als unsere Blicke sich trafen, verhakten sie sich ineinander. Wie versteinert blieben wir so stehen, bis er schließlich den Kopf in den Nacken warf, den Hosenschlitz zuknöpfte und sich langsam entfernte.

ES GIBT DIE Liebe. Wie Glut unter Asche. So nahe, daß wir ihre Wärme nicht spüren.

Heute bin ich draußen auf dem Eis gewesen und habe versucht, mich müde zu springen. Oder ein Loch hinein. Dabei wurde mir bewußt, wie sehr ich früher daran gezweifelt hatte. Mann und Frau, Glück und Zweisamkeit. Ich habe die Verbindung gesucht. Vor einigen Stunden habe ich sie erlebt.

Ich war hinausgegangen, um klarer denken zu können und die letzten Teile des Puzzles an ihren Platz zu legen. Nirgendwo rührte sich das Eis, nirgends spürte man Schwingungen. Alles war still und klar auf dem Sund, und ein schwacher Wind führte fremde Gerüche vom offenen Meer weit jenseits des Horizonts mit sich. Ich sog sie tief in meine Lungen, wurde ruhig, fror, der Atem dampfte aus meinem Mund, und ich begann, auf dem Eis in Richtung Sävö zu gehen.

Lina empfing mich. Der Balte schlief; sie weckte ihn, während ich ablegte. Seit einer Hüftgelenksoperation konnte er sich nur noch schlecht vorwärts bewegen, stützte sich schwer auf seinen Rollator. Sie luden mich zu Tee und frischem Gebäck mit Butter und Rahmkäse ein, die von der Wärme des Teiges augenblicklich schmolzen.

Die ganze Zeit über hielten die beiden Liebenden einander an der Hand. Er legte die seine auf die Tischdecke und sie die ihre hinein, und so saßen sie da und aßen und tranken und sprachen wild durcheinander wie Kinder auf einem Fest. Ich hörte ihnen zu. Sie sagten, daß sich seit der Heirat die Welt für sie verändert habe, wie das Meer nach einem Orkan. Und doch gebe es keine Reue oder Bitterkeit, weil so viele Jahre ins Land gegangen waren, ehe aus den Gefühlen Wirklichkeit geworden war. Um so stärker seien sie jetzt. Tagsüber arbeiteten sie zusammen an ihrer Kunst. Nachts schliefen sie Bauch an Rücken, wie Teenager, und wachten mitunter lange vor der Dämmerung auf, nur weil sie einander so sehr begehrten.

Um uns herum waren Gemälde. Sie standen eingerahmt übereinander, erstreckten sich aber auch über Wände und Zimmerdecken. Das erste Motiv stellte einen Mann und eine Frau dar, nackt und glücklich unter einem Apfelbaum: sie mit einer Schlange um den Körper, er nur von einem Eichenblatt bedeckt. Sie kehrten überall im Haus in unterschiedlichen Positionen wieder, mit Tieren, mit Pflanzen, auf Lichtungen, in Gärten und auf wild wucherndem Gras. Es gab keine Oberfläche, die nicht gleichzeitig auch ein Bild war. Vegetation, Steine, Himmel, Wolken, Wasser. Licht fiel durch die großen Fenster ein und verlieh den Wänden die Lebendigkeit eines Lustgartens. So plastisch wirkte alles auf mich, daß mir fremde Düfte in die Nase stiegen, ich den Geschmack exotischer Früchte auf den Lippen spüren und die Vögel singen hören konnte.

Ich mußte aufstehen und, wie es mir längst zur Gewohnheit geworden war, jede einzelne Szene mit nimmermüdem Interesse inspizieren. Als hätte man mich gebeten, jene biblische Geschichte von der Sehnsucht und Begierde zweier Menschen aus eigener Sicht zu interpretieren. Schließlich blieb ich mitten in der Schöpfungsgeschichte stehen, sah mich um und entdeckte etwas, das mir zuvor stets entgangen war: Alle Bäume, Büsche, Hintergründe hatten ihre realen Vorbilder auf der Insel. Buchten und Weiden, Gestrüpp und Wälder waren detailgetreu der Natur entnommen, die sich einem hinter der Grundstücksgrenze offenbarte.

Dies war die Arbeit, die Kilian die beiden nie hatte ausführen lassen. Siebzehn Jahre nach seinem Tod widmeten sie sich nur noch ihren Pinseln, den Farben und der Sage, die daraus erwuchs, und als alles fertig war, bat der Balte Lina um ihre Hand.

Ich hatte die Gemälde heranwachsen sehen. Alles und nichts in ihnen war gefährlich. Ich hatte die Liebe zu einem Haus wachsen sehen, das jedem Sturm trotzte. Jetzt fragte ich sie wieder danach, obwohl ich sie schon so oft darüber hatte erzählen hören. Ich wollte noch einmal in dieses Mysterium eingeweiht werden.

Lina sagte, daß Kilian warmherzig gewesen sei und nicht böse, daß er aber öfter schlechter Laune war als froh und liebevoll mit seinen Händen. Er hatte nie Sinn darin gesehen, den Tag in Bildern, Worten, Tönen oder im Tanz festzuhalten. Den Balten könne man ja behalten, fand er, aber Lina laufe Gefahr, bei all dieser Pinselschwingerei Schaden zu nehmen. Zweimal überstrich er ihre Gemälde im Vorbau des Hauses mit brauner Farbe. Zweimal stellte sie das Bild wieder her. Er starb unter zwei lächelnden Nackten.

Lina drückte zärtlich die Hand des Balten, so daß er, der eine Bemerkung machen wollte, innehielt und sie fortfahren ließ. Sie sei nicht mit einer göttlichen Begabung für das Leben, das sie jetzt führe, geboren worden, habe aber einen starken Willen, von dem sie sich nur selten abbringen lasse.

Im April haben wir eine gemeinsame Ausstellung in

einer Galerie in Stockholm. Sie will, daß ich mitkomme. Der Balte behauptete, er schaffe es nicht mehr, aber Lina versprach, ihn notfalls zu tragen.

Auf gewisse Weise, fuhr sie fort, habe sie das Gefühl, ihn schon seit vielen Jahren zu tragen. Als wäre ein Teil von ihm schon immer bei ihr gewesen, seit jenem Tage, da Harald ihn aus dem Boot heraufgerufen habe. Sicher sei sie vorher glücklich gewesen, aber es war eine andere Art von Glück. Es war mit Tinte in ein Kirchenbuch geschrieben worden, mit dem Pfarrer als Trauzeugen, und sie habe sich eingebildet, daß es reiche, es einfach noch einmal nachzulesen, um sich daran zu erinnern. Vom ersten Tag an habe sie etwas für den Balten empfunden, wobei es keine Rolle gespielt habe, daß sie sich damals nicht verständigen konnten. Sie habe ohnehin nicht gewußt, was diese Gefühle bedeuteten, da sie nie vorher etwas Vergleichbares erfahren habe. Die ersten Wochen habe sie geglaubt, es handele sich um eine Sommererkältung. Aber der Schnupfen und der Husten seien nie richtig ausgebrochen, und so habe sie verdrängt, was der Körper ihr habe mitteilen wollen. Sie habe nicht hingehört. Heute bereue sie das keineswegs, denn was hätten sie schon tun sollen, wenn ihnen damals bereits alles klar gewesen wäre?

Kilian habe ihre Gefühle nie akzeptieren können. Es habe aber ohnehin nicht viel gegeben, was ihn zufriedenstellte. Er sei eigen gewesen. Trotz allem wolle sie die Uhr nicht zurückdrehen, vorbei an der gemeinsamen Zeit mit ihm. Irgendwie, im Guten oder im Schlechten, sei er immer bei ihr, sagte sie.

Niemand könne sich von jemandem befreien, mit dem er so eng zusammengelebt habe. Wir trügen jeden einzelnen Menschen, dem wir begegnet seien und der in irgendeiner Form Eindruck auf uns gemacht habe, in uns. Er, Kilian, sei einer von vielen gewesen, die sie geformt hätten. Begegnungen lassen sich nicht ungeschehen machen, sagte sie. Wir sind, wer wir sind; sind es durch die Wege, die wir gegangen sind, und die Hände, die wir geschüttelt haben. Freunde und Unbekannte haben bei uns ihre Spuren hinterlassen. Umgekehrt werden auch sie sich nie von uns freimachen können. Zwischen Mensch und Mensch läßt sich kein Hindernis aufbauen, das so groß ist, daß es einen vom anderen unwiderruflich trennt. Nichts, was gesagt und geschehen ist, kann ausradiert werden.

Es hat sechzehn Jahre gedauert, von dem Tag, als ich Witwe wurde, bis zu dem Moment, an dem ich begriff, was ich für ihn empfinde, sagte sie über den Balten. Die Zeit der Nähe hat das bewirkt.

Die Arbeit hat uns vereint, sagte er.

Er sei schüchtern, aber die Wahrheit sei, daß er ihr mehr über Technik und Komposition beigebracht habe, als jeder Fernkurs es hätte tun können. Dort habe sie nur die Grundlagen bekommen. Der Balte habe ihr dann weitergeholfen. Bald würden sie auch mit seinem Haus fertig sein.

Er sagte, daß er schon bei der ersten Begegnung erkannt habe, wie schön sie sei, und das habe er Harald zugeflüstert, als sie für einen Moment allein gewesen waren. Der habe ihn jedoch nicht verstanden und sei zum Boot zurückgegangen; er, der Balte, habe Harald nicht einmal mehr die Überfahrt zahlen können. Er habe Lina etwas sagen oder sie einfach nur ansehen wollen, aber daraus sei dann nichts mehr geworden, weil plötzlich die Landwirtschaft alle Zeit in Anspruch genommen habe. Kilian sei fordernd und bestimmend gewesen, habe ihn aber nie ungerecht behandelt. Stets habe er darauf geachtet, daß alles, was auf den Tisch kam, gerecht untereinander aufgeteilt wurde. Der erbärmliche Lohn sei durch das Essen, das eigene Haus, in dem er tun und lassen konnte, was er wollte, und vor allem durch die Schönheit der Insel kompensiert worden. Im Norden, sagte der Balte, ist sie felsig, die Küste steil und zerklüftet. Im Süden hast du eine weitläufige Wiesenlandschaft. Welche Kontraste. Sieh aus dem Fenster, und vor dir liegt das offene Meer. In der anderen Richtung findest du die flachen Buchten und schmalen Durchfahrten, die Sävö und die angrenzenden Inseln voneinander trennen.

Es sei ihm nur wenig Zeit zum Malen geblieben. Ab und zu habe er sich mit Lina zusammensetzen und ihr die elementarsten Dinge beibringen können, ansonsten habe sie dafür mehr Zeit gehabt als er. Ohne die Kunst wäre ihr Leben unerfüllt geblieben.

Er wohnt immer noch in dem Häuschen, das ihm in der ersten Stunde zugewiesen worden ist, im selben Raum, in dem er inzwischen mehr als zwei Drittel seines Lebens verbracht hat. Nachts kommen sie zueinander. Keiner von beiden will je wieder allein schlafen. Er sagt, beim ersten Mal sei es schwer gewesen. Sie seien sehr schüchtern gewesen und errötet wie Kinder. Er habe das Bett mit einer Daunendecke und gestärkten Laken bezogen. Sie hätten zart nach Lavendel geduftet. Im Schutz der Dunkelheit hätten Lina und er sich ausgekleidet, jeder in einer anderen Ecke des Zimmers. Danach sei alles ganz natürlich geschehen. Es sei die schönste Stunde seines Lebens gewesen. Viele Nächte später sei er aufgewacht und habe darüber nachgedacht, ob Kilian es wohl je so genossen habe wie er. Ob er sich überhaupt das Recht darauf zugestanden habe? Und zwischen Schmerz und Wollust unterscheiden können? Manchmal könne er ihn vor sich sehen, und in solchen Momenten schäme er sich, als habe er ihn gerade betrogen.

Ich saß zurückgelehnt im Sessel, während sie sich ruhig und ohne Gebärden unterhielten. Oder anders gesagt: Wie Kettfaden und Weberschiffchen flochten sie eine gemeinsame Webarbeit aus Worten, die sie wie etwas Zartes und Zerbrechliches, das es zu hegen und zu pflegen galt, behutsam zwischen sich hielten.

Auf dem Heimweg im kalten Wind dachte ich daran, wie andere mit den gleichen Gefühlen umgegangen waren. Dachte an die Möglichkeiten, Voraussetzungen, Alternativen und Handlungsweisen, die nicht zum Ziel hatten, Gemeinsames aufzubauen, sondern vielmehr danach strebten, es abzureißen und Mauern zwischen Liebenden zu errichten. Als herrschte Krieg zwischen Mann und Frau. Lina und der Balte hatten nach vielen Jahren beharrlicher Suche eine gemeinsame Sprache gefunden. Sie hatten sich viel Zeit genommen, einander zuzuhören und zu fühlen – sich und den jeweils anderen.

So kam die Liebe auf die Insel. Zu zwei Leben, die sich lange Zeit dem Diktat eines Dritten gebeugt hatten.

Der Herr Advokat sollten sich lieber für eine Weile nicht blicken lassen, sagte ich.

Er schaffte es tatsächlich, den Überrumpelten zu spielen. Warum nicht?

Ich begann den Abhang hinaufzugehen, er kam mit zwei Schritten Abstand hinter mir her. Wir hatten uns unten am Hafen getroffen. Rotenschiöld hatte so getan, als handele es sich um eine rein zufällige Begegnung, obwohl er kurz zuvor von Harald erfahren hatte, wo ich mich befand. Ich hatte Linas Einkäufe zum Boot getragen, ihr den Karton gereicht und die Leinen am Steg losgemacht. Als sie sich vom Kai abstieß und sich beim ersten Ruderschlag mit aller Kraft nach hinten lehnte, war Rotenschiöld auf mich zugekommen. Er war uns zweifellos gefolgt und wollte sich nun erkundigen, ob ich mir die Sache mit dem Strom überlegt hätte und inzwischen wisse, welche Chancen eine Gefriertruhe für mein Geschäft böte. Ich hatte wieder ohne zu zögern nein gesagt, worauf Rotenschiöld mir ins Gewissen redete: Man bekäme nur selten etwas umsonst, daher müsse man die wenigen sich bietenden Gelegenheiten beim Schopfe packen. Was die erste Aussage betraf, so war ich ganz seiner Meinung. Für die zweite galt das allerdings nicht.

Nein, das ist unangebracht, antwortete ich ihm. Wir hatten die Straßenkuppe erreicht und befanden uns auf der Höhe des Ladens.

Ich verstehe dich nicht … Er stellte sich vor mich hin, so daß ich anhalten mußte. Gib mir zumindest eine Erklärung. Er bemühte sich um einen flehenden Blick – oder sollte es der eines schmachtenden Liebhabers sein?

Sie hat mich gebeten, dem Herrn Advokaten mitzuteilen, daß sie Anstoß genommen hat an … wie soll man es nennen … seinem Vorschlag?

Er fuchtelte mit den Armen wie ein sich aufplusternder Vogel: Das war doch nur gut gemeint. Ich bin vollkommen ehrlich. Sieh mich an, Johannes, wenn ich dir das sage. Ich will ihr nur Gutes, genau wie dir, und das will meine Frau auch.

'ne sonderbare Art, das zu zeigen.

Manchmal bin ich ein wenig schroff, das ist aber keine Absicht.

Er verfügte über die beneidenswerte Fähigkeit, perfekt den Unschuldigen mimen zu können. Wahrscheinlich war dies eine der Eigenschaften, die ihn reich gemacht hatten.

Ich ging im Bogen um ihn herum: Zieh mich da nicht mit rein.

Du steckst doch schon mittendrin, sagte er und kam mir nach. Sie ist ein wunderbares Mädchen. Kann ich was für sie tun ...?

Sie will nicht Magd bei euch sein. Sie ist nicht so eine.

Ich ging schneller. Rotenschiöld folgte mir auf dem Fuße.

Was für eine ist sie denn dann? Darüber hast du mir ja nichts berichten können. Er sagte das auf so bestimmende und fordernde Weise, daß ich mich ertappt fühlte. Es war, als wollte er deutlich hervorheben, daß er für meine Widerspenstigkeit keinerlei Verständnis hatte. Als wäre einzig und allein ich für die Situation verantwortlich, in der wir drei uns mittlerweile befanden.

Wir sind gute Freunde geworden. Ich habe Angst um sie, sagte ich.

Das habe ich auch. Auf meine Weise. Und deshalb will ich ihr die Chance geben, ein bißchen was zu verdienen.

Sie braucht nichts.

Jeder braucht was.

Wir waren am Torpfosten angekommen, wo ich stehenblieb, weil ich ihn nicht in meinem Büro haben wollte. Wenn er mit mir reden wollte, dann nur hier draußen, wo es nichts gab, wohinter er sich hätte verstecken können.

Wie kann ich dir beweisen, daß meine Absichten ehrlich sind? fragte er.

Ich werde über eine Möglichkeit nachdenken.

Vertrau mir, sagte er und streckte mir die Hand entgegen.

Ich schlug ein.

Habe ich dich je übers Ohr gehauen? Wie könnte ich das, bei meinem Beruf? Sag, hab ich's je getan?

Nicht, daß ich wüßte.

Kannst du sie dann nicht bitten, wenigstens kurz mit mir zu sprechen? fragte er und kam näher. In seinen Augen schimmerte Verlangen: die Sehnsucht nach einer Frau, die sein privater Besitz sein sollte.

Später vielleicht. Jetzt nicht.

Sein Blick veränderte sich. Aus Wärme wurde Kälte, aus Gold Kohle. Was ich will, bekomme ich, sagte er. Das bin ich gewohnt.

Das weiß ich.

So wird's auch diesmal sein.

Davon weiß ich nichts.

Sollen wir wetten?

Sie hat ihren eigenen Willen.

Tausend. Oder mehr? Fünftausend?

Ich bin kein Spieler.

Das weiß ich schon lange! brach es aus ihm hervor, und er lachte so voller Verachtung, wie nur er es konnte, dem jedes Einfühlungsvermögen fehlte. Sein Körper bebte vor unverstellter Selbstzufriedenheit.

Der Herr Advokat scheinen vergessen zu haben, daß es da auch noch mich gibt, sagte ich und wischte mir einige Schweißtropfen von der Stirn.

Ist das etwa eine Drohung? fragte er. Wie? Du kannst sie nicht ewig bewachen. Noch immmer zitterte er von den Nachwehen seines Ausbruchs am ganzen Leibe. Dann entfernte er sich ohne ein weiteres Wort. Mir den Rücken zuwendend, hob er die Hand zum Lebwohl.

Als er die Biegung erreicht hatte, die hinter die Scheune führte, wollte ich ihm nachrufen: Laß sie ja in Frieden! Aber ich war mir bewußt, daß das eher wie ein Gebet für die Hoffnungslosen denn wie eine Warnung klingen würde.

Wäre ich über Maja, ihre Herkunft und ihr Vorleben genauer informiert gewesen, dann hätte vielem vorgebeugt, vielem eine andere Richtung gegeben werden können. Aber ich gehöre nicht zu den Männern, die mit allen Zeichen aus der Welt der Frauen vertraut sind – nicht einmal mit den ganz eindeutigen.

An vielen Abenden wanderte Maja über die Waldweiden, ohne etwas von ihren Plänen zu verraten. Da Rotenschiöld und das, was Fräulein Lind über mögliche Konsequenzen angedeutet hatte, mir nicht aus dem Kopf wollten, bat ich sie schließlich, ihr Gesellschaft leisten zu dürfen. Nimm dir was zu lesen mit, antwortete sie, sonst wird dir noch langweilig. Ich steckte die *Södermanlands Nyheter* vom Vortag ein, obwohl ich ihre Warnung nicht ernst nahm.

Sie nahm zwei Decken mit. Ich hatte eine Thermoskanne mit Kaffee zubereitet und einige Kekse in eine Dose gefüllt. Der Zucker befand sich in einer kleinen Bonbonschachtel. Wir gingen durchs Gattertor und spazierten über die Wiesen, vorbei am Mittsommerfestplatz, wo das Vieh im goldgelben Gras döste. Wir erreichten die Hügelkette gegenüber von Norrsund und marschierten von dort aus weiter, zwischen den Kiefern hindurch, über die Buckel bis zum Abborrberg auf der anderen Seite. Am höchsten Punkt der Klippe konnte man die Bucht Tvären überblicken. Der Fjord glitzerte im Licht der Sonne, die langsam hinter Hagudden sank. Inlandeis und Bewegungen des Meeres hatten den Berg zweistufig abgeschliffen. Auf dem Felsvorsprung unter uns lagen im Sommer oft bäuchlings die Kinder und starrten auf der Suche nach Barschen und Rotaugen ins Wasser. Von der Stelle, an der wir uns niederließen, sah der auf der anderen Seite der Bucht von Norrsund emporragende Busberg wie ein Zwilling aus.

Der Heidegagelstrauch duftete immer noch stark, und Krähenbeere, Rauschbeere und Heide setzten einen Hauch von süßer Mandel frei. Die Nachtviole dampfte leidenschaftlich und eigensinnig. Haarige Sumpfdistelrosetten wucherten über wildem, vertrockneten Schnittlauch, und Reitgras, Engelwurz und Stiefmütterchen wuchsen aus mit Erde gefüllten Nischen in den Felsspalten.

Ich faltete die Zeitung auseinander, und Maja schlug in ihrem Buch die Seite mit dem Lesezeichen auf. Es war immer noch hell und warm wie am Tage. Ich hüstelte und fragte sie, ob sie etwas zu sich nehmen wolle, aber sie zog es vor, noch zu warten. Es war vollkommen windstill dort oben auf dem Hügel. Maja rückte ein Stück von mir weg, bis Licht auf ihre Seiten fiel, und versank im Text.

Ich wußte ungefähr, wo unser Ziel lag, nicht aber, wie wir es erreichen sollten. Es war, als hätte man eine Blindenkarte vor sich und müßte sich damit in einer unübersichtlichen, morastigen Schlucht zurechtfinden. Ich sagte etwas über die Aussicht und wie schön es dort oben sei. Maja gab ein zustimmendes Murmeln von sich und rückte noch ein Stück zur Seite. Störe ich dich? Sie rührte sich nicht.

Ein Bergpieper flog trillernd auf. Vor dem grauen

Granit brannten im grellen, noch immer durchdringenden Schein der tiefstehenden Sonne Blutweiderich und Knabenkraut wie rote Leuchtfeuer. Ein Moorentenpärchen mit seinen Jungen im Schlepptau schaukelte in der Bucht.

Ich machte einen neuen Versuch: Ich wollte dich schon lange einmal fragen, ob du nicht bleiben möchtest. Bis auf weiteres. Oder vielleicht sogar für immer.

Ihre Wangen zuckten leicht, aber sie sah nicht auf, sondern las den angefangenen Satz zu Ende und antwortete schließlich mit einem langgezogenen Nein.

Ich legte die Hände vor das Gesicht. Ich hatte kurz vorher gespült. Die Finger waren zunächst von der Seife glatt und geschmeidig geworden, inzwischen jedoch schrumpelig und hart. Ein Hauch von Frische und Zitrusduft drang aus den Poren. Ich holte Atem.

Und wie lange wirst du dann bleiben? fragte ich.

Maja richtete sich auf, steckte das Lesezeichen zwischen die Seiten und legte den Roman aus der Hand. Sie sah mich mit einem Blick an, der wie ein Widerhaken war: Man konnte sich von ihm nicht befreien. Du willst mich loswerden, sagte sie vorwurfsvoll.

Nein, so war es nicht ... Ich konnte das Ausgesprochene nicht wieder hinunterschlucken. Es zurückzunehmen war auch keine Lösung. Wir mußten vorankommen, und deshalb drückte ich die Zunge gegen den Gaumen und bemühte mich, etwas zu sagen. Aber es kam nichts.

Was ist denn nun? fragte sie. Du willst etwas. Das merke ich doch.

Sie wandte sich mir zu. Ich saß aufrecht da, die Beine wie gekrümmtes Holz vom Körper gestreckt und sagte: Ja.

Was? Mich loswerden? Ja?

Manchmal frage ich mich, wieso du hierher gekommen bist.

Urlaub. Ferien, meinetwegen wie der König und Pullman.

Nur deshalb?

Ein bißchen spät, um sich darüber den Kopf zu zerbrechen, findest du nicht?

Vielleicht.

Ist es denn aus irgendeinem Grund sehr wichtig für dich?

Ich sog die Luft ein, bis mir der Brustkorb weh tat, und stieß sie dann in langsamen Wogen wieder aus. Wollte ich mich hineinbohren in mein Bewußtsein? Oder war es der Mut, den ich zu fassen suchte? Mir ging plötzlich auf, daß Rotenschiöld die gleiche Atemtechnik benutzte – ich konnte nur hoffen, aus anderen Gründen. Für mich nicht, sagte ich. Für andere schon. Mir liegt was an …

An mir? Sie lächelte. Das hast du auf jeden Fall nett gesagt.

Der Himmel war jetzt vom selben Blau wie die Flekken der Pfauenaugen. Das Licht, das nun beinahe direkt von vorn einfiel, war gelblich und verlieh Majas Haut den Glanz eines edlen Metalls. Sie strahlte Würde aus, wie sie so dasaß in ihrem ärmellosen grünen Kleid, den Oberkörper aufgerichtet, das Haar mit einer Spange zurückgesteckt.

Meinst du das ehrlich? fragte sie. Ich nickte, und sie fuhr fort: Ich habe dich auch liebgewonnen. Aber wohl auf eine andere Art und Weise.

Ich wollte sie unterbrechen und ihr sagen, daß sie nichts über meine Gefühle wisse. Statt dessen hörte ich ihr zu: Du würdest gerne mehr über mich erfahren, stimmt's?

Ich sah weg. Die Thermoskanne stand neben mir. Ich schraubte den Deckel ab, füllte die Becher jeweils zur Hälfte, reichte ihr den einen und gab zwei Zuckerstücke in den anderen. Bevor er kalt wird, sagte ich.

Das wird er schon nicht. Sie blies auf das Getränk. Es dampfte.

Es gibt da gewisse Leute, die wollen dich von hier weghaben, sagte ich. Es geht mir um dich …

Ich weiß Bescheid. Ich habe all das schon früher einmal gehört, und es berührt mich nicht. Um einige Sekunden Bedenkzeit zu gewinnen und Kraft zu schöpfen, nippte sie am Kaffee und blickte hinaus über den Sund, auf das offene Wasser und die angrenzenden Inseln. Und dann begann sie zu erzählen. Die Worte kullerten aus ihr heraus wie Diamanten aus einem seidenen Säckchen.

Sie sagte, daß sie hier nicht zu Hause sei. Auch hier nicht. Daß es Momente gebe, in denen sie glaube, ich sei es auch nicht, aber daß ich im Gegensatz zu ihr einigermaßen zurechtkäme. Daß ich es geschafft hätte, mich in die herrschenden Verhaltensmuster einzufügen und sie von mir abhängig zu machen. Oder sei inzwischen ich selbst von ihnen abhängig? Maja meinte, daß ich und der Ort zusammengehörten. Von sich selbst könne sie das nicht sagen; sie habe das nie so empfunden. Und sie erzählte lange und offen von einem Mann, dem sie vertraut habe, doch als sich die Umstände für sie geändert hatten, wie das nun eben gelegentlich der Fall sei, wenn Mann und Frau miteinander verkehrten, habe er sie im Stich gelassen. Er sei geflohen, als sie seiner am dringendsten bedurfte, und habe nichts von dem, was sie beide verband, zurückgelassen. Nicht ein einziges Gefühl.

Maja senkte den Blick. Sie war am Ende ihrer Geschichte angelangt und am Anfang von meiner.

Du erwartest ein Kind, sagte ich.

Begreifst du das erst jetzt? Sie kreuzte die Arme vor dem Bauch, als wolle sie schützen, was ihn ihm heranwuchs. Ich glaubte, daß alle …

Nein, niemand. So etwas kommt hier nicht vor.

Daß jemand schwanger wird?

Nicht ohne …

Spar dir den Rest. Ich bin eine alleinstehende Frau, und das ist natürlich überall eine unverzeihliche Sünde. Was wirst du denn jetzt tun? Mich verstoßen? Sie schüttete den Kaffee aus, der inzwischen kalt geworden war. Das Rinnsal trug auf seiner Oberfläche Nadeln und Erde mit sich und versickerte in einer Felsspalte. Man jagt mich, als trüge ich eine tödliche Krankheit in mir und nicht ein Leben.

Für mich bist du immer noch dieselbe Maja wie am Tag deiner Ankunft, und du wirst bei mir wohnen, solange du es wünschst.

Also, Geschäft ist Geschäft … Wieder dieses sensible Lächeln, als hätte sie mir etwas über mein Wesen verraten, von dem ich selbst bislang nichts wußte. Ich hoffte, daß du das sagen würdest, fügte sie hinzu.

Ich kenne die Einsamkeit. Sie ist unerbittlich, sagte ich, und was ich damit meinte, war: Sie kann einen Menschen so vollständig aussaugen, daß nur noch die Hülle übrigbleibt. Sie kann sich aber auch zu einer Droge entwickeln, die am Ende imstande ist, einen zu vernichten. Jeder Einzelne muß für sich selbst entscheiden, was er aus ihr macht, denn sie schlummert in uns allen.

Ich sagte: Die Einsamkeit, die ich kennengelernt habe, ist wie deine. Sie grenzt aus.

Maja hielt mir ihre Tasse hin: Kann ich noch frischen bekommen? Ich schraubte den Verschluß ab und füllte uns noch einmal nach. Sie fuhr fort: Und über die willst du nicht sprechen, oder? Ich wartete, bis die Frage sich verflüchtigt hatte und nicht mehr zwischen uns stand.

Die Männer, sagte ich dann, sie dachten, du wolltest …

Erstaunlich ruhig antwortete sie: Ich brauchte sie, obwohl ich wußte, daß ich sie verletze. Ich ging nicht aus Liebe zu ihnen.

Aber das glauben sie.

Und das hat sie erschreckt?

Unter anderem.

Ich habe mich doch nur nach ein bißchen Gesellschaft gesehnt. Ich wollte Freunde finden, sonst nichts. Ich bin es gewohnt, Leute um mich zu haben.

Bist du deshalb so oft zum Telefonieren nach Folkvik gefahren?

Ich habe den Mann anrufen wollen, mit dem ich verlobt war. Den Vater meines Kindes. Aber er ist immer noch verschwunden.

Von Ringsö kam hoch in der Luft ein Schwarm Heringsmöwen geflogen. Die Vögel schrien. Ihre gelben Beine hoben sich leuchtend gegen die weißen Bäuche ab. Sie folgten dem Sund in östlicher Richtung und segelten mit gespreizten Flügeln im Aufwind weiter hinaus aufs Meer.

Stell dir vor, man könnte so dahingleiten, sagte sie. Einfach weg von allem. Sie strich sich über Brust und Bauch, und als sie das Kleid geglättet hatte, wurde ein kleine Wölbung sichtbar.

Strampelt es schon? fragte ich. Sie ließ mich die Hand auf die Rundung legen. Es war das erste Mal in meinem

Leben, daß ich eine Frau auf diese Weise berührte. Ehe ich die Hand wieder wegzog, spürte ich Wärme und eine Ahnung von Leben.

Es ist wohl noch zu früh, sagte sie. Als ob sie meinen Blick durchschaut hätte oder sich nach den Berührungen eines Mannes sehnte, führte sie meine Hand erneut an die Stelle auf ihrem Unterleib: Laß sie ruhig noch ein wenig da liegen. Es ist schön, das mit jemandem teilen zu können.

Die Möwen waren inzwischen außer Sicht. Der Tag lag in seinen letzten Zügen, und der Fjord schimmerte, als wäre er mit einer hauchdünnen Goldschicht überzogen. Das Wasser war wie ein funkelndes Feuerwerk. Der Anblick schmerzte in den Augen.

Was wirst du tun?

Ich bleibe noch ein paar Tage, am liebsten noch bis zum Ende der Woche. Danach muß ich in die Stadt zu meinem Arzt.

Wirst du zurückkommen?

Darüber möchte ich im Augenblick noch nicht nachdenken. Ich muß nach Hause, das ist alles.

Ich spürte ein Pulsieren unter meinen Fingerspitzen, als strahlte das, was da heranwuchs, bereits einen eigenen Willen und eigene Kraft aus. Meine rauhe Hand schabte über den Stoff, und ich schämte mich, weil sie so abstoßend war im Vergleich zu Majas Haut und Schönheit. Sie saß da, als könne ihr all das, was geschehen war, nichts anhaben, und legte beide Hände auf meine Hand. Ich dachte: Der Mensch kann so viel Erniedrigung ertragen und geht trotzdem nicht unter. Ich dachte an die Männer mit ihren Wahnvorstellungen und Hirngespinsten und daran, was sie wohl denken und tun würden, wenn sie die Wahrheit erführen.

Ich will nicht, daß du abreist, sagte ich.

Es geht nicht anders.

Fühl mal! Ich glaube, da hat was gestrampelt! Da hat sich was bewegt.

Sie lachte mich aus: Das ist unmöglich. Wahrscheinlich hat mein Magen geknurrt.

Da war was, ich schwör's! Es ist bestimmt ein Mädchen, glaubst du nicht?

Ich wollte die Hand nicht wegnehmen. Ich wollte dort oben auf der Höhe mit Maja mein Lager aufschlagen und ihre Tochter das Licht der Welt erblicken sehen. Die Vorstellung gab mir ein Gefühl der Zugehörigkeit. Ich fühlte mich als Teil von etwas Großem und Bedeutungsvollem. Ich spürte, daß es in meinem eigenen Leben etwas gab, das ich bis dahin verleugnet hatte, ohne zu wissen, was mir eigentlich fehlte. Es war ein Mangel an Wärme, Nähe und Leben. In Majas Bauch rührte sich etwas; es war wie ein leichtes Kitzeln, und ich bat, daß es nie enden möge. Die Sonne sank hinter Hagudden, die Luft kühlte um einige Grade ab, Mücken umsurrten uns, und das Wasser verlor seinen Glanz und wurde dunkler. Von weit draußen hörte man das Schnattern der Moorenten.

Wenn du willst, sagte ich, und da du dich hier wohl fühlst ... Ja, ich würde wollen ... deinetwegen ... Ja, ich bin unverheiratet und ...

Sie umklammerte meinen Arm und bedeutete mir damit, zu schweigen. Danke, sagte sie, aber du bist zu alt, Johannes. Trotzdem danke.

Sie streichelte meine Wange auf eine Weise, wie mich seit langem niemand mehr berührt hatte. Die Berührung war voller Zuneigung. Ich vermochte nicht zurückzuhalten, was da mit aller Kraft hervordrängte. Aus Glück und aus Traurigkeit.

Der Wagen fuhr mit weit überhöhter Geschwindigkeit. Als gelte es, etwas von größter Dringlichkeit noch rechtzeitig zu schaffen. Rotenschiöld brauste bis ans Gartentor und hatte mich im Visier, der ich vor dem Laden saß und Kartoffeln bürstete. Ich hatte das Transistorradio aus dem Haus geholt, um mir Pär Rådströms Geplauder anzuhören: Es ging um die Kunst, schlechter Laune zu sein.

Die Kartoffelknollen waren klein und zart, die Schale hell. Frisch ausgegraben schmeckten sie um diese Zeit des Jahres einfach wunderbar. Man brauchte sie nur mit Butter und Salz zuzubereiten. Ich kochte sie, zerteilte sie in dampfende Stücke und steckte sie mit den Fingern in den Mund. Es genügte, eine halbe Kartoffel gegen den Gaumen zu drücken: Schon sickerte der Geschmack üppig und reich hervor.

Ich hatte die Kartoffeln am Morgen mit Helen geerntet. Ihre eigenen Pflanzen waren vertrocknet. Meine waren gehäufelt und wuchsen in dichten Trauben.

Danach hatten wir uns unter die Apfelbäume gesetzt. Helen hatte mich gebeten, mir noch ein wenig Zeit zu nehmen, da sie mit jemandem sprechen müsse.

Ich hatte noch spätabends meinen kleinen Acker bewässert. Das Gemüse würde wohl durchkommen, aber aus den unreifen Äpfeln wohl nichts mehr werden; sie waren schon geschrumpelt. Helen rückte nah an mich heran. Nach ein paar einleitenden Worten kam sie schnell wieder auf ihr verfahrenes Leben und die Einsamkeit zu sprechen. Der Überdruß könne in manchen Stunden wie ein unbekannter Virus sein, sagte sie, wie eine Krankheit, gegen die es keinen Impfstoff gebe, und als ich sie so reden hörte, dachte ich, daß viel zu viele von uns am gleichen Mangel litten.

Nun saß ich also vor einem Trog mit Kartoffeln und einer Wanne mit lauwarmem Wasser. Der emaillierte Topf stand neben mir. Es platschte jedesmal, wenn ich eine geputzte Kartoffel hineinfallen ließ.

Der Advokat kam näher, war aber auf einen gewissen seitlichen Abstand bedacht, um keine Spritzer abzubekommen. Da ich unbeeindruckt weiterschrubbte, verging eine Weile, ehe er sagte: Wie ich höre, war meine Frau wieder hier.

Ich sah zu ihm auf. Also kommen der Herr Advokat doch noch, sagte ich und schnippte mit dem Daumennagel ein wenig Erde weg. Ich dachte, der Herr Advokat seien schon in der Stadt.

Es gibt auch hier noch Dinge zu erledigen.

Kann ich was tun?

Er beugte sich über mich und murrte: Ich werde sie treffen.

Das glaube ich nicht. Sie will es nicht.

Mach jetzt keinen Ärger, Krämer.

Händler, bitte schön.

Wie auch immer. Wo ist sie?

Ich schüttelte von einer Kartoffel das Wasser ab, so daß sich über seinem Hosenschlag von den Tropfen ein Regenbogen bildete. Sie war kühl und knollig. Ich mußte daran denken, was Helen über seine Wut und seinen Jähzorn gesagt hatte und wie schnell solche Anfälle auch wieder vergehen konnten. Ich entfernte mit der Roßhaarbürste die Schale und sagte dabei: Sie ist bei Karin Rask. Sie wollten Garn spinnen. Komm in einer guten Stunde wieder, dann sind sie fertig.

Aber er kümmerte sich nicht um meinen Rat. Was du nicht sagst, sagte er, nickte mir zu und ging hinüber zum gelben Haus.

Ich hätte ihn aufhalten müssen, aber sein Rücken wirkte auf mich wie ein Stoppschild. Es war ohnehin gleichgültig: Selbst wenn ich mehr gesagt oder ihn gar am Kragen gepackt hätte, hätte er mich am Ende fertig gemacht, so oder so.

Helen hatte in einem der Sessel gesessen, mit Aussicht auf den Hafen. Sie hatte die Rückenlehne senkrecht gestellt, die Beine hochgezogen, die Arme um die Knie geschlagen und war sanft hin und her geschaukelt. Nichts hat sich geändert, hatte sie gesagt, jedenfalls nicht zum Besseren. Ich hatte ihr beigepflichtet und mich dafür entschuldigt, daß ich aus seinem Verhalten keine Schlüsse ziehen könnte. Wer kann das schon? hatte sie gesagt.

Helen hatte ihrem Mann einen Vorschlag gemacht: Sie wolle sich eine Arbeit in einem der umliegenden Orte besorgen oder vielleicht auch den Rasks auf dem Hof zur Hand gehen. Es gehe ihr nur um ein paar Stunden am Tag, in denen sie den Kontakt zu anderen Menschen haben wolle. Sie wolle die Leute aus dem Ort besser kennenlernen und damit ihrem Dasein einen Sinn geben – andernfalls könne sie woandershin ziehen und ein eigenes Leben führen, vielleicht auch ihr Studium wiederaufnehmen, bevor es zu spät sei.

Sie hatten nach dem Abendessen auf der Terrasse gesessen, während sich allmählich die Dämmerung über das Land herabsenkte. Sie hatte geredet, er geschwiegen, in der Hand den Whisky mit zerhackter Minze, Eisbrocken und Zucker. Er hatte das Glas geschwenkt, Helen mit verständnisloser Miene angesehen, den Drink in einem Zug heruntergekippt und dann gesagt: Kommt nicht in Frage. Abschließend hatte er das Glas auf den Tisch geknallt wie ein Vorstandsvorsitzender, der eine zukunftsweisende Entscheidung getroffen hat.

Helen hatte die Geschehnisse wiedergegeben, als referierte sie ein Kochrezept. Sie hatte sich aufgebäumt und sich befreien wollen, war aber sogleich wieder in ihre Schranken verwiesen worden. Dennoch glaube ich nicht, daß sie zu diesem Zeitpunkt todunglücklich war. Vielmehr hatte sie wohl eine Tageseinteilung gefunden, die ihr zumindest stundenweise etwas gab, wofür es sich zu bleiben lohnte. Vielleicht ist es nur eine Illusion, aber ich bilde mir ein, daß sie sich tief im Innern nach einer Bestimmung sehnte, die ihre einsamen Stunden erfüllte und verhinderte, daß ihr die Lebensfreude gänzlich abhanden kam. Ich glaubte tatsächlich, es wäre ihr gelungen. In Wirklichkeit wurde die Kluft mit den Jahren größer.

Ich hatte gesagt, daß ich das gleiche schon bei anderen Männern beobachtet hätte. Ihre Errungenschaften scheuerten an ihnen wie zu enges Schuhwerk, und sie fürchteten, alles zu verlieren, sobald sie auch nur das geringste losließen. Was man eigentlich lieben sollte, wird wie eine Ware auf dem freien Markt mit einem Preisschild versehen, und je mehr die Herren ergattern, desto fester klammern sie sich an ihren Besitz, ungeachtet des Wertes. Sie werden vollkommen.

Rotenschiöld kehrte zurück. Er hatte den Schlips etwas gelockert und den obersten Hemdknopf geöffnet. Seine Wangen waren gerötet, nicht zuletzt des Alkoholgenusses wegen.

Du hast gelogen! brüllte er, ohne den geringsten Versuch, seine Wut zu zügeln. Sie waren nicht da!

Ich nahm wieder eine Kartoffel auf.

Also, wo sind sie?

Bei Britta und Elias in Norrsund.

Ich meine dieses Flittchen, nicht den Bauern und seine Alte. Wo hat sie …

Was wollen der Herr Advokat eigentlich von ihr?

Er war vollkommen außer sich, sein Blick stier. Das geht dich nichts an! schrie er.

Ich legte Kartoffel und Bürste aus der Hand. Sie ist mit Feriengästen hinausgefahren. Sie wollten vor einer der Inseln ankern und im Boot übernachten.

Er zwinkerte mit einem Auge, taxierte meine Glaubwürdigkeit in unserem hierarchischen Kampf. Er spie aus. Du lügst.

Ich bin kein guter Lügner, und egal welche Lüge ich ihm auch aufgetischt hätte, er hätte sie wie Hefe zerkrümelt, bis nur noch die Wahrheit übriggeblieben wäre. Sie ist in ihrem Zimmer, sagte ich.

Dann gehe ich jetzt rein. Er versuchte, an mir vorbeizusteigen, doch kam ich ihm zuvor, indem ich mich ihm in den Weg stellte. Um nicht mit mir zusammenzustoßen, drehte er sich zur Seite. Sein rechter Fuß erwischte den Topf. Das schwappende Wasser überspülte wellenartig seine Hose, und die Kartoffeln plumpsten auf den Kies. Sie bekamen Druckstellen, wurden grau und unansehnlich.

Das war unnötig, sagte ich. Er gab es zu, bat um Entschuldigung, hob das Bein und packte den Stoff seiner Hose, als wollte er versuchen, einige Tropfen Wasser herauszupressen, besann sich aber im letzten Moment eines besseren.

Ich hole sie, sagte ich, ging ins Haus und schloß die Tür hinter mir. Im Vorbau roch es nach Milch in Blechkannen. Ich erinnerte mich daran, wie Helen im Schatten der sich über uns wölbenden Apfelbäume die Augen geschlossen hatte, ins Taumeln geraten war wie ein schlingerndes Schiff in rauher See: Wohin führt das alles? hatte sie geflüstert, den Kopf an meine Schulter gelegt und war zusammengesunken. Ich hatte sie im Arm gehalten und gesagt: Also will er Maja nicht deinetwegen einstellen?

Wie bitte? Was hat er dir denn erzählt?

Nachdem ich ihr seine Pläne dargelegt hatte, versicherte Helen mir, daß sie nie zuvor von dieser Angelegenheit gehört habe. Was solle Maja denn tun? Sie könne ja nicht einmal selbst ihren Tag mit Arbeit füllen. Außerdem gebe es Grenzen für das, was sie sich leisten könnten.

Sie hatte das abgeklärt und nüchtern gesagt, als könne sie hinter seinem Vorhaben keine geheimen Absichten erkennen. An diesem Punkt wußte ich auf einmal, was ich bis dahin nur geahnt hatte. Mir fiel ein, was Rotenschiöld einmal behauptet hatte: Die Wahrheit hat so lange Gültigkeit, bis die Lüge hinter ihr aufgedeckt wird, und es liegt im Ermessen jedes einzelnen, zu entscheiden, was wahr und was unwahr ist, richtig oder falsch. Er hatte gemeint, man könne nur nach jenen Wahrheiten leben, die man kenne und an die man wirklich glaube.

Es wird ohnehin nichts daraus, hatte ich zu Helen gesagt. Sie reist ab.

Schon?

Sie ist in anderen Umständen.

Helen hatte mich angesehen und gesagt: Du meinst, daß ... Wirklich? Das ist ja wunderbar für sie! Sie hatte in die Hände geklatscht und verkündet, daß sie es kaum erwarten könne, ihrem Mann davon zu berichten. Als wäre alles zuvor Gesagte mit einem Schlag vergessen.

Ich wußte, was er darüber denken und wie er reagieren würde, und wollte Helen bitten, die Information vertraulich zu behandeln. Es war unbedacht von mir gewesen, etwas weiterzugeben, das mir unter vier Augen anvertraut worden war. Aber ich brachte es nicht über mich, ihre Freude zu trüben.

Maja fand mich im Lager. Sie trug dasselbe Kleid wie bei ihrer Ankunft und wirkte erleichtert. Sie lächelte und strich eine Haarsträhne hinters Ohr. Ich teilte ihr mit, daß Rotenschiöld sie suche, und fügte hinzu, ich könne ihn, falls sie es wünsche, bitten, morgen wiederzukommen. Aber Maja behauptete, er könne ihr keine Angst mehr machen, nicht jetzt, wo alles entschieden sei. Sie habe ein paar Minuten Zeit für ihn.

Bleib nicht zu lange, sagte ich.

Alles ist fertig. Ich muß nur noch die Bettwäsche und ein paar andere Sachen, die ich mir geliehen habe, an ihren Platz zurücklegen.

Da kümmere ich mich schon drum. Beeil dich jetzt. Doch als sie gerade die Türklinke hinunterdrücken wollte, hielt ich sie zurück: Ich will nicht, daß du's tust. Bleib!

Wir sind uns doch einig, Johannes, sagte sie und schob meinen Arm weg. Es ist alles entschieden.

Gemeinsam verließen wir das Haus. Maja lehnte sich an den Türpfosten. Rotenschiöld hatte die Kartoffeln eingesammelt und wieder ins Wasser gelegt. Sein weißes Hemd klebte über der Schulterpartie.

Guten Tag. Er streckte ihr die Hand entgegen. Sie nahm sie und zog sich ein wenig zurück. Du siehst blendend aus, sagte er. Wie immer.

Du wolltest etwas?

Eigentlich nur ein wenig plaudern, sagte er. Er tat, was er konnte, um die nasse Stelle an seiner Hose zu verbergen. Lebewohl sagen.

Willst du verreisen?

Er lachte kurz auf. Wahrscheinlich. In gewisser Weise.

Sie trat einen Schritt zur Seite, weg vom Haus und weg von ihm. Ich habe auch nicht sehr viel Zeit.

Es wird nicht lange dauern. Ich kann auch den Mund halten.

Tatsächlich?

Können wir einen Augenblick unter vier Augen miteinander sprechen? fragte er.

Ich folgte ihnen und stellte mich hinter Maja: Ich kann mitkommen, wenn du willst und in Gedanken beschwor ich mich selbst: Gib jetzt nicht nach. Tu's nicht. Es liegt jetzt an dir.

Das wird nicht nötig sein, sagte er.

Vielleicht, vielleicht auch nicht, sagte ich. Aber ich möchte es.

Aber Maja schüttelte abwehrend den Kopf. Sie wolle mir keine Scherereien machen. Das Haar fiel über die Schultern. Es glänzte. Sie lächelte mich an. Sie war überzeugt, daß sie ihn besiegen konnte, und ich glaube, daß sie sich ihre Worte genau zurechtgelegt hatte und daß der Ablauf der Ereignisse bis zu diesem Zeitpunkt genau ihrem Willen entsprach.

An der Hauswand entlang gingen sie auf die Stühle unter den Apfelbäumen zu. Ich eilte ins Haus. Doch an der Ecke drehte Rotenschiöld sich um, sah mich und muß wohl das Fenster im Büro und dessen Panoramablick vor Augen gehabt haben – jedenfalls packte er Maja am Arm und führte sie in die entgegengesetzte Richtung.

In der Ferne war Karlssons Bus zu hören. Ich erreichte gerade noch meinen Beobachtungsposten im Laden, um zu sehen, daß Rotenschiöld Maja, ohne sich noch einmal umzudrehen, in den Holzschuppen führte und das Tor hinter sich schloß. Sie protestierte nicht. Sollte es jetzt wirklich geschehen? War alles bereits zu spät? Ich hätte hinausstürmen müssen. Aber das einzige, was ich fertigbrachte, war, einen Sack Mehl ans Fenster zu ziehen, auf dem ich sitzen konnte. Es gab einen Spalt zwischen Tor und Bretterwand. Im Schuppen selbst war es dunkel zwischen den gestapelten Holzscheiten. Karlsson schaltete in der Kurve in einen niedrigeren Gang. Der Lärm des herannahenden Busses trieb einen Keil des Zweifels in mich.

WAS SOLL ICH sagen? Ich trage an einer lebenslangen Schuld.

All die Jahre habe ich hier ausgeharrt, in einem Haus aus Holz, das sich mit den Winden bewegt, mit Schnee, der bald bis zur Dachtraufe reicht, und einem Dachs, der unter mir schläft. Im Kamin knistert das Feuer, aber das Zimmer ist erfüllt von eisiger Kälte. Ich reiße die Ofenklappe auf und rücke dichter heran.

Während draußen Zweige an der Hauswand kratzten und die Scheiben zitterten, habe ich hier, eingehüllt in eine Decke, über einer Geschichte gesessen, die zur Wahrheit reifen mußte. Damit alles garantiert stimmt und nichts Wichtiges ausgelassen wird, bin ich dort hokken geblieben. All die langen, düsteren Nächte habe ich zusammengekauert dagesessen, neben mir den Kaffee und eine Petroleumlampe – genau so, wie in der Nacht danach. Kälte, Angst, Haß, Leid und Sehnsucht. Rache. All das, was feine Gänge in mich hineingebohrt hat, bis mein Inneres nur mehr eine poröse Masse war.

Nichts verläßt mich mehr. Heute wie damals ergeht sich Harald in fluchendem Flehen um einen Traktor. Salem kämmt sich das Haar mit ein wenig Pomade, ehe er sich auf den Weg zur Königlichen Oper macht. Als wir uns am Milchstand treffen, sagt er, daß sich der König morgen seinen ersten Bienenkorb anschaffen wird. Das bin ich, unverkennbar wie ein Fingerabdruck. Karin wischt sich im Duft von grobem Mehl und Birkenholz die Wangen ab. Pullman hat den Mund geöffnet, um etwas auf englisch zu kommentieren. Tor zieht mit derselben Hand, mit der er das Messer in den Trog hat fallen lassen, einen Springer nach E5; danach kehrt er ein in seine ewige Finsternis. Vilmers wildes Gelächter mit Lenkrad-Hasse, ihr Atem stinkt nach billigem Fusel. Helen weint an meiner Schulter, und er, Rotenschiöld, dessen Brustkorb sich vor Anstrengung hebt und senkt, schreitet genau dort, wo Kimme und Korn eine Linie bilden. Und Maja steigt in einem roten Kleid aus dem Bus, eine Ledertasche an ihrer Seite. Das Haar funkelt. Ich lege die Figuren aus Jade und Alabaster beiseite, und hinter Assar tritt aus der Tür des Schuppens Harald hervor, während Maja im längsten Augenblick ihres Lebens schreit.

Ich fröstele und entdecke mein unrasiertes Gesicht in der Fensterscheibe. Es spiegelt sich in tiefer Schwärze. Und nun, endlich, verstumme auch ich. Etwas in mir löst seinen Griff, eine Hand, die geklammert und gewürgt hat, und die Lungen lassen sich aufs neue füllen. Andächtig blase ich die Flamme aus und sitze in der Dunkelheit.

Es ist dunkel und still in dieser Nacht.